QIANCHI
XUE

千尺雪

范 婉◎著

时代出版 ARCTIME
时代出版传媒股份有限公司
安 徽 文 艺 出 版 社

图书在版编目（CIP）数据

千尺雪/范婉著. --合肥：安徽文艺出版社，2021.5（2023.4 重印）
ISBN 978-7-5396-7088-1

Ⅰ. ①千… Ⅱ. ①范… Ⅲ. ①长篇小说－中国－当代
Ⅳ. ①I247.5

中国版本图书馆 CIP 数据核字(2020)第 230258 号

出 版 人：姚　巍
责任编辑：汪爱武　　　　　　装帧设计：张诚鑫

出版发行：安徽文艺出版社　www.awpub.com
地　　址：合肥市翡翠路 1118 号　邮政编码：230071
营 销 部：(0551)63533889
印　　制：阳谷毕升印务有限公司　(0635)6173567

开本：880×1230　1/32　印张：12　字数：300 千字
版次：2021 年 5 月第 1 版
印次：2023 年 4 月第 2 次印刷
定价：55.00 元

人生在世归根结底只有一件事是绝对肯定的，一切痛苦和一切磨难都要告终，这个时刻将会到来，一定会到来。于是，将有深沉的宁静，白雪将覆盖一切。洁白、柔软的雪，正是当年那样的雪。

——〔捷克〕雅罗斯拉夫·赛弗尔特《世界美如斯》

第一部

一

这件玉雕作品,谭峭是在两天里一气呵成的。那两天,他低头琢刻,因此错过了午餐和晚餐。再过一天,哥哥就要回来了。这件让人时而激情四溢时而兴致索然的子冈牌(明代在苏州流行的用来贴身佩戴的玉牌款式,始由陆子冈琢刻,称“子冈牌”),是他专门为明代玉雕大师陆子冈创作的人物挂件,绝不同于寻常的子冈牌,这是一件名副其实的子冈牌。在方寸玉版上迎风站立的陆子冈平和静默,栩栩如生,既有汉八刀的洗练,又清雅如文人画。

传说,陆子冈斗胆在御制的玉壶中留下自己的名字而被人告发，遭到皇帝的惩罚——他丢掉了性命。处斩那天，大雨倾盆，跪在地上的陆子冈不由得回想自己的出生日期。生母在他两岁时离开陆家不知去向，待他懂事后，看到人人都过生日，他便去问姐姐们。一个姐姐说，你是在种芋艿的时候出生的；另一个姐姐说，不对，是在收芋艿的时候出生的。没有人能确定他到底是什么时候出生的，以致后来，陆子冈只要看到芋艿叶什么的，就会不由自主地感叹一声。十岁那年的腊月天，他从家中出走。白茫茫的雪地里，脚印一路参差着向西而去。朔风中，蓦地回头一望，雪中的太仓城静美得如同一座玉雕。一步步前行，脚下的积雪不住地咯吱作响。父亲已经亡故，生母早已离开，在当家兄嫂的眼中，他是个庶出之子，却窥视着偌大家财。饭越来越难吃，脸越来越难看。陆子冈离家时，两手空空，连一文钱也没有。与此同时，命运给了他第二次机会。雪地里，他一步步艰难行进。到昆山时，天地一片昏蒙，他感到冷而饿，晕倒在地。一个好心的老太太路过，口诵着阿弥陀佛把他带到庵堂，庵堂里正煮着芋艿，柴火不时噼啪作响，从此，他一直记着那芋艿烫手的暖热。随后，陆子冈就到了石谷先生家。石谷先生须发皆白，和气淡然地站在屋檐下微笑。虽是一介书童，但陆子冈十分聪慧，又勤奋刻苦，五年中他居然将石谷先生的藏书都读遍了。刚到专诸巷，陆子冈二十岁。他隐瞒了自己的身世，一心拜师琢玉。这一次，他做出了明智的选择，并得到了命运的回报，一举成名。区区一支玉簪，不是什么名贵和田玉，簪头有点黄瑕，陆子冈顺势把它琢成水仙花蕊，花托下的茎枝，颤巍巍地显露出花的娇态，让人难以想象这竟是用玉石雕刻的。因着这份才气，不知有多少行业中人想把女儿嫁给他。二十五岁那年，陆子冈和专诸巷的一个琢砚女工成了亲。

谭峭或许没预料到，这件《陆子冈》将是他最成功的作品。当然，他也饱尝了挫折的滋味。夏天的傍晚，白日将尽，他喜欢靠坐在沙发上，待在渐渐沉浸四合的暮色中。此刻，关于陆子冈模糊又清晰的幻象不断盘桓脑海，使他浮想联翩。当谭峭在工作室感到孤独彷徨时，谭林泉拿着酒杯，醉眼蒙眬，在光福镇的浴室里正与一群老朋友吹得天花乱坠：我儿子是玉雕大师谭峭，你们肯定听说过他……得知玉牌终于抛光，谭林泉欣喜地向空中挥拳。其实，谭峭的这件作品不是为他的父亲雕刻的，而是为他的哥哥谭峻，目的是欢迎哥哥回家，得到哥哥的赞美。

哥哥谭峻的房间有时乱得像个狗窝：书本不合，衣服不叠，床铺不整。而谭峭从小就是一个讲究整齐、清洁的孩子。谭峭的房间总是清清爽爽：一株榆树盆景摆放在宽敞的窗台上，青葱碧绿；书架上仅有的几本教科书、小人书、书画册，排列有序；连院子里的母鸡都被好好地关在鸡窝里。对书籍的爱好，是崇尚秩序和整洁的人的一个标志。这种人的另一个标志，是对一切秘密的酷爱：一只备受谭峭珍视的上了牛漆的闷户橱，跟着他搬了好几次家，里面有一个抽屉，想要打开，必须找到一个巧妙地折弯的榫头，在它上面的一个小按钮上轻按一下才行。这个抽屉中，暗藏着一册笔记本和一沓信件，一枝因基因突变长成的并蒂莲蓬,一方朱文印章,一块温润剔透的青玉玦和一只荷花玉戒指;还有一只镶嵌黄铜搭扣的红木方盒,装着他用生命精心雕琢的玉器,谁也没见过。

谭巷村相对与世隔绝,谭峭虽是家里唯一未成年的孩子,备受溺爱,但家长照样不允许他在漫长的暑期淘气贪玩。不过,和小伙伴们爬树掏鸟蛋或下河摸鱼捉虾还是有趣的,很吸引他的。湖边的那棵大垂柳上常常有天牛,黑底白斑的最多。它们总像有一桩急事要做,六只脚不停地运动,有时停下来,还动着的便是两根有节的触须了。用手捉天牛,一点不难,即使它在树枝上转来转去。谭峭看天牛活动常常把脖子都弄累了,但是失望的时候很少。天牛的玩法是用线扣在它脖子上看它走。后来,谭峭的一件玉雕作品《童趣》,雕的就是伏在一片柳叶上的天牛,如此娴熟地运用俏色,把谭林泉乐得笑出声来。

斗蟋蟀是大人的兴趣所在,孩子们对捉蟋蟀的兴趣更大些。只要捉到一只,不管大小,谭峭总是那么欢喜。有时在外面玩得正在兴头上,忽然想起竹笼里的蟋蟀没喂,他便赶紧回家。吃着晚饭,蟋蟀叫了,他举着筷子听一会儿,听完了对父亲笑笑。一捉蟋蟀,整个院子就被他翻个底朝天。除此以外,谭峭喜欢读书、画画,可惜谭家没什么藏书可以供他畅读,这使他苦恼。

他完全不懂绘画之道,只是喜欢在家里的灶壁上画几幅折枝石榴、喜鹊登梅、桃花燕子之类的风俗图。有时,邻里的农家亲昵地唤他帮忙画灶壁。他的第一幅作品,是根据民间传说钟馗捉鬼绘出的稚嫩画作,由于小作者缺乏对世道的洞察,没有得到父亲的认可。第一次笨拙的尝试也让他明白了，想象力本身就是秘密的一大源泉——一旦开始作画，向谁都不能透露。画完后，谭峭才会把完成的作品拿去给哥哥或父亲看。

全家人逐渐意识到，家中这个最小的孩子虽然沉默寡言，但是有个古灵精怪的头脑，尤其在绘画方面颇有天赋，他们深感欣慰。一个个漫长单调的下午，他总是安静地翻看各种书籍、辞典和小人书，这些都是他哥哥从微薄的收入中节省出来给他买的。于是他画出了许多逼真传神、令人难忘的画作：一名解放军战士持枪在风雪中站岗；面对铡刀刚强不屈的刘胡兰；一个骑在顿河马上的哥萨克举着弯刀，勇猛杀敌；一只由丑小鸭蜕变的白天鹅在水中舔着身上的羽毛……

即使没有家人的关注和激赏，谭峭也会坚持画画的。作画不仅要和秘密打交道，而且能把世界变成一个五光十色的万花筒，带给他不少乐趣。半张画纸包含一个被宠坏了的王子的幸福童年；几笔涂抹可以展现月光朗照的沉睡的村庄；还有一盆红绣球花、一双白缎子的绣花鞋——这是姐姐谭冰房间里的东西。阳光穿过窗户跳进来，他感觉到花在吸水，仿佛自己也在分享吸水的快乐。他坐在椅子上，随便找一本书看看，或有意无意地画一个枕头花样，再把一切恢复成原样，不留痕迹就离开了，但姐姐大都会发现谁来过了。那些绣球花，他看着它们一点一点地开放，一点一点地萎谢。为什么他会把花与绣花鞋画在一起呢？不可思议。姐姐已经逝去多少年了，红绣球快开花了，天气渐渐炎热起来。

谭峭为了谭峻回家琢刻的作品是他向大师迈出的又一步，也是最后一步。起先他觉得这个过渡有些艰难，再想，反而是一种解脱。因为他发现，美只是一条狭窄的光谱带，丑却形态万千。把广阔的世界浓缩成图画，本身就是一种整理，经过整理的世界颜色纷乱。为了弥补这一点，他的一笔一画都极富感情和力量。谭峭为参评苏州市第一届“子冈杯”玉雕工艺奖付出了巨大的努力，他不能承受失败的打击。

他本可以轻而易举地把子冈牌雕刻成另一种新型样子。陆子冈成功地把印章、书法、绘画艺术融入玉雕，将玉雕工艺提高到了一个新的境界，闻名朝野。时至今日，陆子冈仍留下了众多谜团，比如他手中绝活都出于独创的“锟铻”刀，但他向来秘不示人，操刀之技也秘不传人。哥哥要从三山岛回来的消息使谭峭一下子跃入了一种怀旧的玉雕形式。

十岁的谢逸、七岁的谢亮和六岁的谢珊被一场苦涩的家庭“内战”所殃及。这件事对谭峭的心理产生了较大影响。他曾听母亲姚春兰埋怨自己的表妹余惠不计后果，慨叹这三个孩子的处境，谴责妹夫谢之光的花心和逃避行为——为了得到安宁，谢之光躲到杭州的灵隐寺去了。虽说余惠只是姚春兰的远房表妹，但两家一向来往密切，感情不同于一般的亲戚。余惠的母亲在世时，经常周济谭家。谭峭听母亲分析过这场“内战”种种最新的曲折和伤害、争吵和冷战，知道谢家三姐妹来他们家借住，不是长期的，不过两三个星期而已。谭峭卧室旁边的一个房间已经被打扫干净，换上了新的被褥，简单的家具也从别的房间搬了过来。他只是隐约知道，离婚是一种背叛和灾难，不是一件好事。结婚，确切地说是婚礼——才有美好意义。它循规蹈矩，井然有序，而且有着庄重热闹的仪式和酒席，还有令人陶醉的百年好合、白头偕老的誓言。

经历了星期六上午的耐心等待，当谭峭听到车轮碾过院子外的细石子路时，他一把抓起草帽，冲出客堂，穿过院子，闯进正午明亮炫目的阳光里。突然，他停住了脚步，望着坐在拖拉机上的小客人们，一句话也不说。姚春兰见了，扯着嗓门喊："小三，还愣着干什么？快过来呀！"他不应声，上前提了行李扭头就走。"这孩子真是的。"姚春兰嘀咕。

很快，他的母亲和姐姐给小客人们做了一个比较宽松的时间安排。三个梳着辫子的小客人——脸上泛着红晕的小姑娘被带去看了她们的房间，谭峭早已把她们的行李提进了房间。接着，她们被安排去厨房洗脸，喝绿豆汤，然后在院子里的紫藤架下吃午饭。在这过程中，谢逸和谢亮一直喋喋不休，最小的谢珊笑眯眯地喝汤。他的母亲不断地给三姐妹夹菜，姐姐谭冰在一旁盛饭添汤，谭峭一声不响地埋头吃饭。

午饭后，谭峭带着三姐妹去湖堤溜达。太湖很大，一眼望不到边，这样一片湖，浩浩渺渺，让人觉得有些苍凉。他们一起站在湖边看水、看船。"谭峭，我看过《西湖民间故事》，挺喜欢的，不知太湖有没有这样的传说故事？"谢逸问。"有啊。"谭峭答。"哦，那我们有故事听了。"谢亮、谢珊忍不住欢呼雀跃。谭峭红着脸说:“我讲得不好,你们不要笑我。”“保证不笑,快讲吧。”谢逸鼓励他。沉吟半天,谭峭说道:“在很久很久以前,王母娘娘要做寿,玉皇大帝送了一份厚礼。王母娘娘见了,高兴得嘴都合不拢。原来玉皇大帝送的是一只大银盆,里面有七十二颗大翡翠,还有用各种颜色的玉石雕琢的飞禽走兽,简直是一只聚宝盆;远远望去,又像是一个精致的大盆景,各路神仙见了都赞不绝口。齐天大圣孙悟空大闹天宫时,一棒把这只大银盆从天上打落,跌到地上砸了个大洞,银子便化作白花花的水,形成了三万六千顷的太湖;七十二颗翡翠成了七十二座山峰,分布在湖中;玉石雕琢的鸟,变成了成对的鸳鸯;玉石雕琢的鱼,化作湖里洁白如银的银鱼。”

“咦,银鱼,就是我们午饭时吃的银鱼炒蛋的银鱼吗?”谢珊好奇地问。

“嗯!”谭峭点点头。

“原来银鱼是玉石变的,怪不得那么白……”谢珊说。

“你呀,都说了这是传说,还当真。”谢亮打断她。

“小表哥,接下来,你要带我们去哪儿玩?”谢珊只当没听见,微笑着问谭峭。

“珊珊,你怎么光想着玩?爸爸要求的暑假作业都做完了?”谢逸教训起妹妹来毫不含糊。

“早做完了。”谢珊回答。

“那也回去,看你一到乡下,快疯成野丫头了。”

“我们回去吧,小表哥估计也累了。”谢亮温顺地说。

“我不累，走这点路在乡下不算什么，跟插秧、割草、挑粪比，轻松多了。”谭峭摇摇头。

“挑粪，臭死了。”谢珊说着，用手捏住鼻子。

“臭？午饭时你喜欢吃的炒青菜，没有大粪浇，哪有这么香？”

“小表哥，你故意恶心我，我才不信呢。”

“我可没工夫骗你。”谭峭说完，也不理她，径直往家走。

“小表哥，等等我。”谢珊娇声喊着，连忙追上去。

“你呀，真麻烦！”谭峭说着，还是停在了路中央，等谢珊走近了，拉上她一起走进村庄。谢逸、谢亮紧跟其后。

这座乡村平屋建筑，由于祖父谭泽的参与设计建造，在这个几百人的古老村落里显示出与众不同的雅致和宁静；再加上濒临太湖，很适合动静自如的居住需求。大门上的联额、庭院里的花木，都是精心布置的。大客堂的用处：过年敬神，清明祭祖。父亲谭林泉过五十岁生日时，办了件大事，把房屋改建了。大客堂没动，厢房加大了。房屋翻盖的情况谭峭至今还记得，先由瓦匠头、木匠头挖出整整齐齐的一方土，供在长条案上。破土后，请全体瓦木匠在大客堂吃一顿饭，这是村里历来的规矩。接着是上梁竖柱，放鞭炮，撒糕馒。

那时的哥哥是个风趣的人，白天跟着父亲琢玉，晚上坐在院子里的紫藤架下给弟弟妹妹讲故事——说书，说《英烈传》《水浒传》《三国演义》，一直说到深夜。有一天，连着通宵赶工的谭峻瞌睡时，金刚砂不慎溅入左眼，待急送苏州人民医院却错过了最佳治疗时间。当时，哥哥已订婚，同村的女方听说谭家的这一变故，马上上门提出退婚。父母亲对着女方家长又是递烟又是上茶，一脸赔笑，希望女方再考虑考虑。女方家长板着脸，一声不响。谭峻倒是坦然，反而笑着劝说父母："退就退吧，我不想耽搁人家，谁让我瞎了眼呢？"看着退婚后的哥哥与往常没什么两样，依然说笑，依然在晚上讲故事，谭峭姐弟总算放了心，父母亲的眉头也渐渐舒展开来。十天后，谭峻却整理行装跟家人告别，说："朋友介绍我去三山岛小学做民办老师，工资虽然不高，但是有机会的话，可以转正。所以，我想去试试。"父亲老泪纵横，抚着他的肩膀，说："你去吧，是爸爸对不起你，为了这房子的欠债，让你日夜赶工，结果弄成这样。唉！""爸爸，你别说了。"就这样，哥哥离开了家，他平时住在学校里，只有节假日才回家。因此，谭峭总是盼着过节。

这个院子是谭家最亮丽的地方。每当家像一幅图画浮现在谭峭的记忆中时，它的颜色是深沉的。谭峭从小就被养育在这种安定与宁静的环境里。客堂前的屋檐下总是挂一只鸟笼，那只鹩哥眯着眼，只有在傍晚时分，它才唱会儿歌，洗个澡，抖下翅膀，再伸展到廊内闪动的夕阳光影里。午后，谭峭吃了一碗香喷喷的青菜瘪子团，为了消食，在院子里陪三姐妹玩女孩子玩的踢毽子、跳房子，三姐妹也陪谭峭玩男孩子玩的弹珠。谁输了，让赢家弹一下脑门，或是拧一下耳朵，刮一下鼻子。

谭林泉虽然手艺高强，但是秉性木讷，不善言辞，文化又低，没有本事去应付生意场中的交际和争斗,只会埋头苦干。他的玉雕物件,供应苏州城里的古玩玉器店,大多卖了好价钱。他靠他的手艺赚钱,从不抱怨,只是用两只手不停地劳作,维持一家人的生计,日子倒也过得安康。

他平时干活的手工磨床,叫作"水凳",不太复杂,就是四条腿支起来的一张"凳面",一边装着转轴,带着磨玉用的"砣子"——砂轮形状的刀具,一边挖着凹槽,盛着磨玉用的金刚砂,洼槽头上开一小口,下面三角形的支架上托着一个水盆。谭林泉琢玉时坐在一张机凳上,双脚踏动水凳下面的踏板,带动凳面上的横轴,砣具便转动起来。他左手托着玉件,凑在砣具锋利的边缘琢磨,右手不停地蘸起金刚砂,抹在砣具与玉件之间。为了降低摩擦的温度,需要不断加水,"水凳"之名由此而来。他一干起活来就全神贯注,仿佛把人世间的诸多烦恼通通忘记了。这两天他去苏州专诸巷看望老朋友了,不知道家里突然来了三个苏州小姑娘。

谢亮看着那些玉雕,她本来就不认生,向谭峭问道:"你不会不知道这些东西是怎么做出来的吧?"

谢珊看见一串水灵灵的葡萄,紫红晶莹,挂着薄霜,剥裂处,露出玉珠似的果肉。那是她喜欢吃的水果,她脱口说:"姐姐,这、这是刚刚从树上摘下来的!"

谭峭不屑地说:"你以为这是真的,能吃?咬一口硌掉你的牙齿!告诉你,这是我爸爸花了三个月的工夫雕的!"

谢珊惊讶得张大了嘴,说:"小表哥,这是真的?"

“这原来是一整块玛瑙，”谭峭指点说，“玛瑙不光有红的，还有白的、紫的、绿的、粉的、黑的。有时，一大块玛瑙上有好几种颜色。你看，这块就是紫的。我爸爸想了好久，才想出了这个办法：把紫的部分做成葡萄；绿的部分做成叶子；白的部分呢，做成剥开了的葡萄。”

“啊——”谢亮不知该怎样表达她的赞叹，喃喃地说，“这都是靠他的手，人的手做出来的？”

“当然喽！”谭峭平时虽然不太关心父亲的工作，此刻格外为父亲的一手绝技感到骄傲，根本不容谢亮怀疑，“我爸爸那双手，没有做不出来的！你再看这个百环瓶。”

他指着案几上一只用碧玉雕成的花瓶，瓶呈四方形，凸肚，细颈，小口，瓶身光滑细腻，吸引人的是两旁各有一个高浮雕兽头，嘴里衔着玉环，玉环上又套着玉环，环环相扣，垂成两根玉环组成的链条，所以叫“百环瓶”。

“这是用和田碧玉做的，好看吧？”

“它是怎么连起来的？”谢珊侧着头反复察看，却找不到玉环上有一丝接缝。

“什么？连起来？你以为是一个一个做好了再套上去的？”谭峭觉得她的想法太好笑了，但他乐意向她说出其中的奥妙，“玉是硬的、脆的，不能捏，怎么‘圈套圈’？”

“……”谢珊一下子被问住了。

“告诉你，这是整块玉挖出来的，雕出一个套一个，雕出一个再套一个……”

谢珊惊呆了，她望着那环环相扣又灵动自如的玉环链条，无法想象是一双怎样的手做出了这样的神品！

谭峭想起父亲的终日劳作，发出感叹："要是人人都会做，就不稀奇了。我爸爸脑子里想的全是玉，每天坐在水凳前磨呀磨，小件要磨十几天，大件要磨几个月！知道吗？北京的故宫里有一座名叫《大禹治水》的大玉山，很多匠人一起雕磨了十几年，那里面就有我爸爸的爸爸的爸爸！"

"玉件都是这样磨出来的，"谭峭在她们面前俨然是个富于经验的老艺人，"越磨越细，到最后，才能磨得这么又光又亮！"说着，他拿起百环瓶旁边的一只小小的玉碗。

谢亮定定地看着那只玲珑剔透的玉碗，洁白、晶莹，碗壁薄如蛋壳，隐隐约约可以看到谭峭托着碗的手指。

谢珊伸出小手说："我要碗，我要碗！"

谭峭小脸一板，托着碗的手躲开谢珊："这可不是你能玩的，要是摔碎了，那就不得了了。"

谢珊噘着嘴，不敢再要。在她眼里，刚认识的这个小表哥挺严肃的，说起话来像个小大人，让她不得不服从。

"你可以摸摸，光滑的。"谭峭有些歉意地凑近说，把玉碗递给她，"摸摸不要紧的。"

"哦。"谢珊伸出手，小心翼翼地摸着玉碗。滑腻的玉质摩擦着她纤白的手指，一阵清凉浸入她的手掌。

"亮亮、珊珊，你们躲在这里，让我找了好一会儿。"说话间，谢逸走进了谭林泉的工作室。谭峭把两条长凳排成一行，自己则坐在一张旧灯挂椅中。在工作室相对暗弱的光线里，谢亮的脸看起来分外纯净，她看起来像只可爱的白天鹅。谢珊坐在旁边，她穿了一条淡绿格子的棉布裙子，显得皮肤很白，眉心上的一颗朱砂痣，让她看起来娇俏极了。她们的姐姐坐在中间，颧骨高高的脸上长着几颗雀斑，看上去有些严厉。

突然，有一只白头翁冒冒失失地飞进来，大家赶紧关门，关窗，吆喝，拍手。谢亮刚拿起自己的帽子向空中扔去，就被谭峭拦住了，说当心玉雕。可怜的小鸟这下完全没了主意，只是横冲直撞地乱飞，撞在玻璃上，弄得一身蜘蛛网，后来大概是从两椽之间的空隙飞走的。谢亮拍拍胸口，虚惊一场！

“小表哥，你养过鸟？”谢珊问道。

“嗯。”谭峭回答，觉得她问得多此一举。

“小表哥，你跟着伯伯雕玉吗？”谢珊又问。

“不，我喜欢画画。”谭峭说道。哥哥走后，谭峭有说不出的难过与孤单，每天见了父亲说话不超过五句。他知道父亲为了操持这个家不容易，但在心里还是不想谅解他。

谭峭学着父亲的样子，像模像样地点燃一支香，恭恭敬敬地插在香炉里，青烟在墙上陆子冈的画像前缭绕。

谢亮咳嗽了一声，有些反感地说：“我讨厌乡下，也讨厌墙上这个不知道是谁的古人。”她的情绪变化很快。

“我也不……怎么喜欢，他究竟是谁呀？”谢逸附和。

谢珊的眼睛看着画像，一眨不眨。谭峭激动地理论：“他是明代玉雕大师，江南玉雕业的祖师爷！我爸爸最敬重他。”

“玉雕有什么用?”谢亮说话时耸了耸肩。

谭峭一时语塞,看来刚才他的一番介绍白费工夫了。

“你们认为陆子冈的玉雕不美吗?”他的语气愤愤的。

谢亮的目光掠过姐姐的肩膀,朝谭峭看去。

“怎么说呢？他雕的东西我们又没见过。”

“你们说呢?”谢亮看着姐姐与妹妹。

谢珊看着谢亮,说:“伯伯的玉雕多美呀,这个古人是他敬重的人,当然好。”

“哼,你倒乖巧,会讨好人。”谢亮说。

“姐姐,爸爸给我讲过一个故事,关于一块玉璧的,叫和氏璧。战国时的秦昭王愿意用十五座城池来换这块玉璧呢。”

“反正爸爸没跟我讲过。”谢亮咕哝。

“我知道,哥哥给我买过这本小人书。”谭峭惊喜地说。

“好了,你们不要吵了,乖乖地听话,否则就要挨骂了。”

谢逸的威胁显然有威力。谢珊咬着下嘴唇说:“为什么我们一定要听话呢?”

“还记得妈妈说的话吗？我们是这里的客人,我们必须……我们必须怎样做？你们说,我们必须怎样做?”

“必须听话懂事。”两姐妹齐声说道。

谢逸转向谭峭,微笑着说:“再给我们讲讲陆子冈吧。”

谭峭知道谢逸这么做不是喜欢陆子冈,而是出于礼貌,因此有些闷闷不乐。他三言两语地讲了陆子冈的传说,已没心思想要让他的表姐妹们在到来的第一天晚上感到兴奋了。

“这么快就讲完了?”谢逸问道。

“嗯。”谭峭点点头。

“小表哥,你讲得太简单了,我都没听清楚,再跟我们详细讲讲吧。”谢珊恳求说。

“你真的喜欢听?”谭峭问道。得到谢珊肯定的答复后,他开口说:“陆子冈的故事都是我哥哥跟我讲的。那是在陆子冈十岁那年,大雪天,他从太仓家里出走……”

陆子冈的大哥站在大门口,他的妻子站在旁边。她起先假意规劝陆子冈三思而后行,然后严厉指责他的出走将败坏陆家的名声。懦弱胆小的男主人面对着妻子,竭力劝说:“弟弟,你不要一意孤行,你这样做让我们怎么对得起九泉之下的父亲?你还这么幼小,毫无人生经验,虽然外面的世界很大,但是离开了家,你怎么活下去?”

两姐妹面面相觑,发出沉重的叹息,谢逸连忙嘘声制止。“是啊,他怎么活下去呢?”谭峭想了想说。

石谷先生好治印,陆子冈也整天刀不离手。除了学治印,陆子冈还喜好摹刻各种花鸟,开始用南瓜,接着是砖块,再就是印石了。最后,石谷先生的印纽都变成了样式各异的花鸟虫鱼,石谷先生不由得感慨:“如果摹刻有功名可考,状元肯定非你莫属。”石谷先生临终前,当着他的面把一纸卖身契放在烛火上烧毁了。那一刻，陆子冈在倏然明亮的火光里，心禁不住微微一颤。

这样，从苏州城里来的女孩们又坐了半个小时，静静听着谭峭讲述，直到他姐姐谭冰进来把三个小客人叫去洗澡。

二

不久，三姐妹回家了。这场家庭“内战”历时两个月，最终以谢之光的妥协结束。为此，他必须每月上交余惠工资。在余惠看来，没有钱的男人，在外面拈花惹草成不了气候。

谢之光一口气说出这么一大串古寺名，像星斗一样洒满了大半个中国，都是他足迹遍布之处，谭林泉听得目瞪口呆！尽管他早就知道谢之光的头衔之多：江苏省文物鉴定委员会副主任、苏州博物馆馆长、苏州市文物管理所所长、江苏师范学院兼职教授、苏州市收藏协会会长、苏州市文物商店名誉顾问……他们说话的时候，谭峭把谢亮递给他的那杯茶，喝了又续，续了又喝，似乎渴得很。谢亮耐着性子一次一次地给他续水，心里在暗暗发笑。谭峭望着谢之光教授，中等以上身材，清瘦、白净，戴着一副金丝边眼镜，笑容可掬，气质儒雅，心里充满敬畏。喝够了水，他静静地坐在靠墙的玫瑰椅上，看着桌上、柜上摆满厚厚的书籍，眼光好半天才移动一下位置，心中发出无声的赞叹。古雅清幽的艺圃像夜空透过薄云现出的一轮明月，吸引着这个乡村孩子一步一步靠近。

“好久不见了,你们父子俩赶了这么远的路,吃了午饭再走吧!”谢之光瞟了瞟谭峭,对谭林泉说。

“妹夫,我今天来苏州,其实是有件事想托你,不知……”谭林泉说话吞吞吐吐的。

“你说,我们是自家人,不用客气。”

“唉,你也知道,谭峭他哥哥因为琢玉瞎了一只眼,被退了婚,一气之下跑到三山岛去当民办老师也不回家。这孩子呢,从小喜欢画画。我寻思着画画对琢玉有好处,说不定,将来他可以继承我……乡下现在连饭都快吃不饱了,所以我、我想……”谭林泉说着,不停地用袖管擦拭额头上的汗。

此刻,谭峭正处于饥饿的幻觉中。在他眼里,树木奇形怪状,花朵鲜艳欲滴,烟悬空,水倒流,房子歪斜,楼梯滚动,云朵变成怪物,阴影深不可测,星星又大又亮……后来他看到凡·高画的星空,一点不惊奇。那是特殊的视觉效果。

谢之光仔细打量眼前的乡村小少年,他有着清澈明亮的眼睛、白皙俊朗的面容,多像歌德笔下那位诗一样的美少年,气质纯净、灵动。除了身材瘦削单薄些,没有营养不良的样子,可见谭家对他的珍视。于是,谢之光微笑着点了点头。

“文管所为了照顾我,这几年让我在艺圃办公、休息。不过,我家也离得不远,在附近的吴趋坊五爱巷。老谭,等一会儿我们一起吃饭。得知你们要来,余惠今天做了不少菜,芸姨会送来。我看,今后让小峭住在艺圃,园子从前主人的书房。喏,就是从北面七襄公所的那个门进去,地方还挺大的,平时冷清得很。哦,对了,小峭大概跟亮亮同岁吧?”

“嗯,差不多,都是1949年出生的,属牛。”

“白天,让他在东中市小学上课,和亮亮一起,正好做同学,平时,跟着我在这里读书画画。不知他愿不愿意?”

“妹夫,你这么说,我求之不得呢。他一个乡下孩子没见过什么世面,有你这个大教授亲自教导他,还有什么不愿意的?”听谢之光一口答应,谭林泉激动得热泪盈眶,大声喊道,“傻孩子,愣着干什么?还不赶快过来给谢教授磕头。”

“不用,不用,别吓坏孩子。”谢之光连连摆手。但谭峭还是按照父亲的嘱咐,郑重其事地跪下磕了头,恭恭敬敬地对着谢之光喊了一声“老师”。这个腼腆、俊秀的乡村小少年的命运就在这一刻改变了。

第二天黄昏,谭峭跟着谢之光从艺圃走出,穿过一条小巷,转弯,停在一座镂花铁门前。抬起头,他看到铁门上的大字“畅园”。

走进,谭峭眼前一亮,一个圆形的大理石喷水池出现了。喷水池中,矗立着半裸的丘比特雕像,水柱喷射到他的身上,再奔泻下来,在初秋的阳光下,折射出一种神秘的光华。谢之光说:“我在欧洲旅行的时候发现了这座雕像,花了一笔钱把他运了回来。小峭,你有没有觉得他特别适合这里?”

“是的。”谭峭看了老师一眼,戴着金丝边眼镜的谢之光,一派名士风度,身上想必有着说不完的故事。水池两边,栽满了玫瑰与蔷薇,还有数不清的花与树,海棠、山茶、丁香、木槿……正对喷水池的是一栋二层民国建筑,灰砖外形,落地长窗。房子前有几级台阶,大门是拱形的。门敞开着,露出大厅里暗红色的地毯、黑色沙发、深褐色的窗帘。

“啊,”谭峭轻呼,“这里真漂亮!”

大厅的前面通向二楼一个大露台,大厅的后面是楼梯,斜靠楼梯的,是一个关着门的房间。谭峭指了指这个房间,猜测说:“老师,这是书房吧?”“是的。”谢之光走过去,一下子推开了那扇关着的厚木门,“我知道你爱看书,珊珊是个小书迷,她几乎把畅园的书全搬进这间屋子里来了。”

谭峭站在门口,惊愕、眩惑。这是一个宽敞无比的房间,四面的墙壁,除了落地长窗外,都被书柜占满了。书柜的隔层有宽有窄,除了书之外,里面还陈列着几件铜制雕塑和水晶玻璃艺术品。谭峭再也按捺不住,深深地喘了口气,问道:“老师,我能进去看看吗?”“当然可以。”谢之光开亮了室内的几盏灯。谭峭走了进去,谢之光坐在一张安乐椅中,用手托着下巴,他注视着谭峭。谭峭迫不及待地走到那些书柜前,他立刻发现这些书是经过科学的分类与整理的,大部分是哲学、历史、文学、宗教、建筑和艺术。他伸手拿出一本沈复的《浮生六记》,沾了满手的灰尘。翻开第一页,扉页上有两行字,字迹娟秀,写着:

“1949 年 11 月 14 日于乐桥旧书店购得此书,欣喜若狂。映霞注。”

他拿着书,呆呆地看着这行字,眼前浮现一个人影……把书放回原处，又去看其他书。他有些头晕眼花，从小嗜书如命，但在生活的压力下，根本没机会去接触更多的书。畅园，居然拥有这样一个宝库。抽出一本《碾玉观音》来，他惊奇地发现这是一本关于玉的宋话本小说。在扉页上，他看到那个“映霞”似乎和他有着同样的惊奇，写着：

“以高价购得此书，疑系绝版，如此相爱之人，竟只能共赴阴曹地府才能结合，令人扼腕叹息。问世间情为何物？映霞识于 1950 年 2 月 5 日。”

他握紧了《碾玉观音》，回过头看着谢之光，对方在沉思。

“我能把这本书带回房间去看吗？”他迫切地问。

“可以。”谢之光回答。

“我现在才知道，老师，”他喘着气说，“您真的有个巨大的知识王国，您的财富，简直是无法估量的！”

谢之光微笑了一下，那笑容有些凄凉。“我曾经很富有，”他轻声说，轻得他几乎听不到，“但是，我失去得太多了。”

“失去？”谭峭看着老师。

可能意识到自己失态了，谢之光掩饰说：“哦，这儿的书还是不如艺圃多，我在香草居和馎饦斋都放了不少，为了方便工作。你也可以拿去看，只要看完了，放回原处就好。”

谭峭不知他指的“失去”是什么，也无心去追究。这个乡村小少年，第一次知道人可以生活在这样的充满着书香的环境里！

“我让芸姨带你去餐厅，我要上楼换件衣服。”谢之光说，“晚餐后，我还要工作，你来书房帮我一起整理资料，我那儿有一套《史记》,你可以先看起来。""嗯。"谭峭走向餐厅,往窗外看,正好面对花园的喷水池。爱神沐浴在朦胧的月光中,一颗颗水珠在夜色里闪烁着点点幽光。

"小伙子,你需要什么吗?"芸姨问。她长得白白的、胖胖的、笑眯眯的,像只糯米团子,让初来乍到的他倍感亲切。

"不,谢谢。"芸姨走了。谭峭伫立在窗口,远处掩映着轮廓模糊的城墙,望着园中的大理石雕像,他倾听松涛竹籁。

在晚餐桌上,谭峭再次见到了谢之光,还有姨妈余惠,谢逸、谢亮姐妹。在淡红色的光线下,谢之光的脸色看起来比白天好多了,面颊红润,神采奕奕。

"你喜欢这里吗? 艺圃的房间住得惯吗?"他问。

"简直太好了!"谭峭由衷地说,想着那柔软的床、那漂亮的写字台,特别是干净的卫生间,"我从来没住过这么好的房间,谢谢老师。"

"像你这么聪明漂亮的孩子,应该有个良好的环境用来读书作画。"谢之光和蔼地说。听他这么一说,余惠也对谭峭注意起来。他穿的是一件白衬衣,一条卡其长裤。衣服是旧的,样子也简单,但极其整洁。余惠心想:虽然是从农村来的孩子,倒也不失白净俊俏。于是,余惠微笑着说:"小峭,你要把这儿当成自己的家,虽然现在什么都缺,日子过得紧些,但是如果有什么需要的,可以跟我和姨夫说,不要拘束客气,我们一定会尽力而为的。"为了表示诚意,又加上一句,"亮亮,你也要关心一下小峭哦。"

开学第一天，谭峭的心情可以用“兴高采烈”来形容。脚上穿的球鞋是新的，其他衣服裤子、书包文具也是新的，连头上戴的帽子都是崭新的。走在路上整个人喜气洋洋的！

走进二年级教室，迎面是一群女生在嘻嘻哈哈地说笑。一眼望去，人堆里有一张熟悉而明艳的脸在晃动。谭峭对着她招呼：“亮亮，我还在等你呢，没想到你早来了……”他没头没脑地说着。她的表情先是惊异，慢慢地转为轻蔑，鼻子轻轻地哼了一声：“我可没让你等哦！”“嘻嘻，新来的插班生一看就是乡下来的，土里土气。哈哈！”旁边的一群女生立即帮腔，“咦，谢亮，你认识他？”“嗯，他是我们家的亲戚……不，是邻居。”谢亮涨红了脸，期期艾艾地说。谭峭刚才那种兴高采烈的心情荡然无存，眼神黯淡下来。再看谢亮，她脚上穿着一双黑皮鞋，身上是一件粉红色的朝阳格连衣裙；与她相比，虽说他这身全新的行头有些土气，但是是母亲特意为他准备的，朴实大方又温暖。谢亮的表情为什么是嫌弃呢？他有点想不通。“我们走吧，谢亮，别理他了。”真是一点面子都不给，那些女孩子边说边拉着她，嬉笑着扬长而去。他愣愣地站在那里，想想自己也没什么不对，她们可气又可恨！“哼，你不理我，我还懒得理你呢！”

下午一放学，谭峭像脱飞的小鸟一样奔向艺圃。秋日的阳光清凉而舒适，扑面的风带着一股温柔、醉人的气息。他停住脚步，假山石下站着一个小女孩，穿着一条红色百褶连衣裙，脚上白袜配着一双白皮鞋，两条辫子扎着两只粉色蝴蝶结，那张脸漂亮得让人窒息。两只麻雀掠空飞过，她仰起头，几片花瓣坠落在她的额前。这正是一年多没见的谢珊，她的眼睛亮晶晶的，她凝视着他："小表哥。"

"珊珊。"

"昨晚我从奶奶家回来，听说你来了，赶紧来找你。"她上前拉着他的胳膊，笑着说。那笑容跟从前一模一样。

谭峭看着她，没想到会在园子里看见谢珊。他本来就心存疑惑：他来苏州好几天了，怎么没看见她？夕阳在流动，晚霞如一匹绚烂鲜艳的绸缎，谢珊身上的色彩也格外夺目。

"小表哥，今天我也去学校报到了，我上一年级，教室在你楼下。以后，我们可以天天一起上学，一起放学了。你说这样好不好？"谢珊亲热地说。

她娇软的声音，像黄莺一样婉转动听，听得他心里甜蜜蜜的，他清冷的脸上不免露出欣悦的表情："嗯，挺好的。"

晚餐开始了。热腾腾的米饭、茭白炒肉丝、葱烤鲫鱼、清炒空心菜、番茄蛋汤……芸姨一早拿着谢之光的专家特供券排队买了菜精心烹调。余惠没下楼，谢逸、谢亮沉默不语，谢之光一边吃，一边和小女儿说话。谢珊一张白净甜美的小脸，一双乌溜溜的大眼睛，黑亮如夜色："爸爸，我发现书房里的书被重新整理过了。"

"这你要问小峭。"谢之光笑嘻嘻地说，"他来了这几天，除了在延光阁学画，几乎把所有时间都花在那些书上了！"

"哦？"谢珊望着谭峭，"我那个香草居怎么样？"

“一个丰富的知识宝库。”谭峭正色说。

谢之光给了女儿们一大堆文具，还有困难时期少见的糖果、饼干，包括几本专门买给谢珊的小人书。他说：“对不起，假期我一直没时间陪你玩。怎么样，在奶奶家过得好不好？”

“还不错。”谢珊回答。

“什么叫还不错？”

“还可以。”谢珊解释。

“不肯说个‘好’字吗？”

“还好。”谢珊又说。

谢之光吸了一口烟，坐下说：“等一会儿妈妈问起来，你才该说‘还好’，懂吗？”

“我知道。”谢珊乖巧地点点头。

谢之光把谢珊拉到他跟前，亲亲她，低声说：“你生我的气，但我还是喜欢你。怎么办？”

“爸爸，你的胡子扎痛我了。”谢珊提醒父亲。

“真的吗？我怎么没感觉呢？”谢之光以宠溺的语气说。

“咳，咳。”余惠一步一步地走下楼梯，轻飘飘的。她皮肤苍白，大眼睛、高颧骨，两颊陷落。她的打扮很时髦，烫着卷发，印花绸短袖衬衫，下身是纺绸灰裙子，长筒袜配上平跟绣花鞋，这身打扮在20世纪50年代是非常时尚的。

“妈妈，你的感冒好像严重了？”谢逸关心地问。

“是啊，明天要不要去医院？”谢亮上前扶着母亲。

余惠瞥了一眼谢之光，屋里的空气一下子冷寂下来。谢珊调皮地对谭峭眨眨眼，示意他放松。此刻，谭峭觉得餐厅里的长桌、椅子、灯全是暗沉沉的，包括余惠的脸色。

“珊珊，你总算回来了。不然，你爸爸要急坏了，好像这个家只有你才是他的亲生女儿……”

“余惠，你对珊珊说这些话有意思吗？她们三姐妹都是我的女儿，我都喜欢。”谢之光马上驳斥妻子。

谢珊却觉得母亲说得不无道理。从小父亲对她就有种特殊的爱。她想，那是由于自己活泼调皮的个性，还是由于某种隐秘、暧昧的原因？在幼小的谢珊眼中，书卷气的父亲无疑是非常有魅力的。他有一种沉稳踏实又潇洒不羁的才子风度……她从未见过他慌慌张张、没有主见的样子。而且父亲还喜欢花草、各种小动物，他和她之间无话不谈。

“哼，我现在都不会说话了，成了多余的人。”余惠说完，饭都没吃，就上楼了。

餐厅的气氛恢复了刚才的温馨。昏黄的灯光下，孩子们围坐在桌边，看谢之光写书法，他写一个，讲一会儿。谭峭从开始的瞠目不解到恍然大悟是那样迅捷，他快乐异常，认为谢之光着实是满肚子的学识。他喜欢这样的生活，真惬意！

那天晚上，谢之光破例喝了点红酒，诗兴大发，在白壁上题诗一首，七绝，至少有三处是令他得意的。谢亮悠悠说道：“爸爸又在炫耀他的米芾体了。”

谭峭这时已知道米芾是什么人了，对谢之光佩服得五体投地，一遍遍读着墙上的诗。第二天，谢之光提了一桶石灰浆，对他说："本来应该去旧换新了，我要把这里全部粉刷一遍。"

他吩咐花匠老李把隔夜刷过的墙面连同陈年起壳的泥层通通敲掉，喷湿墙砖，黄沙水泥底筋拌和了，括糙打底，二道是细沙石灰抹平。初秋熏风，干得也快。不到三天，回廊朱栏白壁焕然一新，映照着摇曳的竹影，最是雅洁宜人了。

谭峭放学后总是去畅园帮忙干些家务，生火、淘米、择菜、扫地、擦桌。周末，他看见芸姨在厨房杀鸡，主动说："我来煺毛吧，不然，晚饭会来不及的。"

他先把鸡浸在装满热水的盆里，透了，马上把鸡毛拔了，最后端到井边洗净。谢珊坐在回廊上看书，时而逗弄含羞草，触遍所有叶子，看它们都合起来了；也偷眼看谭峭，他干活儿的一举一动多么和谐，她简直看呆了！没想到，被她所厌恶的家务劳动还有这么大的乐趣。含羞草的叶子一片片张开了，再猝然碰一下。快收拾完了，谭峭瞥见谢珊蹲坐一边，趁机考她：

"井字当中加一点，什么字？"

谢珊想了想说不知道，他刮一下她的鼻子，说：

"那是咚，一块石头丢在井里，就是咚。"

"咚？这我知道呀！"

"那你怎么不早说？对了，找我有什么事？"

"小表哥，帮我折只纸船吧，要带篷的那种。"

"真笨，连纸船都不会折。"

"嗯。可我……"

他拿来一张纸，正方形纸对中线折，折成了，递给她："这种船折起来很简单的，很小的时候妈妈就教我了。"

"可我……妈妈不愿教我……"谢珊的声音哽咽了。

她从小和祖母一起生活，每个星期六晚上才被父母接到畅园，到了星期天下午，又被父母送回。她委屈地哭了起来，抽抽搭搭地说："妈妈只喜欢姐姐，不喜欢我。"

"你想多了，老师不是挺喜欢你的吗？"

"嗯，这倒是。"说到父亲，谢珊的脸上有了笑意。

看着谢之光和谢珊亲密无间的情态，谭峭常感羡慕，想自己和父亲之间怎么不能如此这般呢？所以他会发呆地看谢珊和谢之光一个眼色、一个动作便默契得出神入化的情形。谢之光要出门办事，刚刚走到院子里，谢珊奔上楼去拿了大衣。谢之光看小字更换一副眼镜，失手跌碎了镜片，谢珊从他的左手抽屉里掏出一副新的，他随即戴上，看完文件，逗趣说："再跌碎了呢？"

谢珊从右手抽屉又掏出一副，连验光单也带了出来。

"单子在你这儿？"谢之光问。

"嗯，我有用，当然归我。"

想到这儿，谭峭轻声安慰她："珊珊，以后还是跟老师一样叫我小峭或谭峭吧。给你讲个故事，我是从书上看来的。"

渐渐地，一个鬼故事《碾玉观音》在昏暗的暮色中升腾起来，在空中，在墙上，在窗前，在一种莫名的声响里……

主人公璩秀秀，出身于贫寒的装裱匠家庭，长得美貌出众，聪明伶俐，更练就了一手好绣功。无奈家境窘迫，父亲将她卖给咸安郡王。从此，正值豆蔻年华的秀秀，身陷侯门。

其后，郡王口头将秀秀许配给碾玉匠崔宁。秀秀和崔宁品貌相当，相互爱恋。为了追求自由爱情，两人趁王府失火之际私奔，屡次遭到郡王迫害。后来崔宁被发配，秀秀杖责而亡，她的父母担惊受怕投河而死。秀秀的魂魄和崔宁再续前缘。

最后，崔宁发现秀秀非人，秀秀父母也非人。秀秀这个刚烈女子，义无反顾地携崔宁在阴曹地府做了一对鬼夫妻。

谭峭第一次对自己讲的故事满意：

刺绣和琢玉，这是两个在苏州顺手拈来又颇具特色的行当，崔宁待诏秀秀养娘，一个刺绣、一个琢玉。故事一波三折，风云迭起。先是崔宁琢玉观音，后是修玉观音；先是秀秀做人不得，继而做鬼。但做鬼孤单，就拉着爱人一起做鬼，离开人世，飘然而去。

听完，谢珊拉出胸前的玉玦低声啜泣："奶奶说，这是我的亲妈妈留给我的，我的亲妈妈在哪儿呢？她也变成鬼了吗？"谢珊多么希望她仅仅是做鬼去了，有朝一日阴雨霏霏或月白风清，她会悄悄地回到苏州回到畅园。

这是一块青玉质地的玉玦，呈璧状，开窄口，起着阳纹，粗看像水草纹，细看更像龙纹。

“珊珊,怎么又哭了?你今天的眼泪多得快成洪水了。奶奶年纪大了,她在胡说呢。阿姨就是你的亲妈妈。”

“不,奶奶不糊涂。有次我在她那儿生病发烧时听见她跟姑姑说的,她们以为我睡着了。”谢珊说,“今天,语文课写作文,题目是《伟大的祖国》。我写的第一句是‘伟大的祖国,美丽的母亲’。相信我,我是动了真情实感的。这篇短文轰动了我们班,老师问我这么好的作文是怎么写出来的。我是因为太想妈妈了,一边写一边差点掉眼泪了。”

谭峭看着谢珊泪痕满面、楚楚可怜的脸庞,不知该怎么安慰她。他摸了摸她的头发,说:“珊珊,别难过了。暑假跟我一起去光福吧。”

“好啊,但是还要等很久哦。”谢珊破涕为笑。

“要不,我今天请你吃雪糕。”

“你哪来的钱?”

“我来苏州时,哥哥给的,我一直攒着没舍得花。”

那天他跑了好多路,直到在观前街一家叫“广州食品店”里,才买到了大雪糕。谭峭赶紧把它放入钢精饭盒里,往回奔跑。结果,当他满头大汗,上气不接下气地赶到艺圃,打开饭盒时,两人一下愣住了。黄色的灯光下,哪还有什么大雪糕?饭盒里只有浅浅的一层淡黄色的浊水,拿掉两张包装纸,水面上浮着两根雪糕棍。“啊……”两人异口同声地叫了起来。大雪糕虽化成了水,但水还是冰凉的。于是他与她凑着饭盒,你一口我一口地很快将那些水喝了个精光。水,透心地凉,而且蜜甜蜜甜的,喝在嘴里有一种说不出的舒爽和幸福。回想起来,那段时光是谭峭少年时最愉快、最有生活亮色的时期。

暑假来临,谭峭和谢珊回到了光福谭巷村。儿子进门的时候,姚春兰搓着手连围裙都没有摘就从厨房里奔出来,居然不敢上前。还是谭峭上前拥抱了她一下,她瞬间流泪了。

他俩一来,把姚春兰忙坏了。她一再叮嘱谭冰:“菜要洗干净啊,起码洗三遍。对了对了,千万不要切了以后再洗,这样营养成分都流失了。”鸡汤加进发好的黑木耳小火炖;馄饨包了三种馅儿;知道谢珊嗜肉,她把青椒的内瓤掏出来,填进鲜嫩的肉糜,上锅蒸。待青椒出盘,稍稍冷却,一大口咬下去,香辣四溢。谢珊一下子吃了三个,谭峭吃了五个。

姚春兰记得每一个人爱吃什么,即使饭桌上没几个菜,她做得也会让你有丰盛之感。仅仅是这样,还不足以让谢珊敬仰,芸姨也能做出美味佳肴,烹饪不过是她的诸多过日子技能里的一种。让谢珊叹为观止的,是她在收纳整理方面的杰出技能。

家里总是窗明几净、一尘不染,不太大的空间,却有宽敞乃至空旷之感。她想有两个原因:一是他们家的桌子、柜子、箱子上都不怎么摆放东西,零碎物件都被收纳到合适的地方;二是他们家不会堆积许多弃之不用的闲置物品。

最让他俩高兴的是跟着谭林泉坐船去横塘。小船从柳荫下出发,在长满了荷花和荷叶的湖上静静地流动,晓色使一切都变得混沌和安静。谢珊的小手拿着一个饱满的莲蓬,她多么希望人世间的幸福也像这莲蓬一样饱满。小镇多的是作坊，箍桶作坊、做稻草衣稻草鞋的作坊、香烛作坊、碗盏家什作坊，还有玉雕作坊。小饭馆里有殷勤妩媚的老板娘，有勤快憨厚的小伙计，老玉匠兴致高时会说一些颇有典故的故事。比如他喝下两盅绍兴花雕，碰巧老板娘又烧了几个对他胃口的私房小菜，他两眼发光地对着两个孩子说东道西。

玉不绘，不成文，这叫“勾画”；玉不琢，不成器，这叫“琢磨”；玉不磨，不圆满，这叫“抛光”。

这些琢玉名词对谭峭来说一点不陌生，但谢珊还是第一次听到。她云里雾里，一双大眼睛忽闪忽闪的，谭峭一看就知道她没有听懂。很快，谭林泉把话题转移到有趣的逸事上了。

张矮子有一把玉壶，壶盖中间藏有一颗活动的滚珠，每当从壶里倒水出来时，会发出声响，滚珠会随之翻滚。

薛大胖子有一只据说是入过土陪过葬有沁色的玉杯，看上去像黄玉，但贴近烛火，整个杯子立即变成血红色。碰一下杯沿，冰冷的毛剌剌的疼痛感立即摄人心魄——死人的感觉。

宋阿三前年到上方山砍柴，一不小心从山崖上摔下来，人没有受伤，挂在胸口的玉璜却摔成了五块。

这些玉的传奇俩人听得津津有味，谢珊马上想到了那个鬼故事《碾玉观音》，不知不觉拉住了谭峭的胳膊。

谭峭拿出一块古玉给父亲，说是谢之光让他看看。

谭林泉把玩了一会儿说：“这块玉成色不错，无论沁色、雕工、包浆都堪称一流。但，不算太古，做旧也有可能。”

“爸爸,你不觉得这是一块截肪?”

“绝对不是! 儿子,你不要考验我的眼光。你爷爷如果活着,一定也会这么说的。”

谭林泉说得这么肯定,凭的是多年的经验。治玉这行,在苏州历来是师徒相传,父子相授,它不外传,且很私密。

谭林泉垂足倚在水凳上,用双手操纵控制旋转的砣具,以双脚踩动踏板转动皮带使砣具来回旋转,从而琢玉成器。自从到了光福,这样一幅画面一直在谢珊的脑海里晃动。

“玉器,现在有机器雕了,但机器雕出来的,和人手里雕出来的终归不一样。小三,你看看——”谭林泉说着,从口袋里拿出两块一模一样的玉牌、一模一样的海棠小鸟。

谭峭仔细看着,谢珊也凑过来:“没什么区别呀!”

“怎么没区别?”谭林泉说,“朱小松的竹器,刻竹笔筒,就是要看他的雕工。那个质感,活灵活现。跟画画一样,有的人把鸟画活了,有的人把鸟画死了,总是少了点什么。”

“哦! 我知道了! 伯伯,这是爸爸说的神韵。”谢珊似有所悟地点点头。

“还是珊珊聪明。”谭林泉慈爱地摸摸她的头。

谢珊得意地瞟了一眼谭峭,谭峭哼了一声。

“小三,你别不服气。谢教授是个大才子、大忙人,你要用功,抓紧时间好好跟他学,知道吗?”谭林泉教训儿子。

“嗯。”谭峭用力点点头。

乡村是这样悠闲的地方,午睡起来,好奇心重的女孩顶着大太阳走进一片橘林,见池塘边的大石头围着一群人。

刚立定,背后传来一个稚嫩的声音:“小姐姐,小姐姐,你挡着我了,能不能站开点呢?”

谢珊吓了一跳,只见几片大伞似的翠绿荷叶连成一排,歪斜地竖立在池塘边。提醒她的声音就是从那里发出的。

谢珊走过去,荷叶下露出一张小男孩的脸,小男孩对她招了招手,羞赧地说:“城里小姐姐,你坐我旁边,这里在决战。”

谢珊坐了下来,左右挤满了小孩,他们手里都撑着荷叶挡晒,虔诚地望着大石前的两个人。一个黑胖子在和谭峻下围棋,胖子出手快,没到中局谭峻便被胖子占了上风,他眉头一皱,借口上厕所,估计是躲到厕所里去想下一步的挽救方法了。

谭峻去了很久不回来,胖子等得不耐烦,嘲笑谭峻借故遁逃。谭峭冷冷地说:“我替哥哥下几步,好不好?”只有十岁的谭峭还没有和人对过局,但他的围棋受教于谢之光。谢珊赞赏地看着他,谭峭一脸严肃,她知道他一定会赢的。

雷声隆隆,天上堆满了乌云。谭峭镇定自若,像小孩玩石子似的,随手将棋子丢落于棋盘,简直不假思索,不过二十手就扭转大局,转败为胜。胖子不服气,要和他再下一局,谭峭有些犹豫。小孩们抛掉荷叶,蹦跳起来,喊道:“再来一局,再来一局。”继续开战,结果还是谭峭赢。

谢珊掏出手绢给谭峭擦汗,谭峭脸红了,她笑了。谭峭问:“你笑什么?”

“没什么。”谢珊说，“谭峭，你真厉害，打雷都不影响下棋。”

“哦，我和哥哥的名字都是‘山’字旁，但我喜欢水。妈妈告诉我，我出生那天正好下雷阵雨，下得特别大，所以下棋时我不害怕打雷，反而特别来劲。”

谭峻拿着伞跑来了：“要下大雨了，赶紧走吧。”

三

谢珊走过初三(3)班时，有个圆脸女生叫住她，说：“我叫蔡菲，我知道你是谭峭的表妹，麻烦你把这个笔记本还给他，我生病缺课向他借来抄笔记的。他的笔记记得详细，字也写得好看。”天哪，这么漂亮的本子！硬皮的，四角包着三角形的金属片，要命的是封皮和内页都印着唐寅的山水画，美得让人窒息。这怎么舍得写字嘛！是爸爸买给他的吧？

书包里装着美轮美奂的唐寅山水画笔记本，谢珊往七襄公所走去。谭峭的卧室干净整洁，她蹭到他的书桌前，细细打量。

全家福相架、文竹盆栽、笔筒、颜料，堆得整整齐齐，书桌上毫无空隙。她注意到一套《鲁迅全集》，几册文学名著，还有很多宣纸。靠窗有一些画板、画框，一个羽毛球拍孤零零立着。

她站在谭峭床前，轻轻掀开白纱蚊帐，像帐中有人在安睡似的。床单是淡蓝条纹的，棉被叠得有棱有角，衣服折放在角落里；白枕头留着个浅印子，枕巾上落着一根黑色短发。

她伸手欲在那枕头痕迹上摸一下，想想还是算了，只是把唐寅山水画笔记本放在枕边。

房间里的气息像画笔一样，慢慢还原出一个沉默、冷淡、玉立的少年。偶然，她听见初三(3)班女生对他的议论。无非是说他长得面孔俊朗，身材颀长，话虽不多，但有时说出的一句话像射出的一支箭矢，穿心透骨。尤其，他有着一双灵巧的手，浑身散发着一种娴雅气息，让人欲近还远。

另外一个话题是谭峭的“艺术”。课间，他总是在画画，树下、操场、图书馆。所有的艺术家，拥有的不过是驾驭的能力。画家驾驭线条和色彩，作家驾驭文字和语言，舞者驾驭肌肉和腿部力量……他想要他的画作像山涧小溪潺潺流淌，或是在夜空放出点点星光，但它们现在显然不太听话。

谢逸会问：“你跟爸爸学得怎么样了？画了些什么？没画我和亮亮吧？”谭峭知道这只是寒暄的一种，常常含糊其词应付过去。但是，谢珊从来不问。

其实，谭峭进步不小，摹画又快又好。这两天他一直在临摹一幅山水画，城楼上有一朵云，云上站了一个小仙人，特别细小。点小仙人眼睛的时候，他犯了难。偏一点的话小仙人的眼神就不对了。谢珊喜欢工笔花鸟，正在临一张鱼藻图，见他老是一副愁眉不展的样子，便对他说：“你看着我，对我笑一笑。”谭峭没好气地说：“笑什么？你脸上有花？”“我可是在点拨你，好吧。难道你没发现小仙人的眼神像我吗？”夕阳斜照，端坐于对面的少女眼睛波光流转，憨态可掬，他不禁赧然：“谢小仙，谢谢啊！”她脸不红，气不喘：“好说好说。”小仙人的眼睛点完了，谢之光看了比较满意。

谢珊穿着浅绿色连衣裙,皮肤像夏日里开放的一朵白玫瑰,有着情歌里反复歌颂的、梦幻似的明媚。她是圣爱中学这次全校英语话剧联赛的主持人。一个人影闪进香草居,一个被白衬衫紧裹的高挺脊背。她伸手关掉收音机,不得不从英语世界溜出来招呼他:"Good afternoon."她伸出手,眉头微皱,看了他两眼,"你衬衫领口的纽扣不用系得这么紧吧。我来帮你解开,这样可以宽松些、舒服些。哎呀,谭峭,你的锁骨多好看呀。"他轻咳一声,脸瞬间红了。

她看着他笑了,拿出一盒五彩巧克力,倒几粒在掌心上让他挑。谭峭想了一下:"我要绿的。"一边说,一边拿起一粒红的。她不解地看他,他说:"这还猜不出?我是魔术师。"

"我不信,你变个戏法给我看看。"谢珊不服气。

"小峭真是个魔术师呢。"谢之光说着,走了进来。

"爸爸,你骗人。"谢珊噘着嘴说。

"珊珊,爸爸是有依据的,他帮了我一个大忙。"谢之光乐呵呵地说。然后把事情的来龙去脉说了一遍,是关于山塘街玉石博物馆里"狮子峰"上一道隐缝的问题。"狮子峰"碧绿透明,但还是被前来参观的扬州工艺大师看出它曾经的伤痕,水波纹般的玉褶皱下面就是"狮子峰"曾经的隐缝。

谭峭对谢之光说出了"狮子峰"修补的方法,这与从光福赶来的谭林泉的补救法一拍即合。

一周前,在馎饦斋,谭峭曾清晰地说:"在'狮子峰'隐缝上再加刻一道细痕，粗看没什么，细看是自然的玉褶皱。"

谢之光想："这招绝了，巧借玉料瑕疵，化腐朽为神奇。"

"当时，你是怎么想到的呢？"谢珊眨眨眼问。

"是呀！"谢之光附和。

"我是从看到电影纪录片里文物专家修复敦煌菩萨像上的裙裾受到的启发。"谭峭不好意思地说。

"嗯，不错，懂得融会贯通。说吧，你要什么奖赏？"

"老师，我想请您帮我听听我的这段英语朗诵有什么不足之处，特别是发音，准不准，可以吗？"

"好！听说你们学校这次英语话剧联赛搞得风风火火，你们俩都报名了吗？"

两人一起点头："嗯，都报名了。"

"认真排练，这可是提高英语口语水平的一次实践。"

根据圣爱中学初中部英语话剧联赛贴在走廊里的海报，已在高中部学生会任宣传部部长的谢逸挨个班鼓动人参加。谢亮主动报了名，她把初三(3)班一个组的编剧、导演、主演都揽下来，故事是《普绪珂与丘比特》。她整天忙得不得了，没办法，从预演到首场演出只有一周半的时间，难度相当大。每个组都有特邀指导老师，老师们被请到大礼堂去观摩排练，学生们的亢奋和激情把老师们感染得红光满面。

那个古希腊神话是这样的：普绪珂是整个王国里最美丽的少女，人人都仰慕她的美丽，却没有人追求她。和普绪珂差不多年龄的少女都结婚了，普绪珂仍然单身。后来，普绪珂的父母请人前往特尔斐的神庙祈求神谕。打开神谕时，他们哭了。因为神谕上说，普绪珂必须死去。于是，人们为普绪珂举行了死亡仪式，然后把她抛弃在寒冷、荒凉的山顶上。普绪珂躺在那里，恐惧、麻木，她陷入了绝望。

恰巧，爱神丘比特经过，被普绪珂吸引，不由得爱上了她。丘比特请风神帮忙，把普绪珂带到山下他的宫殿里。丘比特每晚前来在黑暗中与她缠绵，但他始终不允许情人看他的容貌。普绪珂的姐姐们心生嫉妒，说丘比特可能是个怪兽，教唆妹妹晚上偷偷看一看。普绪珂被说动了，深夜起身，拿着蜡烛去照看情人的容貌，不小心把热油滴在他脸上。丘比特被惊醒，一怒而去。

班长找了谭峭来演丘比特，全班没有比他更合适的人选，他只要稍微化妆就是一个活脱脱的丘比特。英语话剧联赛这段时间，谭峭分外抢手。一是因为他的容貌俊秀，二是因为谢家的人英语都好。谢亮知道，至少有两个班在争他。

其他参赛组有的演《卡门》《哈姆雷特》，有的演《罗密欧与朱丽叶》，还有的演《茶花女》《威尼斯商人》。指导老师把谢亮招呼到一边，皱着眉，在油印的剧本上指指点点。

《威尼斯商人》中，谢珊客串演一位年轻商人，就是险些被割肉的安东尼奥。她穿着男式黑西服，头发绾个高髻塞在黑礼帽里，手执木烟斗，念完台词做沉思状时抽上几口。

轮到谢亮上场，演到一半，普绪珂听了挑唆，有一大段独白。

谢亮目送扮演坏姐姐的演员们走下台，转向观众，双手捧在胸前，刚要开口，她突然发现披肩不见了。这么停顿一下，后面的词忘了。

观众们来劲了，其他组的人看笑话似的微微张开嘴，等着台上人出更大的丑。侧幕处，丘比特和姐姐们拼命做口形给她提词。谢亮感觉台词就在嘴边，但就是说不出来。

预演失败了，同学们都来安慰她。“没事，我们鼓足干劲到正式比赛时，一举成功。”指导老师提出建议：“谢亮，你啊，在中间或者结尾处加唱一首歌。有说有唱，绝对加分。”

谢亮说：“老师，古希腊神话故事里插现代歌曲，好像不搭。”

老师对她一瞪眼：“一根筋！丘比特说美式英语也搭不上。校长在夸《威尼斯商人》那组的歌好呢，没听见？”

想起来了，初二(1)班一组，黛玉扶着小花锄唱了一段“edelweiss”（电影《音乐之声》主题歌《雪绒花》）。预演结束后，校长上台点评，笼统夸了一通后，格外夸黛玉同学歌唱得好。“我们就是要教会学校的学生学贯中西，让苏州人都知道，有才的学子都在我们圣爱中学！”掌声，哗——

听了校长的讲话，各个组都在暗暗较劲。听说有的要把《一条大河》翻唱成英文；有的要让安东尼奥和巴萨尼奥打赢官司后来个小合唱；黛玉除了《雪绒花》，还要加唱《哆来咪》。

谢亮想了想，一下子想通了，说道：“好的，老师，我们挑一首英文歌加在结尾。”刚说完，她突然眼前一黑，倒了下去。

在校医务室,醒来后的谢亮瘫软如泥,呼吸无力,待校医拔出针管,她才醒来,晃晃悠悠勉强站了起来,但又倒下去了。

倒下去的谢亮一副痛苦表情,闻讯赶来的谢珊泪眼婆娑,看着谢亮眼睛里的光芒和灵气迅速熄灭,瞳仁成了两颗玻璃珠,便想用身体撑住她,却在挣扎中和谢亮一起栽倒在地。

突然,白布帘被掀起,两个人冲了进来。

拉开谢珊的是一双坚决的手,少年的手。谭峭果断地把谢珊往旁边瘦削男孩身边一按,喝道:"别哭,安静!"校医上前掐人中,谢亮这才醒了过来,不过仍低声呜咽。

指导老师见了,头大起来,说:"要不,谢珊你顶上。"

"不行!我姐姐会好起来的。"谢珊摇头。

"等她好转,时间就来不及了。再说,万一再晕倒……"

谢珊还是摇头。

"老师,让我顶上吧。我跟谭峭合作肯定没问题,准能得奖。"毛遂自荐的女孩是蔡菲,初三(3)班的文娱委员。

"这个……"指导老师看着她,一时拿不定主意。

"老师,请相信我。"蔡菲信心满满地说,然后有意瞟了谭峭一眼,谭峭只当没看见。

指导老师看着谢珊和谭峭,坚持说:"谢家的女儿,个个聪明能干,英语流利,长得又漂亮!明天是星期天,给你们俩一天时间,抓紧排练。这是任务,要多为班级荣誉着想。"

蔡菲嘟着小嘴走了,临走时不忘咕哝一句:"偏心。"

谢珊拿着一面小镜子逮着阳光，将它一点一点移到春花簇拥的窗口处，引得谭峭不时探出头来。她却隐藏在花树后，欣赏他纳闷的神情。过了一会儿，她推开谭峭的房门跨了进去，一阵好闻的松墨气味扑鼻而来，她情不自禁地打了个喷嚏，定睛一看，修长挺拔的少年只穿着件背心，握着毛笔，正专注地在一张宣纸上涂抹着山峦。听到门响，他抬起头看着她："刚才是你吧？"谢珊调皮地吐了吐舌头，连忙转移话题："谭峭，我一点也不想演这个戏。"

"因为谢亮不演了？"

"你怎么会这样想？"

"你可以不演。"

"但老师说这是练习英语口语的机会，所以……"

"那就少废话，十分钟后我准时到畅园排练。"

早餐后，谢亮来到客厅，谢珊红着脸接受她的指导。谢亮的脸色仍然苍白，她也不多话，只是把弄脏的戏服扔给谢珊。于是，从没洗过衣服的谢珊拿着这条白长袍不停地洗啊，漂啊，然后用熨斗反复熨平；完事后在厨房的餐桌边就着一杯白开水慢慢地吃黄油面包。谭峭看她磨磨蹭蹭的样子，转身想走，却被谢亮拉了回来。

排练时间悄然而逝，但总算有了一些进展。当谢逸下楼来检查的时候，大家都不由自主地松了口气。与此同时，谢珊反而对中止排练回房休息的提议置之不理了，她拉上谭峭，绕过谢亮，拿着剧本单独去书房排练。

下午，排练照常进行。糟糕的是，普绪珂告别的重头戏怎么都排演不出效果。原来谢珊一直为普绪珂的命运暗暗担心，以至于无法进入角色——一个纤弱的小国公主。

谭峭少年老成，但说出来的每一句台词都不带什么感情色彩。他拖长声音，点名一般地吟诵着每个单词：“我的脸！你——看到——我的脸——了……”吐字还算清晰准确。

“这是个问句，”谢珊及时打断了他，“难道你不知道吗？问句应该以升调结尾。”

“什么？”

“这儿，你刚才说的这句台词。你的声调应该由低到高。它是个问句。”

他费力地咽了口唾沫，深吸一口气后重新练习。这次他让每个词挨个上升了半个音阶。

“结尾！你应该在结尾的地方用升调！”

于是他又努力练习了一次，每个词都维持着单一的声调，直到最后一个音节时，少年的嗓子眼儿里冒出了假声。眼看有了进步，两人的情绪高涨起来。

谢逸下午又来到客厅。她一直以大人自居，穿着打扮也成熟：灰色的灯芯绒长裤、紫色套头毛衣，脖子上佩戴一串浅粉色珍珠项链，珍珠虽是小颗的，却很光亮。另外，无论她走到哪里，身边的空气中都有股茉莉花的香味。谢珊沉着冷静地根据谢亮的建议，用自然的表情配合自己的台词（奇怪，她好像一夜之间把它们背得滚瓜烂熟），并在一旁不断地鼓励谭峭。黄昏，谢珊向她的二姐展示演出时的售票亭和募捐箱——姐妹俩为争夺一个这样炫目神气的角色互相不服气。谢逸也不劝阻，只是抱着双臂，对谢珊微微一笑，态度有点暧昧。这使谢珊无法看透后面藏匿的意思。

谢珊是敏感的，或许谢逸指望她的小妹妹就这么天真无邪地把戏搞砸掉，而她只需站得远远地等着看好戏的上演。转念一想，谢珊又觉得自己多疑了，谢逸毕竟是自己的姐姐。

所有这些没被证实的怀疑，加上谢逸在客厅的滞留、谢亮的絮叨，还有绵密的黄梅雨都让谢珊感到压抑。当她发现花匠老李好奇地站在门口观摩时，马上唤来芸姨把他赶走。这样，客厅里只剩下自己一个人的时候，她松了口气。

谢珊坐在地板上，背靠着沙发，不停地用手中的剧本往脸上扇风。屋子里安静极了，四周没有一点声音。

她的怪念头总是层出不穷：每个人都和她一样真实地存在吗？比如，谢亮是不是也有这样的自我意识？在层层的雨幕后面，谭峭是不是也像丘比特隐藏着一个真实的自我呢？如果回答是否定的话，那么谭峭不就生活在机雕的玉器之中了吗？虽然机雕玉器的外部看起来是灿烂夺目的，但是内部缺少灵魂——他那种独立的感受和特有的思想。

坏姐姐们捂着嘴，带着妹妹看不到的诡笑，你推我搡地下台了。忧愁的普绪珂双手紧捂胸口，在竖琴声里踱着步，长吟道："我万能的阿芙洛狄忒啊，如果你真要奖赏你的信徒，为什么赐给我没有面目的爱情？我亲爱的情人啊，如果你真的爱我，像你在百合花绽放的夜晚说的那样，为什么忍心让我这样苦恼？我可怜的普绪珂啊，如果天神真要你吞咽这样跌宕坎坷的命运，你为什么还要抵抗上天的安排？”

然后，她赶到一个女祭司家中，跪在老妇的椅子旁，放一枚金币在她手中，说出自己的苦恼。

老妇计算她的命数，大为震惊，她留下普绪珂跪在那里，起身独白：“她的爱人竟然是爱神！啊，可怜的姑娘，如果她真的点起蜡烛偷窥丘比特的容貌，将来会有多少厄难在等待着她啊！但这是神的安排，我绝不能点破。有了！”她想了想，也许这个法子可以帮她绕开命运的暗礁。

女祭司回到座椅上，俯身凑近普绪珂耳边：“蜻蜓飞到你腰带旁边的那晚，留他在你身边，直到雷声止歇。”

普绪珂默念着这句话，迷惘地离开。走到女祭司居住的神庙门口，一只拴着铁丝的蜻蜓撞上了她的腰带。她惊疑地看着蜻蜓飞远：“难道就是今晚？”

一束光照亮大床，照亮坐起身的普绪珂，她对着黑暗：“亲爱的，我的情人，你要走了吗？”

轰隆一声雷响传来。老妇的声音在天际回响：“留他在你身边，直到雷声止歇……”

黑暗中有一双手伸出来，捧住普绪珂的脸蛋：“是的，普绪珂，请耐心等待，明晚我再来温习你永远甜蜜的亲吻。”

老妇的声音在天际回响：“留他在你身边，直到雷声止歇……”普绪珂伸手抓住双颊上的手，柔情蜜意地对着面前的黑暗：“亲爱的，雨下得这么大，雷声这么响，你的普绪珂会害怕的，请再多陪我一会儿，至少，等雷声停了再走吧。”

手抽了回去。丘比特无奈地说：“好吧。”

这时，一道青白色的光束划过，比蜻蜓立在湖面上还要短暂，但普绪珂还是看到了那张被闪电照亮的面孔。

她惊喜地呼叫：“我的爱人，我终于知道了你的样子！”

丘比特惊呼一声，大怒：“你看到我的脸了？我叮嘱过你不许偷看我的脸！”又一道闪电打在他身上。他掩面转身。

普绪珂起身向前走了几步：“亲爱的，这不是我的错呀。你要责怪可怜的普绪珂，还不如去责怪雷神和雨神。”

丘比特默然。普绪珂问：“告诉我，为什么怕我看到你的脸？”

丘比特面对普绪珂，答道：“我的母亲阿芙洛狄忒说，我是世上最丑的男子。我怕你看到我的脸，就再也不愿让我亲吻你了。”

普绪珂抚摸他的额头、面孔，如释重负地笑：“亲爱的，我猜你的母亲是因为太爱你了，生怕你离开她。让你的普绪珂告诉你真相：你是我见过的最美的男子，啜着露水的玫瑰也不能比你的嘴唇更娇艳，夜幕衬托的晶亮的星辰也不能比你的眼睛更明媚，最纯洁的雪也不能比你的肌肤更白皙。”

掌声。

姐姐们、老妇上，众人鞠躬谢幕，下。

掌声。

下台后，谢珊软成一团棉花，穿着白袜，步子像是醉了，踩着用别针勉强钩住的希腊式白长袍，头上的花环歪了，她趔趄一下，谭峭赶紧扶着她。音响师、姐姐们和老师立即围上来，七嘴八舌地讲各种历险记：“哎呀！雷声播到一半，录音机忽然卡住！我吓得差点晕过去！幸好只是卡了一下！”“哎呀！谭峭，你给我的那截蜡烛，我在台上举着时被风吹得颤巍巍的，幸好没有熄灭！烛油滴在了我的手上，还好不太烫。”回到后台，谢珊赶紧换下希腊长袍，穿了鞋，溜到大礼堂后排坐下，两只冰凉的小手捂在滚烫的脸蛋上，看后面的表演。

进入 7 月份，天气开始热了起来，水城孩子的乐趣又添了一分，那便是在大运河里游泳。遇上晴天，中午烈日炎炎，下课后班里的几个男生将衣裤什么的托给女生保管，然后跳入河中尽情地戏耍。趁着他们在河里游泳，女生会去附近的山塘街逛商店，买零食，看看时间差不多了才回到码头边，等男生们上岸换好衣服再一起回学校，或是去别的地方玩。

那一天照例是个大晴天，午餐过后，谭峭他们迫不及待地跳入了大运河。他们下水后往河中游，见到一队往北开的驳货船，一条机动船拖着十几艘驳船，因为是逆水而上，所以速度不快。他们很快游到船边，抓住船舷，这样可以不费吹灰之力，让船将他们带向上游；然后，放手离开驳船，顺流漂游回来。他们让船带了四五里路,才朝回游。顺流而下,一点不费力气。谭峭更是自由自在地仰泳,清凉的河水在身边流淌,他仰望天空,万里无云,碧蓝如洗。

回到码头,男生发现替他们保管衣服的女生不见了,想来嫌他们来得太晚,等不及先回学校了。到了学校,果然女生们都先回来了,只是个个都愁眉苦脸的。一问原因,原来他们下水后,她们便去街上逛商店,遇上一帮小流氓和她们搭讪,结果双方吵了起来。其中的一个流氓见谢珊长得漂亮竟对她动手动脚,她们招架不住,只能逃回学校,慌乱中谢珊刚买的一袋枇杷梗也被抢走了。“这些人你们有认识的吗?”谭峭问道。“有,带头的就是上塘街的那个大呆!”

俗话说:“六月债还得快。”没过几天,谭峭在港区的码头遇上了大呆。当时对方是两个人,他们有三个人,机不可失。他们迅速捡了几个煤块,握在手里,将手放在背后,待对方刚刚擦肩而过,就从后面悄悄跟了上去。谭峭对准大呆的后脑勺,使劲拍过去一煤块。也许是谭峭太紧张,再加上距离远了点,大呆个头又大,煤块只够到他的后脖子,他再一偏,实实在在打在了他的右胳膊上。好一个壮汉大呆,谭峭全力以赴扔去的一煤块,他居然一个踉跄也不打,而且右手翻过来就是一记拳头。拳头又狠又准正好打在谭峭的右脸颊上,他们右脸颊顿时红肿。谭峭却再也打不到他,反而又连着吃了大呆好几拳。谭峭再也没有战斗力了,只好收手退了下来,多亏另外两个同学奋勇抵抗住,但也是只有招架之功,没有还手之力。

天上乌云叠起，雷声隆隆。赶来的谢珊见了这个阵势直打起哆嗦来。

被激怒的大呆昂头大喊，电闪之间拿着水果刀向谭峭刺去。谢珊的一颗心顿时提到嗓子眼儿，嘶声急喊："快躲开！"谭峭并不躲开，反而拿起棍子迎上去，以斩风破雨之势直劈大呆，那样硬碰硬的方式，锋利的水果刀划过他的肩膀。

眼前一片漆黑，谢珊觉得自己听到了水果刀落地的声音。她喊了两声谭峭，没人答应。她跌跌撞撞地奔上去，眼睁睁看着谭峭的两个同学把他扶上自行车急速离去。她跟在后面连声喊着谭峭，还是没人答应。

大雨滂沱，谢珊的鞋子吸足了雨水，软绵绵的。回到艺圃，她全身被雨水浇透，胸口一阵冰凉。

谭峭在哪里？是不是伤得很重，还是已经……他一直对自己那么好，大热天跑那么多路去买雪糕给自己吃，给自己画画，送自己亲手雕的白玉荷花戒指，花瓣上还沾着一颗露珠呢。

她不知道心头的恐慌是不忍还是别的什么，也不知道身上的颤抖是因为寒冷还是在惧怕什么。她觉得她不能待在艺圃，外面雨再大，不管他是伤了还是怎么了，她要尽快把他找回来。

正要再次冲进雨幕，谭峭的房里传来声响。她往前走了两步，试探地喊出"谭峭"两个字的同时，几乎是一路跌进了谭峭的房间。

一只手将她拉过来，她一个激灵，下意识地往外挣脱。"珊珊，是我。"他轻声说，然后把头埋在她的左颈窝。

看着谭峭左肩上的纱布隐隐洇出的血渍，谢珊倒吸一口凉气，她疼惜地说：“流了这么多血，幸亏你没晕倒。我找了你好久，都找不到。伤口是谁给你包扎的？”

谭峭低声说：“在街道卫生所包扎的，放心吧，伤口不深，医生给我涂了云南白药止血。”

房间里幽暗的灯光映出墙上两个影子，窗外的雨没停，只是下得小些了。听着滴滴答答的雨声，谢珊有些伤神。

这个房间在馎饦斋隔壁，是从前文震孟读书处，墙上挂着兰竹屏条。谭峭在谢珊的搀扶下躺到床上，脸色苍白。

谢珊庆幸刀子划伤的只是他的肩头，问道：“现在疼得厉害吗？我可以和你说会儿话吗？”

谭峭皱了皱眉，说：“快去书房把湿衣服换了，到橱里拿我的衬衣裤换上。不然，你会感冒的。”

见谢珊忸怩不动，他扔过来一块干毛巾：“将就一下吧。”

谢珊换好衣服回来，用干毛巾擦着头发，目光停在谭峭渗血的肩头，问道：“他捅过来的时候，你怎么不躲开啊？”

谭峭看着她，不语。

谢珊鼓着腮帮子，对着他大声说：“你怎么不躲开啊？”

谭峭看着她，闷闷地说：“为什么要躲？我就等着他。”

谢珊忍不住责怪：“逞什么能？你根本不是大呆的对手，你有武功吗？没有的话，为什么不找警察？”

谭峭思忖了一下，问道：“为什么要找警察？”

“你不要命了，万一……”谢珊说，“我想想都后怕。”

谢珊看着他，这张脸俊美苍白，右脸颊略微红肿，他是为了她被大呆欺负才特意去找他算账的，谢珊心里是甜蜜的，但实在是太危险了，这种感觉不好受。

谭峭突然对她说："珊珊，唱首童谣吧！"

谢珊疑惑："嗯，为什么？"

谭峭说："有点痛，睡不着。"

"哦，让我想想唱什么。"

她坐在他床前，挑了两首轻柔的童谣唱起来。回声像一层迷雾飘浮在房间里，轻轻软软。谭峭的头靠在枕头上，他闭上眼睛，气息平稳。

她想，他是不是睡着了，于是停了下来，却听他低声说："小时候我也听姐姐唱过一些童谣，和你唱得不太一样。"

谢珊嘟囔说："你又不会唱。"

谭峭闭着眼："谁说不会？"他低声哼起来，"月亮荡荡，姐妹双双，大姐嫁在上塘，二姐嫁在下塘，三姐无人要，一顶花花轿，抬到我屋里……"

在谢珊印象中，小时候，连父亲都没有唱过童谣哄着自己。她一直以为"童谣"这两个字跟男人是不沾边的。但谭峭唱来，声音低缓，悦耳动听。从前她听奶奶唱过一次这首童谣。

好久，她才回过神，轻声说："我听过的，中间有一句不是这么唱的，是和尚庙。一顶花花轿，抬到和尚庙。你自己改成那样的对不对，你小时候就想要新娘子了？"

房中静谧，她靠着椅子，谭峭的声音比她的还要低："我没有妹妹，哥哥姐姐都比我大很多，没有人陪我玩。”

“哦，是这样啊。”谢珊的脸上露出了笑意。

四

穿过窄仄的十间廊屋，跨过矮篱间的杜鹃花，就是艺圃。谢珊紧握手中的雏菊，从鹤柴走入南斋，再到香草居，踏响响月廊。隔着池塘，她看见谭峭正跪在乳鱼亭旁拔草。从光福到苏州后，除了绘画篆刻，园艺差点又成了谭峭的爱好。最近，听谢亮说起他曾想放弃高中改考工艺美校，真是不可思议，还有点不识时务，美院的学费父亲早就答应由父亲来出。

一阵花叶的簌簌声惊扰了她，她坐直身体，看到花匠老李从树丛中钻出来，一跛一跛的，他走向花圃，手里握着一把大大的花剪，眼睛瞪视着她。走到含笑树边，她摘下一朵花放在手心，不自禁地轻嗅那浓烈的花香。进入延光阁，她坐了下来。从花叶的隙缝中筛落的日色，斜斜地散射在谢珊的身上和发际。她抬头看了看花树与云天，又看了看树木与假山，觉得应该带本书过来看。想到书，谢珊又不禁想到那本《碾玉观音》，想到人鬼相恋的故事。她看着手中的花朵出神。

对于秀秀的阅读，必须悄悄进行。星期三下午上一节课，家里没人，谢珊翻开了那本书。几段熟悉的语句，一两幅插图，让她整整一个下午沉浸其中。秀秀独属于她和谭峭。

她把书藏起来，等到家人外出时再拿出来一遍又一遍地重温。在王府的后花园，没有世俗的沉渣。和煦的阳光在一心一意地演绎青梅的奇迹,小花猫在草地上奔跑。对于秀秀来说,那个年轻玉匠无时不在。秀秀暗恋着他,这又有什么!

夏日的风慵懒地吹着,谢珊的精神无比振奋。秀秀在后花园流连忘返,谢珊甚至听到白裙子扫过草尖发出的沙沙声。

石板桥把芦庐小院不过一调羹的池塘分割得不知深浅,水面上石板桥的影子又把月洞门的影子切去一角。谢珊把雏菊放在水里浸泡了一下,以保持新鲜,然后绕到后门,故意避开谭峭。早晨的阳光,显露出艺圃的清幽,艺圃有着三四百年的历史,这里原先是明代文徵明曾孙文震孟的园子,名药圃,由他的弟弟园艺家文震亨设计,后来归山东人姜埰所有。姜埰有两个儿子,一生未出仕,尤其二儿子姜实节多才多艺。芦庐小院一带至今还留有文震亨造园的雪泥鸿爪,姜实节的书房就在香草居,从这里望出去,景色疏朗,院墙一波三折。

想了想,谢珊又折回了香草居对面的南斋。手中这一丛半开的紫色雏菊,有冰凉的水珠滴到她穿着凉鞋的脚上,让她神清气爽。匆忙出门,找好的花瓶忘在了畅园客厅的茶几上,有点令人懊恼,她瞥见一只玉杯摆放在榉木书桌上,桌子紧挨着落地长窗。出月洞门走上台阶就是太湖石假山了,再往上便到了朝爽亭,谭峭这时在乳鱼亭边的草地上修剪石榴树。

从放暑假夏令营回来,谢珊依稀觉得应该多陪陪家人,但父亲总待在艺圃,母亲不是闹胃痛,就是在发脾气,有时简直不通情理。自己有几次送茶到母亲的房间,希望可以亲热地跟她说说话,母亲却一味抱怨家里杂事琐碎,或者脸色憔悴地靠在枕垫上默默喝茶，昏暗中谢珊似乎看到母亲看着她时的一脸令人不解的复杂表情。谢逸好像在谈恋爱，谢亮沉迷在写作中。

从七襄公所进入，经过“经伦化育”门额，便到了世纶堂。世纶堂前面的小院里无花无石，透出住宅安静的气息。世纶堂后面有饽饦斋、东莱草堂，饽饦斋是姜埰当年的书房。谭峭每天在鸟鸣声里醒来，起床后帮着老李修剪花木、拔草。他喜欢用手指绕住蟋蟀草的根，用一种不露锋芒的力量拉扯。

草被压倒了。有时他的头动一动，倒下的草又慢慢站起来。他静静地注视它们，很久很久，看它们的努力快要成功时，又把头枕上去，嘴里叫一声“嗯”。他看天上的云、篱边的紫苏，紫苏的叶子上的红色啊，悠闲的暑假快要过去了。

秋天快要来了！今天的太阳才刚刚露面，早上的风寒意深深，他再看了看天，远处的云层堆积着，暗沉沉的。

“要下雨了！”他自语。从门额为“浴鸥”的月洞门进入芹庐小院，就像进入一个神秘的幻境。他迷失在那些画册中间，迷失在那些诗词歌赋和话本小说里，他不停地拿起这本翻翻，又换另一本翻翻。他时常在那些书中发现被勾画过的句子，或是几句简短的评语。他知道，这些都是王映霞的信手涂鸦。一个人怎么能看得了这么多的书呢？

谭峭关上香草居的窗门。走上响月廊，雷声响了。他忽然感到口渴，于是走回延光阁去喝茶。雨丝纺线，水面跳珠，他看见谢珊出现在对面的乳鱼亭中。

谢珊靠坐在栏杆上,手托着下巴,手臂发麻地读着普希金的《上尉的女儿》。她本想理出父亲这一支的家谱,但只开了个头,至多知道在曾祖父开始经营他那家寒碜的古玩店前,谢家先人都是生活在南京乌衣巷的。姑姑谢之芳鼓励她报考上海的大学,数次邀她到上海去,她没去。她告诉自己,她是为了父亲留下来的,留下来让她既舒适又烦躁。谭峭总是沉默冷淡,与她刻意保持距离,有什么远大计划也只跟父亲讲。他俩从小要好感情深,现在说话却尴尬不已。

雨停了,她小心翼翼地走上摇摇欲坠的太湖石台阶,又走进南斋,突发奇想把雏菊插进了玉杯。这只玉杯是叔叔谢之辉的遗物。谢之辉烈士的葬礼是在抗美援朝结束后举行的,那时的情景谢珊历历在目:棺材是用志愿军团部的红旗裹着的,还有那高举的刺刀和墓地的军号声。对一个五岁的小孩来说,记得最清楚的还是父亲的哭泣声,谢之辉是他唯一的胞弟。至于他是如何得到这只玉杯的,在这位年轻团长的最后几封家书里有过交代。他当时在中朝边境地区执行通讯任务。有一次,美军要轰炸丹东毗邻的一座小镇,他在最后一刻成功组织大家撤离,救出了近五十名妇孺老幼。后来,村主任从家里取出这只玉杯,一定要送给他。谢团长一再声明部队的纪律,但老人执意,想到不过是只小杯子,他没再推托。战争快结束时,他去执行任务,玉杯托付给了一位战友保管。几经周折,它在谢之辉牺牲后的某一天被送到了谢家。这只玉杯,颜色并不白,但细腻温润,有着素朴而内敛的质感。杯身刻着唐朝诗人李商隐的《天涯》诗:

“春日在天涯，天涯日又斜。莺啼如有泪，为湿最高花。”

谢珊摆弄这捧雏菊，让它有些自然的凌乱感。手上摆弄着花，心里想着谭峭，她拿出小镜子理了理头发，如果谭峭现在转身——他正背朝着房子拔草，就能清楚地看见房间里的情形。整理完了，她穿过月洞门到红枫树下的池塘里灌水。

她十一岁的时候，父亲的一位在故宫博物院工作的朋友来鉴定过这只玉杯，证实这是一只清中期的玉杯，出自玉雕大师朱时云之手，作于 1774 年，很有可能是清代乾隆皇帝的器物。朱时云擅长在玉石上刻字，被苏州织造衙门选送入京城，在宫廷造办处供职一年有余。1775 年 7 月，朱时云托词生病逃出宫，造办处为此行文到苏州，要求苏州府查办。作为对弟弟的纪念，对和平生活的寄托，谢之光觉得这只玉杯不该被摆放在玻璃柜里，希望能让它派上用场，于是把它放在书桌上做了水盂。临时起意，谢珊想到用它来插花，别有新意，它最初的喝茶功能反而被摒弃了。玉杯受到敬重，不是因为它的线条和造型，而是因为叔叔在停战前一个月的牺牲。鲜花，特别是一捧雏菊，是恰当的祭奠。

谢珊双手捧紧玉杯，淘气地伸出一只脚去钩开落地长窗。一到了亮处，太湖石久晒散发的气息像朋友般拥抱过来。两只小鸟正好从池塘上飞过，穿过窗台时，木芙蓉花在微风中轻轻摇曳，挑逗着她的脸庞。一抬头，谢珊就发现谭峭站在“浴鸥”月洞门口。

“你一大早在这里进进出出，干什么呢？”谭峭问。

“给我画张速写吧。就这样,拿着花。”谢珊说。

“嗯。”他点点头,拿出随身携带的速写簿。

“天气不错啊。”她倚靠月洞门,没话找话。

他注视着她,一声不响。

“《上尉的女儿》怎么样?”他边问,边在纸上画。

“无聊。”

“别这么说。”

“希望她能熬过去。”

“她熬过去了,而且日见好转。”

她换了个姿势,随之复原,好让谭峭完成最后几笔。

“我想改天读点叶赛宁的诗。你说呢?”

很快,谢珊意识到自己说了傻话,因为谭峭从来只喜欢普希金。他沉默地望着蓝天和天空上飘浮的白云,也许会觉得她话中有话,这当然是误解了,她虽有点窘迫,但不知该怎样纠正。她喜欢他的眼睛,清澈如一汪流淌的泉水,在阳光下闪耀出细微的光芒。她更喜欢他俊朗的脸庞、精致的五官、挺拔的身材。对她来说,一个少年同时具有智慧和容貌是一个奇特美妙的组合,深深地吸引着她。

“我懂你的意思。”他说,两人朝芦庐小院走了几步,“叶赛宁的作品更有生命的活力,但是比起普希金,情感描写上还是粗糙了些。”

她不喜欢像初一新生那样争论十九世纪的俄罗斯文学。她一点都不觉得叶赛宁粗糙,或者普希金是个天才的诗人。她已经厌烦讨论这些了，谭峭争论时总是揪住这类话题不放。

“你知道谢逸今天要带谁回来吗？”她转移话题说。

“嗯，中午听老师提起过。”

“她要带男朋友回家，他就是芸姨的侄子邓兴南。来过家里几次的，喜欢找爸爸谈古论今，好像对玉感兴趣。”

“知道，是什么玉雕厂的……宣传干事，口才挺好的！”

她嫣然一笑，迅速又转移了话题。

“亮亮说你填中考志愿时，一度打算报考工艺美校？”

“嗯。”

“你不想读高中、考美院，不想画画了，想做个像伯伯一样的玉匠，或者你也想成为陆子冈那样的玉雕大师？”

他将目光移开，待他回过头时看到了她眼中的疑惑。

“我从没想过要放弃画画，可有多少人能登上云梯？还不如琢玉来得踏实些，再说，上美院的费用……”他解释说。

“费用，费用，你想这么多干吗？我只知道，你有绘画天赋，有艺术梦想，就应该坚持。”她的脸微微涨红。

他没有说错，是她想得太多了，这让她有些懊恼。

“确实，我不想教书，不想当公务员，更不想参军。只想画画……我还是填报了本校高中。”突然他想到了什么，一下子停住了，“放心，珊珊，我说过会回报老师的。”

“我根本不是这个意思！”她猛地从他手中抢过那张速写。是的，画得很好，但她仍然气鼓鼓的。她没想到他会以为她是在说钱的事，他也太小气了。父亲资助他的学业，有谁反对过吗？

最近谭峭的举止有些恼人，他总是把她的话想歪。两天前他到畅园来，居然按了门铃——这就奇怪了，他一直是随便进出她家的。谢珊出来开门时，他问是不是可以借本书。恰巧芸姨在客厅里拖地，谭峭脱了鞋，踮起脚，走过被擦得锃亮的地板。当他找到了想要的书后，她请他留下来喝杯茶，他拒绝了。这时，谢亮回来了，拉上他就走，说什么年级要开展作文比赛，让他帮忙画海报，他一口答应了。看着他们亲密无间、旁若无人的样子，谢珊赌气离开了书房，上楼斜躺在沙发上看《战争与和平》，但一个字也看不进去。

她笨拙地拿起玉杯，把它平放在太湖石上。谭峭站在旁边，一声不响，从他的表情中，谢珊看出他对刚才自己说的话后悔了——尽管他一脸平淡，连嘴唇都没咧开。这两天他们一说话便是这样：不是他就是她，总要出错。他们交谈的时候，一点感应都没有，更别说轻松了，反而因为尴尬一再转移话题，所以她像讨厌他一样讨厌自己。

石板桥曲缓贴水，以几块玲珑太湖石堆簇，水清澈见底，水中有游动的金鱼、漂浮的绿藻，四周有野藤、绿草。谢珊半蹲在桥上，握住手中的花，然后将玉杯侧转放入水中。这时，一心要做些补救的谭峭想助她一臂之力。

“珊珊，让我来拿吧。”他伸出一只手，“我来灌水，你拿着花。”

“不用了，谢谢。”她把玉杯伸到池水里。

但是他说："看，我已经拿着了。"他真的已经用手夹住玉杯了，"你的画要弄湿了，拿着花吧。"

这么一来，谢珊抓紧玉杯，她来不及也不想解释，把花和玉杯一起浸入水中；她抓得更紧了，想转身甩开他。"啪！"玉杯突然从她的手中滑落下来，掉进了池底，碎成了几块，它们躺在那儿，在碎光中晃荡。

谢珊和谭峭都呆住了。四目相对，她从那一汪清冽的眼神中看到的不是震惊，不是愧疚，而是一种固执，少年的固执。谢珊明白要先把花放在石板桥上，再和谭峭争论这场意外有多严重。情况越严重，对谭峭来说就越糟糕。她牺牲的叔叔，她父亲的亲兄弟，那惨烈的战争，那危险的轰炸，金钱无法买到的珍贵、英勇与善良，这玉杯可以追溯能工巧匠朱时云创作背后的悠悠岁月。

他抬起头，看着谢珊说："我……赔你！"

"赔？"谢珊没想到他这么倔强，痛惜、懊悔的泪水在眼眶中打转，却微笑着说，"你拿什么赔？"

"真的没办法补救了吗？"他瞟了一眼池底，叹了口气。他踢掉鞋子，脱掉袜子，卷起裤腿，然后跳进池塘。水冰凉得让他直喘气。几秒钟后，他双手都捏着碎片，这个敏感的少年小心地把碎片放在池边，水从他腿上流下来。他走到她眼前，沮丧地说："看来我没法赔你了。"

"这只玉杯你赔不了的，不过，用别的东西补偿也不是不可以。"她慢吞吞地说道。

“珊珊,我知道这只玉杯的意义,你说用什么补偿?我有一只玉老虎……”

“不要!”

“那……”谭峭用手挠挠头。

她苦笑:“我还没想好,先欠着,总有一天……你要补偿。”

“嗯。”谭峭点点头。接着,她避开他的目光,捡起碎片放进裙子的口袋里,拿起雏菊走了。谭峭呆立着,看着她穿过月洞门,乌黑的辫子在肩上甩动着,摩擦着裙子。他又转身朝池塘里看,也许水里还有一块他没捡起的碎片,她的痛惜仿佛还随着笑声逗留在水面上,驱动着水流。谭峭把手平放在水上,似乎想抚平它。

喷水池里的白莲开了第一朵花,纯洁如玉,风姿楚楚,她看了好久,还是走了。早上的书法练习大大扰乱了谢亮的心绪,让她觉得不舒服。她用清晰工整的文字辛苦缔造的意境,居然被一个混乱的头脑还有一堆鸡毛蒜皮的事情给搅乱了;另外,时间好像也不听她的支配了——在纸上写字的时候,只能眼睁睁地看着时光流逝无法挽回。谢逸和她的男朋友傍晚就要来了,说不定会更早些。晚餐定在六点半开始。少女闷闷不乐地扭动了一下身体,站了起来,朝着窗口走去。早知如此,她还不如写个好故事,在故事里你可以做到随心所欲:想到什么,写下来便是了,整个世界都是属于你的。但在练习书法时,只能靠着笔墨将就对付:砚台,宣纸,没有碑帖!碑帖都藏在香草居,父亲似乎不太乐意姐姐和她去香草居，珊珊则是例外，父亲对她太偏爱了！不过，现在意识到这些有点晚了，写作才是心灵感应的途径。

这番设想是触景生情，几分钟前她来到了朝爽亭，望见延光阁后溢出的枇杷树。一低头，发现珊珊站在“浴鸥”月洞门外的度香桥上，谭峭站在她面前——他站得笔直，头向后仰起，珊珊深情地望着他，两个人娓娓地说着话！看到这情形，谢亮一点也不觉得惊讶。她知道《普绪珂与丘比特》的结局：丘比特走后，普绪珂孤身一人踏上了寻找情人的漫漫长途，在她体力不支倒地时，丘比特出现了，他抱起普绪珂，把她带到奥林匹斯山。众神经过商议，赐予普绪珂不朽的生命，从此以后，他们过着幸福的生活……眼前这一幕和他俩表演的那个神话有几分相似。谭峭的父母老了，哥哥是乡村教师，还有一个姐姐。父亲会一直资助谭峭的学业，从小学到高中，乃至大学。谭峭呢，起先一心希望做个画家，当中又改变了主意，是因为家境贫困吧。他难道和珊珊早恋了？珊珊从小就喜欢他。天晚了，两只红蜻蜓，款款地飞在墙角花荫，不知怎的，她心里有一种说不出来的郁闷。

回想起来，从小学二年级到五年级，她和谭峭基本没有什么正经的对话和交往。她德智体全面发展，第一批就戴上了红领巾，接着是一条杠、两条杠、三条杠，成了全班仅有的两位少先队大队干部中的一位。他呢，完全相反。虽然成绩优异，多才多艺，但是沉默寡言，年终评语上班主任总是写着“希望多关心集体”，到了四年级才戴上红领巾。

孩子的心灵是纯洁无邪的，光阴已逝去八年，他长成了一个英俊少年。每次看到他，她没来由地会脸红。转眼，要读高中了，他们之间总是客客气气。回家作业忘了，谢亮会提醒谭峭；上课偶尔做小动作、开小差，谢亮也会警告谭峭。

“这个小房间是我和姐姐的秘密基地，爸爸妈妈不知道，今天他们都不在家，你放心吧。”一边说着，谢亮变戏法似的在桌子上放了好多零食，桃瓣、话梅、盐津枣、山楂片……竟然还有鸡蛋糕。

“怎么了？”他觉得奇怪，“你发财啦？”

“是呀，这个月的零用钱，还有妈妈给我买点心的钱。”

“这……但是我还不起这么多的礼。”谭峭有些吃不准她的用意。

“谁说要你还啦！你这个小香（乡）瓜……”

“你叫我什么?!”

“啊!”谢亮自知失言，不禁叫了起来，“对不起，不过这并不是骂你。还记得小学时你到学校报到第一天，冲着我说你认识我时的神情吗？那身打扮，那副样子，就是，嘻嘻……”说到这儿，谢亮忍不住笑出了声，“好啦，今天我请你吃好东西，算给你赔礼道歉。噢，送你一个礼物。”说着，她翻开书包，拿出一支崭新的活动铅笔。

“这是为什么？”看着那支在灯光下熠熠生辉的活动铅笔，谭峭想：自己为她做了什么，值得她这样……

她的声音打断了谭峭的思绪：“祝贺你，你忘了，今天是你十六岁生日。生日快乐！希望你用了这支笔，好好学习，天天向上！”活动铅笔他是有一支的，只是用了好几年，太旧了。前天见她铅笔盒里有一支新的蓝色活动铅笔，不经意看了一眼，也许当时自己脸上流露出了羡慕的神色，没想到她看在眼里记在心里。她脸色红扑扑的，声音里透出羞涩。

“谢谢，但我不能要。”

“为什么？”

“没有为什么，反正我不能要。”

眼泪在谢亮的眼眶里打转：“如果是珊珊送你的，你就要了，对吧？”

谭峭平静地看着她，脸上露出一副不置可否的表情。谢亮说完，把那些零食一股脑儿都扔到地上，摔门而去。

谢珊在门外静静地看了一会儿，然后趁谭峭发愣的时候走进来。她攀住谭峭的肩膀，踮起脚，轻轻吻了吻他的面颊：“Happy birthday！”她的大胆举动把他吓了一跳，他的脸唰一下红了。随后，他像碰上了有毒的汁液一样，忙不迭地用手擦拭被她吻过的地方，那样子和神态让谢珊忍不住笑了。

“送给你，生日礼物！”谢珊说着，递给他一只红木盒子。谭峭一看，知道这是谢珊十岁生日时谢之光送给她的洗桐宝盒，红酸枝木材质，雕漆，画面是倪瓒洗桐的题材。

“喜欢吗？”谢珊眉眼弯弯，“倪瓒洗的梧桐是青桐，你看这只洗桐宝盒上的树叶，和畅园里的梧桐一模一样。”

“我不能要，太贵重了。何况，这是老师送给你的。”

“今天,我把它转送给你了。但愿你能成为倪瓒一样的大画家,不要辜负我哦!”说完,对他眨眨眼,走了。

盒子放在桌上,谭峭轻轻抚摸,想着里面会是什么呢?这是他十六年来收到的第一份贵重礼物,心情激动。

打开盒子,啪嗒一声,一张信笺掉落出来,发黄的宣纸,两三行小楷写得潇潇洒洒,像模像样。“余随父客居艺圃三载,此乃昔日文状元旧园,明亡致人迹荒芜,院景渐颓。每见之,愁怀难遣。适闻君徙来芹庐小院,甚慰。”

这是他刚到苏州入住艺圃时谢珊写的?盒子里应该还有信,但谭峭不打算一次性读完,只想着在夜深人静,心事惆怅,思念家人……这些时刻,拿出盒子,取出欣喜的期待。

五

梦中,又听到窗户的声音,一阵风扑在冰凉的面颊上,寒意使她醒来。有只手!真的有一只手!谢珊吃力地张开眼睛,目光所及,是敞开的窗户和月光。她把眼睛移向床前,一刹那,她的血液凝住,浑身发冷,一个披着长发的女人,正用手探索着她的脖颈!她闭上眼睛,发出一声尖锐的狂叫。

那只手倏地缩回了,她狂叫不止,蜷缩在棉被中。接着,有人冲进了她的房间,电灯开关被摸着了,顿时屋子大放光明。她睁开眼睛,看到那个依然站在她床前的女人,披着长长的头发,穿着一件白色绣花睡袍——是余惠!

“怎么回事?发生了什么?”

冲进来的人是谢之光！穿着睡衣，他惶惑地站在房间中央。然后，走廊里脚步零乱，所有的人都拥进了谢珊的房间，包括谢逸、谢亮，和随后进来的芸姨。

谢珊坐了起来，拥着棉被，浑身发抖，过分的恐怖后，又被谢之光一问，她鼻子一酸，眼泪夺眶而出。她哭泣着，喊道："妈妈，你为什么要吓我？"她把脸埋在手心，哭了起来。"珊珊，这到底是怎么回事？"谢之光急切地问。

"老爷，您慢慢地问她，看样子她像受了惊吓！"说话的是芸姨。谢之光走到女儿的床前，他用诚挚的眼神和煦而温暖地凝视着谢珊，他把手稳稳地压在女儿的肩膀上，她的战栗立刻停止了。他沉静地问道："珊珊，你做噩梦了？"

她望了望余惠，低下了头。

"是妈妈。"谢珊抽泣着说，"她吓了我一跳，我、我、我没有想到她会深更半夜站在我的床前。"她逐渐平静了下来，"对不起，我——惊动了大家。"

"好吧，余惠。"谢之光尽量把声音放柔和些，问，"你在这儿干什么？"

"我……"余惠嗫嚅着，抬起一双大眼睛，低声说，"我只是要看看珊珊有没有踢被子。"

谢珊注视着余惠，长睫毛掩护下的一双眼睛深不可测，她真的这么关心自己吗？她的睫毛扬起了，谢珊接触到她坦白真挚的眼神，看起来是那么诚恳无邪。余惠说：

"我不想吓你，珊珊，小时候你因为晚上踢被子，经常感冒生病,所以我没想到吓到你。”

谢珊觉得狼狈而不安,结结巴巴地说:“妈妈,是、是我不好,我……没弄清楚,就……大喊大叫,对不起。”

“好了,没事了,是不是?”谢逸冷冷地问,挽住了母亲的手臂,“那么,我们走吧,妈妈。”

第二天,谭峭也知道了昨晚的事,他看了谢珊好半天,才静静地说:“告诉我,昨天晚上到底是怎么一回事。”

谢珊看着他,把黑影、午夜的梦、敞开的窗子、风、摸索她脖颈的手以及她的惊醒和尖叫,完完全全地叙说了一遍。他仔细地倾听,沉思了片刻,抬起头,沉着地看着她说:“珊珊,你记住:第一,这世上没有鬼魂!第二,任何事,都会有一个合理的解释。”他皱紧眉头,在椅子上不安地欠伸一下身体,似乎有什么想不通的问题困扰着他。接着,他咬了一下嘴唇说:“不过,珊珊,你记得以后一定要锁上房门睡觉!”“嗯,知道了。”谢珊点点头。

隔着池塘,遥望芹庐小院内飘摇着昏黄幽暗的灯光。这么晚了,难道谢珊还在香草居用功读书?

正想迈步,有人从假山石旁的度香桥上走过,悄无声息。

这行迹落在谭峭眼里,他心中一动,觉得这样的身形姿态似乎在哪儿见过,却一时想不起来。

月光淡淡照过来,只见一双属于男子的手,骨节分明;迎面站着一个黑衣女子,面孔看不清,递给他一只锦匣。

男子打开锦匣，拿出一件东西，依稀是柄玉如意。他咦了一声。“不对吗？”女子问，“怎么不是凤纹玉簪花？”

谭峭愣了愣，如果他没有记错，谢之光的书房里的确藏有一支凤纹玉簪花，通体洁白无瑕，两面透雕凤凰衔绶纹样，说是古代吴越国的出土文物。这个男子是谁？为什么对凤纹玉簪花感兴趣？这个黑衣女子又是谁？对这里十分熟悉。

谭峭在黑暗中瞪大眼睛，想着今晚会触摸到一些隐秘。

男子将玉如意握在手中，有点发怔，低声说：“难道我弄错了？”

女子低声说：“不知道，抽屉里只有这个。”

“确实似是而非……”男子又低语一句，随即一抬手，将玉如意放了回去，“这个我不需要，你还是拿回去吧。”说完，转身就走。黑衣女子站立不动，也不阻拦。

过了一会儿，男子又折回。月光映照出那对男女浓重的影子，她依恋地倚在他的肩头上；他半侧着身体，轻拈她的手指。两人十指相扣，看起来柔情脉脉。

许久，听到那女子娇吟一声，低声说：“你怎么今天来了？不是说明天我……”

男子笑了笑，没有回答。

“我不管你怎么想。”女子把手搭在他肩上，撒着娇，“为了你，我什么都不顾了，连自己都不像自己了……”

男子笑了笑，依然不回答。

谭峭皱着眉，等待事态的发展，假山石旁却是死一般的寂静。随后,才听那男子说:“我做事,你还不放心吗?”

“放心,当然放心。”女子回答。

栖息在园子大树上的乌鸦不知为什么,含糊不清地咕咕一阵子,又静下去了。渐渐地,一切都静止了,模糊了。

谢珊靠着软垫坐在馎饦斋的藤椅上看书。谭峭走进来:“以为你在香草居,想过去找你。没想到,你在这里。”

她一抬头,说道:“起风了。”

窗外风声大作,盘旋逼近。突然,灯光熄灭。

风太大,廊檐下的灯笼被吹落在地,馎饦斋沉浸在一片黑暗之中。谭峭想到谢珊感冒咳嗽刚好,怕她着凉,来不及点蜡烛,赶紧先去关窗。

这时,有一只手从黑暗中突兀出现,一把抓住谢珊的辫子。她痛得眉头一皱,但她克制着没有惊叫。

那只手牵住她,轻轻一拽,往书橱后掩去。

她吓得一动不动,黑暗中气息诡异。

那只手一拽未成,不再拽第二次,但人似乎没离开。

书房是一排格子长窗,黑暗中,谭峭站在窗前,一扇扇关过去,不断响起的关窗声和插销落下声淹没所有声响。

谢珊不响也不动,倏地用力反手一推。

那逼近的影子无声无息倒了下去。

“啊——”她尖叫。

拉得长长的叫声尖利且充满恐惧,钢针般戳破这寂静的黑暗。

“你真的看见有人？男的还是女的?”谭峭问。

她摇头,他一怔。

“不是看见,是感觉。”她说,“我只听见后窗被吹开,耳边传来一阵风,接着灯亮了……他是人是鬼,动作怎么这样快？听说太平天国时园子的池塘里沉死了两百多个女人呢。”

谭峭看着窗外摇晃的树枝,缓缓说道:“是人……因为前窗锁着,你又看破他的藏匿处,所以他才从后窗逃走。”

她愕然地抬起头,无意中眼光一掠,倒抽一口凉气。

墙上,钉着一排密密麻麻的乌青的短铁箭,灯影下光芒闪烁。

“他触动了机关。”谭峭顺着她的目光看过去,没什么奇怪的表情,“书房里有原主人设计的防盗机关,为了保护珍贵的古籍善本,被老师无意中发现了,借用来保护古玉。”

“万一我不知道,误中了怎么办?”她担心地问。

“不会的,我知道。”说着,谭峭对谢珊耳语几句。

“会是什么人呢?”她喃喃自语,“小偷?”

“老师不让外人随便进出馎饦斋是有道理的。”

“他想偷什么呢？这里都是爸爸工作用的研究资料。”

“珊珊,难道这些橱柜里的古玉不是价值连城?”谭峭加重语气说,“看来,有必要提醒老师,要加强戒备了。”

“阿姨,珊珊是您的亲生女儿吗?”谭峭问。

“你为什么这么问?”余惠脸色阴沉地说道。

“小峭,你这是干什么? 妈妈在生病,刚从医院挂水回来。怎么,翅膀硬了,可以无视长辈……”谢逸直视他说。

“好了,你少说两句吧。”邓兴南打断谢逸。

谢亮瞥了谭峭一眼,心中充满疑虑。

谭峭不管不顾,盯着余惠。“阿姨,”他一字一句地说,“珊珊到底是您的什么人?”慢慢地,他从衬衣口袋里掏出一张照片,递给余惠,“请问,这张照片里的人是谁?”

余惠放下饭碗,对照片瞟了一眼,是一张年轻女子的照片!她诧异地看着谭峭,眼神慌乱,握着照片的手微微发抖。良久,她从喉咙里迸出一句话:“小峭,你以为你有权利去窥探一个家庭的隐私?”

谭峭昂了昂头:“我只是不想珊珊受伤害!”

“谁会伤害她?”

“我不知道!”谭峭说,“或许是那个了解她的身世,嫉恨她的人! 我想,您还是说出来吧,她到底是谁?”

“小峭,你知道我为什么身体一直不好吗?”余惠咬牙切齿地说,“就是拜这个女人所赐。”

那是1946年,逸逸出世了,这个小生命带给我的喜悦不是言语所能形容的。孩子满月后,我带着她回娘家小住。我在娘家住了两个月,回到家院子里站着迎接我的有用人,还有之光。他的身后站着一个女孩子,我至今记得她的神情,她用一种喜悦的、羞怯的眼光望着我，低低地喊："师母！"

"你是谁？"我问她。

"我新收的一个学生，专门研究古玉的。"之光回答。

"哦！"我打量她。

女孩皮肤白皙，身材高挑，一双亮晶晶的大眼睛直视着我。我的心没来由地怦怦乱跳，问她："你叫什么名字？"

女孩微笑着说："王映霞。"

之光赶紧上前，解释道："映霞出身扬州的书香门第，毕业于金陵大学历史系，是之芳的要好学妹，之芳介绍……"

"我知道她是个优秀的女孩子，"我打断他，"不然怎么入得了你谢教授的法眼。"之光不吭声，讨好地望着我。

"但是，她来做什么呢？"我免不了问道。

"她是我研究古玉的得力助手。"之光说。

"你的学生够多的了，也没见你带回家过呀！"

"映霞的家不在南京，单位宿舍凌乱嘈杂，她身体又不太好，所以我安排她暂时住在我们家，这样也方便工作。"

"好吧。"我瞪着他，心里生气却无可奈何，忍耐着说，"那好吧！但愿你们早日出成果。"

王映霞对我微微一笑："打扰师母了。"

我冷笑一声："哪里，你可是'旧时王谢堂前燕'呢。"

第二年春天，随着古玉研究成果的初露端倪，无不显示出他们的配合默契，心有灵犀。王映霞略显苍白的双颊也染上了一丝桃红，那正是女孩子最好的芳华……二十三岁。

她文雅、青春，在一个阴沉、缺少明丽色彩的家庭，简直就是阳光和空气般的存在。太阳底下，风度翩翩的谢之光，被这美丽和鲜花般的生命深深吸引。听说他们整天待在工作室研究、论证一些细节，之光每天很晚才回家。

1949 年，苏州解放了。这一年，王映霞跟着我们一起来到苏州。我又有了身孕，我们商量，给婴儿取名谢亮。

恰在这时，王映霞病了。我们请医生治疗无效，查不出任何病源，但她茶不思饭不想，一天比一天憔悴。之光十分着急，到处找名医，一点用也没有。她像一枝突然枯萎的荷花，怎么都鼓不起生的希望。说实话，长期和她相处，我也难免对她产生了感情，她是那么温柔体贴，善解人意。

我和之光轮流在香草居照顾她，之光劝我多休息，他坐在王映霞的床边，充满怜惜地看着她——那聪慧、柔弱的女孩！

“秋末，我生下了一个女婴。”余惠抬起眼睛望着谭峭，“就是亮亮。”

谭峭凝视着余惠，火盆里有块煤炭，烟熏了他的眼睛。

“新生的女婴占据了我全部的注意力。随着王映霞病情的好转，之光和她的感情有了变化。”

谭峭变更一下坐的姿势，下意识地看了看谢逸和谢亮，谢逸的脸色凝重肃穆，眼神不可捉摸。谢亮的眉头紧锁着，亮晶晶的黑眼睛一眨不眨地盯着她的母亲。

余惠长叹一声：“于是，我成了一个被欺骗和背叛的妻子！

我的风流花心的丈夫，竟然和他的学生相爱了！”

第二年暮春，王映霞也生下了一个女婴。我再也忘不了那个晚上，之光向我坦白承认一切，希望我能原谅他和王映霞。我愤怒悲痛得不可思议，冲到香草居，抓住王映霞的衣襟，摇撼着她对她喊：“你的良心呢？把你的良心拿出来！”

她双眼红肿，哭泣说不怪老师，是她情不自已。之光说，都是他的错。我夹在他们中间，不知所措，最后晕了过去。

半年后的一个早晨，王映霞走了，留下了女婴。

她走了，从此杳无音信。我知道，之光瞒着我，天天发了疯似的拼命找她，再也没找到。

我去之光的书房，他不在，我坐着等他。拉开抽屉，发现那支玉簪不见了，那是之光的珍爱之物。这么多年来，他秘不示人。

初夏的傍晚，王映霞抱着粉雕玉琢的婴儿，从芦庐小院缓步走出，独自立于响月廊。她轻轻数着池塘里盛开的荷花，一朵、两朵、三朵……谢之光不知什么时候站在她身后，浅吟道：“新妆宜面下朱楼，深锁春光一院愁。行到中庭数花朵，蜻蜓飞上玉搔头。”他把玉簪插入她的发髻，她对他回眸一笑。

看得出来，这样的情景，每回想一次就会让余惠心痛一次。

此刻，谁也没注意到邓兴南眼中的一丝疑惑与贪婪，他故作轻松地问：“师母，不就是一支玉簪吗？有什么要紧。”

“不，小邓。那不是一支普普通通的玉簪，它莹润洁白，簪身笔直，通体琢刻龙凤纹，一侧浅刻‘文彭赏’，下端琢‘子冈制’，是明代玉雕大师陆子冈不可多得的真品啊。”

原来如此。

邓兴南和谢逸对视了一下，笑笑，不动声色。

余惠再一次地停顿，泪珠从睫毛上跌入火里，发出哧的一声轻响。房间里安静得听不到任何声音，刮大风了，月色暗淡。谭峭看着窗外，树影摇动，风在呜咽……掉回眼光，他看着余惠，她看着火盆，目光呆滞寥落。

“经过这番打击，我头痛欲裂，整天神志昏乱，有气无力。”她继续说下去，“我的头痛病时愈时发，之光承诺，只要我善待孩子，他将再不去找她的母亲。果然，他把书房搬出了香草居，改设在馎饦斋，画室在延光阁。曾经打听到王映霞的消息，得知她已经结婚。为了保全家庭，我只能忍辱抚育那个女婴，看着她渐渐长大，长得越来越像她的母亲，我的怒火在心里蹿上蹿下。你们不知道我多想掐死她，因为这个孩子的存在无时无刻不在提醒我，我的婚姻是失败的。”

“以后的事，不用说了。”余惠放低声音说，“我想，你们都知道了。她人小鬼大，或许从我小姑子那儿知道了自己的身世，她要代替她母亲，为她讨还那笔债也说不定呢！”

余惠的一番叙述，让谭峭一下子惊呆了。他从来是个单纯诚实的少年，对爱情充满了美好的向往与寄托。没想到，谢珊的母亲道德败坏，插足表姨家庭。最令人震惊的是这个活泼可爱的少女竟然是一个私生女！他的心里不是滋味。

最后，余惠又语重心长地说道："小峭，我和你妈妈是表姐妹，感情一直很好。不然，我不会劝说之光想办法把你的户口从光福乡下迁到苏州城里，并且由他亲自教授你读书作画，当然你也是一个聪明懂事的孩子。我知道，谢珊喜欢你，如果她的妈妈不是王映霞，我是不反对你们亲近的。可偏偏她妈妈当年对我做出这种恩将仇报的丑事，让我成了亲戚间的笑话，高傲的我因此抬不起头来。这个女人，我恨她，恨她一辈子。小峭，我栽培你，从不想求你回报，但你如果喜欢王映霞的女儿，我岂不是成了第二个笑话？简直是搬起石头砸自己的脚。谢珊的确长得漂亮，可谁又能保证她的性格不像她妈妈呢？到时，你被她骗了都不知道。"

谭峭嘴上说，我没什么好骗的。心里对这番话的思量不言而喻，它的分量重得让这个少年喘不过气，思绪紊乱。

六

谭林泉常说："能做谢之光的学生，是你上辈子的造化！"

谢之光教书法，刚提笔就要练悬腕，搦一管羊毫笔在宣纸上反复画写等粗直线、曲线和圆圈，这是给开笔写篆书、隶书做准备。无视谭峭麻颤不已的手臂，谢之光斜睨着歪七扭八、粗细不一的线条，说："基础好好打，不然没格局。"

谭峭暗暗嘀咕："什么格局？不就是像他一样穿着月白长衫，拿着一柄玉如意或一卷线装书，整天在园子里闲逛吗？"

谢之光很会讲故事。有段时间谭峭在读《小人国历险记》，他讲了一个故事:蜗牛角上的两根长须,里面各有一个国家,左边的叫触氏,右边的叫蛮氏,两国经常为了争地而大动干戈,闹得不可开交。他听得入神,谢之光话锋一转,说道:“所以,学篆刻,也要做到小中见大,大中见小。”

谢之光虽是文物大家,但他最喜欢美玉,他有个常用章,是石鼓朱文“琼琚缘”。他写日记用刻印载事,比如,当天心情愉快,他就刻一方“怡然自足”;看到下雪了,就刻两方“开门雪满山”“春愁如雪不能消”;去杭州游山玩水后,锲若干“云树绕堤沙”“几家早莺争暖树”。当然,更多的印是对谢珊的关心与溺爱,比如“小女初长成”“桃之夭夭”“荷花羞玉颜”等。这些印,都放在延光阁。

谢之光刻印极快,能左右开弓,右手书写,左手刻印。篆刻一般是先描印框,在纸上写好印文然后反贴印面,呈现倒反书体再下手开刻。他出手干净利落,右手拿起石头,端详印面,底稿也不打,左手直接取刀刻画,转折勾勒,如行云流水。那刻成的石头似刚刚苏醒一般,睁起水汪汪的眼睛好奇地探头探脑,颦笑之间逐渐有了千姿百态。

晚上,谭峭一个人睡在床上,被月光照得微明的窗帘上走过一只猫的影子。在这里,他是孤寂无靠的,来到一个陌生地方像遇到一个陌生人,无从攀谈。你越是想急切地融入这环境,越是进入不得,仿佛受到无形的排斥。加上,苏州的河网有一种神秘的氤氲气氛,让你好像走入了一座迷宫。

擅长刻纸的姐姐为他制作了一幅《谭巷村》，村口的大香樟树枝繁叶茂，谭家平屋背山面湖，院子里有紫藤、桂树、缸荷，有金鱼、蟋蟀、鹩哥，还有藕、红菱，包括他的爱好和成绩都被传神地表现出来。他走后第三天，姐姐在信中写道："今天爸爸买了一筐杨梅，好吃。可惜你吃不到，想你。"

谭峭的眼前闪现一幅幅画面：淡淡的紫色天空，飘荡着一片一片的云，每一片云都有自己的轨迹，又相互牵扯不断。天空下，一定还会有一条河。河很长，河水缓缓地流着，流过谭家平屋前的香樟树，在邻居家的香水桃树下转了个弯，接着向前；十九岁的哥哥站在自家的稻田边，眼睛瞅着河流的方向；河水是不会停留的，它接着向前流淌。河边的植物渐渐多起来，蒲公英、马兰头、荠菜、紫云英……一只水蓝色的蜻蜓飞过水面，停在一株紫云英上，翅膀微微扇动。

暑假谭峭回到光福，谭林泉得知他跟谢之光学画刻印两年了，居然没刻过印，大为光火，怒斥说："要知道，谢教授是不轻易收弟子的，多少人千托万请，哪一次不被他婉拒？要不是看在去世的外婆从小带大你阿姨的面子上，你哪来这样的福分？再说，谢教授出身金陵谢家，家学渊源，书画造诣了得，东晋名士谢安是他的祖宗！你可不能辜负了啊。"

谭峭把父亲的话转述给谢之光听，谢之光笑谭林泉性子急躁，说凡事欲速则不达。说着，从抽屉里找出一方青田石，顾自刻画起来，刻完交给谭峭，说："送给你！"谭峭喜滋滋地端详，小篆白文“篆愁君”。谢珊见了，拿过印章左看右看，取笑谭峭，“你呀，果真是个篆愁君。”谭峭讪笑。

“珊珊，你又调皮了。”谢之光提醒。

“爸爸，这是你刻的。”谢珊嘟起了嘴。

“嗯，但我不是讥笑小峭。你猜猜看篆愁君是谁?”

谢珊看着谭峭，谭峭看着谢珊，一时摸不着头脑。

谢之光笑了笑，揭开谜底：“篆愁君是蜗牛的别称。”

谢珊微微一笑：“哦，原来是蜗牛。”谭峭似有所悟。

等谭峭刻第一方印已是三年后了。其间谢之光给他讲过不少故事，都和书画篆刻有关，弄得谢珊心里痒痒的，每天下课后急急赶来延光阁蹭听。开刻那天，谭峭瞪大眼睛盯着一方石头看，耳畔响起父亲的声音：“有一种石头，晶莹剔透，匀布血丝，红如朱砂，是石中精品，叫鸡血石。”谢之光看出了他的心思，拿起鸡血石说道：“石头与人一样，没有贵贱之分，只有刚柔之别。只有因石制宜，才能展现各自的面貌。”接着，他递刀给谭峭，谢珊在一旁握紧拳头为他打气。

谭峭下刀时没有放开，想着反书迟疑了好久，刻的印文粗细不一，还有几处崩笔。谢之光见他忧心忡忡，耐心开导说：“地陷山崩，乱云飞渡，原是石头本色，不要介意。”

谭峭问道：“老师，爸爸说陆子冈琢玉不用砣具，而是用锟铻刀，这是真的吗？所以他才坚持要我学刻印……”

“目前，这方面还没有定论。但陆子冈的刻苦是真的。”

当晚，停电。谭峭发现谢之光在淡白月色中刻印，吃了一惊。谢之光趁机又给他讲了庖丁解牛的故事，讲完，问："为什么庖丁解牛数千头，刀始终毫发无伤。"他想了想，回答："他了解牛的骨骼结构。"谢之光欣慰地点点头，走了。仰望夜空，谭峭吹了声口哨，从口袋里取出一只荷花玉戒，仿佛听见谢珊哒哒哒朝书房跑，玉戒被她不小心磕碎了一小片，静静地躺在他手中。灯下，他仔细地看着，果断拿起刻刀，巧妙地进行修整。完毕，将它紧紧握住，闭上眼笑了。

第二天，谭峭刻印时像黄梅雨一样焦躁的心情消失了，赏雨的诗意比比皆是。细雨绵密，知了躲在一片柳叶下休息，鸽子在一片桐叶底下踱步，小花猫卧伏在屋檐下听雨。

雨天备弄，他看着蜗牛顺着墙面上的雨漏痕慢慢往上爬，豆绿的壳，粉红的触角，唐伯虎从未画过这样的小品吧。好不容易出太阳了，谭峭坐在石阶上遥看细草变成鲜嫩的绿色，心里痒痒的。眼前有粉红的花影一闪而过，他站起来，一提手，把谢珊的神态画出来，再不用像从前那样憋着想。

七襄公所的天井里没有桃花，没有杏花，只有芭蕉、海棠、玉兰、山茶。山茶是双色的，春时满开一朵，一半红的，一半粉的，他不太喜欢，因不够纯粹。天井里还有一只白瓷鱼缸，不养鱼，养清水——真好！他在石桌旁刻印：养心。

谢珊走进延光阁，走到谭峭身边，看着他画画。

一幅以灰蓝及褐色为主的风景画，画面是一片平原，平原上矗立着绵延不尽的黛青色的山峦，山脚下流淌着一条宽阔、湍急的大河。这画面太熟悉了！谢珊怔了怔，谭峭说："这是借的香草居《雁归》的布局，我喜欢那幅画的气氛，苍凉而雄浑。"但是，在谢珊看来，谭峭这幅画有青出于蓝之势，感觉比父亲当年画的那张要"活"，暮霭卷尽晴空，山色迷蒙苍茫，境界似乎更加宁静悠远。他在想什么呢？画完，谭峭退后看了看，然后，提起笔，在暮云堆积的天空中学着原作的画面，又添加两只大雁。她不禁赞叹了一声："你画得真好！"

"不是自己的构思，有什么稀奇？"他说。

谭峭一直是这样，他难得用愉快的面孔和声调与人谈话。虽然有些讪讪的，但是，谢珊了解他的个性本就如此。走到桌旁，看到瓷瓶里的粉荷，含苞待放，她没话找话："我发现，每年夏天你都选用荷花插瓶作清供。"她盯着他看。

"是的，因为荷花冰清玉洁！"他皱眉说。

想了想，她决定还是回香草居看书。他却抛下毛笔，用抹布擦去手上的颜料，看着她，眼睛里有一抹雾般的光彩，停驻在她的脸上。他忽然问："你长得像爸爸，还是妈妈？"

"像妈妈吧。"她说，"你也很像你妈妈。"

"是的。"他说，"不过我宁愿你长得像老师！"

"为什么？"她问。

"老师很英俊，你——更美丽。"

他看看她，一边洗刷毛笔，收拾宣纸，一边说："你仔细看过老师吗？他多神气啊！芸姨常说他和阿姨有夫妻相。"

谢珊想着谭峭的话，确实有几分道理，谢之光的风流倜傥，余惠的优柔隐忍，这对夫妇的结合确实奇妙。

他整理着书桌，他是个喜欢井井有条的人。她无聊地倚着桌子，顺手拿起桌上的一本簿子，翻开，是谭峭的速写簿。第一页画的是谢之光，浓眉，戴眼镜，温和，传神之至。第二页是芹庐小院一带的景致。第三页，那是个少女，小脸，大眼，尖尖的下巴，迷乱又坚执的眼神，她是谢亮。

在她拿着速写簿出神时，谭峭阵风般地卷了过来，劈手夺下她手里的簿子，狠狠盯着她，说："你在干什么？"

"哦，"她一惊，"对不起，我只是随便翻翻。"

"随便翻翻？"他盛气凌人地说，"难道你妈妈没有教过你，不能随便翻别人的东西吗？"

他的口不择言激怒了她，她挺直了腰，受辱的感觉使她语气僵硬："难道你不知道，我从小没有妈妈，但我有爸爸，他教我怎样爱人，怎样做人。只是他——要我认清对象！"

谭峭目光灼灼地逼视着谢珊。许久，他才说："你有一个好爸爸，但他有没有告诉你，有一种人是会以怨报德的！"

她的脸蓦地涨红了，她望着他，他那言外之意十分明显："谢珊！别忘了你妈妈是一个可耻的第三者！"

"你知道什么？我爸爸亲口承认过吗，还是……"泪水向她眼睛里直冲，掉转身，她奔向门外。她跑得那么急，一头撞在一个人身上，撞得她的头发昏。那人一把抓住她："咦！珊珊，是你，你怎么急匆匆……"他顿住了："怎么了？"谢珊用手背擦擦眼睛，给了他一个微笑，轻声说："没什么。"邓兴南凝视着她的眼睛，探究的目光一直搜寻到她的眼底。然后，他点了点头，用一种安慰的语气说："那就好，慢慢走，别急。"

谢珊点点头，迈腿跨出门槛，脚落地的一刹那，没留神地上散落的几颗枇杷核，脚底一个不稳，摔下来，说时迟那时快，谭峭猛地一把拉住她，前额还是轻磕在近旁的一截石笋上。

谢珊捂着额头上渗血的伤口看着他，弄不清他怎么追上来的。谭峭抱住谢珊，从口袋里拿出白手帕捂住她的额头。这时，邓兴南也转过身，目光落在谭峭身上，赞赏说："好久不见，小峭，你倒是眼明手快。"

谭峭看着他，没好气："你进门，没留意地上有枇杷核？"

"她走得太急了，不然怎么会……"邓兴南辩解说，"不知道是谁吃了枇杷，把核扔在这儿。"随即说道，"老李也有责任，没有及时清扫，应当扣工钱。再说了，珊珊又不是小孩子，走路全靠自己当心，这一跤对于她是警醒。"

谢珊倚在谭峭怀中，插上一句："谢谢，我知道了。"

这下邓兴南来劲了，说："刚才你是不是欺负珊珊了？"

见有人撑腰，谢珊连连点头："是的，他欺负我。"

"女孩子是要哄的，唉，你还太小，不懂……"

谭峭看着邓兴南，面无表情地问："你怎么来了？"

"我带了块古玉来找谢教授，想请他鉴定一下。所以，没怎么留意……"邓兴南正色说道，"不过，幸亏你快一步。"

"我不快一步，她早摔破了头，就这样，额头都擦出血了。"

邓兴南感到委屈，说道："奇了怪了，摔跤磕破头的人是珊珊，她没有质问我，你为什么质问我？”

谭峭的手还覆在谢珊的额头上，她脸上显出探询的神色，附和说：“是呀，我也想知道。”

谭峭瞪了她一眼，不作声。拿掉手帕，看着她额头上的血隐现，他心中痛得一激灵，眼神中挣扎的情绪一闪而过。

七

桌上绷着一幅清代宫廷画师丁观鹏的《罗汉图》，邓兴南走进延光阁时，谢之光正坐在桌前仔细观画，仿佛入定。这种安定气氛使水阁像一座寺院，有种“青灯古佛”的静穆。

昨晚，谢之光在馎饦斋写一篇关于王希孟的文章，颇有感慨。王希孟作画的时候，只有十八岁。谢之光曾借调故宫，专门修复古画，在特定情况下反复看过他的《千里江山图》。

王希孟降生在中国山水画的黄金时代，在他艺术生涯的黄金时代——十八岁时，天赋不一般，又有宋徽宗亲自调教。即便如此，他自己也弄不清怎么能画出这样一幅恢宏绚丽的长卷。

最醒目的是，画卷前半段的一座木构长桥，桥中央有一座两层楼高的飞檐亭阁。谭峭十七岁这年临摹的王希孟《千里江山图》长桥段，笔墨精工细致，让谢之光十分骄傲。

彼时，邓兴南与谢之光相识已久，他视谢之光如师，得以在艺圃和谢之光一起观赏。邓兴南心思缜密，看到了谭峭的题款。没想到，这少年的画技精湛如斯。

几天后，邓兴南便约了谭峭去山塘街喝茶，在临水的茶轩。

两人谈话话题深广，关于绘画，关于玉雕，尤其玉器工艺与文人画的相似和不同处，大多是邓兴南说，谭峭听。后来话题不知怎么转到了如何成功上。对此，邓兴南总结了八条：一命二运三风水，四积德五读书，六名七相八交贵人。

一命。人生来是不平等的，因为出身不能选择。后天的努力虽然有用，但是先天大于后天。夸张点说，东施再打扮也成不了西施。

二运。专诸如果生在和平年代，只能是个杀猪的，根本不可能去刺杀王僚；柳永如果在战争年代，可能会当个没出息的士兵，在逃跑的路上被抓回来，不可能成为一代词宗。

三风水，即位置。人二十岁前如果在一个地方待久了，这个地方就是他永远的故乡，味道、景致、口音已被界定，很难改变。陆子冈如果生在北京，不可能雕出水仙玉簪。

四积德。损人利己能理解，但损人不利己不能理解。细细思量，人做损人不利己的事，必然是控制不了自己的欲望，但欲望也是昂扬斗志的催化剂。

五读书。天分好要读书，天分不好更要读书。

六名，即名声。成功的关键是名副其实，都说出名要趁早，但名出早了，名大于实，声名之下，容易江郎才尽。

七相。相由长相、身材、精神面貌组成。长得漂亮，的确占优势。面对一张姣好得如瓷似玉的脸，人们总是心存怜惜。即使没有一张好面容，至少要有一个好身材。再不济，也要保持好的精神面貌，每天多笑笑。

八交贵人。贵人不一定是有钱人、有权人，可能是广袤沙漠中的指南针，是黑夜海洋里指引方向的灯塔一样的人。

一番话，显现出邓兴南不一般的心智与见识，只是对于十七岁的少年谭峭来说，他听得懵懵懂懂，一下子很难理解其中的深意。多年以后，他经历了人事沧桑，才真正懂得。

邓兴南出身小康之家，新中国成立前家中有良田近三亩。因为做人低调，受到的冲击有限。当苏州采香玉雕厂到学校招人以填充工艺美术新生力量时，有绘画基础的他顺利地被推荐。

他珍惜这个机会，玉雕厂离他家远，每天他都早早出门，天还没亮，他就背着早饭，经过黑黑的街巷时战战兢兢。

他期望通过这一步一步走过的暗路，到达鲜花盛开的明天，他期望未来的日子皎洁如明月。也许，每一个少年都曾像他那样，在人生的图卷展开之前，既紧张又饱含希望地握紧双手。不知怎的，自从见到谭峭的画作后，他表现得太急切了，连谢之光都有所察觉，觉得与早年的他有了不小的变化。

谢之光闲时喜欢去专诸巷。专诸巷靠近阊门城楼，不太繁华，但珠光宝气，一家紧挨一家的玉器店；面店跑堂的托盘往巷子里送爆鱼虾仁双浇面很频繁，甚至自掏腰包付黄包车夫车钱；红丝绒上闪烁的玉器光芒，足以亮花行人游客的眼睛。逛累了，到城楼喝杯茶，去山塘街吃碗糖粥，或是呼朋唤友上酒楼吃饭，晚上再到澡堂洗个澡。神仙日子啊。

有一次在石路天池浴室，谢之光一开始并没注意他们，只一味享受着片刻的放松辰光。他看到搓澡工在给一个老爷爷搓澡,有个年轻人过一会儿跑过去配合着帮老爷爷翻一下身。他看着很平常,但真正让他感动的,是洗澡结束后。

年轻人先是小心翼翼地用浴巾帮老爷爷揩干了身上的水,然后一件一件地给老爷爷递衣服,帮他抬下胳膊或腿。背心、衬衣、毛衣、棉袄,每穿一件,他都会让老爷爷歇一下。穿衣的整个过程,年轻人一直围在老爷爷身边,问道:"爸爸,你看你穿着的衣服有没有牖着的,我帮你拉拉?"

年轻人的这句话,一下子打动了谢之光。忽然,他很伤感,鼻子甚至有些酸涩,如果父亲还活着,他会不会这样?他会陪父亲洗澡,帮他慢条斯理地穿衣服,也会问一句:"爸爸,你看你穿着的衣服有没有牖着的,我帮你拉拉?"

他想上去和他们说句话,但又怕破坏了他们之间那温馨的氛围。于是,他故意放慢了自己的穿衣速度。这时,年轻人和老爷爷都已经穿戴齐整了,大约是怕外面冷,他们坐在靠门边的长凳上说是凉一会儿。从侧面看,他们长得很像,几乎是一个模子里脱出来的,还有他们的声音。

"爸爸,你记得我的生日是什么时候吗?"他听见年轻人问老爷爷,话里有些试探的意思。

老爷爷看了看年轻人,没有立即回答。

年轻人瞅了瞅老爷爷又说:"是不是11月2日?"说完,他又继续问了一句,"是不是?"

"这是你妈妈的生日,你以为我不知道?"一来二去,他看到一脸褶皱的瘦弱老爷爷，眼睛里闪着狡黠的光，“你知道我的生日是什么时候？”老爷爷反问起了年轻人。

“哈哈。”年轻人笑着，一脸得意地说，“我怎么会忘记爸爸你的生日？阳历是7月4日，阴历是五月十二日，嗯？”

老爷爷不等年轻人说完，就像小孩子一样，笑了……

这个年轻人就是邓兴南，芸姨的侄子。

谢逸一早起床，忙着打扮，不时问谢亮：“这个发型怎样？”“眉毛再往上画一点？”“口红太红了？”“哎，我是不是胖了啊？”谢亮都以“哦”“好”应付。谢逸像蝴蝶一样在畅园飘来飘去，走廊里高跟鞋声嘚嘚嘚地回荡。

邓兴南个子不高，宽脸大头，眉毛浓黑，一双雪亮的圆眼睛炯炯有神，他给人的第一印象是斯文、淳朴。吃饭的时候，邓兴南侃侃而谈，其他人都吃好了他还端着碗，芸姨催他，他抿嘴笑笑，转眼就吃完了。大家看着他急急忙忙的样子，开心地笑了。整个房间充满了阳光，谢逸的脸红红的。

谭峭在闹哄哄的阊门饭店婚宴大厅里踟蹰，谢逸先认出他，拍拍他的肩膀，朝谢亮招招手。谭峭被谢逸拉在她们中间，三个人对着照相机咧嘴笑。邓兴南在他眼前晃了一下，对着谢之光、余惠大大方方地叫“爸爸妈妈”。余惠热情地把“大姐夫”正式介绍给谭峭，他们激动地握手，邓兴南的手白皙、柔软、冰冷。他理了发，穿着中山装，头发梳得油滑，相貌堂堂。谢逸的头发烫得短短的，走路笔挺、快速，她的新郎有点跟不上她。

耀眼的灯光、浮华的盛宴让谭峭陷入虚幻。不同维度的空间,不同的故事在演绎,谢逸和邓兴南走上他们的轨道,谢珊和谢家的关系错综复杂,爱恨情仇从此展开。也许在另外的维度里,他和谢亮胜似亲人,和谢珊形同陌路……

谭峭显出一种超出年龄的沉稳明朗,拿出一幅水墨画:“姐夫,恭喜你。”

一幅空山煮茶图:高远,明净。天很高,树很高。远山,近树,不远不近有一条河,细长得像一根棉纱线。茶在哪里?煮茶人在哪里?在大片留白的画页上,树木掩映中有一座小小的草庐浮出视线——没人。空山不见人,但闻人语响。静得能听见树叶飘落在山径上的声音。到底是谁在空山煮茶?

众目睽睽下,邓兴南接过画看起来,笑着说:“小峭,这幅画有一种清旷幽远的意境,好是好,过于老气横秋了。”

他手里一边盘着块瑞兽古玉,一边仔细看着画,说道:“你现在可是‘少年听雨歌楼上’正当时啊。”

谭峭脸红了,想想,这画确实有点“强说愁”的味道。

谢逸过来打圆场:“小峭诚心送画,你怎么不领情?”

“领情,当然领情,你赶紧替我收起来。”邓兴南说道。

婚宴马上要开始了,谢珊捧着一束鲜花姗姗来迟,缓步走到新郎新娘面前,微笑着说:“大姐、大姐夫新婚快乐!”谢逸勉强一笑,也不招呼谢珊就座,倒是邓兴南对谢珊热情,巴结说:“来,珊珊,快过来坐,小峭来这半天了,看他心神不宁的样子,我就知道是在等你。”谢珊看了谭峭一眼:“是吗?”谭峭转过头,不作声。邓兴南却又加上一句："谢逸，你看他们俩多般配，真真实实一对金童玉女。"谢逸冷哼了一声。谢亮听了，拉下脸来，给了他一个白眼。

邓兴南凑近谭峭，对他耳语："明天下午到新房来喝茶吧，那是对你送我画的回报。怎么样？"谭峭顿了顿，点点头。

邓兴南准备的新房与常人大相径庭，他通过房管所关系把专诸巷的一栋老房子改造成了竹园精舍。谭峭走进，竹影荫地，邓兴南挽着裤腿光着脚在池塘里种荷，红光满面。

他环视竹园，不见谢逸的身影，忍不住问道："大姐呢？"

大太阳底下，邓兴南抖开一条丝绵被晒在竹竿上，答道："哦，谢逸不太喜欢这里，说这里的气息像寺庙，暮气沉沉。她喜欢畅园，婚后想两头住住，我同意了。无所谓，反正离得近。"

谭峭看着园中景物，感慨："大姐夫，你对大姐真好。"

邓兴南笑了，赞同："她的确有福气，遇上我这样的人，肯这么迁就她。"说完，递了杯茶给他。

谭峭接过，称道说："在这里喝茶，一点不比艺圃差。"

"哦？有出典吗？"邓兴南饶有兴致地问。

"《徐文长秘集》中，'品茶宜精舍、宜云林、宜寒宵兀坐、宜松风下、宜花鸟间、宜清流白云、宜绿鲜苍苔……'"

"小峭，论绝佳品茶环境，这里是比不上艺圃的，艺圃几乎占全了这些喝茶的要素，我不过占了一两条而已。"话虽是这么说，但从神情中他依然看出邓兴南的自得之态。

想到这，谭峭不禁莞尔一笑。

邓兴南见了，调侃说："长得俊，又聪明，偏偏整天冷着脸。小峭，到这儿来，你要多笑笑啊，我看着也舒坦。"

那天下午，谢珊独自去了网师园。园子安静，像石涛画的册页，次第打开，层层递进，转折处是残褪的旧时月色。渐渐地，人多了起来。阳光下，有个小男孩跑累了，仰头看海棠飘落，说："下雪了。"恍惚中，她看到了初到艺圃的谭峭。

"看松读画轩"的一副楹联很有名，她轻轻念着："上联：风风雨雨暖暖寒寒处处寻寻觅觅；下联：莺莺燕燕花花叶叶卿卿暮暮朝朝。"念完，她突然想立即回到艺圃。

从鹤柴进园，她躲在一棵海棠树后看前面的花丛，见谭峭和谢亮面对面坐在石桌前下围棋。谭峭本来就长得英俊，许是花光水影的摇荡，看着更是清俊不凡，让她很想亲近。

上周五是他的十八岁生日，她觉得应该去祝贺一下。忆起他立在海棠树下的风姿，想摘一捧花作贺礼，不料海棠已凋败。她凭着记忆画了一幅画，满心欢喜地送给他。他看了她一眼，淡漠地将目光移向别处，她的心陡地痛起来。

很快，她在芹庐小院的池塘里找到了自己送给他的画，墨渍被浸得看不出原画的痕迹，谢逸经过，奚落她："谭峭说你是狐狸精生的女儿，心机重，他不敢要你的画……"

相比谢逸，谢亮素来文静，性情温柔。即便如此，谢亮也对她冷淡，几乎不说话。谢逸对谢珊总是指指戳戳，说三道四。

在延光阁，谢逸又提到谢珊："我听老李说，那个女人长得妖冶，眼神勾人，你们能想象，作为她的女儿，谢珊身体里流的血，也不会纯洁的吧，啧啧……如此肮脏下贱，想不通爸爸竟然允许她这个私生女名正言顺地留在谢家，百般宠爱，她怎么配！小峭，你说我说得有没有道理？”

她是小小舞蹈家，薄纱的舞衣，一件又一件穿着像个小精灵，她一直是他心中纯洁善良的普绪珂，不，她绝不会是像她母亲那样故意去做破坏别人家庭的第三者。他不相信！

谢逸催促他：“小峭，你说我讲得有没有道理？”他不耐烦，冷冷说道：“你这是血统论，我不赞成。毕竟珊珊是老师最喜爱的女儿。”谢亮的脸唰地一白，谢逸看了看她。

午后，日光炽白。他走出延光阁，见谢珊躺在院中竹榻上，沉沉睡去，枇杷树的树冠撑在她的头顶，投下些许阴影。

淡绿色的叶子有一片两片掉落在她的头发上、衬衣上。他走近，默默地看着她，许久。

他从未想过有一天会疏远她，但是，想到余惠声泪俱下的诉说，想到她就是别有用心勾引谢之光导致他背叛家庭的王映霞的女儿，他的世界瞬间像座琉璃宝塔崩塌了一样。

没有人喜欢背叛，他厌恶背叛。

星期天早晨，谢珊在香草居，迎来了盛怒的谭峭。

她正歪在罗汉榻上翻看《红楼梦》，她一点都不耐烦看那些烦琐的描写，只看宝、黛、钗的爱情，那是她第一次将爱情与死亡联系起来的阅读。她一边读，一边哭，内心被那种爱到死的极致的爱情描写深深打动。想起前不久父亲说的话，不由得出神，他问："人的一生虽说天命定之，其实变数很大。你知道这些变数中，有什么是不会轻易改变的吗？"

看着她迷茫的眼睛，他又问："留意过畅园喷水池中的白莲吗？晨光暮色中，白莲每到夏天朝开夕合，绽放不凋。"语声低微，他自问自答，"不变的是莲花，还是人心？"

谢珊答道："是莲花。"

谢之光看女儿一眼："不，是人心。比如我对你，比如姑姑对你，比如小峭对你，再比如芸姨对你。"他遥望天空，继续说，"虽说世事无常，错综复杂，但你仍可以从中看到我们对你的初心。"话题一转，"珊珊，你要遵从本性。"

一只荷花玉戒被扔在书页上。抬起头，她看到谭峭冷漠中隐含怒气的脸。

他居高临下，质问："你把戒指送给谢亮是什么意思？"

"没意思。你不理我，疏远我，肯定有原因，是我哪里做得不对吗？相信我，我总是希望你好。送戒指给亮亮，是想着现在你喜欢的人是她，这戒指我理应转送给她。"

他逼近一步："当初，我真心实意跟着爸爸学雕这只玉戒送给你，你随随便便把它送给别人，心中是不是快意？"

谢珊看着书上的字句，平静地回答："爸爸让我遵从本性。要么我就放弃，要么我争一争。"她的确是想用这只戒指来试探谭峭对她的心意，料到他对她不会那般绝情。

这样想着，她笑了，问道："我们两个也算青梅竹马，怎么一下子成了陌生人？我弄不明白，你能告诉我吗？”

谭峭看着她，语气冰冷：“我既然知道了一些往事，不可能装作无动于衷。我是讨厌我自己，并不是讨厌你。”

谢珊摸着戒指的手一颤，轻声说：“什么往事？关于我妈妈的？这些年，我都不知道她在哪儿，是否还活着？”

她抬起头，问道：“从前，你不知道这些所谓的往事，我们在一起不是挺开心的吗？”

他退后一步，说：“那是我被蒙骗了。”

她有些烦乱：“我从来没骗过你，相反，只信任你。”

他神色僵硬，说：“我们之间，现在没有信任了。”

谢珊看了他一眼，笑着说：“谭峭，我是真心喜欢你。”

她说“喜欢”两个字的时候，眼睛里闪烁着真诚的光芒，那些深埋在心底的种子，像花朵一样齐齐绽放。

午后，谢珊走到卧室窗前，眺望喷水池，池中的雕像……沉思。爱神静静站立着，喷水池的水珠在阳光的照耀下，像一颗颗晶莹的珍珠，喷洒四射，把爱神雕像烘托得如梦似幻。

谢珊最近常常发呆，芸姨觉得她像变了个人似的，从前的她太调皮，现在这样安静，她反而不放心，担忧地看着她。

“珊珊，你一直喜欢小峭，如今这是怎么了？”

谢珊替她倒茶：“芸姨，我知道你对我好，但谭峭喜欢谁，是他的自由，我不想因此变成一个因妒生恨的小人。”

芸姨叹了口气，抚了抚谢珊的头发。

谢珊转动手中的茶杯，问道："芸姨，我不知道谭峭为什么突然不理我了，因为我妈妈？我妈妈真的是第三者？"

芸姨没有回答，只是柔声说："珊珊，你的辫子散了，我帮你重新梳一梳吧！"

梳子梳在头发中，很舒服。芸姨的手又轻又软，她一边梳着头发，一边慢慢地说："记得你两岁那年，发着高烧，全身滚烫，整夜啼哭，老爷急得手足无措。我守在你身边，那时候你还不太会说话，梦里一直哭着要妈妈，要妈妈。"

芸姨将她的长发编成辫子："一晃十五年了。"

谢珊不响，她的眼睛蒙着一层淡淡的水雾，她转过脸望着窗外的雕像，不一会儿转回脸来，重新对着芸姨笑。

芸姨知道她明明哭了。

此刻，谭峭在响月廊与谢亮下棋，他有些心不在焉。谢亮抬头问："你怎么了？"他回答："阳光太刺眼了。"于是，他们把棋局搬移到了乳鱼亭中，但谭峭落子还是不上心。

他时不时盯着思嗜轩旁的一棵枣树看，这棵枣树没有什么特别，只是长得格外枝叶婆娑，树干的中间缺了一块树皮，他清楚地记得这棵树上有过谢之光的一句题诗：

"芳树无人花自落，春山一路鸟空啼。"

对此，谢珊颇有感悟："春天是四季中最好的时节，令人陶醉，往往不懂珍惜。蓦然回首，才觉时光的短暂。"谭峭听了感同身受。

傍晚，度香桥上，谢珊遇到了谭峭、谢亮。她走过去，谢亮跟她打招呼,她含笑应答一声。谭峭看着她一声不响。

“谭峭,明天是星期天,爸爸受邀参加宜兴紫砂壶鉴赏会,让我们俩跟着一起去。”

谭峭表情冷淡,说道:“我知道,原来老师只带你去,是你特意跟老师讲,要我一起去。你这么做有什么目的?”

谢珊看着池水,苦笑着问:“目的?你说我有什么目的?”

两人的目光在空中凝固,谁也不肯退让。

八

1966年,“文化大革命”开始了,“反动学术权威”与“资本家”的大字报铺天盖地地贴满畅园大门,余惠被闹得坐立不安,本来她想和丈夫来个一刀两断,但看着两个女儿又下不了狠心,这让她有苦说不出,只好自认倒霉。

当晚,她睡在房间里,一夜悸动不安。窗外天色发红,小巷里人们的脚步声进进出出,深夜还有汽车在马路上猛按喇叭,锣鼓声时起时伏。余惠在佛像前长跪不起……

第二天 ,五爱巷畅园门前又贴出了不少新的大字报,名字都被打上了红叉叉——“打倒反动学术权威反动资本家谢之光!”“剥开资本家臭老婆余惠的画皮!”“揪出资本家小老婆白骨精王映霞!”总之,这一家人都是牛鬼蛇神。

谢珊从贴在门口的大字报里知晓,原来她那个远在天边的母亲叫王映霞。她长得是高是矮,是胖是瘦,漂不漂亮?

谢之光看了大字报回来,在房间里转圈子,对眼泪汪汪的谢珊说:“大字报瞎七八搭,别相信。”他问余惠:“这大字报谁写的?邻里之间我一向客客气气的,也没得罪什么人,我和映霞……还是刚解放那会儿的事,照理说也没人知道哇。”

余惠的心咯噔一下,难道是他?她嘴上却若无其事地说:“我哪知道谁写的。再说了,大字报是可以叫人代写的。”

“你想想是谁?应该是熟悉我们的人,不然……”

余惠一个劲地摇头:“不可能,不可能。”

“什么不可能?现在一切都乱了,有什么是不可能的?”

站在馎饦斋门口,谢珊想了一会儿,伸手轻轻推门。

屏门嘎吱一声被推开。

推开一地银白的月光。

今天是星期三,父亲晚上有个座谈会,不在家。谢亮躲在她的房间里写作,不会出来,余惠更不用说了,谭峭跟着父亲一起去了。临走前,父亲到谢珊房里来转了转,说一定要帮她找一只和苗苗一模一样的猫回来(自从上次苗苗受惊从窗户跳走,就失踪了,后来虽说找到了,但没多久就病死了,谢珊流了不少眼泪)。所以,家里的人都不会到园子里来。她把头探进书房,张望了一下。果然,如她预料的,整间书房除了冷冰冰的空气、暗沉沉的光线之外,一个人影也没有。她跨了进去,返身关上了屏门。于是,她置身在一个阴冷、幽暗而空旷的大房间里。一瞬间,她心头掠过一阵奇异的、不安的感觉。两壁的大玻璃橱,橱下都是抽屉,橱顶堆满了一沓沓参差不齐的纸张——是父亲的研究资料。这些资料有多少年没有整理了，空气中散发着一股淡淡的霉味。

沿着玻璃柜，谢珊慢慢围绕着房间凝视柜子中陈列的玉器。每一件玉器下都有一张卡片，上面记载玉器的种类和名称。她慢慢地看过去：玉璧、玉琮、玉圭、玉璋、玉璜、玉琥、玉环、玉斧、玉猪龙、玉佩、玉龙形佩、玉带钩、玉蝉、玉如意……哦，多么奇丽精致的物件！尤其那支凤纹玉簪花，下面标注：浙江临安吴越国王后墓出土，更是精美绝伦。只一会儿，她就对那些玉器失去了兴趣，开始研究那些大抽屉，从第一个柜子下的抽屉开始，她轻轻地拉了开来，拉抽屉的声音沙沙地响着，打破了空旷的房间的静寂，让她吃了一惊。本能地，她对自己的窥探行为有些不安，下意识地感到可能有人在暗中注意她，她望了望四周，摸黑走到那张宽大的办公桌前，打开台灯。关上了这个抽屉，再拉开第二个，里面是些尚未整理的资料和图片，同样乏味。关上它，她再拉开第三个。就这样，按照次序，她拉开一个个抽屉，这些抽屉一个比一个零乱。终于，她在一个抽屉里发现了一只古旧发黄的牛皮纸封袋，封袋上写着“映霞”两个字，她的心顿时怦怦狂跳，这里面有她想找的母亲的照片吗？拆开封袋，她的手微微发抖，她把一沓照片从封袋里掏了出来，正想逐张看过去，但是，一阵轻微的响声惊动了她。她猛地抬起头，浑身一震，那些照片从她手里散落到地上。

谢逸像从地底钻出来似的，阴沉地站在那儿。她的背脊挺得笔直，披着一件不知是什么年代的黑色披风，眼睛直直地瞪着她，庄重、森冷……是一种无法描述的神色！煞白的脸仿佛幽灵一般，谢珊哆哆嗦嗦，本能地退后一步，讷讷地叫了声："大姐！"谢逸面对她，既不动弹，也不说话。她心底的恐惧在加剧，"大姐……大姐……"她的牙齿打着战，"大姐，我、我不知道……你怎么会在这里？我只、只是随便……看看。"她笨拙地解释。

"轰隆隆——"天空中猛地一个响雷劈下来，将窗外的一棵桂树击得枝叶凌乱。

"有贼啊！"

变调的一声尖叫惊醒发愣的两人，谢珊心想不好，转身欲跑。说时迟那时快，谢逸突然一把抓住她，飞快地把一件东西往她手中一塞！她低头一看，正是那支凤纹玉簪花。

随即，谢逸一个急转身，迅速打开后窗翻出去，砰的一声似乎栽倒在墙边了，然后爬起来就跑。这一连串的动作惊得谢珊目瞪口呆，她第一反应就是放回玉簪，赶紧逃离，邓兴南领着花匠老李从七襄公所那边冲过来，齐声呼喝：

"抓住她！别让她跑了。"

在逃离的谢珊身后，整个街道万籁俱寂。

她跑出这片沉睡的街道，跑上月光普照的西北街，路边的商店都关着门，四周的嘈杂也消失了，谢珊的耳膜里除了轰轰作响的雷声，只有自己粗重的喘息。谢之光去了趟派出所，民警说既然是误会，只要他的女儿、女婿来所里做个笔录说明情况，这起偷盗事件就可以不予追究。但是包括凤纹玉簪花在内一批古玉的失窃是否需要立案侦查，作为失窃主人的他得有个明确态度。谢之光此时心中了然，苦于没有证据，还会因此涉及心爱的小女儿。于是，他长长叹了一口气，无奈地对民警表态，说这批古玉虽然珍贵，但毕竟是身外之物，而且凤纹玉簪花已经找回，这事就不必追查了。民警出乎意料地问："谢教授，您确定？"谢之光点点头，说："确定。"回到家，他故意对余惠说："寻常小偷怎么会知道馎饦斋里藏匿古玉？"

余惠一怔，却一个劲地摇头："不可能，不可能。"

谢之光盯着她，说："什么不可能？想必你也猜到几分了吧？家贼难防，人心叵测，你不知道？"

余惠回答他："我哪知道？我弄不明白的。"

谢之光怀疑说："你平时有没有在邓兴南面前露过口风？不然，我想不出来，谁会觊觎我的这批古玉。"

余惠摇头说："不会是小邓的，他毕竟是我们的女婿。何况，他要偷，为什么不把最珍贵的凤纹玉簪花一起偷了？"

谢之光心痛地捶捶胸："可怕的正是这个！因为他深知这件玉器是文物所的藏品，由我暂借以作分析研究之用，一旦失窃，公家必定追查到底，直至水落石出；其他的玉器不过是我的个人收藏。试想，一般人怎么会懂玉？他先是利用珊珊破除机关，再栽赃于她，并料到我因为珊珊牵涉在内难免投鼠忌器，真是心机深沉，算得滴水不漏啊。唉，也怪我自己，工作一忙起来就大意了，小峭提醒过我。"

"总之，现在说什么都晚了。"谢之光踢了一脚凳子。

余惠皱着眉头:“你怀疑是我泄露给逸逸的?”

谢之光看看她,也不回答,哼了一声,言下之意:“难道不是?”

余惠说:“我就是浑身是嘴,也说不清了。你让民警来查。”

“让民警来查?”谢之光脸色铁青,说道,“那珊珊就要被关进去,名声尽毁。她是被陷害的,确实好手段。如今她生病在上海之芳家,等过了这段时间,我要赶紧把她接回来。”

余惠快快地说:“随便你,她可是你的宝贝。”

“对,她是我的宝贝,比玉还宝贝。”谢之光狠狠地回了句。

“在哪儿看到的?”

“香草居。珊珊一回来就去那儿了,整理书房的书籍,整理老爷的古董,整理老爷的字画!昨天,又把园里的喷水大理石雕像洗刷了一遍,她自己爬上去洗的,我要去洗,她不肯,她、她说什么,我学不来!”

“想想看,照样子说也不会吗?”谭峭急急地追问。

“好像说,那是爱神,她不能让爱神的眼睛看不清楚,所以要把它擦亮一点,大概是这个意思吧!”芸姨皱着眉说。

谭峭深吸了一口气,他的心脏加速了跳动,他的血液加速了运行,他懊恼地说:“芸姨,你为什么不早点告诉我?”

畅园的铁门是虚掩的,他推开门,直奔进去,到喷水池边,正想往那亮着灯光的客厅奔去,这时耳畔蓦然响起了一个宁静的、细致的、温和的声音:“你在找什么人?”他收住脚步,抬起头来。

于是，他看到好像是谢珊站在喷泉后，披着一肩长发，穿着紫色的毛衣和灰色的长裤，沐浴在月光下。她的眼睛闪闪发亮，像天际的两颗寒星，白皙的面庞在月色下显得分外纤柔，嘴边带着浅浅的笑，站在那儿，美得不可方物。爱神伫立在她的前面，水珠像一张闪亮细密的珠网。

她从未见过他脸上那么复杂的表情，低唤："谭峭！"

听到这一声叫唤，他怔怔地看着她："哦，是亮亮。我还以为是……"不知为什么，谢亮觉得谭峭似乎有些失落。

她静静地看着他，目光想一下子穿透眼前人。他是那个时常与她对弈的恋人，还是心里装着谢珊的沉默的少年？

这段时间，谭峭每天来畅园吃晚饭，饭后会在她房间里坐一会儿才走。洗完澡，她对着镜子梳理头发，他随手拿了本书来看，过了好久，仍然是那一页。她从镜中看了他一眼，装作无意问道："谭峭，你是不是有什么心事？"

他十分意外，愣了一愣，随即反问："为什么这样说？"

谢亮漫不经心地说："你手里的那页书，一直没有翻动。"

他低头看了看书，把书放下，勉强笑了一笑，敷衍说："我想着老师今天要我刻一方画画用的闲章，怎样刻才好。"

她听了，忽然难过起来。

阳光照耀，和风吹拂，下午和芸姨絮叨了许久，有点累，谢珊躺在屏风后的罗汉榻上昏昏欲睡，听到窗外有人说话。

有个清脆的声音说："亮亮，你本来吃得少，又吐了，谭峭送了烘山芋来,吃点吗?"又说,"他烘的山芋喷香。"

柔顺的声音回应说:"谭峭从小生活在乡下,烘山芋之类的小事,他当然做得熟练。"

听到这儿,谢珊已晓得她们是谁。又听谢逸笑道:"自从妈妈揭了王映霞的老底,谭峭果然不大理谢珊了。刚才吃午饭,我看谢珊那张脸变得和白纸一样,想想真是解气。"

谢亮低声说:"不要这样说,被人听到,终归不好。"

谢逸哼了一声:"你是软心肠,我却看不惯她的嚣张,也不看看自己不过是个私生女!当着她的面,我照样会这么说!我不懂,谭峭既然不喜欢她,为什么还要在意她!"

几句话随风灌入耳中,谢珊从屏风后出来,笑吟吟说:"今天运气好,居然能听到亲姐妹背地里说这些无耻的话。"

谢珊突然出现,让谢亮一怔,也让谢逸一怔。谢逸反应很快,一声冷笑:"谢珊,当初要不是亮亮突然晕倒,哪轮得上你来演普绪珂?这才让谭峭高看你一眼。其实,他的心里从来就只有亮亮。你难受了?嫉妒了?想想看,你这样见不得光的私生女,也配跟我们谈礼义廉耻?"

她逼视着谢珊,谢珊迎视着她的目光。接着,她又说:"你的确有一个好妈妈,嗯?她难道没有告诉你,有一种没有良心的人,是会恩将仇报的?我想,我们谢家对得起你!"

谢珊的脸蓦地红了,做姐姐的这样羞辱妹妹,让她怨愤。

谢珊点头笑道:"大姐,你一向自以为是,没想到婚后一点没变,说话愈加尖酸刻薄,我算是领教长见识了。"

谢逸气极，恨声说：“你！”却被谢亮拦住，谢亮低声说：“我们不理她，回去吧。”说完，拉着谢逸转身走了。

九

鲁予达读高一时毅然投笔从戎，参加了光荣的中国人民志愿军，去了越南。鲁予达回国期间，来到母校圣爱中学作英雄报告，对同学们讲他投笔从戎、抗美援越的辉煌经历。勇士们上了战场，莘莘学子也热血沸腾。在学校号召女同学给最可爱的人写一封慰问信的活动中，谢亮也不得不书写这样一封信，主动去慰问鲁予达——这个时代最可爱的人。不过，谢亮的信，外人看来是写给她的同班同学鲁予达，其实在她是对谭峭发出信号，看你是不是还要装成个没事人的样子。

在越南接到老同学的信，鲁予达兴奋得跳了起来，他没想到自己离校参军竟能收到谢亮的慰问信，经过再三考虑，他决定乘胜追击，绝不能失去这个天赐良机。鲁予达马上跟部队领导汇报了这封慰问信的来历。解放战争和抗美援越时期，部队有不少过了适婚年龄的军人，给最可爱的人一封书信这一活动促成了很多美满姻缘。当校方把部队领导寄来的约定书给谢亮过目时，她呆若木鸡。后来她再不敢给鲁予达写信了，但鲁予达那些不贴邮票的军邮书信，还是像雪片一样飞来。拿着一沓鲁予达的来信，谢亮向父亲讨主意：“爸爸，我是响应校领导号召给志愿军写封慰问信，但你看他竟提出这样无礼的要求——”

“怎么是无礼的要求呢？”

“学校党委派人跟我说，我被最可爱的人爱上了，别人要是再对我有好感就是破坏军婚。”

“岂有此理！你当初信是怎么写的？”

“我只是写‘你能投笔从戎，我打心里佩服，希望你狠狠打击美国鬼子，为新中国争气’之类的，没写其他的。”

“这封信你保留底稿了吗？”

“这么一封简单的信我保留什么底稿？”

“你没有保留底稿，这事可说不清楚了。”

谢亮沉默了，她过两天就会收到鲁予达甜言蜜语的书信。

谢亮的哀怨谭峭一点不知道，他依然如故，一门心思地画他的画，读他的书，气得谢亮背地里不知道骂了他多少声笨蛋。

她把自己关在房间里，不吃不喝，因为着了凉，发起了高烧。关键时刻，还是余惠急中生智。当晚，她去找了谭峭，说：“反正你们快高中毕业了，为了亮亮，你们先订婚，看能不能把这件事压下去。亮亮现在哭得死去活来，她好歹也是你的表妹，现在只有你能救他……算姨妈求你了。”说完，余惠对着谭峭跪下。谭峭连忙扶起她，沉吟半天，硬着头皮答应了。

订婚那天，谢家在畅园摆了一大桌酒席，把学校校长、街道书记、居委会主任还有区革委会领导都请来了。

谢珊从上海回来，马上得知谭峭和谢亮订婚的消息。她到底没有勇气袒露心扉，眼瞅着他们男婚女嫁，还要装作若无其事，心中酸苦不已。谢亮呢，整天笑吟吟的，那是得遂心愿的高兴。在她所有的同学朋友中，谭峭无疑是最让她欣赏的一个，长得俊秀又有才气，让她心动不已。

星期天早晨，芸姨拎着菜篮和谢珊一路有说有笑，从街上回来。两人遇到的，正是这触心的一幕。

喷水池边的长椅上，坐着谢亮和谭峭。谢亮的手盖在谭峭的手背上，低声说着什么。她今天穿着一件粉色衬衫，和穿着白衬衣的谭峭一起，看着简直像一对璧人，何其般配。

芸姨的心咯噔一下，却见身边的谢珊照旧往前走，她也紧跟着，只听谢珊说："天朗气清，今天是个好日子，适合恋爱中的青年男女互诉衷肠。真心相爱也好，移情别恋也罢，反正我觉得特别应景。芸姨，你说对不对?"

芸姨听着她软糯的声音，拿出手绢拭了拭额头上的汗。一阵凉风吹来，她打了个喷嚏，再看谭峭的脸，面色苍白。

谢珊的脚步停了，她以为自己已经放下，事到临头才发现还是放不下。面对静坐的两人，她什么也没说，转身走了。

芸姨的心中陡然生出同情。

谢亮走后，谭峭去找谢珊，直到潇潇雨下也没见谢珊的人影。他猜测，谢珊是因为生气故意躲起来了，但她一向是个明理懂事的人，想着跟她解释也不急于一时，便来到厨房。

芸姨望着窗外突降的大雨，担忧地对谭峭说："小峭，雨下这么大，珊珊还不回家，要被淋坏了。"

谭峭故作镇定地说："芸姨，别担心，她能找到地方避雨的，她不是小孩子了。"

芸姨唏嘘道:“她一定是想听你解释你和亮亮的婚事,又怕你说你是真的喜欢上了亮亮……”

谭峭说:“这,她应该不是这么犹豫不决的人……”

芸姨叹了口气说:“唉,你呀,太不懂珊珊了。”

谭峭皱着眉,说:“那好吧,我再去找找。”

听见脚步声,谢珊打开房门,见谭峭站在门口。她愣了愣,然后伸手拿了个茶杯,问他:“喝茶吗?”

谭峭一声不响,看着她,目光专注。谢珊的脸色苍白憔悴。

谢珊把倒好的茶递给他,想了想,轻声说:“其实,你没必要来找我,我不过出门走走散散心……实在没必要。”

他想跟她解释,一开口,只说了一句话:“芸姨担心你。”

她哑然。在上海的日子过得逍遥自在,再回苏州烦恼重重,一点不轻松。她拨弄着杯盖说:“这半年我在上海,跟姑姑学到了一句话,叫作好聚好散,倒是十分受用。潇洒。”

1967年,在轰轰烈烈的“文化大革命”运动中,一身军装的鲁予达返回圣爱中学,可想而知,这个英雄人物立即受到全校的热烈欢迎。鲁予达军人的气质、刚毅的面孔、矫健的身躯,引起师生一片赞美和倾慕。但是鲁予达没有被各种激动场面冲昏头脑,他的目的很明确,就是要利用“军婚”耍无赖,为了能娶到谢亮他不择手段了。

鲁予达给谢亮写过无数封信,但一直没收到谢亮的第二封信,学校党委给他回过公函,表示支持他和谢亮交朋友,他没想到学校会这样重视,想要趁热打铁把这桩好事办妥。

他怕夜长梦多,好事多磨,何况自己各方面条件都配不上谢亮。本来这桩婚事就是自己一厢情愿,谢亮并没有对自己的求爱表态,这次请假结婚他是孤注一掷,要利用美人爱英雄这个千古不变的定律,组建一个美满幸福的家庭。一身戎装和谢亮见面后,谢亮愤怒地质问鲁予达:“我响应学校号召,给援越志愿军写一封慰问信,又没有表示我爱你,你怎么自作多情呢?”

“在生死攸关的战场上能收到漂亮女同学的信,你想象不出我有多么兴奋,热血沸腾,连那炮弹的呼啸声都被我当成了悦耳的交响乐……”

“你兴奋我可不兴奋,动用部队领导给学校下最后通牒,你不觉得卑鄙吗?”

“卑鄙? 我只是把你给我的来信给部队领导看了,领导详细问了我你的情况,他们认为我们俩是合适的,所以就给学校党委写信表示声援……”

“我不同意,再说我已经订婚了。”

“哦,跟谁? 什么时候订的? 我怎么不知道? 临时弄出来的吧? 不管对方是谁,他都要考虑后果。这次,连队都知道我回来结婚,学校党委也会关注的。谢亮,你可不能伤害我这颗火热的心。”说到这儿,鲁予达流泪了。

第一次看到一个大男人在自己面前哭泣,谢亮惊呆了。

风声越来越紧,到处都在抓人。谢之光知道自己迟早要被抓走,也没地方可躲,就整天居家看书。在“三反五反”运动中,他差点被打倒,后来组织上鉴于他是“抗美援朝”烈士亲属的特殊身份,才没有给他戴帽。现在,谢亮从周围的紧张气氛里也感觉到一些不好的情形,但想着父亲毕竟是大学教授、文物专家,事态的发展还不至于变得太糟糕,心里抱着侥幸的念头。她每天惴惴地观察父亲。

大概是晚上十点钟,有辆大卡车停在街上,下来好多人。谢之光放下书本,说:“抓我的人来了。”接着就有几个人冲进来,吵吵嚷嚷的,将他的手臂反扭着推上了大卡车,然后送到关押的地方去了——江苏师范学院。

全家人焦虑不安地过了一夜。第二天一早,余惠带了谢亮去学校找谢之光,因为特别担心他出事。前后问了市革委会的好几个部门,终于打听到了谢之光。负责人阴沉着脸,说:“我们已经放他回去了。”

谢亮和余惠赶紧回到畅园,谢之光果真回来了。他讲述了昨晚发生的事:原来是大学里搞“外调”的人又搜集到了新材料,有人举报谢之光是“特务”。晚上,他们轮流审问谢之光,逼迫他承认“罪行”。谢之光说,他想了想,还是没承认。半夜,来了一个小头头,在那几个人耳边嘀咕了几句,隐约听到“解放军、军官、女儿”断断续续几个词。于是,天亮时他被放走了。谢亮完全相信父亲一番话,可能是鲁予达通过关系说情起了作用。就这样,谢之光总算毫发无伤地平安归来,余惠暗暗庆幸一场灾祸暂时化险为夷。

过了几天，谢之光被勒令去游街，高音喇叭里报了他的名头——“反动学术权威谢之光”。上次的那几个人很快来了，又是反扭他的双臂，从艺圃的馎饦斋直接把他拖出来推着往外走。谢珊担忧极了，紧紧跟着他们。在大学礼堂开完批斗会，谢之光和另外一些挂牌子的“牛鬼蛇神”立即被押上卡车游街。他的木牌很大，上面用黑字写着“反动学术权威谢之光”。谢珊和谭峭站在车边，他们一点都不害怕，谢之光和谢珊坚定地对视着，父女俩仿佛在这深情的对视中达成了一种默契。

游完街，造反派们要谢之光收拾东西去“牛棚”里住。“牛棚”是借用的学生宿舍，在长长的走廊尽头的几间寝室，家属可以一星期探望一次。到了探望那一天，很多人挤在铁门外。所有的家属都不准进去，要依次隔着一百多米的距离喊自己亲人的名字，让他出来见面。谢珊不知哪来的勇气，用响亮的声音喊着父亲的名字——谢之光！因为她晓得父亲的耳朵不怎么灵光，不高声喊他听不见。可能是心灵感应，她才叫了第一声，谢之光立刻走出来了。他背有点驼，步履蹒跚，头上戴着一顶旧呢帽。她把换洗衣服交给他，还有一包袜底酥，谭峭送上一本《红岩》。谢之光说：“别的人每天都要出操、跑步，我呢，因为鲁予达托人打了招呼就免了，可以站在场外活动，但是检查照写。”说到这儿，他因为自己受到优待而苦笑起来。

鲁予达说：“现在是‘文革’，你爸爸自身难保，你不跟我结婚也可以，那你必须下乡。虽说原先你妈妈去找了街道主任，想办法由你妹妹顶替你插队，但是我打听过了，你爸爸现在被打倒了，是‘反动学术权威’，还有别的历史问题。所以，你和你妹妹，包括谭峭，你们三个人都要下乡插队，一个也逃不了。试想一下，你这样的千金小姐能吃得了这样的苦吗？如果你跟我结婚，情况就不同了，你可以马上随军，避开一切风雨。你是个聪明人，仔细想想吧。”

想到‘文革’，想到父亲的近况，谢亮犹豫了，不得不承认，鲁予达抓住了自己的软肋。谢逸、邓兴南夫妇已宣布和谢家其实是和父亲脱离了关系，谢亮顿时陷入了一个圈套不能自拔，控制不住自己的情绪，她伤心地哭了起来：“予达，你能想办法帮我把爸爸给救出来吗？”

“嗯，我一定会想办法的。”鲁予达说着，趁机抱住了哭得梨花带雨的谢亮，不停地表白他是多么爱她，并发誓一辈子对她好……

刚释放回家的谢之光本来就有一肚子的火气，当他看到一身军装英武挺拔的鲁予达后，倒劝起了女儿：“亮亮，我看鲁予达不错，身强力壮的，又不是个没文化的大兵，年纪轻轻就当上了连长，跟你还是般配的。他经受了战火的洗礼，学习上也会加倍努力，说不定是个很有前途的青年，我看你还是顺应这个形势吧。”

余惠难得和丈夫意见一致，在一旁附和说：“这小伙子说话有礼貌，人长得周正，既然你们还同过一年学，也算了解，我就认了这个女婿了。”

“妈妈,那……我和谭峭的婚事呢?”谢亮不甘地问。

“当然不作数,本来就是权宜之计。何况,你现在有了身孕,就不要去想他了。唉,外面现在这么乱,也只有鲁予达能保你周全了。亮亮,你可不能糊涂。不然,破坏军婚这个罪名谭峭他担不起啊。”

“什么身孕?”谢之光惊讶地问,“亮亮,你怎么可以这、这么做呢?”

“爸爸,我、我……”谢亮羞愧地低下了头。

“说到底,是亮亮救了你,你还好意思说,她心里不好受。不然,鲁予达肯下这么大功夫……”余惠抢白说。

“唉!”谢之光拍了一下大腿,叹了口气。

客厅里空荡荡的,红衣少女半蹲在沙发前,语气舒缓地对余惠说:“妈妈,听说我下乡的地点是苏北何滩的大风农场,谭峭是吴江金家坝,但我要他陪我一起去大风农场。请你跟街道主任说说,我了解过了,应该没问题的。”

“不行,谭峭怎么能去苏北?”谢亮坚决反对。

“谢亮,如果你阻止的话,我就去街道告发你未婚先孕,看你以后还怎么做人。”谢珊站起身,微笑着说。

谭峭瞟了谢珊一眼,一声不响。

“珊珊,看不出你小小年纪竟然如此狠毒。我好歹养育了你十八年,亮亮好歹也是你的姐姐,为了达到目的,你怎么可以这样做?”

“当初妈妈瞒着爸爸,到街道为我报名让我顶替她下乡,有没有想到我是亮亮的妹妹呢?”谢珊冷笑。

“你——”余惠指着谢珊,一时说不出话来。

谢珊笑着说:“嗯,真是一对郎才女貌的未婚夫妻。可惜,以后你们没什么关系了,姐姐你很快就要随军去西安了。”说着,她故意把手搭在谭峭的肩上,“小表哥,你愿意和我成为革命同志,一起去苏北农村广阔天地锻炼吗?”

“要是我不愿意呢?”谭峭反问。

谢珊愣了愣,然后慢吞吞地说:“我想,你应该不会忘记你之前欠我的一个承诺吧?这就是我要的补偿。”

谢亮含泪恨声:“什么承诺?什么补偿?我不管,我只知道,谭峭不是你的,我配不上他,但你也不配。”

看着天空中飘浮的云朵,红衣少女好像心情愉快,她踱步走到余惠身边,看着谢亮说:“这可不是你说了算。”

谭峭怔怔地看着绿树阴影中摇晃的影子,有些恍惚——少女眉眼如画,尤其眉心一点痣红如胭脂,平添了几分妖娆。

十天后,谢亮和鲁予达结完婚回部队。余惠心里万般不舍,因此病倒了,谢之光还在干校,只能请谭峭代她送一送谢亮。

残阳余晖映照着护城河,河堤杨柳依依。谢亮神情落寞,站在一棵垂柳下,谭峭遥望河对岸的火车站。鲁予达站在他们身后三四步,目光如炬。谢珊招呼鲁予达过来喝茶。

鲁予达刚走开，谢亮便有了动静，话虽然说得小声，但是轻言细语随风飘来，谢珊听得清清楚楚。

谢亮说了一句话，表示悔悟：“谭峭，对不起，都是我不好，辜负了你的一番情意。”

谢珊听了，倒茶的动作停顿下来，她竖起耳朵，想听听谭峭的反应。许久，谢珊才听他说：“我对你的情意，只是亲情。”

谢亮的声音中含着不解：“我不信！你明知和我订婚，会有破坏军婚的可怕后果，仍然不顾一切来救我，难道不是因为你对我……”

谭峭淡淡说道：“救你，因为你是老师的女儿，知恩不报非君子。还有，要感谢阿姨一直以来对我家的接济。”

谢亮半信半疑地问：“那今天你为什么要来送我？”

谭峭平静地说：“我是受阿姨的嘱托。”

谢亮不肯罢休，说：“你不喜欢姐姐，但对我很好。”

谭峭轻蔑地说：“你不知羞耻，从前我错看你了。”

谢亮气得发抖，声音中带着哭腔：“好，我不知羞耻。谢珊呢，她妈妈勾引我爸爸，做第三者。她从小就喜欢纠缠你，不更不知羞耻？你为什么愿意陪她一起去苏北……”

谭峭冷笑一声：“不关你的事，我就是愿意。”

谢珊的手冷不丁一颤，鲁予达忙问：“你怎么了？”

谢珊说：“烫着了，不要紧。”然后递给他一杯茶，指了指河对岸，意思是他喝完可以带着新娘去火车站候车了。

第二部

一

云亭——两个白粉大字一下子映入了他的眼帘。

谭峭一下车就觉得眼花缭乱。炫目的阳光直射着这个小县城,此处当年是长江水运重镇,许多运往云贵的货物都在这里上下。如今由于修建桃花江水库,整个县城的房子被移往上游,他完全记不起从前这里有些什么建筑和什么街巷,只记得当时的他急得心火上蹿,因为他和谢珊被大卡车拉到了哪里都不知道。他默默地想着,查对一本薄薄的红卫兵《革命串联地图》,猜测卡车前进的方向。他只猜对了一点:卡车从长江边钻出来,根本没有去什么瓜洲渡或桃叶渡乘渡轮过长江,而是一头向东北扎下去，顺着一条狭窄的公路开到了云亭县城。

那条公路坑坑洼洼。他们一车苏州来的知青咬紧牙关受着颠簸。谭峭渴得嗓子直冒烟。谢珊呕吐了好几次，脸色煞白。但是这些又算得了什么？那时，你的生命像点燃的一簇火，热情洋溢；你的四肢弹性十足；你的心脏特别健康，脉搏又沉又稳。他们信心十足地踏在坚实的泥土上，一步步地攀登，在爬上台山山顶时，看见了波光粼粼的桃花江。

他才十九岁，衬衣口袋里只有五元钱。从云亭小县城下了车，第二天早晨走上一条土路，他不但没吃到面饼，而且滴水未进。不知走了多久，大约有四十里，终于到达目的地。他的球鞋里灌进了细细的土末，在江滩好不容易瞧见一个老人在树荫下卖鸭梨。看着谢珊干裂的嘴唇，谭峭咬咬牙掏出一毛钱买了两个，梨真甜。

当地特产是江景桃，这种桃子沿着桃花江西岸长，汁多肉甜，但是三月桃花始盛开。刚才，有个红脸少年在集市上卖江景桃花，谭峭马上猜出他是从何滩来的。

一场连着下的大雪，把谭峭阻留在了何滩。

合作社——好久没听人这么说了。走进合作社厂房，虽然有其他器具，但谭峭先看到的，还是灶头。十八只灶头，灶头上十八只大铁锅。他注意到灶头上烟囱高低不同：六根烟囱一字排开，像托着天花板；另外十二根烟囱分成两排，背靠背似的，只是短短一截。岳群告诉他，六口锅烧柴，所以烟囱要通出去；另外十二口锅烧煤气，烟囱就不用那么高了。

吃过早饭,他跟着岳群去台山,他们在那里搞了个合作社试点,茶场是法人代表。岳群介绍,台山茶树划片分到农民手里,茶场把农民组织起来,技术上给他们指导,经济上给他们帮助,茶场负责品牌和营销。今天岳群就是来给茶农上课,讲农药残留问题的。

途中他们去归云寺。如抹如点的归云寺分外静寂,台山一层一层地叠加,透明得像被水刚洗过,耸立的莲花峰秀丽得淡墨似的。继续往上走,半山腰有个公墓。去年他来过这儿,在松荫下的大石头上睡过觉,还画了一幅画。绕河而行,一位老年农妇拾掇着百脚笼,她在给百脚笼换网;一位中年农夫劈着柴,放下斧头,看着他们的吉普车开过去;一位青年农夫扛出木梯,轻捷地爬上屋顶,前几天的雨雪把屋顶弄漏了。

中午去岳群的台山雀舌购销点吃饭,阿五是收茶叶的,收来的茶大部分卖给茶场。他们合作默契。阿五五十岁上下,他喜欢写书法,颜体学得颇有功力。他拿出妻子毛金花给他的临帖,临的是《唐拓十七帖》,署名居然是谢珊,装订成一个小本子,笔墨俱佳。尤其让他感兴趣的是谢珊的附言——可以说是日记,用蝇头小楷写在纸边:

(1970 年 9 月 16 日星期三　晴　傍晚临《十七帖》)“上午上山采药,锄头柄断,即回宿舍。只采到桔梗二枝。”

他接过随手一翻,就翻到了,也是缘分。

(1970 年 9 月 17 日星期四　晴　晚上临《十七帖》)“第一天 早晨服用白果调鸡蛋冲服。卖鸡蛋十只,计四角。”

(1970 年 10 月 25 日星期天　上午临《十七帖》)“阴有小雨,20℃ ~23℃。穿棉毛裤加绒线衫。霜降后第一天。”

(1971 年 3 月 1 日星期一　黄昏临《十七帖》)“多云转阴,上午上山采药,仅采到鸡矢藤三小株。”

他继续翻,1972 年 4 月 22 日农历三月初九采茶。

饭后岳群带他去茶园看梅花。今年天气冷,梅花开得稀稀落落。茶是灵物,生存环境不用说了,即便是是周围人的生活和个性,茶也会吸纳到它的滋味和气息中,包括谢珊。岳群在茶园第二次见到采茶女谢珊时,便有了这样的感慨。

夜晚,巨大的圆月冒出了茅草地,一片银雾般的月光洒在大地上。隐隐约约的桃花江像一抹水银,发出蓝宝石般的光芒,好像有一支蓝色梦幻般的歌在天边飘荡,飘向星空。

青年们坐在水渠边,唱歌、朗诵诗歌,或者,为一个问题争得面红耳赤。岳群一直在偷看谢珊,坐在最左边的谢珊,头发上镶着月色银边的剪影,脸上笼着淡淡的忧伤。他看着,心里充满了怜惜与不安,以致有一次岳玲问他马克思的夫人叫什么名字,“谢珊”,他糊里糊涂脱口而出。

“什么?”大家哄堂大笑。

岳群知道闹了笑话,与其枉费一番口舌解释,不如来上一嗓子。于是,他对着星空,拉着手风琴,大声唱起歌,唱的是毛主席诗词《沁园春·雪》,背的是贺敬之的《雷锋之歌》。这样,才让大家的注意力没有滑向“危险”的边缘。

他想摆脱胡思乱想，就发狠看书。书本反而增加了他的勇气——看，这是马克思的爱；看，这是伏契克的爱；看，这是保尔的爱。堂堂男子汉，敢爱敢恨，有什么可怕的呢？

他在傍晚时分去茶场门口等谢珊下班，吹着口哨，轻声唱道："小娘子，叶底花，无事出来吃盏茶。"他痴痴地等待，总也不见她出来。多少次，他想象着她同意出来约会，如同拨开叶子，露出鲜花般的真容，该是何等明媚动人，这样的约会多么令人向往。谢珊红着脸，只当没听见，不理会他，绕路从后门走。

岳玲劝说："哥哥，没用的。谢珊眼里只有谭峭。"

"谁说的？我看他们之间挺别扭的。"

"哥哥，我劝你还是算了，不然你会伤心的。"

"妹妹，那你对谭峭死心啦？"

"嗯，不死心又能怎么样？"岳玲挑眉。

"不，我不死心。至少谢珊得请我喝一次茶。浪漫的，风花雪月的那种。是的，就是那种。"岳群自言自语。

"他们之间的那点别扭，迟早会解开。"

"你怎么又知道了？"

"别忘了，谢珊和我住一间宿舍，我们可是知心好友。"

岳群不响了。几天前的傍晚，他收工早了些，去茶场看谢珊。车间里静静的，没有人，晾着满架的茶饼。他见水壶、毛巾都在桌上，知道谢珊还没收工，也没走远，便去茶园找。谢珊可能是累坏了，倚靠一棵杨梅树竟然睡着了。谭峭站在旁边，用草帽给她遮太阳，她睡得香甜，他怔怔地看着她。

太阳还没有下山，夕光把两个人的影子照得短短的，缩成一团，好像两个互相依偎的孩童。

岳群不想惊动他们，悄悄地从茶树间走出来。茶场一片幽凉，散发着淡淡的香气，他从水壶里倒了杯茶，喝完走了。

满院春杏，月光下花开胜雪。谢珊望着天上玉盘般的明月，突然说："玲姐，我和谭峭不是表兄妹。""嗯。"岳玲点点头。话说出口，谢珊似乎觉得不妥，说道："今晚的月亮特别圆，我有些伤感，你当什么都没听到，先回去睡吧！"

"谭峭，他有什么好？冷淡孤傲，偏偏长得好，才情好，画画得好，棋下得好，还有情调……我们一起来大风农场插队，是我强求的，这么做，是对他还没失望吧？"

岳玲沉默了一会儿，问道："你爱他吗？"

转过头，谢珊看着月光下盛开的杏花，眨了眨眼："我从小喜欢他，后来爱上他，觉得很累，可能是我一厢情愿了。"

岳玲安慰她："你年纪还小，将来会遇上更好的人。"

谢珊无意识地点头："说得对，将来我会遇上更好的人。"

岳玲唇角含笑："将来你想要遇上一个什么样的人？"

谢珊想了想："他不必太好看，不必有才华，但我有困难时他会帮我，我痛苦时会安慰我，任何时候都不会抛下我。"

岳玲低声说："难道你没想过，这个人也许就在你身边？"

谢珊一声不响。

夜风一阵阵吹来，杏花纷纷坠落。杏花飘飞中，岳玲再次看见那个熟悉的身影。月黑风高夜，谭峭拎着一瓶酒，徘徊在女知青宿舍的院子里，然后站在一棵老杏树下，老杏树正对着谢珊的房间，房中亮着灯，窗纸上描出她的侧影。谭峭站在树下，一边喝酒一边看着那扇紧闭的窗户。

酒喝到一半，恰巧岳玲值夜班回来，她开口："发愁呢，一个人在这喝闷酒？"谭峭一声不响，拎着酒瓶摇摇晃晃便走了。"这个人，真是的。"岳玲无奈地摇摇头。

原来她没眼花。透过花雨，谭峭脸色苍白，手扶着老杏树树干，眼睛定定地看着谢珊，望着月亮的谢珊浑然不觉。他紧皱眉头，看着她，下定决心走近一步，走到她面前。她转身欲走，手臂被他一把抓住，身后传来压抑的哑声："珊珊，我知道这里不比苏州，许多事物都会改变。所幸你现在没找到这样的一个人，我们还来得及。"

谢珊听得一阵心惊，低声问道："你说什么来得及？"

"我和你，我们之间还来得及。"谭峭一字一顿地说。

读书时，谢珊常常等他一起放学回家。路上，他有时会偷偷看她，但从来不让她发现，因为他是个害羞的少年。

在梦里他就不害羞了，他牵着她的手，带她走进森林，和她一起爬上大树，肩并肩地坐在树枝上，面对面地说着话，他给她讲故事，她被逗得直笑，他趁机拉拉她的辫子。这种梦他一星期要做好几次，回味不已。和其他所有的梦一样，它无法真正满足人的情感。他计划使出浑身解数，以求能这样和她耳鬓厮磨。

他觉得实现这一愿望的可能性是有的，谢珊和茶场部分女工住在农场知青宿舍，她们收工回家的路有两条，往不同的方向延伸下山、穿越枫杨林，在她们还没有消失在枫杨林中，已经拉开了距离，偶尔能听见她的笑声。

权衡了好久，他选定了一条路线：一过枫杨林他就拉着她，离开大路向右拐，穿过一条狭路到达一片杉树育林区，再从那里越过苔藓地带进入榆树林，然后顺着陡峭的山脉爬到台山的莲花峰下。这条路线具体有五大好处：

1. 一个发电厂的变电室，位置大约在大路边上，里面常传出一种嗡嗡声，入口处的门上挂着一块黄色的牌子，上面有一个红色的闪电图案和一条警示语："小心高压！危险！"

2. 一片由覆盆子组成的果实累累的灌木丛。

3. 一大片开着红花的野杜鹃，旁边是块大石头，被花粉染黄了，栖息着一群又一群五彩缤纷的蝴蝶。

4. 一只高约一米，直径达零点五米的蜂巢。

5. 最后，作为此行的终点，也是高潮——一棵古松，他打算和谢珊一起爬上去，坐在十米高的一根结实的枝杈上，放眼夕照下的桃花江，并趁机拉拉她的辫子。

星期四是个大晴天，阳光和煦，碧空如洗。林子里黄鹂鸟呖呖地欢唱，啄木鸟笃笃地啄着木头，周围回音四起。在等候的路上他才想起来，自己在做准备时完全没考虑到，如果天气不好下雨的话他和谢珊该怎么办。

他在岔路口等着，那里离茶场不到三十米。分岔处有一块石头突出地面，石头的中间有一个印痕分明的小坑，仿佛一只荸荠。他坐在石头上，用手指往外弹“荸荠”里淤积的雨水来消磨时间。太阳暖洋洋地晒在背上，天空依然是碧蓝的。他耐心地等着、弹着，心里悠闲自得，浑身上下无比惬意。

过了一会儿，女工们终于出来了，三三两两地从他的身边拥过，走在最后面的是谢珊。谭峭站起身，她朝他跑过来，额前的碎发随风飘荡，身上那件桃红色的衬衣格外醒目。他向她招招手，她在他的面前停下，离他那么近，他真想一下子抓住她的手把她拉到身边！谢珊问：“你是在等我吗？”

“嗯！”他回答。

“哦，抱歉，我今天不能和你一起走了。岳玲还在加班，岳群发烧了，所以她要我去给她哥哥送药。她还说……”

接下来的话谭峭根本没心思细听，因为他只觉得脑子里莫名其妙地一片空白。谢珊说完，一转身就带着她那片桃红色朝山下跑去。她跑得飞快，以便能赶上那些女工。

他下了山，往宿舍走。他的脚步缓慢，走到枫杨林边，他有点机械地眺望远处通往莲花峰的山路时，路上已经连个人影都没有了。他停下脚步，转过身，回头瞟了一眼茶场所在的小台山的轮廓——他刚才是从那儿下来的。太阳懒洋洋地斜照在草地上，没有一丝风，四周的景物仿佛凝固了一般。

台山雀舌采摘期一般在每年三月中旬，今年可能要到三月下旬。采摘雀舌，茶农们根据梅花来做决定——梅花落，枝头青梅初结,青黑的一点又一点,茶农们才开始采茶。

何滩,2000 年农历三月七日下午两点,今春的第一锅台山雀舌出炉,每 500 克售价 2000 元。由于茶的制作工艺不同,有的茶没有炒功和火功这一说,比如白茶。而炒功和火功也不同,同样是绿茶的六安瓜片,在炒青之后还要拉老火,又是它特有的火功了。台山雀舌的炒功和火功是融为一体的,炒功即火功,火功即炒功,都在炒青的那一刻达到高潮。炒今春第一锅的师傅说,炒制台山雀舌,要高温杀青、热揉成形、搓团显毫和文火干燥四个步骤。他炒了四十分钟。

一种名茶形成,首先与茶树种有关,茶树种又带来特有的制茶工艺。台山雀舌娇嫩如舌——谭峭觉得颇为形象。

1968 年 3 月,谭峭和谢珊插队到了云亭县。

台山的早春季节,岭上坡上,整片的茶树,枝头树梢现出点点嫩绿,铺展开来,山和水都是一片赏心悦目的春意。

卡车猛地往右一拐,朝着一片浓绿的树林驶去。桃花江平稳地向前迅速滑行着。红脸小伙子岳群胸有成竹地站了起来,拍拍身上的尘土,握紧了黄帆布包,从他憨憨的表情中谭峭知道:云亭到了。

汽车把他们扔在县城大桥堍一所破破烂烂的中学的操场,马上开走了。他们从此要在这里安家落户。三月天气寒凉,他们不言不语地等着,抬头望去,云亭小县城就在台地上。

在路上,听司机说,这一带没有很大的村镇,多是一二十来户人家的小村庄,知青分得很散,一村四五个。

到下午三四点钟光景，各村派人来把分给他们的知青陆续接走了。天快落黑的时候，操场上只剩下谭峭、谢珊、岳群、岳玲四个人，他们要去的何滩大风农场不见有人来。

谭峭只好给县安置办公室打电话。他们说，何滩离县城较远，可能接到通知晚了，安排他们去县革委会招待所住一夜，等明天再说。躺在招待所潮湿的被窝里，又冷又臭，气味难闻极了。谢珊、岳玲跟虱子、跳蚤打了一夜交道，没睡。

第二天一早，农场生产队队长顾建祥亲自来接他们了。

顾建祥当生产队队长，早晨要早起敲钟、派活，晚上要给社员定工分，稍有差池，社员就吵翻了天。但他一言九鼎，无论多么难缠的角色都能摆平，真是不简单，让人佩服。当时岳群就立志：做事要做这样的事，做人要做这样的人。岳群把志向向他表明，顾建祥听了，用不屑的目光打量着他，说："就你？整天胡言乱语、胡说八道还想当队长？知道吗？当官首先要有好口才！"顾建祥一下子就把岳群的自信心瓦解了。

顾建祥是个土秀才，经常在夏夜的打麦场上对着社员发表演讲，天南海北，驴唇不对马嘴，但听起来趣味盎然，不亚于单口相声。谭峭想，他的口才为什么那么好？他肚子里怎么会有那么多要说的话？他怎么能把话说得滔滔不绝？

谭峭插了十天的秧，便赶上农场生产队的评工会。

队里的规矩，每三个月评一次工分，就是按每个人体力强弱和技术高低评工分等级。能干苦重活和精通庄稼手艺的是全劳力，一般都在九分工以上。以此类推，六工分以下是半劳力，一般都是些老人和女人，因为这些人可干可不干。

轮到给他和岳群评工分的时候，冷场了，会场里没人开口。

女人们靠着油灯纳鞋底，男人们闷着头喝两口水，再喝两口水，谁也不开口，似乎有为难处。最后，顾建祥开了腔："大家还是发个言嘛，人家学生从城里来这儿插队不容易，如今也是农场生产队的社员嘛！"顾建祥说完用眼睛扫视一下全场，社员们七嘴八舌发了言，工分始终没超过五工分半！

谭峭、岳群对视了一下，一声不响，也不开口争辩。冷场，显然不服气。因为跟他们一起干活的妇女都在六工分半以上。

这时，顾建祥嘣嘣敲了两下桌子，会场顿时安静了。"我们要看看人家的长处，慢慢学嘛，我看给两个小伙子再加半分，六工分吧！"顾建祥一锤定音，不会再有人争论了。

谭峭当时心里别提多感激顾建祥，他到底说了句公道话。

从此，谭峭就是大风农场一个每天拿六工分的劳力了。

评工分的第二天，顾建祥给他派了活：用架子车往田里送肥。一人一辆车，连装带拉。从养猪场到田里，少说有一里路，而且地刚翻过，又松又软，车轮动一下都要拼命。绳子勒在肩头上，留下一条又红又深一碰就疼的印痕。半天干下来，谭峭腰酸腿疼。到后来，他坐在车把上，简直不想动一步。

春天的早晨，窗外下着蒙蒙细雨，破窗纸被寒风吹得啪啪响。远处，只有厨房里剁菜的嚓嚓声。谭峭躺在床上，全身像散了架，翻个身，腰上立刻火辣辣地痛。

“咚咚咚……”敲门声响了，声音穿过一扇扇门传过来。“人家三大队的已经插了五亩地啦！”是顾建祥的声音。

小组长首先被叫起来，其他人也赶紧穿衣找鞋。有人向顾建祥讨价还价：“顾队长，外面还在下雨……”“把蓑衣、斗笠穿戴好……”“我昨天挑了一天柴，腰痛哎！”“放心，小伙子只有饿死的病死的，没有累死的。你昨天吃了几两饭？……半斤？那还可以。只吃三两饭的就不要出工了，关门睡觉！”很多人在伸懒腰，打哈欠，暗暗叫苦。睡在谭峭对面的岳群还做了个鬼脸，当着顾建祥的面撇撇嘴，溜出一句：“呸，老子运气不好，一到这里，就遇上了催命鬼！”

谭峭不喜欢叫苦，粗声对岳群说：“少说废话！”

顾建祥喊工后，把一柄特大号的锄头往肩上一搭，自顾自往稻田里走去，套鞋在泥水里发出吧嗒吧嗒的响声……

谭峭跟上顾建祥的脚步。雨，还在下，道路泥泞！

不久，雨停，出太阳了，谭峭拔腿往回跑。衣服已经洗完了，晾晒在宿舍屋檐下的铁丝上。谢珊缠着胶布的手，在那里拧水，扯衣角。一只蜜蜂，在她粉红色的发结边轻轻地翩飞。

“喂！”谭峭很慌乱，忙不迭地说，“珊珊，对不起，我……”

她抹了把汗，睁大眼睛：“怎么了？”她忽闪着大眼睛。

“你手上的冻疮还在出血呢！不要再洗了。”说完，他懊恼地抄起一个竹扫把，帮她打扫院子。

“你做什么呀？放下！快放下！”嚓——他的衣服被木栅栏

上的一颗铁钉挂住,撕开了一条口子。真是越急越乱。

“看你!”她嗔怪他,“快脱下来吧,我帮你缝两针。”

“脱呀!”谢珊看出了他的犹豫,自己的脸先红了,转过头,说,“这有什么关系呢?”她接过他的衣服,背对着他缝补。

“你什么时候学会女红了?”他没话找话。

“来了这里以后学的,缝得不好,可别怪我!将就一下吧。”

转过身,他看清了她:辫子像一缕乌云盘在头顶;从侧面看去,下巴柔韧有力,睫毛又长又卷。他的心怦怦直跳……

开春的时候,天很冷,田里的水刺骨地凉,但是不能等,因为种的是双季稻,所以这时必须开始培育水稻的秧苗了。

谭峭在生产队,几乎什么农活都干,重的累的脏的苦的,挖沟渠,挑河泥,撒猪羊粪,甚至连农村妇女从来不干的赶牛犁地之类的活,他都干。但是撒种的时候,他只能站在旁边看,因为从手指缝里出来的种子,怎样才能均匀地落入田里,这是一门高难度的技术活,他学不来。还要撒药、追肥,最后水稻长大了,成熟了,就是收割、脱粒……

很快,种子发芽了,再过些日子,芽长高了。同时,旁边的大片农田里,麦子要收割了,收割过麦子的田地,要重新翻耕,然后灌水,平整,再平整,水田被整得像一面明晃晃的镜子。

在这个过程中,秧苗已经长起来了,插秧的日子到了。接着是拔秧,捆扎好,挑到田埂上,抛秧,插秧的人开始插秧了。等秧苗长大些,就要耘苗、拔草,谭峭用两条腿在泥地里跪行,两只手拼命抓泥，给秧苗松土透气。他的手，他的脚，起初是疼痛，然后是麻木，生了冻疮，尤其脚趾肿痛得厉害。晚上，灯光下，谢珊一边给他涂药膏，一边抹眼泪。

第二年，谭峭被调到机耕队。那天他开着一台红色的履带拖拉机，到八号坡去犁荒。刚上坡，听到身后有人大声喊叫："站住！站住！"出了什么事？他赶快刹住车。

奇怪——一个穿军装的中年男人，像头发怒的猛兽，深一脚浅一腿地追上来。

"你是……？"

"你下来！"他大吼一声。

谭峭赶紧下来。

"帽子戴正！"

他扬起手里的两截树苗："你看看，这是什么？"他一看便明白了，可能是刚才上坡时不小心轧断了路边的桃树苗。

"你的眼睛长在哪儿了？简直是搞破坏！我说过多少遍了！这是江西来的树苗，比猪肉价钱还贵几倍，买都买不到。"

生产队的人都来了，有人朝他伸舌头、挤眼睛，幸灾乐祸地笑。他们悄悄嘀咕：谭峭这下惨了，把戴书记气得不轻。原来，那人就是大风农场的党委书记戴嵩。

场长杨胜赶来了，他先把戴书记拉开。戴书记不肯走，冲着他点指头："你听着，你们大家都听着，下次哪个再破坏公家财物，我决不轻饶！"青年人的自尊心，使谭峭心里冒火，他攥紧拳头，到底忍了下来。

戴书记被杨胜劝开了。顾建祥走到他身边，笑着安慰了谭峭几句，大致意思是要他以后注意点。至于戴书记，他是部队转业干部，又是农场的现任党委书记，农场的一草一木都是他的命，他的性子有点急躁，不过一阵火发过便没事了。

谭峭听到这话，觉得心里一热，泪水差点湿了眼眶。

回到宿舍，谢珊端出一锅煮好的粥，汤稠米糯，他慢条斯理地用勺子盛起一碗吃着，一声不响。吃完，谭峭一直站在窗前。谢珊忧虑地看了他两眼，终究没有开口问他白天的事。

一阵白茫茫的西北风刮来，天地间只听得见滚滚桃花江水。寒流像灶台锅边上的水蒸气，一刻不停。他望着窗外孤埠上的村庄，暮霭沉沉，觉得和古诗里描写的一模一样！

他想起小时候光着胳膊睏门板，夏天姐姐用萝卜干炒毛豆，搭吃绿豆粥。粥的味道里，有旧院墙、鱼缸、丝瓜、番茄、天井的味道，有太湖水、石拱桥的味道，还有母亲的味道。

孰料，第二天谭峭在路上遇到了戴书记。戴书记看了他一眼，说："你过来！"

"干什么？"谭峭心有余悸。

"来！"戴书记把他带到草芦街。街上有各种店铺，遇上赶集，总是拥挤不通，却热热闹闹。其中，最吸引知青们的是竹器、芦花草鞋、江景桃、大板栗、花生，还有老太太叫卖的新鲜粉红色小圆萝卜。

戴书记把他带进了设在观音庙里的供销社，分开指头量了一下他的脚。"营业员，"他朝百货柜一位姑娘点点头，"请你拿双 42 码的胶鞋。”附近的人都认识这个大名鼎鼎的农场党委书记。女售货员一笑，立刻去拿。

他把胶鞋往谭峭脚上一套，捏捏鞋尖，说：“正合适！”

“戴书记，我不要……”谭峭推辞。

“穿上吧！你需要。”戴嵩满意地看看那双鞋，从口袋里摸出皮夹，付了鞋钱，转身就走。谭峭一下子愣在那里，说不出话来。

二

这是一块贫瘠的土地。

台山余脉向这儿分出一支，人们叫它小台山；长江边的平原，也向这儿伸出一角，化作一块平坦的坡地，叫何滩。

他们一群人去台山看梅花。车到何滩，看到积雪的台山，怎不心旷神怡！春雪积在山上，像在绿丝绒上撒了银屑、银粉。他们沿着山路而行，春雪渐渐消融，山的颜色丰富了。车到桃花江大桥，朝对岸望去，山脚下屋顶全白。

村庄在莲花峰下，有人筑路。想要把路筑上莲花峰，被有识之士拦住了，相互妥协的结果是把路筑到莲花峰下。谭峭觉得还是过分。桃花江就像一个女神，脸上荡漾着微醺的红晕，应和着台山壮丽雄伟的气质。他望着挺拔的莲花峰出神。

台山开梅花，看到积雪之中的茶园，还是第一次。

茶园外面的枇杷树，也积了雪。茶园里面有十几棵粗壮的杨梅树，叶子小，雪积得多。台山雀舌特有的花果香，据说与茶树、果树混种有关，茶树、果树的根在地下纠缠在一起。杨梅树的香气冲过杨梅树树根的阻挡淹没了台山雀舌茶树树根，又顺着台山雀舌茶树树根往上一阵猛冲爆发成粉红，那样娇艳诱人，让他想起小时候在香草居畅饮杨梅酒的光景：痛快淋漓，喝完一瓶，醉了两天，头痛难忍。

醒来后，谢之光突然郑重其事地说要给他看一座园子。艺圃不就是一座园子？难道还有另外一座？谭峭一无所知。

谢之光拿出一张纸，用毛笔画了圆圈、方块，还有曲线。

“你想造一座园子？”

“我已造好十年了。”

谭峭为他的念头感到奇怪，想着这到底是什么意思。

下乡之际，谢之光一定要把这座园子送给他。那张纸递到他手里，谢之光说：“拿好，要知道，一个人有两座园子不容易。”

谭峭谢过谢之光，随后把纸往背包里一塞——一座营建十年的园子。前几天他要找个电话号码，又看到那张纸，不假思索就雕成了一座有亭台楼阁的玉山子，银白的月光慷慨地照耀着这座园子，他在其中散步，闻到阵阵茶花的清香。

一株宋代山茶，在苏州是稀罕之物。从前，文震孟在阊门择地建宅，一下子选中有这株山茶的地方。山茶花开得雪白粉嫩，开满状元宅第。状元并不觉得阔大，老百姓几十户挤在一起也不觉得窄小。不过，这已经是他和谢珊下乡后的状况了。艺圃里的雕栏、凉亭、楼阁破败、衰朽、凋零，池塘被填上了土，蚊子在夏天嗡嗡乱飞。只有这株白山茶花绽放在天井里，住户都挺喜爱的，给它修枝、施肥，剖鱼时挖出的鱼肚肠埋在根部，深处埋着珊珊的小花猫。

小花猫临死的时候，眼睛碧蓝，谭峭还记得。

立春那天，天井里还有点积雪。珊珊摘了朵白山茶花，摘花时，她摇动树枝，雪落到后颈上，冷得她直吐舌头。谭峭看到，不乐意了，说："你怎么摘花呢？这可是宋代的花。"

"宋代的花？我看它今早才开的！"谢珊也不乐意了。

当天夜里奇冷，谢珊插花的玻璃花瓶被冻裂，山茶花被一大坨冰困在一片浑浊的透明之中。那些硕大的山茶花朵，花瓣有点萎缩，呈冰裂纹，细碎白皙，花蕊仍是金黄色的。

谢之光的来信，分别给谢珊、谭峭。给谭峭的一封一改从前的压抑、悲凉，语气轻松、愉快，他是个随遇而安的人。

信中提到，他下放在苏州吴县的太湖渔政站，独自一人住在湖边的小茅屋，工作是研究太湖里的淡水鱼养殖，每天描画各种鱼，写两页日记，自得其乐，摘抄几段如下：

一、桌上经常发现一两根白头发，不知什么时候掉的。

二、听人说，突然打一个喷嚏一定是谁在牵记，打两个喷嚏是谁在咒骂，连打三个喷嚏就是感冒。唉，宁愿感冒，也不去追究了，心脏已经安于平庸，禁不住悲，禁不住喜，跳动的节奏一乱，就出一身冷汗。

三、自感新添了一种本事，能在人堆里认出哪个是魔变化，哪个是鬼托生，哪个是妖投胎，但不说破。开始能与领导相处，与渔民也交好。来的都是客。

四、花不了什么钱了，钱就是纸；也喝不了什么酒了，酒就是水。

五、吃得越来越简单，每顿一碗米饭、一盆青菜。

六、每天焚香礼佛，然后坐下来抽烟，抽烟自省。

七、不再使用"最"字，知道了生活中没有什么是最好，也没有什么是最坏。

八、没了见到新土地就想着种花的冲动。

九、早晚都开窗看天，热了减衫，冷了加棉。养一盆常春藤、一盆吊兰，叶子青翠茂密。养一只大肥猫，懒惰得很，整天卧在桌前打鼾，倒觉得坦然。

谭峭忍不住笑出了声。不知他写给珊珊的是什么内容。

谢之光写给女儿的信重点只有四个字：春节盼归。

谢珊出现在太湖芦苇荡时，谢之光正坐在小凳上钓鱼。

谢珊提了一篮子自制的年糕想给父亲一个惊喜，谭峭看了看她手中的篮子，没说什么，直接进屋去放带来的土特产。

谢之光一回头，看见女儿，立即眉开眼笑："珊珊，你倒来得快。啊，给我带年糕了？"

谢珊提着篮子迎过去："爸爸，这年糕可是我自己学着做的，多放了糖，还有余热呢。就是太重，我在家里翻找了半天，才找到这只结实的铜篮子来盛放。怎么样，开心吗？”

谢之光站起身接过篮子，走了几步：“啧啧，珊珊，你用唐朝的茶笼子来装年糕，简直太奢侈了。”

谢珊叹道：“爸爸，真的吗？你确定这是一只唐朝的茶笼子？幸亏抄家没被抄掉，不然，可惜了。”

谢之光拈了块年糕吃起来，打量茶笼子：“他们哪里识货？”

这是一只镂空鎏金银笼子，空灵通脱，尽管是铜胎，但极为罕见。谢之光告诉女儿，它是用来装茶饼的，悬挂在高处，凉爽通风，能保持干燥。说完，他转头一看，谭峭抱着一条棉被从屋里走出来，看样子是想趁太阳好帮他晒被子。

谢珊走上前说：“谭峭，还是让我来吧。”

他不肯：“你怎么这么别扭？”

她一边掰他的手，一边轻笑着说：“你喜欢我，谭峭。”

谢之光见了，说道：“珊珊，别调皮了。体力活让小峭干，我吃年糕噎着了，你快去给我泡杯茶，我闻到台山雀舌的香味了。”说完，拿上菜刀哼着小曲自顾自去湖边剖鱼了。

她高兴起来，鼓起腮帮对他吹了口气，说道：“不承认也没关系，我被太阳照得头昏，你对我笑一个，兴许就好了。”

他抱着被子，瞪了她一眼：“找死。”

她似笑非笑，问道：“亮亮像我这样亲近过你吗？”

他看着她，语气轻松，反问道：“你说呢？”

这时，同样赶来看父亲的谢亮站在柳树下脸色发白。谢之光看了看天色,咳嗽一声,说道:“该晒被子的赶紧去晒,该泡茶的赶紧去泡,都在这儿杵着算是怎么回事呢?”

炎热的夏天,声势浩大的红卫兵运动开始了。

仅仅几天时间,学校里突然变得面目全非。干干净净的墙壁上贴满了大字报,观看大字报的人们左拥右挤。教室里再也没法上课了,桌椅被乱七八糟地堆在一起,变成了各种集会的场所。学生们三五成群地聚在一起,走廊里、操场上、柳荫下、围墙边,都是议论和争吵的人群。

这种混乱很快从学校波及社会上,一批又一批穿着军装、戴着红袖章的学生出现在街头。这些红卫兵以一种不可阻挡的气势和干劲,取消了各种古旧的路标,拆毁了园林里的假山和亭子,砸掉了商店的招牌和霓虹灯……

到处是一种狂热的激情,这种激动不安的情绪裹挟了所有的年轻人。随之,掀起了轰轰烈烈的“上山下乡”运动。

临下乡的傍晚,谢之芳出现在了艺圃,谢珊攀着乳鱼亭的美人靠,有一搭没一搭地在喂鱼。谭峭从芹庐小院走出,见谢之光在延光阁窗口对他招手,并指指馎饦斋。谭峭一落座,谢之光便开了口,声音很平静。他看着谭峭,沉痛地说:“小峭,想必你已知道珊珊不是你阿姨亲生的,她是我的私生女,你当然知道所谓私生女的意义了!”谭峭点点头。

谢之光凝视着天花板,他平日显得热诚的脸庞,笼罩在一片诚挚的哀愁中。“珊珊的妈妈是我的学生,一个聪慧温柔的女孩，她从没对我要求过什么。珊珊出生，她却哭了。她对余惠充满愧疚，说自己是卑鄙的第三者。”谢之光眯起了眼睛，“这个漂亮、聪明、敏感的孩子几乎是映霞的影子！”他停顿了，谭峭拿起桌上的一杯水，递到他手中，他喝了一口，又继续说道，“唉，我那时应该离婚，应该娶映霞。但是，我的事业刚刚成功，社会地位让我昏了头，我怕舆论，怕流言，更怕余惠会自杀！于是，我只能安抚映霞……”

谢之光摘下眼镜用手帕擦拭，谭峭深深地凝视他。“映霞走后，我才知道我爱她有多深；我才知道她这一走，我的生命也结束了一大半；我也才知道，这些年，我有多对不起她！我如痴如狂，只想把她找回来。绝望后，我把所有的爱都放在了珊珊的身上，我爱她胜过这世上一切！”

“珊珊慢慢长大，她遗传了我的天分与自负，也遗传了她妈妈的聪明与多情。她爱文学，爱艺术，很小就能作诗填词，她成了我生活的重心。只要她在，家里就充满了欢笑，充满了生气，我们父女间的感情融洽得无以复加。我承认，我有些变态地宠爱她。”他停了停，戴上眼镜说道，“在家里，我严禁任何人提起珊珊的身世。但是，她太敏感，她不知道她妈妈是离我而去，以为她妈妈已经死了。她叫余惠妈妈，尊敬余惠。她在谢家，成为奇异的一分子。我没料到，我对她的宠爱，让她变成了余惠的眼中钉……”

说到这儿，谢之光的声音沙哑了，他看着谭峭说：“今天找你来，没别的，是我以一个父亲的名义，希望你在下乡的日子里尽可能地替我照顾珊珊，这是我对你唯一的要求。”说完，他流泪了。谭峭动情地说：“老师，我保证做到。”

“上山下乡”办公室里刷着“广阔天地，大有作为”的标语。进进出出穿梭不停的青年男女中，谭峭缠着一位中年人求情：“郭主任，我什么苦都能吃，早下定决心去农村锻炼了，您让我去何滩吧。”郭主任微笑着向门外走去：“我们再研究研究吧。”并体贴地出主意说，“你可要想清楚了，何滩的生活条件比金家坝艰苦多了。相反，如果你现在宣布和谢之光划清界限，断绝关系的话，你回原籍光福也不是不可以。”

谭峭猝不及防地愣住了。

郭主任宽宏大量地笑笑：“好吧，年轻人，自己的路自己走，你再考虑考虑，思想斗争也允许有个过程。”

“不用考虑，我决定了。”

现在，谭峭马上要离开这个养育了他十年的生活环境，准备去过一种崭新的、陌生而艰苦的农村生活。对此，谭峭的态度是积极的，他说：“农村生活是艰苦的，但艰苦不等于痛苦，因为那里有创造和收获，我们会找到许多我们在城市得不到的快乐。”

谢珊一声不响，谭峭又说道：“珊珊体质虽弱，但是没什么病。老师，到农村后，我可以教她一些养花种草、炊厨手艺，过两年您如果能来看我们，她也许会给您烧饭了。我相信，在农村我们会很快适应，会在许多新生事物中找到乐趣的。”

谢珊摸着胸前的大红花，默默看着候车厅窗外的雪。

“小峭，珊珊就交给你了！”

“嗯！”谭峭点了点头。

谭峭的设想减轻了谢之光的忧虑，他的心情舒缓多了。

“爸爸，我房间里放着几个纸箱子，里面都是我要看的书。如果那边条件允许，我会写信回家，您给我寄过来。”

“生活上该多用些心了，别总是书呀书的。”这是姑姑疼爱的责备。

“不嘛！”谢珊撒娇了，“不读书的人，生活不美好。”

“这是谁说的？”

“我呀！”

“学究气！”姑姑瞪了侄女一眼。谢之光也宽慰地笑了。

这充满疼爱的笑声，是为子女感到自豪。它从一片哀愁中浮泛起来，又把那哀愁深深埋藏到笑声下了。

谢之光清了清被愁绪哽住的喉咙：“珊珊，你从小敏感脆弱，受了委屈爱掉泪。但是你将要独立生活了，如果你把奔放的思想拘禁在沉静的性格中，我会感到不安的。”

谢之光的话引起了妹妹的抗议：“哥哥，你也真是的，孩子就要走了，不说些鼓励她的话，倒数落起她来了！”

“她的敏感，是因为看不到才更严重！”可以听出谢之光对谢珊的忧虑，“珊珊，在农村千万不能骄妄任性。你从小没见过妈妈，缺少母爱会不会导致你的性格扭曲？”

“爸爸，别说了。”谢珊央告。

谢之光固执地摇摇头：“珊珊，人之所以为人，在于他不尽失赤子之心。我愿你天真烂漫，不愿你虚情假意。”

这番话使一家人都沉默了。许久，谭峭才听谢珊说：“是的，我从小就想见妈妈却见不到。这是我心中多少年来……一直……”痛苦让她说不下去了。

谢之光深情地对女儿说：“珊珊，我对不起你妈妈。”

暮色中，她经常走到大桥上，把双肘支在栏杆上，望着大运河，目送舷窗通亮的轮船，等待着：有一天，这些轮船中的一艘会驶来，将她载去，带到她想停靠的有母亲的地方。也许，在那里，在黑夜中，闪烁着一盏明亮的灯，它是温暖的，她多么想念它，想念得如此长久。

谢珊抑制住抽泣。正是那些童年时代的回忆，让谭峭看到了她心灵世界的另一个轮廓。这轮廓从来不清晰，但在即将远赴苏北农村时，在他眼前闪现一片夺目的光辉！

“从内心讲，我是自卑的，虽然我一直不愿承认……同时，我又是多么庆幸，庆幸我有一个博学的父亲，有一个慈祥的祖母，有一个爽直的姑姑，还有一个善良的芸姨。”谢珊握着父亲的手，说道，“爸爸，别担心。在农村我会好好锻炼自己，照顾好自己的。一定和谭峭互相帮助，共同进步。”

谢之光显然被感动：“好孩子，你这样，我就安心了！”

谭峭陷入了沉思中。

三

从苏州城里的花园洋房搬到苏北乡下的农场小屋，这一人生中的重大迁移使得谢珊脱胎换骨。无意中，她发现离知青宿舍不远处有条水沟，水里有两只一动不动的小虾，再仔细看，远些的水里还有几只稍大的青色的虾，虾的旁边有小鱼在游动。不过那是一条没人注意的水沟，被各种各样的野草野花遮掩着，浅浅的水流是从台山上曲曲折折流下来的。收工后，她拉上谭峭去看她的发现，他说："早知道了，还有螃蟹呢。""那你不早说。""这有什么稀奇的？"

两人走着路，突然下雨了，想着衣服还晒在院子里，他们赶紧往宿舍奔。出身农家的谭峭虽说离家早，不太熟谙耕耘农事，但身体是不错的，在谢珊跑不动的时候，他索性背起她。谢珊伏在他那被汗水濡湿的背上，热烘烘的感觉使她感动不已："谭峭，谭峭……"谭峭也不厌其烦地应答。在这一刻，他们之间长久以来的淡漠如春雪消融，有了相濡以沫的感觉。

进了屋，换好衣服，谢珊去烧火。到了何滩，做茶场女工倒没什么，就是烧火难学。因为干柴少，湿柴多；大块的木柴少，细枝枯叶茅草多。谭峭教她说，烧火的时候要搭着烧，用茅草细枝引燃了火，用干柴架起火堆，干柴上面再放湿柴。谢珊年纪小又娇惯，一点不懂烧火之道。

她最烦的是使用吹火筒。吹火筒是用一根细竹子做的，竹子里打通了竹节。一到了要吹火的时候，灶屋里便浓烟弥漫。她眼睛痛得不行就跑了出去，在外面使劲揩泪。回头一看，谭峭坐在灶旁吹火，一张俊脸都偏到灶眼下面去了。嘭的一声，明火上来了，灶膛马上变得红通通的。这下好了，加点干柴，再加点湿柴。她的心情顿时欢快起来。

这天,谢珊又犯错误了,她没将火眼架好,湿柴塌下来,压灭了火焰。重新来过,放细枝,放枯叶,放干柴。开始吹了,啊,那么多的烟,她吹出的气息无比柔弱,但还是被呛着了！于是又奔出厨房。谭峭拿起她扔下的吹火筒,稳稳地坐在小板凳上吹。他的气息绵长而执着,就像懂得那堆火的脾气一样。一下、两下、三下,嘭的一声,好了。在明亮的火光中,可以看见谭峭的眼圈发红,眼睛湿润。谢珊忍不住跑过去,拿出手绢:“我给你擦擦眼泪。”谭峭脸红了,轻推她一下:“不用!”她感到诧异:谭峭怎么能坐在浓烟里不觉憋闷呢？诧异过后她就忘了这事。其实,她特别爱看谭峭在浓烟中吹火,一套柔和连贯的动作,那衔着竹子的少年撮起的嘴唇,如果排除了痛苦,还有苦中作乐的意味呢。他的眼神特别迷人,还有火光中的脸庞、牵动的嘴角……红的火,黄的火,看那舔着铁锅的火舌,哗啦哗啦,水沸腾了,白气冒出来了。他转过头,看着兀自出神的谢珊,问:“你怎么了?”谢珊一愣:“好看。”“什么好看?”谢珊用手指指院子里他们养的黑母鸡,掩饰说:“婷婷好看!”谭峭看看那只下蛋勤的黑母鸡,一声不响。

转过头,他看她,脸上流露出悔意和愧疚:“那时,我误会你,不理你,没等你回来就匆匆和谢亮订婚,是我的错。”

她惊讶地回头看他。

他说:“我……我不是真心喜欢她,只是为了报恩。”

从小离开父母,寄居在谢家读书学画,谢之光夫妇对他视如已出,悉心培养,少年的心里不知有多感激。他愿意做任何事,来报答他们。这叫滴水之恩,当涌泉相报。

谢珊的眼里含着怜爱和感动:“我懂,我懂。”

“我觉得你不懂。”谭峭看了她一会儿,说,“那天,你要我陪你来苏北插队时对谢亮说的那些话,是为了报复?”

谢珊笑了,说道:“那些话,不过是出出气罢了。”

她想了想,又问道:“是不是谢亮走了,你觉得与她相比我又变得重要了?”

他摇头:“从来没人比你更重要。”

她懵懂:“什么?”

他握住她的手,松开,她摊开手,手心里是那只荷花玉戒,洁白温润。戒面上盛开着一朵荷花,花瓣上沾着一颗露珠。

在上海,有一次和姑姑闲聊,说到父母爱情,说到情欲。姑姑说,其实“情”和“欲”是不同的,不同之处在于欲可控而情不可控,所以有“情不知所起,一往而深”的说法。

细细想来,她觉得自己对谭峭,一直有着不可控之情。自以为莲藕已挖断,实际是莲子深埋泥中。何况,因为从小缺失母爱,他的陪伴让她产生了一种相依为命的惯性思维。

眼泪忽然溢出眼眶,她听到自己的声音:“你终于知道我当年的孤独与委屈了吧?但是,你怎么现在才知道呢?”

他用手轻拭她脸上的泪,沉默许久,说:“是我不好。”

她泪眼盈盈地看着谭峭,他脸上的表情是她从未见过的。

清晨。台山阴郁。

蜿蜒曲折的小路在沉沉的雾气中若有若无,高低不平的坡地在绿荫中似醒似睡。两三只麻雀从山门古庙的瓦檐下飞进飞出,瓦檐下滴着清冷的露珠。

知青宿舍,蓬扉微敞,青白色的阳光照在门前阴暗的地上,投下一个长长的光影。灶膛里的火苗刚刚燃起,谢珊用力拉着风箱,火光在她洁白秀丽的脸上一闪一闪,她一声不响地往灶膛里添加柴草,像一个真正的乡村姑娘那样娴熟、麻利。

门前长长的光影一动不动。谢珊蒸上山芋作为早饭,然后走到院子里,喂起鸡鸭,再准备采茶的工具。

太阳像一个巨大的火球,灼烧着大地,何滩的夏末,仍然酷热难当。耿浩把自行车停在茶场门口,一股热浪扑面而来,烈日灼得他睁不开眼睛。走进茶场,茶叶的清香弥漫在空气中,夹杂着茉莉花的香味,又甜净,又清新。深呼吸一下,耿浩觉得精神一振,好像那炙人的暑气都被这茶叶香驱散了。经过炒茶房,炒炉的声音和搓茶机的声音嚓嚓作响,炉边的炒茶师傅抬起头来,对着耿浩点点头。火在炒炉下燃烧,整个炒茶房变成了大烤箱,炒茶师傅们汗流浃背。近处,有三五个女工用花布包着头发,手不住地揉捻茶叶。看到耿浩,她们没有停止工作,她们是由组长管理的。

穿过了晒茶场,耿浩走进了自己的办公室,这是整个茶场,除去冷藏库,唯一有电风扇的房间。场长耿浩每天都要工作八九个小时。耿浩不在的时候,这房间就是会客室。茶场其他人,魏副场长、陆会计、组长老郑的办公室就在隔壁。再过去，就是工人们的休息室、食堂和宿舍。这一排房子，整整有五大间，与炒茶房、干燥房、冷藏库等形成一个“凹”字形建筑，在“凹”字形正中的空旷处，就是晒茶场。

耿浩的目标是：买机器，修茶寮，建冷藏库……他不断提高茶叶的品质，内地的订单源源而来，茶叶已供不应求。“台山雀舌”是一种绿茶，会品茶的人都知道雀舌，这种茶必须用茶叶嫩芽来做，大叶片全不要，只要茶叶嫩芽，要许多的茶叶嫩芽才能炒出一两“台山雀舌”，所以这种茶特别名贵。

同时，他还熏制花茶，茉莉、玫瑰、蔷薇、木香、金银花、槐花，花开时，摘半开的，香气浓郁，与烘青或少量炒青拼和在一起。这样的花茶，是看不见的花，花已化在茶里。

耿浩刚刚坐下来，陆会计就拿着一沓单据进来了。站在耿浩桌子前，他说：“耿场长，北京的订单来了，指定要‘台山雀舌’花茶，我们恐怕再加班也生产不了这么多。省里的国宾馆和县革委会招待所也预定明年的‘台山雀舌’绿茶。今年，我们的‘台山雀舌’好像大出风头呢！”

突然，从远处传来一阵喧嚣：“有人晕倒了！”

耿浩马上拉着陆会计出门：“走，去看看怎么回事！”

工人们让开了，他走过去，看到一个女工仰躺在地上，整个面孔包在一层蓝花布中，只露出眼睛和鼻子，这是在炒茶房工作的女工们的固定打扮。耿浩蹲下身看了看，他知道，现在最要紧的是把她移到阴凉的地方。毫不犹豫，他伸手把那女工抱进了自己的办公室，他对跟进来的陆会计说：“把风扇再开大一点！快！”

陆会计扭大了电风扇，他把那女工平放在沙发上。然后，解开缠在她脸上的布，一条美丽而乌黑的辫子垂下来，同时，露出一张白皙而姣好的脸庞。耿浩不禁怔住了，高高的额，弯弯的眉，朱砂痣，合着的眼睑下是长长的两排睫毛。

陆会计看了看：“她好像是新来的，要问组长才知道。”

“叫组长来吧，再拿一条冷毛巾。”

组长是个二十三岁、名叫毛金花的女工，她在茶场已经工作五年了，看着耿浩，她恭敬地说：“耿场长，她叫谢珊，是苏州来的知青，来了快一年了。我看她的样子就是身体娇弱的，她一直说没问题……”

“谢珊？”耿浩打断毛金花，“她住在茶场宿舍吗？”

“不，茶场宿舍没有空位了，她住在农场的知青宿舍。”

“为什么不派她在晾茶室工作？”

“哦，耿场长……”毛金花勉强笑了笑，心想，天知道组长有多难做，谁不抢轻松舒适的工作？谁又该做炒茶房的工作呢？于是她说：“都到晾茶室，谁到炒茶房呢？她是新手，别的工作还不敢让她做。”

“哦。”耿浩点了点头，看着躺在沙发上的谢珊，瘦瘦小小的个子，穿了件白底小红花的衬衫，皮肤白而细腻，手指细而纤长。这不是做女工的料，长得太精致了。

“她有什么病？”

“不知道。”毛金花有些局促地说，“待会儿我问她。如果我早知道她吃不消……”

“好了，”耿浩挥挥手，“你去忙吧！让她在这儿休息一下，她今天没法继续工作了，醒了就让她回去休息一天再说。你去忙吧。”毛金花退出去了。谢珊额头上盖着冷毛巾，在办公室里躺一会儿后醒了过来。长睫毛向上扬了扬，露出一双水盈盈的大眼睛。她试着移动了一下身体，发出一声低低的呻吟。

“她醒了。”陆会计说。

“我想她没事了。”耿浩放下心来。她是真的醒了。

“我……怎么了？”她问，试着坐起来。

“别动！”耿浩伸手按住她的肩膀，“你最好再躺一躺，刚才你晕过去了。”

她睁大了眼睛，疑惑地看着他，好一会儿，她说：“我不怕吃苦。”唇边带着笑，脸上却有股难解的、执拗的神气。

“城里学生，吃饱饭没事到这穷地方来干吗？”

“身体上的苦不算什么！我们来这里插队，是为了接受贫下中农再教育，我感到精神愉快。我还不想在这么年轻的时候，就让自己的生命被磨蚀得黯然无光。”

耿浩心里一动，这是一个女知青该有的谈吐吗？他惊讶地瞪视着她，觉得完全被她搅糊涂了。这是怎样的一个女孩呢？难道她仅仅是想在这里找寻一些生活体验吗？

谢珊下了床，觉得自己更晕眩了，身上一阵发热一阵发冷。

她勉强笑笑，和谭峭拉开了几步，然后倒下。

谭峭抿着嘴唇，脸色苍白，怀中的谢珊身体滚热，抱着火炉似的烫手，什么时候开始的？她竟然一声不响。

她一定知道自己感染了痢疾，怕传染给他，所以一直拒绝他的靠近，他还以为……

谭峭半跪在地上，抱着谢珊的手，微微颤抖。

她静静地睡在那里，没有了那种看了让人害怕的、喷射出来的剧烈的呕吐，像一团即将飘走的云，无比轻盈。

谭峭端来床边的脸盆，浸湿毛巾，慢慢绞干。

他拿着温热的毛巾，手指冰凉，他的手指紧紧攥着，恍惚间想起光福谭家小院初见，她恳求他讲陆子冈的故事。

毛巾缓缓落了下去，从额头开始，一点点拭去汗珠。

眼前一片清晰，还是清幽的芦庐小院，一池碧水，阳光照着她的脸，露出洁白的额、玉石般的脸颊、朱砂痣、弯弯的黑而细的眉毛、晶晶亮的眼睛……雕琢出一张清丽的脸。

他停下来，放下毛巾，手指轻轻从额头开始，温存地抚过，微凉而细腻的肌肤……仿佛回到艺圃，他打碎了玉杯；或者是谢逸、邓兴南密谋诬陷她在馎饦斋盗玉；或者是他嫌弃她母亲第三者身份疏远她的那段日子；又或者是和她一起背着行李插队到何滩的不甘……他一次次靠近她，如此熟稔。

那熟稔，从今天开始，就要回到原点，归于尘土了吗？

隔着一层屋瓦，都能感受到地底下，有种沉重的气息慢慢地飘升上来，浮起，散开。寂静里，可以听见心碎的声音。

“谭峭……”岳群含着泪问，“她……还有救吗？”

谭峭的手抖了抖，平静地嗯了一声，岳群哽咽了：“你骗人，赤脚医生说……不行了。”

毛巾蘸了温水，一遍遍地擦拭。

珊珊……珊珊……

“哗啦！”

门突然被推开，瓢泼大雨刮了进来，他恼怒地转过头。

“让我来看看！”清楚爽利的声音，来自一个温柔清秀的中年女人，“还有一个办法！”

“你是谁？”

“哦，这是戴书记的爱人，我特意请来的。”耿浩解释。

王映霞的中医医术传承自父亲王鸥波，后来在云亭一带颇有医名，谭峭为此感到惊异。不能理解王映霞从1952年离开苏州后在这样闭塞的地方待了近十八年，而他来了才一年就感到很漫长。喜欢热闹的岳玲曾说，小城一落黑就寂寂无人，临江的半条街都关门闭户，什么娱乐活动也没有，她冷清得想大喊大叫。王映霞居然可以活得有滋有味，奇怪！

经同学介绍，王映霞来到云亭工作。不久认识了戴嵩，戴嵩也是扬州人，父亲新中国成立前在花家巷开玉作坊，擅长琢刻大玉山。在家人的撮合下，加上又是同乡，两人很快结婚了。

为谢珊治病期间，王映霞无意中在她颈间看到了一块青玉玦，一下子惊呆了，整个人陷入疯狂般的思潮里。昏乱、紧张、怀疑、欣喜——各种复杂的情绪如潮水般涌来，她黯然神伤，简直要崩溃了。回家打开樟木箱，取出一只描金绣凤的织锦小盒，打开盒子，那支龙凤簪子，正放在里面。

“龙凤簪子！”王映霞拿起了玉簪，紧压在胸口，“之光，你真的把我们的女儿送来了吗？”

王映霞趁谢珊熟睡，悄悄核对了她颈间的青玉玦。她屏住呼吸，泪眼相看。然后，趁没人的时候，她握着谢珊的手，小心翼翼地盘问起她的身世：“孩子，能告诉我，你的父亲母亲是怎样的人？你有兄弟姐妹吗？”

“我有两个姐姐，妈妈生下我后，就离开苏州了！”

“哦？”

“我爸爸叫谢之光……”

“别说了，别……”王映霞泪流满面。

“哦！”王映霞喘口气，“你是哪年哪日出生的？”

“1950年5月12日！”谢珊抬头，看着王映霞，“小时候，我和谭峭说起，才知道我们都是5月出生的！”

王映霞断定了谢珊的身份，看着她，整颗心绞扭着，又酸又痛。她深吸口气，又问了句：“你们住在苏州哪里？”

“我家一直住在阊门内皋桥，五爱巷的畅园！”

王映霞的眼光，再也离不开少女眉间的朱砂痣。顿时，所有的克制，所有的怜惜，所有的悔恨，所有的痛楚——

她扑过去，一把抱住谢珊，哭着说：“珊珊！你是我的女儿，我亲生的女儿呀！你的颈间挂着王家的青玉玦——”

谢珊倒吸一口气，脑子一片空白。她挣扎着，拼命想挣脱王映霞的拥抱，惊愕地喊：“王医生，你在说什么？”

满面泪痕的王映霞紧紧抱着谢珊，不让她逃开。

“我再也受不了了！”王映霞不顾一切地说，“珊珊，我们是母女，真正的骨肉至亲，我是你的妈妈呀！”

“龙凤簪！龙凤簪！”王映霞从口袋里掏出玉簪，自从发现青玉块后，这支簪子她一直随身携带。她把玉簪递给谢珊：“看见这玉簪没有？当年我忍痛出走，什么都没拿，只带走了这支玉簪，它是谢家的祖传之物，也是我跟你爸爸交换的信物！你摸摸！”说完，她拉着谢珊的手，触摸那玉簪。

“王医生，你怎么了？”谢珊急促地、慌乱地喊着，“你是累得犯糊涂了吗？听说我妈妈早就死了……”

“不！我清醒得很，我没死，我就是你的妈妈呀！”

谢珊愣住了，她眨动着眼睛，脑子困惑，脸色惨白。好一会儿，她看了看王映霞，摸了摸青玉块，才不敢置信地接过龙凤簪。她躺在床上，望着窗外天空，天上只有几朵淡白的云。谢珊一时想不出来什么话对王映霞说。

“珊珊，原谅妈妈吧！当年我把你留下，实在是万不得已。”

从前发生的一切仿佛电影放映一样一幕幕就在眼前，等到整个故事讲完，暮色沉沉。谢珊披散着头发，穿着件棉布睡衣，躺在床上，眼角泪痕犹湿。王映霞痛惜地瞅着她。

谢珊看着王映霞，她的眼睛漆黑，面容清瘦。她到底是谁？是那个父亲深爱的、赠予玉簪的女子，还是生下她后决绝离去的母亲？或者，是看着她挣扎在死亡边缘衣不解带竭力抢救照顾她的王医生，她脸上的关爱与怜惜，是真的吗？

想起五六岁的时候，她生着病，芸姨也是这样，总是坐在床边，替她摇着扇子，看着她吃药、喝水、发汗。

从小，祖母和姑姑也留下许多蛛丝马迹，如今一一吻合……幸福来得太快太突然，撞击着她脆弱的心灵。她要告诉父亲，本以为远在天边的亲生母亲竟然真的活着，还救了自己。

“珊珊！”王映霞着急了，情绪几乎失控，“你说话呀！有什么苦，有什么怨，都说出来！这些天，每日每夜，都像有几万只虫子在一点点啃噬我的心！我错了！孩子呀，我对不起你，让我在以后的岁月中尽力补偿你！”

谢珊瞪着王映霞，激动得眼泪一串串地滚落。

“珊珊，你说话呀！你到底听进去了没有？”

突然，谢珊扑在王映霞的怀里，凄楚而难过地喊道：“妈妈！妈妈！我终于找到你了，你不知道这些年我有多想你。”

四

满院子的鸟儿啁啾地鸣叫起来，一唱一和。

“睡吧。”谭峭笑了笑，给她掖紧被角，谢珊迷迷糊糊地睡去。也不知道过了多久，忽然感到有人扑了过来，接着发出身体碰撞床角咚咚的响声。睁开眼，她看见谭峭面带惊慌地站着。

他靠在床边，看到她的惊愕，脸上讪讪的，伸手给她掖了掖被子，然后一瘸一拐地转身坐回凳子，苦笑着说：“做噩梦，以为你又……”

话没有说完，她就明白了。那些漫长而恐惧的夜晚，想来他一直是这样惊慌的吧？

谢珊望着屋顶，眨眨眼，忍住泪。

“来，喝药。”

“嗯，等会儿。”

“珊珊，听王医生的话，按时喝药。”

“嗯。”

谢珊乖乖接过药碗。

坐在床前的谭峭神情安然，小匙里滚烫药汁的苦味他似乎没闻到，还特意凑近嗅了嗅，吹了吹，才递到她嘴边。

谢珊看着袅袅热气里，他原本明亮此刻显得有些暗淡的眼睛，心口一堵，一口药不知不觉咽了下去。

喝完，谢珊吐了口气，还没吐完，一颗蜜饯投入她嘴里。

“白糖腌杨梅，”谭峭说，“甜吧？我自己腌的。”

“你会腌杨梅？”

“嗯。”谭峭点头。

他握住她的手，抬头看她：“等你好起来，我……”

她偏头笑着看他，颊边泛起淡淡红云，仿佛凋零的春花重回枝头：“等我好起来，你要怎样？”

他伏在她的膝头上，叹息：“等你好起来，我们一起看灯。”

这段时间的相处，谢珊觉得谭峭变得越来越有情调了。她原以为姑姑那种烹茶喜欢用鳝鱼黄建盏的是种讲究，在和谭峭朝夕相处的这段日子才知道,这种讲究不算什么。

立秋了,池塘里的荷花还未凋落,谭峭把台山雀舌包在她的绣花手绢里,搁在花心盛着,待入夜后花苞合起来,将纳于其中的茶叶一熏,第二天取些山泉水再将茶叶随意一烹,即便拿个搪瓷大茶杯喝,入口也是天然妙味,自有谐趣。

台山盛开的花草,她从前只想着,入眼的可折一两枝插瓶赏玩,谭峭颇有闲情逸致,找来一只大蓝边碗作盆,覆上泥沙,在山上花丛里挑选嫩枝植入沙中,点缀小石头,稀疏参差,杂以小绒草,便是一盆意态盎然的山水小景。剩下的花枝他偶尔会编个蝴蝶或是螳螂给她。

他还喜欢养蝈蝈。用秫秸秆或细竹枝编成一只小巧玲珑的蝈蝈笼,给蝈蝈喂黄瓜、西瓜皮和南瓜花,好让她午睡醒来听蝈蝈的鸣叫,一点不感到寂寞。

白天睡得太多,晚上她有时睡不着,他会隔着帐子给她念诗,中外的诗都念,他的声音低沉且带着磁性,轻柔时如拂面的春风,很快能让她入睡。这时,她觉得有个有文化有情调的恋人是多么难得,她甚至想象,要是岳群给她念诗,书中估计有一小半字不认识要请教她,只会越念越让她兴奋。

中午,茶场的一群女工约好来宿舍探望谢珊。她们说:“珊珊,你快来上班吧。不然,午间休息,连故事都听不到,无聊。”毛金花插嘴:“你们呀,真是的。让她好好养。我看中午你们不是挺开心的,都在编金鱼。”“金鱼?”谢珊好奇地问。女工们叽叽喳喳地拿出钥匙圈上挂着的串珠金鱼，是用塑料珠子穿编的，尾巴上用金色的珠子点缀，好看极了。她羡慕得不得了，嚷着要她们教。毛金花为难了，劝说她："珠子我一会儿送来，等你身体康复再学吧。"谢珊点点头。

晚上，谭峭照例过来看谢珊，她忍不住说起串珠金鱼，说："我不知道珠子还能穿编成金鱼，岳玲、金花她们的钥匙圈上都有一个。"谭峭想了想，说："这又不难，我来教你。""哦，你会编？"谢珊瞪大眼睛问。她知道他一向手巧，但没想到居然到这种程度。他也不辩解，取出针线、珠子，穿编给她看。

谭峭做这样的小手工，专心认真，穿编的金鱼十分逼真，还用黑色的塑料珠子做了眼睛，简直活灵活现。

他剪了线结，用手托了一条小小的、透明的串珠金鱼放在她手心上，笑着说："你看，编好了。"

谢珊听谭峭这样温柔地说话，感到他是那么可亲可近，尤其他的眼睛，含情脉脉地看着她。他说："好不好玩？明天我再去集市买两条活的金鱼，你对照比比看，像不像？"

她伏在枕头上，看着那条串珠金鱼，在灯光的映照下，金鱼显得活泼泼的。想着谭峭低头穿珠子的样子，那么专心，那么认真，每一颗珠子他都穿得仔仔细细，她不禁心头涌上一股暖流。

"都被当成小孩子了。"谢珊笑道，"真正做小孩子时生病，也没这个待遇。"

"所以现在补给你。"谭峭笑笑，抚了抚她的头发。

谢珊心中一颤，转过头，看着窗外秋景，说："今天天气不错。"

"去外面坐坐吧，透透气。"

谢珊扑哧一声笑了出来。原来，一早来探视的岳群坐在椅子上居然睡着了，鼾声如雷，手里仍拎着一网袋苹果。忽然，他睁开眼睛，不好意思地笑笑，说："给，苹果。"谢珊拒绝："这水果多贵，你一天才挣几个工分呀！哪能这样破费？""你是病人，要吃苹果补充营养。……怎么了？想去外面坐？我来帮你。我可比谭峭会照顾人。"说完，岳群笨拙地给谢珊铺床，然后让谭峭把她往上一放，又盖上两条毯子，谢珊埋在毯子里，露出一双大眼睛，艰难地和他说谢谢。

岳群一走，谢珊马上向谭峭求救："快点……压死我了。"

谭峭笑了笑，揭去一条毯子，帮她重新整理铺得凌乱的被褥，有点得意地说："你还是离不开我。"

谢珊承认："嗯。"

"这样也好。"谭峭坐在她旁边。

两人静静的，谁也不说话。立秋了，院子里的老杏树落叶飘零，墙边种着几丛浅紫明黄的菊花，华美而萧瑟。他不由得想到咏菊的两句诗："宁可枝头抱香死，何曾吹落北风中。"

下乡前夜，谢之光拿出一只玉杯，谭峭看了赏心悦目。玉杯像一朵盛开的菊花，连底部都做得非常考究，但不像中国传统的菊花。"这只玉杯是把玩用的，有两个活环，用一块整玉挖的。"谢之光说道，"扬州凝雪楼王鸥波先生，著名的玉雕收藏家，藏匿一只洁白细腻的菊花杯，据传是乾隆皇帝喜欢的西域风格的玉器，叫痕都斯坦玉。杯形类似此杯，玉质莹润有微瑕，秘而不宣。抗战期间，被陈姓大汉奸盯上要强买献给日本人，老先生当庭摔碎菊花杯，血溅凝雪楼，他正是映霞的父亲。我的古玉论著欠缺的这部分玉器研究，也是映霞替我补上的……小峭，要不是真心相爱，她怎么能为我美玉蒙尘……”谭峭又一次看见老师失态流泪，呆住了。

黄昏，两个人一坐一卧，在秋景里分享彼此的心事，听木芙蓉从枝头上簌簌散落，听白头翁的翅膀掠过嫩嫩草尖。

院外，传来低低的说话声。谢珊抬起头，向门口张望。

“谭峭，有人找。”岳玲说着，走进院子。

“哦，来了。”谭峭一边答应，一边看了看谢珊。

“去吧。”谢珊推他，“我好多了。”

谭峭俯下身，凑近她耳边，轻声说：“等我。”

“放心吧，有我呢。”岳玲看不下去了。

“嗯。”谭峭走了出去。

是谭峻来了。到了宿舍，谭峭忙着给哥哥倒茶水，身后塞过来一件东西。暗红的木质，色泽沉雅，有着木纹路。谭峭怔住，谢珊送的，他十六岁的生日礼物——洗桐宝盒。

盒子完好无损，黄铜搭扣一点没生锈。他记得清清楚楚，自己亲手把盒子连同盒子里的信笺，一齐扔到了河里。

“你扔盒子的时候，我站在你背后。”谭峻慢慢说，“你走后，我立即把它捞了上来。”

谭峭想了半天问了一句：“为什么？”

“我觉得，人生最初的美好，你不该轻易舍弃。”

“为什么现在才给我？”

谭峻笑笑，说道：“我出差到南京，中间抽空过来，晚饭后马上要赶回。珊珊那儿我不去了，免得打扰她休息。盒子物归原主，你是要再扔一次，还是保管好它，随便你。”

天黑了，谭峭目送哥哥离开的背影，抚摸手中的盒子。

听见敲房门的咚咚声，他一阵慌乱，谢珊来了！第一反应就是隐藏盒子，偏偏无处可藏，情急之下，塞在了屁股底下。

“你怎么来了？”

“哦，姑姑寄书来了，这两本罗丹和高更的画册，她关照是给你的，我特意送过来，喜欢吗？”

“嗯，挺好的。”

“这只草蝴蝶的触须断了，你帮我修修。”

“你还留着它？”

“你送的每件东西，我从来都是珍惜的。”谢珊笑笑，一语双关。忽然，她看了看谭峭，充满疑惑：“哎，你坐这么端正干什么？”

他坐着，严肃地说：“岳群教我练气功，要在月朗风清之夜，端坐吐纳——”说着装模作样吸一口气。

谢珊把脸凑过来，皱眉说：

“咦……这是什么？”

谭峭心中一跳。

低头一看,见谢珊指着他的衣襟。

谭峭哭笑不得,衣襟沾上的鸡蛋羹被眼尖的谢珊看见了。

还好,她没有发现他屁股底下的盒子,让他松了口气。

谢珊从口袋里掏出一个小瓶子:"这是妈妈制作的药,类似六神丸。你在田间劳作,日头毒辣,吃了可以不生疖,刚才忘了给你。"

他接过来,感觉到小瓷瓶的温润。她说:"我走了,你也早点睡,明天还要上工呢。"他点点头。

谢珊走到一半,不禁回头看他。谭峭准备关门了,没想到她会回头,他盯着她的背影,正巧和她四目相对。他的表情有些不自在,仿佛秘密被发现了似的,很快移开了目光。

坐下来,他发现盒子的黄铜搭扣已经开了,开口处,曾经被水浸湿过的信笺可能被谭峻小心地晒过太阳,边缘显得薄脆,只要轻轻一拈,就可以拈出一封信。

他紧紧抱着盒子,不想取出任何一封信。

王映霞工作的药店在云亭临江的一条大街上,站在小店的石阶上可见日夜奔流不息的桃花江,停在码头边的船只,以及横在江心的鹦鹉洲。从那里到何滩的交通十分不便,陆路必须乘汽车到达中途的青云浦,再步行十里,才能到达目的地。在以后的岁月中,谭峭逐渐理解了她的无奈和睿智。

"文化大革命"开始了,随即"文攻武卫"的枪声让城市陷入一片混乱。在云亭工作时，她的哥哥在北大荒农场改造。省城里的各项学习和政治热潮滚滚而来，她远离南京，在这个偏远而宁静的小县城，优美的田园风光和淳厚的人情世态，有意无意地消解着政治的影响，使她心态平和。

一个周末，谢珊去药店看望值班的母亲。母女俩坐在床上聊天，临近午夜，药店的门被拍得山响，并传来焦急的呼喊声。王映霞赶紧打开门，一个中年农民提着灯笼闯进来，请她到十里外的一户农家出诊。王映霞提起小药箱，嘱咐她好好睡，便急匆匆地走了。谢珊站在小店门口，望着那一点渐行渐远的火光，一直到火光完全被夜色融化，她才回房间。

第二天中午，王映霞在店堂为人诊病，谢珊坐在她的房间里翻弄桌上的医书。那些医书字里行间画着许多红杠红钩，有不少眉批。忽然，她发现在书页间夹着一张处方笺，用毛笔写着一首小诗："相见时难别亦难，东风无力百花残。"是写给爸爸的？想着的时候，王映霞进来了。她连忙接过那张处方笺，撕成碎片，丢入畚箕。王映霞尴尬地笑笑："随便写的。"然后坐下来。谢珊趁机拿出从前在艺圃写的旧体诗给她看，她脸色煞白，但很快恢复常态。她对诗进行评点，哪一句好，哪一句用典不对，哪一句失了平仄。她最后说道："下周记得和谭峭一起来，这样路上安全些。"

"嗯。"她点点头，"他提过，怕唐突。"

"没关系，妈妈信得过他。"

窗外飘着零星的雨丝，一棵杨柳披着翠绿的丝绦，宛若一幅珠帘。午后的天色显得有些阴郁，谢珊觉得这天色与王映霞的脸色和心情可以自然地融为一体。

在何滩通往县城云亭的路边有一处柳泉，泉边筑了一座茅草亭，有个扎发髻的老人置放了茶水在亭中，专供经过的行人解渴歇息，顺便讲讲《聊斋志异》里的故事。公社的宣传干事来过几次，大声说这是在搞封建迷信，要取缔，因为当地群众反响大，所以没成功。

不管世事多么纷乱，柳泉路边的茶摊生意依然兴旺，毕竟天大地大，难解之谜太多。狐能成仙，树能成精，狐狸变妖女，古树流鲜血，猫狗鸡鸭鬼魂附体上蹿下跳。月魂鸟魂花魂，还有月亮里的嫦娥、玉兔、吴刚，总有人愿意相信那是真的。

扎发髻的老人叫老谈，外出说书回乡后，烟茶摊子就摆上了，寒暑不废。十里八村的人都晓得从何滩去云亭路上有柳泉，柳泉旁有个喜欢讲鬼故事的老人，童颜鹤发，妙语连珠。

乡下老农故事真多，说起鬼魂来不想走，抽烟喝茶，多么快活！远道而来的外地人也暂歇在柳泉，歇脚歇舒服了，龙门阵摆够了，才起身去云亭，三十里路，一会儿工夫……

风和日丽，眉眼清纯的少女和少年出现在茅草亭中，对谁都笑眯眯的，少女也会讲故事。那正是趁着节假日去县城看望母亲的谢珊，谭峭陪伴在她的身侧。村里村外的老人纳闷说，这小姑娘的肚子里装了多少鬼呀神呀妖呀，举止倒不古怪。

少女绘声绘色地讲恐怖的《画皮》。太原府有个姓王的书生，大清早出门，在路上遇见一个女子，提着包袱，独自行走，步履蹒跚。王生赶上她，见她有十五六岁的样子，长得非常漂亮，便起了爱慕之意。他问女子：“为什么一大早独自行路？”女子说：“赶路的人不能做伴解愁闷，何必多问？”王生说：“你有什么愁闷说出来，也许我能效劳。”女子神色凄惨地说：“父母贪图钱财，把我卖给富豪，大老婆嫉妒我，整天打骂，我忍受不了羞辱，打算逃得远远的。”王生又问：“你准备去哪儿？”女子说：“逃亡在外，还没去处。”王生说：“我家离这儿不远，如果愿意，可委屈暂住。”女子答应了。王生带她一起回家。女子看屋里没人，问道：“你怎么没有家眷？”王生答道：“这是我的书房。”女子说：“如果你同情我，必须保守秘密，不要对别人说起。”王生答应，就和她同居了。但是，王生将这事悄悄告诉了妻子陈氏，妻子劝丈夫把她送走，王生不听。

乡民们议论纷纷：“她是人还是鬼？”紧要处，谢珊卖起关子，说：“我急着赶路，明天下午回来再讲。”乡民们眼睁睁地看着少女拉上少年走了，一哄而散，咕哝一句：“说话算数啊。”

第二天，少女果然来了。有一天，王生在街市上遇见一个道士，道士看到他，十分惊愕，问道：“你遇见什么了？”王生说：“没遇见什么。”道士说：“你身上邪气环绕，怎能说没遇见什么？”王生极力辩解。道士只好离去，临走时遗憾地说：“糊涂啊！世上竟有死到临头还不觉悟的人！”王生听他话里有话，便怀疑那女子。他转念一想，她明明是个漂亮的姑娘，怎么会是妖怪？可能是道士借镇妖除怪来骗钱的吧？回到家，他伸手推院门，发现里面插着，进不去。于是又生起了疑心，翻墙进去。他蹑手蹑脚地走到书房窗前朝里偷看，只见一个恶鬼，脸色青翠，利牙犹如锯齿一般。那鬼把一张人皮铺在床上，正拿着一支彩笔在上面描画，很快画好了，把笔扔在一旁，然后双手将人皮提起来披在身上，顷刻间化成一位美貌女子。看见这情景，王生吓得胆战心惊……

见众人吓得面无血色，少女故意笑着说："唉，不说了，不说了，太吓人。我看不如换个别的有趣些的吧。"

老谈不甘示弱，咳嗽一声，清清嗓子："轮到我来讲《婴宁》了，保证有趣。"谢珊做个"请"的动作。婴宁是一个清纯娇憨、喜欢恶作剧的狐女，书生王子服在上元灯会上一见她就呆了。"有女郎携婢，拈梅花一枝，容华绝代，笑容可掬。生注目不移，竟忘顾忌。女过去数武，顾婢子笑曰：'个儿郎目灼灼似贼！'遗花地上，笑语自去。生拾花怅然，神魂丧失……"掌声如雷，老谈看看谢珊，满意地笑了。

谢珊和老谈为讲故事摆起擂台，目前比分1∶1。这激起了少女的好胜心，拿出绝活，定为压轴。渐渐地，一个鬼故事《碾玉观音》在昏黄的暮色中升腾起来，在路上，在茅亭，在树下，在泉边，在一种莫名的声响里……主人公璩秀秀。

少年递上茶杯给少女，说："喝口水，润润喉。"

"好听，好听。"众人齐声赞叹，"真是个妙人儿，再来一个。"

"快走吧，不然，天要黑了。"谭峭一再催促。

"太阳还在头顶上。不急，我赢了，奖品还没拿呢。"

“快走吧!”谭峭不由分说地拉上谢珊就走。

作为省城的南京已进行了一系列的运动,云亭这样的偏僻小城,基本安然无恙。中药店几乎不要开会,不要慷慨激昂地发言和表态,不要写心得体会。在史无前例的“文化大革命”中,小城唯一的变化是街上多了几个红色语录牌。

当两人又一次走进云亭药店时,王映霞和一个身材瘦削的中年妇女坐在一张八仙桌旁边喝茶边聊天。

谢珊立刻猜出这个中年妇女是唐家敏老师。王映霞曾说唐老师是一个有本事的人,父亲是苏州城里的资本家,她念过两年北京大学,在一所中专技术学校任教,出过专著。“反右”斗争中,她被戴上了帽子,下放来云亭的一家农机厂当工人。下班后,唐老师喜欢到药店来喝杯茶,与她谈古论今。

唐老师见她进了店堂,对王映霞说:“你的大小姐来了,哟,还有一位俏公子。”谢珊红着脸叫了一声“唐老师”。她哈哈一笑:“什么老师? 现在是钳工,敲敲打打过日子。”

谭峭觉得唐老师很风趣。

唐老师说:“映霞,你刚才说到我的痨病,我有一味中药治理。一吐血,我就吞下一把田七粉,血立即止住了。”

王映霞摇着头:“这是蛮治法,医书上没有记载。不过,既然有效果,说明是行得通的。”

唐老师笑得眼睛亮亮的。

王映霞说:“明天是星期天,我要去鹦鹉洲出诊,你反正没事,去不去? 我女儿和小峭也一起去。”

唐老师爽快答应:“好,就当清明踏春。”

横亘在江心的鹦鹉洲,天光水色,景色宜人,据说有几个名人是从那儿走出去的。清晨,她们渡船去鹦鹉洲。

上了洲,到处是桃树、桑树和柳树,洲边青青的芦苇梢上系着薄薄的春云,绿荫深处隐约可见农舍,俨然世外桃源。

他们坐在一口池塘前钓鱼,唐老师谈笑风生,仿佛明天游街的不是她,她的超脱和悠闲的姿态让谭峭深受震撼。

一小段桃花枝轻拂她的脸颊,谢珊被惊醒了,谭峭含笑站在她面前。“你的画画完了?”她问。

“唔,一幅动人的图画。”他笑着说。

“是吗?”她望着那支起的画架,“你画了什么?”

他把画板取下来,递给她。画面右侧的花朵绽放的桃树下,斜靠着一个托腮的少女,她膝上有一本摊开了的书,她的眼睛却凝视着芦苇尖上的一只白色小鸟。

“题目叫‘凝思’,好吗?”他问。

“你把我画进去了。”她说。

他拿开画板,一下子捉住了她的双手。

她偷看一眼坐在不远处的母亲,涨红了脸低下头。

五

多年后,已是中央美院在读研究生的谭峭又一次来到了鹦鹉洲,这次他是带队来采风的。台山依然葱翠秀丽,桃花江水依然潺潺流淌，桃树下少女依然笑靥如花。

青枝绿叶展开了，六月的风细细吹着。

“这是第一级台地。看见了吗？”他给同来的摄影专业同学曲盼分析着地貌，“那长着庄稼的是第二级台地，它们在过去曾经是长江的河床。河流冲刷着向下切割，渐渐地浅浅的河床变成了高高的台地。”曲盼眯着眼睛仰望远处绿油油的整片庄稼，问道：“那是什么庄稼？长得那么高。”谭峭告诉她，那种的是小麦。他专注地看着桃花江畔绵延起伏的台山，说道：“自然地理讲义和历史地理书上说，长江流域的浅山以前都是原始森林。”“哦，不敢想象。”她有些诧异。

真静啊，这里静得让人感到神秘。

曲盼把摄影包从肩上拿下，提在手里。他真是才华横溢啊。她想。“喂，谭峭，我说，你准能留校的。”她对他说。

“嗯，我也这么打算。”他回答。

“哎，你看！”她停住脚步，忽然惊叫起来，“你看，这是什么？”

他看见一条河沟里满满地堆着彩陶的碎片，当中夹杂着碎玉片。

她俯身拾起一只破裂且沾着泥水的金扣玉杯。“多漂亮呀！瞧这花纹！”她喊叫着，“可惜碎了！”

金扣玉杯的边沿有三五个小豁口，质地细腻洁白，似有淡淡的微红，杯口内外包镶着金片，器身光素，做工精致。

他摸摸断碎了的杯口，觉得异常光滑、温润。柳泉边，无意中听老谈说过，1965 年初这儿挖掘过一个南唐古墓，报纸上没有报道。墓主人姓李，一个十九岁少女，从小生活在宫廷里。皎皎如月的少女，临风而立，衣袂飘然，白皙清丽的脸庞上泛着桃花般的红润。他长久地看着这只金扣玉杯。

“你看呀，这是桃树林。”曲盼用手抚摸着玉杯，看着隐隐的花纹，“一棵挨着一棵，缤纷的桃花树。”

两人弯下腰，在河沟的陶片堆里一块块翻找，试图把玉片对上杯子的断裂口。玉片天衣无缝地居然对上了，玉杯慢慢复原。“啊，对上啦！又对上了一块！”她欣喜地低声喊着，深深地被这件玉器吸引。

最后，只缺底部的一块找不到。光洁流畅的线条从玉杯的顶部流到底部，残缺了一小块。“你看，多美啊！”她低声喃喃地，“可惜碎了。世上的事多么拗人心意啊，生活也常常是这样残缺的。”“可惜碎啦！”她重复地说。

玉杯是一千多年前的，这是南唐的宫廷玉器，玉质莹润，线条简练。他抬起头望望静谧的桃花江和台山，雨水冲垮了山腰上的古墓葬。于是，顺着小水沟，碎片流进了河。他皱着眉头思索着，的确，在长江流域，古老的碎玉片融成了河。

回到北京，谭峭迫不及待地去找了在北京理工大学任教的好友段承志。

“听说，我们插队的云亭，当年好像挖出了大墓葬，省里来了好多考古人员，出土了不少玉器。李煜的墓？”段承志听完谭峭的描述后，很惊讶，说出自己听到的传闻。

“量子力学建立初期，‘纠缠’这个现象就引起了物理学家的好奇……爱因斯坦将量子纠缠称为‘鬼魅似的远距作用’。这是个神奇的现象，科学家已进行了实验，希望利用这种诡异的纠缠进行超高速计算。公式如下……”

段承志边讲边在黑板上写下公式。段承志在课堂上介绍量子力学和粒子纠缠现象时，谭峭像在听天书一般。

谭峭越发感觉蹊跷。回到家，他随手打开电脑，点击金扣玉杯照片的文件夹，奇怪地发现，所有的照片都消失了，只剩空空的背景——连绵的台山。见鬼了！谭峭惊出一身冷汗。难道是段承志上课时说的量子力学和粒子纠缠显灵？

谭峭赶紧跑到图书馆，翻阅关于南唐末代皇帝李煜的资料：李煜(1937 年8 月15 日—1978 年8 月13 日)，南唐元宗李璟第六子，初名从嘉，字重光，号钟隐、莲峰居士，汉族，生于金陵，祖籍彭城，南唐最后一位皇帝。

在云亭垂虹墩一带，1974 年平整土地时挖出来一个大型古墓。墓主一男一女，陪葬的文物相继出土。当地部队派了三百多人维持秩序，晚上仍有几十种金银珍宝、古玉珍陶被村民们哄抢盗走。挖古墓，听说挖掉了两个村庄。现场乱哄哄的，一片泥泞水。当时从县城去八公里外的南京，只能徒步和骑自行车。雨天，谭峭到现场一看，围观群众那么多，在墓坑周围踏出里三层外三层的一大片空地，稻田全部被践踏成泥浆，众人脸上都有趁乱发点小财的表情。大家都很累，也很新鲜，比乡下的露天电影有意思多了，一排排28寸自行车倒伏在污水中，无人收拾。各种消息爆炸："南唐的墓……""有金子。""有古代的铜镜，还有玉哀册……"众人瞠目结舌，不知道南唐是什么朝代。"玉哀册"这个词引起了轰动，大家闻所未闻。让出一条雨天的通道，他看见黑沉沉的棺木和墓石砖。那滑溜溜、超大体积的棺材被从地下抬起来，散发出一股失魂落魄的怪味。雨不停地落在二三十名负责抬棺的民工的脸上、身上，他们好像是从阴间来的使者，瞬间与现场群众阴阳相隔，有的人脸色乌青，有的人狰狞狼狈，眼光发绿，十分拼命的样子。

人群外，谭峭还是个懵懂青年，陷入漫天的细雨和泥土中，心里在想：南唐？真的是南唐？

1950年，在离云亭不远的江宁发现了南唐开国皇帝李昪的钦陵，他跟谢之光看过南京博物馆的墓中出土的玉哀册。玉哀册用和田青玉制作，由42片玉片组成，每片为长方形，正面刻竖排楷书金字。策文三行，先琢刻文字，后充填金粉。

墓葬早年被盗，玉册遭损坏，残缺不全，本来四角填金，现在部分剥落。考古学家根据文献记载和玉册上的文字内容，分辨出玉册由谥册和哀册两册组成。谥册是皇帝驾崩后为其请谥号和庙号时用的玉册；哀册记录的是皇帝下葬日举行送葬仪式时读的最后一篇祭文。

落霞桥上，中秋的月亮又圆又黄。

两人走到落霞桥附近的垂虹墩，趁着酒意，谭峭把上面的砖石一一搬开。突然，谢珊喊道："这儿有个井盖，下面应该有地道。"谭峭循着她指的方向，费了九牛二虎之力，把盖子翻开，果然有条地道。垂虹墩地下，有一座迷宫！

谭峭用手电筒照明，陪谢珊在地下迷宫兜了几圈，发现这是一个地下墓葬，玉斧、玉人、玉佩、陶罐、青铜器、宝剑……应有尽有。但谢珊说的金扣玉杯，两人找了好久都没找到。

"今天太晚了，要不明晚再来找吧。"谭峭劝谢珊。

"好吧，我倒不累，看你好像有点累了，费劲搬了这么多砖块。"两人边说笑边往外走。在地下迷宫里，各种机关要道十分相似，他们迷路了。

"怎么办？我先去那边弯道看看，你站在这儿别动哦！"谢珊提醒谭峭，转身就走。

谭峭有种不祥的预感，因为酒喝多了，头晕，来不及阻止，谢珊已走到了弯道，穿着绿衣的身影消失在他的视线中。

"啊！"一声惨烈的叫声！

谭峭循着声音奔跑过去，紧张得连酒也立刻醒了，加速跳动的心脏几乎跃出喉咙。一身绿衣的谢珊倒在血泊中。

啊！他从梦魇中醒来，一下子从床上坐起来，额头上满是冷汗。

老谈死了，他的死亡一直是个谜。没多久，何滩柳泉边又来了一个新的说书人，专讲南唐后主李煜。

北宋开宝八年(975 年)腊月末，古城金陵暗淡阴冷的一天。

浓重低垂的乌云，像峰峦起伏的群山，沉甸甸地压在紫禁城剥蚀的宫墙上，压在宫殿鳞次栉比的琉璃瓦殿顶上，压在御花园颓圮的湖石假山和御道两侧的古柏、古槐上。金碧辉煌、气象森严的皇宫，到处呈现国破家亡的凄凉景象。

远处，秦淮河和长江汇流处的宽阔水面上，寒风呼啸，不时掀起阵阵波涛。一排排汹涌而来的雪浪花，贪婪地吞噬着江岸的泥沙。迷蒙的细雨溶解着纷扬的雪花，重重叠叠地浸渍着江畔集结待发的数百艘各式木船。

从船桅高悬的旗帜，特别绣有“曹”“潘”大字的帅旗得知：这是一支班师凯旋、北上汴梁“献俘阙下”的船队。

经过军中层层考核遴选出的五百精兵，在正副统帅曹彬、潘美的指挥下，剑拔弩张地分乘船只，监护着日前“肉袒降于军门”的南唐末代皇帝李煜和王公贵胄、宰相殷崇义等朝廷重要官员、以李煜的娇妻小周后为首的众多后宫嫔妃，还有那些满装金银细软、珠玉鼎彝、书画古玩、图籍经卷等贵重物品的箱笼，早已被贴上封条，按着编号井然有序地堆放在载重船上。负责护卫李煜夫妇座船的是翰林副使郭守文，及其调遣的八名士卒，他们分别在船的首尾轮流站哨。

突然，一组鲜艳夺目的信号旗升起在指挥船的桅杆顶端，各船相继吹响了呼应启航的号角。船工们闻声忙碌起来：撤跳板，收铁锚，挂篷帆。密集的船只随即离开码头，在浩瀚的长江江面上依次排成三列纵队，向东驶去。南北两岸行进着长长的步骑兵警戒队伍，在渐行渐远的船队后面，洒下了女眷们肝肠寸断的哭泣声。

李煜在船舱中面南而立，着装格外引人注目：头上用金丝编织的皇冠换成了寻常的布制幞头，身上绣龙的黄袍被朴素的白衫所取代。他茫然若失地凝视着在霏霏雨雪中缓缓后退的六朝古都，直到那“虎踞龙盘”的石头城城垣上凸凹相间的雉堞模糊不清，最后消失。

为什么这个场景总是出现在梦境中，与她的身影重叠？

跳跃的灯光让谭峭惊慌失措，手电筒的灯光散乱地照在地宫隧道里。他几乎目睹了绿衣少女的死，却不知道凶手是谁。

现在最大的问题是如何逃出这里。谭峭想起了《大唐狄公案》中的情节，便用一些物品标记走过的路，几经波折，终于走到了地道口，从井盖处爬了出来。

是报警还是逃走？谭峭犹豫着，匆匆逃离垂虹墩。从梦中惊醒，他在黑暗中点燃一支烟，思绪又回到了那个中秋夜。

拐进垂虹墩附近的一条山路，沿着它往上走，就能见到谢珊了！他为自己的激动感到难为情。眼前出现一座粉墙黛瓦的旧平房，耸立在台山山脚，谢珊站在门口向他招手。

她变得稳重矜持，没有像谭峭期待的那样朝他奔过来。她穿着粉红色衬衫，站在树下显得特别娇小。戴嵩和王映霞站在客厅门口，戴嵩穿着一身洗得发白的军装，身材挺拔；王映霞消瘦清秀，穿着一件白色棉衬衫、一条深灰色长裤，下面露出一双黑色的平跟皮鞋，浓密的头发在脑后被盘成一个髻，显得端庄大方。她微笑着迎上前，对谭峭说："来啦，小峭，进来坐吧。"

"戴书记、王阿姨，你们好！"

"希望你喜欢这里，像在自己家一样。珊珊，你带他去客厅休息，午饭时见。"就这么简单，直截了当。王映霞转身拉着戴嵩去了厨房，她的步履和声音一样轻快。

谢珊的工作是帮忙把餐具放在餐桌的固定位置上。他看到敦实的方形餐桌上铺着白桌布，中间有一束从山里摘来的野花被插在玻璃花瓶里，每个座位前有一对大小乳白色瓷盘。

两三个道地扬州菜：狮子头、煮干丝、豆腐羹……蔬菜很新鲜，自制的香肠更是香甜。王映霞听到称赞后，脸上露出了笑容，即使是瞬间，也是光彩照人的。主菜上来了，是鲢鱼粉皮汤，汤浓白得像牛奶。谭峭这时才明白，菜肴全都出自王映霞之手，她是个烹调高手！鱼肉新鲜爽口，谢珊喝了两碗鱼汤，谭峭多添了一碗饭，戴嵩夫妇吃得不多。

王映霞让他们小坐，自己收拾餐桌，谢珊坚持和母亲一起干活。谭峭跟着戴嵩去书房，书房的玻璃窗几乎占据了整个墙面，窗外是台山树林，树枝上的树叶在微风中轻柔地抚拍玻璃。戴嵩说，经常有各种小鸟到窗前来与他们做伴。书房左右侧的书架上放满了书，一张宽大的写字台搁置在中央。书架上端的墙面上，挂着镶有镜框的黑白照片，因陈旧而泛黄，照片中的婴儿是刻在主人夫妇心中的亲人和记忆。

泡了壶茶，戴嵩说："古墓的发现令人兴奋，但省考古研究所人手不够。为此，县里成立了文物管理所，调我去。我对文物是外行，谭峭，我知道，你受教于……谢之光教授，所以我想把你从农场借调过来，不知你什么想法?”

周围是这样安静，窗外的桂树开了花，香气扑鼻。王映霞今天特意晒了被子，午后阳光中的一阵拍打，使被褥愈加轻软蓬松，戴嵩替她一一搬进房间。

“对了老戴，你见过谭峭吗？他住在农场那条小路的西面知青宿舍。高个子，白净，长得挺俊秀的，我没想到珊珊竟然那么喜欢他。珊珊，我走的时候她才一岁，又瘦又小，和艺圃里那只可爱的却又先天不足的小花猫一样柔弱不堪。”

谭峭听他主动提到谢之光，语气平和，忐忑的心放下了。王映霞和老师的过去，想必他早已知晓，并未心存芥蒂。这么一想，他觉得自己太小看人了，这个曾经南征北战的共产党干部心宽着呢，怎么会揪住这么点鸡毛蒜皮的陈年旧事?

“怎么，不愿意吗?”见谭峭迟迟不回答，戴嵩追问，“有什么顾虑？怕和珊珊分开，还是……”

“戴书记，这么好的学习机会，珊珊会支持我的。”谭峭马上表态，“谢谢您的关心！我什么时候报到?”

戴嵩语重心长地说:“下周三报到。小伙子，那儿的工作可没有你想象得那么轻松，要向文管所的老师们好好学习，不能怕苦怕累，能做到吗?”

“一定做到!”谭峭的回答铿锵有力。

戴嵩拍了拍他的肩膀，说道:“太好了，我没有看错人。到底是谢教授的关门弟子，天赋一定高于常人。”

“但是,戴书记……别人……”谭峭欲言又止。

“哦,我不怕别人说我开后门,这是举贤不避亲。”戴嵩镇定地说,“你不用担心,谁有能力谁来嘛。”

谢珊熟门熟路地把谭峭带到山上的树林里。干爽宜人的秋天,还没有下山的太阳在云端里放着光芒,给远处矮坡的树林抹上了红色、绿色、蓝色、黄色,深浅不一的缤纷。谢珊兴奋地告诉谭峭那些飞来飞去的是什么鸟:“你看到了吗? 这是百灵,好看吗?”“哦,那是黄鹂,一到太阳下山,就喜欢站在树枝上唱歌。”“看,那棵大榆树上有只花喜鹊。”谢珊还说,“知更鸟早起,有虫吃。”

“早起的虫子不就倒霉啦? 珊珊,你喜欢戴书记吗?”

谢珊想了想,回答:“他看着严肃,但是个好人。妈妈也这么说。妈妈在林间树梢上挂了好多小鸟房,她每天一大早起来做的第一件事,就是把鸟食放进那些小鸟房里,鸟飞来啄食,她就告诉我它们是什么鸟。她常在下午带我到林子里看鸟,看它们往南方飞去。她从不提起爸爸,我也不敢问。不过,我在信中告诉爸爸,我找到妈妈了。爸爸高兴坏了,但是他还处于劳动监督阶段,根本出不来。唉!”

“算了,总有机会的。”谭峭安慰她。他不想给谢珊希冀父母相见的愿望泼冷水,不用细想,以谢之光清高的个性,即使出来了也未必会来云亭。不然,那场面何等尴尬。

太阳落到山顶了,枫树、榆树、松树沐浴着霞光,山脚下的桃花江水，泛着鳞片般的涟漪，谢珊说："桃花江是从长江流出来的，戴叔叔带我和妈妈乘过船，看河岸两边的岩层，那是被亿万年前冰川融化后的海水挤压冲击沙灰而形成的，因为一直受到矿物质的浸泡，变成一层层不同的颜色。"

前方拐弯处，出现一座石拱桥，桥身高大，桥面斑驳。

暮色四合，两人漫步在桥上。

转眼，天黑了。谭峭也不说话，只是仰望天际。冷月寥星分外清晰，还看见大半个云亭县城，灯火点点。

谢珊眼睛发亮，突然发问："你对这座桥熟悉吗？"

"相传，落霞桥是南唐开国皇帝李昪所建。"谭峭语气平和，"这座桥高大宽阔，可以俯瞰四野，称'南唐第一桥'。"

他和谢珊初到云亭，第一次看到的就是这座横亘于桃花江的长桥。当时，落霞桥薄雪寒霜，两人分喝"分金亭"取暖。

那是谢珊第一次喝白酒，一口下去，猛呛起来，咳得满脸通红。他在她背上轻轻拍着，关切地问："怎么样？"

谢珊摇摇头，说："不要紧。"

"那你怎么哭了？"

"酒辣的。"

月光清寒，落霞桥下的河水一刻不停地潺潺地向东流去。

谢珊笑着说："今天，我请你喝的可是洋河大曲。"

"洋河大曲入口清淡，回味醇厚，是好酒。"谭峭遥望玉带般的河水，"但我觉得，当时的分金亭，最得人间真味。"

"哦？"谢珊跟上来，站在他旁边。

“苦、酸、恨、薄。”谭峭轻轻说道,“别离之苦,碎心之酸,遗爱之恨,情义之薄。”

桥上猛地刮起了大风,一根纤细的桃树枝条斜斜地探过桥栏,摇摇晃晃,被风咔嚓一声折断。

“想想看,谢逸夫妇为了谋夺爸爸的古玉,费尽心思,不惜设计陷害我,全然不顾父女、姐妹之情,情义多么浅薄。”

“所幸老师对这一切看得清清楚楚,没有被蒙蔽。”

“我在意的是,你相信我吗?”谢珊目光灼灼。

“我相信!”谭峭郑重地说,“一直相信!”

天一亮,谢珊就起床了。谭峭听到她蹑手蹑脚地从房间走出去,立即跟着她。见她先去院子里喂鸡喂鸭,然后到菜园拔草,好像以后再也不来似的,想把所有的家务活在走之前全部做完。菜园不小,种有西红柿、辣椒、青菜、长豇豆、茄子等蔬菜。旁边还有一块地,女主人栽满了玫瑰和绣球,竹篱笆上爬着七姊妹。谢珊边拔草边说:“妈妈喜欢花,说七姊妹属于蔷薇科,花不大,花苞多,绽放时开满整面墙,像织锦一样,密密匝匝。这些七姊妹是她亲手栽培的。”

“珊珊,还记得艺圃夹弄里的七姊妹吗?”

“嗯,妈妈没有忘记爸爸,是吧?”不等谭峭回答,谢珊问道,“谭峭,我送你的盒子呢?”

谭峭一声不响,过了一会儿才说:“盒子……放着呢。”

“哦?”谢珊的声音没什么波动。

“玉哀册……”早晨，听着半导体里的江苏新闻，谭峭的汗毛竖了起来，他无端又想到了墓中的绿衣少女。

谭峭决定不去美院，先去找段承志。他听完谭峭的叙述，淡定平静，微微皱眉，说道：“昨天下班的路上，凑巧遇到老谈的侄子，他把老谈死前留下来的照片给我了，你看看。”照片是一幅画，他看着画中人，穿着云锦绿衫，巧笑嫣然。

“老谈侄子讲，谈家一直珍藏着这幅画，据说价值连城。我们插队时那桩命案，肯定是罪犯听说古画值钱，所以想来抢劫，结果把老谈害死了。我想，也许真是一种缘分吧……”段承志只顾着自己讲，没发现谭峭已呆若木鸡。

深秋的傍晚，谭峭悄然来到云亭，经过垂虹墩，驻足流连。翡翠般的细草里，蒲公英一簇一簇生长其间，在这块散发着浓烈的农耕气息、活色生香的土地上，他期待和等候着，等候着那个也许曾经遇见过的或者没有遇见过的、现代的或者古代的、被谋杀或者没被谋杀的绿衣少女，以及她寻找的金扣玉杯。

他在凌晨一点十一分醒来。

脑子里都是绿衣少女的容貌、身影。

他在凌晨两点十五分醒来。

他在凌晨三点二十分又醒来。

睡不着，打开影碟机，片子是他反复看过的意大利电影《蚀》。结尾处十几分钟的无人画面让他的脑子里一片空白，像在梦里，他想但愿看完就能睡着。

看完，还是睡不着。

谭峭索性不睡了，跑到县图书馆翻阅资料，读到一段：“小周后(950—978年)，名不详，南唐司徒周宗次女，周娥皇(大周后)之妹。开宝元年(968年)十一月，立为国后，南唐亡国后，随后主被俘入北宋京师(今开封)。太平兴国三年(978年)七夕，后主死于汴京，小周后不久也与世长辞。小周后容貌美丽，神采端静，有才情。”

六

那个年代，似乎人人都在关心国家大事，关心个人的前途和命运，只有农民眼巴巴地盯着土地，关心粮食和生产。何滩这一年风调雨顺，是个丰收好年景，过了五月端阳，稻子泛黄，密密麻麻的稻垄，十里飘香。不久，七夕到了。

七夕节，历来是姑娘们过的节日，也叫乞巧节，流传着牛郎织女的故事。云亭一带，这年的七夕十分热闹，何滩镇上还设有专卖乞巧物品的市场，称乞巧市。人们从七月初一便开始置办乞巧物品，到了七夕，乞巧市上简直成了人的海洋。

谭峭漫步于河堤，在漫天掩地、星星点点的野花丛中，随意挑出白、粉、紫、黄四种，二十几朵花儿，又用柳树的嫩枝作环，把它们缠绕编织起来。察觉她开了房门，看了她一会儿，他把编好的花环递给她，抬了抬下巴：“来，戴上试试。”

谢珊半天没动静，几只蜜蜂嗡嗡地飞到谭峭手旁，谭峭走过来把花环往谢珊的头上一套，大小正合适，娇媚得很。

谢珊靠着门框发愣，脑中思绪纷乱。在他眼中，她现在是个不折不扣的乡下姑娘了。云亭路远，谭峭这时出现在何滩，肯定是赶路过来，要不要先请他进来喝杯热茶坐一坐？

雀鸟啾鸣中，谭峭站在老杏树下："我们一起过七夕。"

话飘过来，像是有无形之力牵引，她撩起裙子走向谭峭："这是我们的正式约会？"

谭峭看着她，点点头："嗯。"

"等一会儿，我去把玉戒戴上。"说完，她转身回屋。

"我以为你一直戴着呢。"他嘀咕。

"平时干活太扎眼了。"她一边解释，一边拉开抽屉。

跷起戴玉戒的手指，她说："好看，我喜欢。"

"我雕的。"他强调。

"嗯，你雕的。"她加重语气地肯定。

转眼间，谭峭和谢珊走进了灯海与人潮，觉得四面八方都是人，都是灯。年轻人三个一伙、五个一群地走在街上。一不小心你踩了我一脚，我碰了你一下。他们从汹涌的人流中走过去，那一盏盏灯在眼前，红的、绿的、黄的、粉的、蓝的，紫的……灯上描的飞禽走兽活灵活现，即便是只画了梅兰竹菊的灯笼，凑近仿佛也能听到灯里从花间簌簌拂过的风声。到处是响亮的叫卖声、叽叽喳喳的说话声……圆红的番茄水灵灵的，酸甜的糖葫芦让人馋掉牙，又粉又大的桃子堆满篮筐，嫩绿的西瓜、香瓜卖得快……挤都挤不动的人。谢珊拉着谭峭的手挤在人堆里，这里看看，那里瞧瞧。最有趣的当然是小摊上拿面泥捏的泥人，古灵精怪，看着就喜欢。

捏泥人的白胡子老头用剩泥捏了个箜篌并拿根细棍穿上，插在一排花枝招展的泥琵琶中，特别醒目。谢珊看着灵巧，不免多看了两眼，听到谭峭问："你喜欢这个箜篌？"

"嗯。"谢珊点点头，"喜欢，有点像竖琴。"

白胡子老头见了，对着谭峭口吐莲花："小伙子长得俊，有眼光，我绰号叫泥人阮，擅长捏各种乐器，尤其是泥箜篌。何滩镇上许多小伙子都会在七夕节买个泥箜篌送给心上人，这个是今天最后一件了，你如果要买我可以替你……"

话没说完，谢珊拿出2分钱放在摊位上："好，我买了。"

泥人阮接过钱，结结巴巴地说："只要1分钱，是小姑娘付账？一向不、不都是小伙子买给小姑娘的吗？"

谭峭还没反应过来，谢珊已经把泥箜篌拿在手里了，欣喜地看着，然后递到他手里，说："这个泥箜篌虽做得精巧，但毕竟是米面做的，最多只能赏玩两天。唉，可惜了。"

谭峭看了她一会儿，斟酌说："你实在……喜欢，将来我雕个玉箜篌给你，还有玉琵琶、玉二胡、玉笛子……"

"太好了。"谢珊感到满足，爽气地对泥人阮说，"你做的这个乐器，我喜欢，1分钱不用找了，谢谢你的手艺。"

泥人阮看着谢珊离去的背影，喃喃赞道："奇女子哉！"

站在浅滩上，看着远处人家一盏盏的灯火，依稀错落地亮起来，桃花江上的河船，也挂起一串串红灯笼，和满天晶亮的星辰相呼应。她想，缠绕不清的爱，苏州和何滩，男人和女人之间，隔着的就像王母娘娘用簪子划出来的一道银河？

不远处,传来卖小馄饨的竹梆子声。谢珊不由得舔了舔嘴唇,谭峭看在眼里,一声不响地奔向馄饨摊,一下子买了三碗,一人一碗吃完,还有一碗推来让去,最后是平均分配。

“哎哟!”谭峭突然被一只香袋击中了,接着三只、五只香袋纷纷扔过来,有一群农村姑娘向他跑来。

这是什么情况!谢珊不敢多想,一把拉住谭峭的手就跑。听见后面隐约有女子的娇嗔声:“喂,俊小伙,别跑呀……我们一起过七夕……”她拽着谭峭跑得飞快。

人群纷纷让开,一路尾随着风声,街灯渐渐稀少,被拖着奔跑的谭峭停下来,慢悠悠地问:“为什么突然跑起来?”

谢珊听了,想起那群热情如火的年轻村姑,问道:“怎么,你喜欢她们?想陪她们夜游何滩,情定七夕?”

谭峭回答:“我可不想。”

谢珊点头:“这就对了,所以我们要跑。”

说话间,谭峭被谢珊拉进一条小巷,金黄的月亮从云层中露出,小巷安静,只听见她的喘息声。刚才跑得快,她头上戴的手编花环居然没掉下来,散开的长发从花环中垂下来,像一匹黑缎,额角上的汗湿了一绺发丝,白皙的脸透出红润,俨然黑夜中的普绪珂。谭峭看着这样的谢珊,意乱情迷。

晚上,谭峭在谢珊的宿舍,现在住着她和毛金花两个人。窗台上放了三只玻璃瓶,注满清水,插着从茶园山坡上摘来的红杜鹃、紫雏菊,还有毛金花种的白玫瑰。谢珊的腮帮上凸出一瓣橘子的形状，嘴巴嚼动着，把核吐在橘皮里，轻轻摇头。

“听，岳玲在唱《月亮河》，但没你唱得好。”谭峭说。——《月亮河》是谢珊在话剧联赛上即兴唱的一首英文歌。

“听说岳玲暗恋过你？”谢珊慢吞吞地说。

谭峭看了她一眼，一声不响。

“岳群告诉我，你是他妹妹的救命恩人。”谢珊盯着谭峭看，“咦，你的脸怎么红了？”

“他怎么什么都要告诉你？”他低声嗫嚅。

“所以岳玲要以身相许。你怎么救的她，我从来也没听你说起过。”

“好吧，别再问了，我告诉你。”谭峭坦白。

谢珊马上正襟危坐，一副你别骗我的样子。

桃花江的浅滩上有棵大桃树，树下是谭峭午间休息的地方。树枝繁茂，在树基周围长着松软的青苔，他干活累了经常斜躺在树干上，繁茂枝叶的遮掩让他可以好好睡一觉，潺潺的河水抚慰着他。一到夏天，特别凉爽。

有一天他快要进入梦乡的时候被一阵窸窣的声音惊醒了，看到一个年轻女子在河岸边洗澡。她的长发乌黑如云，散落在白净赤裸的肩膀上。她用手掬起水，让水顺着她的脸庞、胸口流淌到河里……谭峭试图保持镇静。他不断告诉自己别动——动一下就会被发现，他不想吓到她。

突然，他看见一条蛇，应该是一条水蝮蛇。它在水里停留片刻后向她游去，那小小的蛇将脑袋朝向猎物。很难想象这样尺寸的蛇能将人杀死,但这是真的。前不久,就是这样的蛇咬死了顾建祥的堂兄顾建民,它咬了顾建民的脚踝,几秒钟后他就毒发死了。顾建民的身体可比她壮实得多。

谭峭一头扎进河里,当那条水蝮蛇要将它的毒牙扎进女子的细腰时,他伸出双手。顿时,她尖叫起来——他从水里钻出来,手里翻腾着那条蛇,它的嘴巴正在找可以咬下去的位置,她又尖叫了一声。最后他想办法用衬衣把蛇盘了起来,用大石块对着它的头狠狠地砸下去,把它砸死了。

具体的情形是暧昧的:一个年轻男子和一个年轻女子同时站在齐腰深的河水里,女子没穿衣服,互相注视着。炽烈的阳光从云层的缝隙里洒落下来,水面上波光粼粼。

“谭峭,你救了我。”岳玲颤抖着说。

她差点被一条毒蛇咬到,他救了她,这么做是冒着生命危险的。

“谭峭,你真勇敢。”她赞许说。

“不,岳玲。”他说,“我刚刚看到你,然后看到了蛇,紧接着我就、就跳了下去。”

“谢谢你。”岳玲深情地望着他。

“不用谢。”他说,“但……你还是应该在宿舍洗澡。”

“我知道了。”说完,她笑了。

他一下子脸红了。

“请你转过身。”她说,“我要穿衣服了。”

“好的。”他马上转过身。

他不晓得一个女子要花多长时间穿好衣服，他给了她五分钟。当他转过身的时候，她已经走了。

“这么简单？我觉得你省略了不少细节。”

“珊珊，我全都告诉你了。”

“岳玲的身材好吗？腰细不细？胸部丰满吗？”

“这个我没注意。”

“我不信，玲姐也是一个美人呢。”谢珊促狭地问，“你说说，我和她比，谁更美？”

“都美。”

“你必须回答，不能敷衍我。”

“好吧。”谭峭在谢珊的软磨硬泡下，只能认输。

在延光阁学画时，有一天下午，谢之光兴冲冲地带来十幅仕女图，笑着问谭峭：“喜欢这些仕女图吗？是我早年临摹唐寅的，看得出它们的优劣高下吗？”

那一幅幅画，工笔、写意都有，功夫着实了得，画中女子，或倚或坐，或颦或笑，或抚琴，或歌咏，美得超凡出尘。他试图按老师的要求为这些画分类，却无从下手。

这时，谢珊抱着小花猫进来了，自告奋勇说，我来分。

“你能行？”

“那当然。”

谢之光说：“珊珊，既然来了，就一起参加吧。我给一个标准，你们可以按照这个标准来分。仕女图大致分为三类：形，貌，韵。好，你们再试着区分。”

这把尺给得好，刚才还混沌不清，突然云开雾散了。

《孟蜀宫妓图》，俗称《四美图》，是唐寅工笔重彩的代表作，显示他在造型、用笔、设色上的高超技艺。

《牡丹仕女图》中玉立一位高髻簪花女子，右手持扇，左手拈花，身姿娉婷婀娜，头部勾勒精工，晕染匀称。

《秋风纨扇图》以遒劲飞舞的线条，用水墨刻画了一个体态纤弱、举止安详的富贵人家少妇。

还有《吹箫图》《嫦娥执桂图》《杏花仕女图》《红叶题诗仕女图》《李端端落藉图》《陶穀赠词图》……

谭峭首先找到了形美类的。是养眼的女子，云鬓花颜。她的美是平面的、肤浅的，那么薄薄一层，吹拂可散。

再寻貌美类的。画中女子，除却容颜姣好，还温柔可人，她的心里盛满了芬芳心事。你会忍不住猜想她哀愁的目光中透露出怎样旖旎的经历。她的美，是立体的。

第三类韵美的画作谢珊认为有两幅，谭峭认定一幅。微风从她飘举的衣袂中来，轻掠你的脸颊。她抚琴的手，生动灵巧，指缝间流淌出远山溪流。这样的女子，分明是为了入众生之梦而生的。

“老师给的这把尺，不仅适合衡量仕女，也同样可以衡量你和岳玲。”

“但你还是没说明白我属于哪一类。”谢珊不依不饶。

谭峭白了她一眼：“她属于形美，你属于貌美。”

“哦，我还以为你会说我属于……”谢珊不免失望。

“属于什么?”

“没什么。”

“珊珊,春节我们回家过年,乘坐长途汽车,车厢里那么拥挤吵闹。你从挎包里掏出毛线,一针一针悠闲地编织。我从座椅的侧面看,你的神态恬静安宁,有些韵美的意味。”

“是吗?”谢珊没想到谭峭这么在意她,开心地笑了。

他们听了一会儿,晚风把琴声歌声吹到宿舍来,断断续续。谢珊感叹说:“《月亮河》这歌用来表白再合适不过了。”

谭峭笑了,想起刚才她故意地一挺胸,月光穿过花丛从她曼妙的身段上滑过,仿佛白玉鱲激荡明净碧波溅进他的眼睛,他一时失神,冷不防被桌角撞了个趔趄。

拉过她来,他埋下头,墙上,两人的影子重叠在一起。云淡风轻,月明星稀,屋子里氤氲着一种静谧安宁的气氛,许久才分开。谭峭拿了一张纸,抓了一支炭笔,给谢珊画速写,画到一半,他觉得她今天穿的那件白衬衫不够洒脱,顺手把它改成一条绿色连衣裙,在腰间又添加了一条轻轻柔柔的纱巾似的飘带。画好了,他递给谢珊:“怎么样?像不像你?有没有韵美的感觉?”

谢珊看了一会儿。“嗯,比我本人漂亮。”她笑了,“你有绘画的大分,应该报考美院。”

“我们在这插队,哪有机会?”

“倒也是。不过……”

他深深地看了她一眼。她站在暖黄的灯光里,说不出的柔美悦目,像是夜晚开放的花朵,又像月色里的清润溪流。过了一会儿,他隔着杜鹃和玫瑰问她:“下个月文管所派我去南京出差,大概二十天,我们见面的机会要减少了。怎么办?”

这明明是在担心她,她心里说不出的欢喜,口气却尽量轻描淡写:“戴叔叔安排你去的?”

他还没回答,外面下起了大雨,灯暗了。

她说:“今晚你别走了。”

“嗯。”他的脸唰地红了。

“今晚金花值班不回来,你睡床,我睡地铺,或者我们……一起……睡床。”幽暗中看不清她的脸,想来涨红了。

见他愣着,她对他招手,无声地说:来,过来。

他不知愣了多久,才听懂了这句话。

周围是这样安静,窗外的老杏树开满了花,香气袭人。身上盖的,身下铺的,又暖又软。谢珊今天晒了被子。爬上床,躺下来,他专心致志地看着她的侧影:薄被盖在髋骨处,肩膀到腰肢部分线条优美,浓密亮泽的黑发、天鹅脖颈的完美曲线……这一刻,她的美唯有玉石可以形容。

他伸出手,发烫的手指一点点抚过她的眉毛、脸颊、下巴,似乎是幽暗里眼睛看不清,想要借助手指来看真切。

她抱住他的腰,她的手灼烧了他的皮肤。

后半夜,又下了一场雨。她一直没睡着,又不敢翻身,生怕吵醒他。清楚地听到雨点淅淅沥沥地滴在树叶上的响声,如一首缠绵的小令。不久他醒了,手脚轻轻动了动。

“珊珊?”

“嗯。”

“下雨了。”

“是的。下了一会儿了。”

“你怎么还不睡? ……是不是一直没睡?”

谢珊在黑暗里说:“你睡吧,别管我,我睡不着。”

对孩子来说,黑暗的最大好处就是捉迷藏。入住艺圃,园子里奇形怪状的太湖石晚上特别可怕,看什么像什么,是她和他捉迷藏的好地方。捉迷藏时双方都胆战惊心——谁能保证不撞上那些投水自杀的女人的幽灵呢? 听那带着颤音的呼唤透出心虚:“早看见你啦,别装了,快出来吧——”待冷不丁背后一声尖叫,立即起一身鸡皮疙瘩。

远远近近的雨声,连成隐晦而温柔的一片,他扬起手臂,她顺势挪进他的肩窝,接着调整身体,贴得更紧一点,像一只小花猫回到舒适的暖窝里匍匐下来。

两个人一动不动,静静听着,一滴又一滴。一切都那么安静、清凉、美好,雨水在屋顶上流动。这是一个睁着眼做的梦,他想让时间停止,在她和幻境之间,再也不隔着什么。

大雪是城市的幻镜,很快这镜子就支离破碎了,须臾,一片泥泞。上学的路上,他穿上母亲做的新棉袄,抄起一把湿漉漉的雪,攥成雪球,往巷口一棵大香樟树扔去,可惜没击中。冲进教室,上课铃声响了。教室里光线昏暗,老师的身影转动,粉笔末飞扬,黑板上的文字出现又消失。冷不防老师扬起教鞭,指着他喊道:“嗨,问你哪,听见了吗?”

“听见了吗?”

“听见什么?”

“我的心跳声。”

“嗯,扑通,扑通,跳得很快。”

雨大起来了。忽然一道闪电划过,谢珊一下子看清了谭峭的脸,那闭着眼睛的脸上洋溢着难以抗拒的幸福感。

梦里的谭峭,会不会真的希望自己是爱神丘比特?

黄梅天的傍晚,雨未落下前,暮色降临时,有一段奇妙的时光,天空浓艳得像随时会滴落蜜汁。她如果收工早,回到宿舍后会写日记,然后拿出毛笔,摆好字帖,写几页字,她常临的帖是《曹全碑》和《千字文》。她没有砚台,只好把瓶装墨汁倒在一只瓷汤匙里用。写完,洗净墨汁,汤匙再继续吃饭喝汤用。拿汤匙当砚台一点也不影响她写字,她字依然漂亮。

谢珊的钥匙圈装饰普通,她没有拴一个玩具、一把指甲刀,而是挂了一条串珠金鱼,那是谭峭为她穿制的。

他走进宿舍,用钥匙圈上最小的一把钥匙,打开了日记本的锁。正如他期待的,读两页就会出现一个人名:谭峭。所罗门王说:“我所不知道的事有四件,鹰在天空中掠过的影踪,蛇在岩石上滑过的痕迹,船在深海里航行的道路,还有一个男子的名字在一个女子心中刻下的印记。”暗暗窃喜。

荒唐怪诞的梦是用英文记录的,似乎想用另外的语言来掩饰内心的真实感受。他镇定地一页一页地读完，然后照原样把日记本锁好，根据原来的方向和位置，压回到她的枕头下。

没有比这更美的胴体，没有比这更深的拥抱，让人感到莫大的喜悦轻松和无拘无束，彼此都感到对方清新、香甜、温暖，无法言说。安静得像鲜润的桃花江，汩汩流动。

这安静，被保存在时间的长河用大地表面的褶皱细细藏匿起的草叶、鲜花和虫声里；这安静，贮存在慢慢被开启的祖母的首饰盒里，闪烁着神话般奇特的光芒，像燃烧的宝石。一种久别重逢的安静，一种画布上描绘的抽象概念的安静。

她的肌肤又光滑又柔韧，散发着处子的芬芳，他的嘴唇碰着她热烘烘的后颈，引起她的战栗。她回过身来吻他，轻轻的、湿湿的，仿佛是她的小花猫伏在他的手心，伸出粉红的小舌头在舔他，一股柔软酥痒的电流瞬间拂过他的全身。

他不停地回吻她，让她有些喘不过气，当他舌头松开的时候，她不由得笑起来，说："谭峭，你的眼睛真好看。"

如明月散开，化作无数细碎的繁星，他和谢珊被点点繁星围绕，熠熠的星光照亮他们彼此的脸庞。有悠扬的歌声从远处传来，隐隐约约，隔得那么远，像隔着天上人间。

雨一直没停。

急性胃溃疡不算什么大病，但谭峭满头大汗、蜷成一团地扶着房间的墙的样子把谢珊唬住了。她想抱他，可又不敢，他痛成那样，仿佛碰一下便会碎了似的。直到医生诊断结束，她还在颤抖、哭泣,手捂着口鼻,边哆嗦边说:“大夫,要输血吗? 我是 O 型,抽我的血,赶快。”躺着的谭峭苦笑着扬起一只发烫的手,要替谢珊抹去脸颊上的泪水,还没够着,就被两个医生推走了……护士递给她一张表格,她昏沉沉地拿起笔往下填写,“与病人关系”一栏,写下个“哥”字,涂了;第二次写成个“妹”,又涂了;改成“妻”字,眼泪忽然扑簌簌地流下来,一个“妻”字让她这么惶惑。他们毕竟还没结婚。

谭峭治疗后病情稳定,被送进病房。谢珊去文管所拿换洗内衣、水杯、毛巾、脸盆,准备在医院住几天。回到医院时人人注目。这幢住院楼大多是做了大手术的病人,黄着脸的人们看到一个梳着长辫子、穿紫色连衣裙的苗条女子,眼睛都瞪大了。母亲告诉过她,探病时要穿漂亮点,这样病人看了才会精神振奋,容易康复。她在病房听见背后有耳朵不好的老头高声议论:“这准是那个帅气小伙子的老婆,仙女似的好看,两个人真是般配。”医生来查房,看着这个刚刚从云端飘下来似的美丽女子,眼睛眨了半天,问:“你是……病人家属? 你昨天来过?”她点点头,眼泪又差点掉下来。

谢珊打算等谭峭醒了,把这个当笑话说给他听。等他醒来,她却笑不出来了。那双清澈明亮的眼睛睁开后,起初毫无神采,眼珠在睫毛下转了转,然后看着她,炯炯发光。

他嘴一咧,勉强露出个虚弱的笑。她鼻头一酸,糟糕,怎么又要掉眼泪? 他第一句话是:“我没事,不要跟谭峻说。”

她止住泪:“没说。”

他放了心。

“那,伯伯呢?”

“爸爸……也不要说。住院用的钱,你留好单子。”

“要交药费了,如果那笔钱能找到……”说着,她叹口气。

到农场没多久,谢珊开始记账了。记的都是些油、盐、酱、毛巾、牙膏、卫生纸等生活琐事。到年底,好不容易两人积攒了20元,包括家里补贴的。农村生活花不了什么钱,这笔钱天天放在口袋里不方便,她把钱藏了起来。

他说:“藏什么钱?防谁呢?”

她说:“万一有小偷呢?”

他说:“大风农场四大队二小队有什么好偷的?”

她不服:“万一有逃犯呢?听说这种人专走偏僻的地方,走投无路撞进来。”

他说:“那你赶紧把钱给他,就当20元买了条命。”

她悲哀极了:“我宁可把这20元送出去,给了逃犯,好歹落个人情,二十年后说不定人家来报恩……”

他不屑地说:“你醒醒吧!”

总之,当时她把钱藏了起来。

他教育她:“你不怕被老鼠啃了?”

她很有信心:“不会。我只往米缸旁边藏。老鼠可不傻,钱哪有粮食好吃!”

他又说:“你不怕藏丢了?分成两份!”

她还是有信心:“万一小偷闯进来,他找到一份钱肯定就逃走了,哪会想到后面还有一份钱！嘿嘿。”

“藏哪儿了你不怕忘记,能一直记着?”

她更有信心了:“能!”

结果,忘得一干二净。

这次谭峭住院要用钱的时候,她只好跑到母亲的药店去借钱。她边走边哭,说:“我还用借吗?我有那么多钱。”

在医院陪护的日子,一有空,她就想钱到底藏哪儿了。

又怕谭峭担心医药费的报销,赶紧安慰他说:“放心吧,刚才戴叔叔和妈妈来过了,他说医药费让文管所报销。”

谭峭说:“那怎么好意思?才去没几天。”

“哎呀,你就别管了,养好病再说。喝汤吧,妈妈炖的鸡汤,香喷喷的。”

他坐起身,喝了几口热汤,躺下了。他的头发在医院的硬枕头上睡得乱七八糟。她想着,等会儿记得到母亲家里给他拿个软枕头来。

他闭着眼睛,忽然说:“珊珊,你穿紫色连衣裙,真好看。”

第三天,医生让谭峭换了病房。病友一个是戴眼镜的黄疸性肝炎患者,脸色蜡黄,像一条枯涩黄白的丝瓜,自己推着输液架走路,走得比乌龟还慢;另一个是十七岁高中学生,病在肠子里,附近农村来的,他的父母坐在床边陪他。谢珊进来的时候,他眼睛一眨不眨地盯着她看。待谢珊回转身,他立即闭上眼睛装睡,或者故意和父母低低地说一两句话。

病床的木凳坐着很不舒服,谢珊靠着墙看书,一分钟换一个姿势还是腰酸。谭峭动了动，她凑上去问："你要什么？"

他不说话，眼睛明明是想要什么似的眨了眨，喉结滑两下，又咽回去了，什么也没说。她用凉凉的前额抵一抵他的头，身上搭着的开司米披肩垂下来的丝穗弄得他的脖子痒痒的。

她问："是要喝水吗？"他摇摇头。她再问："要上厕所吗？"说着伸手想在他头发上摸一摸，他微微一偏脑袋，躲开了。谢珊愣了一下，他低声说："我想洗头擦身，身上太脏了。"

昨晚发了大半夜的烧，退烧药催出一身大汗，头发粘成一团，黏糊糊地搭在额头上，满脸油腻汗渍，身上那股气味别提了。他一说，谢珊立即替他难受，换作是她，也会。

谭峭说完，露出抱歉的笑。谢珊愣着，在想怎样才能让他如愿。想了一会儿，她去医院附近的南货店买了块香皂。医院一楼的食堂里有热水供应，她提了两只热水瓶去灌满；又从床底下拿了脸盆，到盥洗室接冷水，再兑成温水，端回来放在床脚凳子上，让谭峭挪动身体，头垂到床外边。她一手托着他的后脑勺，一手撩水，给他洗头。平时都是他照顾她，他不会让她受累折腾，生起病来也就顾不上了。

托在她手心的这个脑袋，形状规整，头发乌黑浓密。她在他头皮上就着泡沫轻轻按摩、抓搔，他舒服得一动不动，闭着眼睛。病房里一片静默。护士进来，笑着揶揄："好一对恩爱小夫妻！"洗完一遍，她换了清水，冲净剩余的泡沫，给他揉干头发，扶他躺正。再倒一大盆热水，拧干毛巾，先撸起他的袖子擦手、手臂，再拿毛巾摸索着给他擦身体，换睡衣。擦完上半身，谢珊又倒了半盆热水，搓净毛巾，掀开被子要给他擦下半身。谭峭涨红了脸，按住她的手："珊珊，可以了。"

出院后第二天，谭峭回文管所上班。宿舍在文管所后院，是个小独院。傍晚，从小食堂门口经过，他停住了脚步。

小食堂里亮着灯，门半开，有低低的说话声传来。

"这样……七成面，对……加猪油和盐……你这揉面姿势不对，还是我来吧……"是唐家敏老师。

"不用了。"熟悉的声音，"唐老师，我自己来。"

淡淡的、久违的香气飘出来，那是多年前光福谭家平屋，母亲亲手制作葱花饼，如今再也寻不到的香气。在他插队来何滩的第三年，母亲就因病去世了。他靠着墙，站在那里。

透着微光的门扉，谢珊听见响动，转过头来。

她看着他，微笑。唐家敏见状，借口有事走了。

她放下手中的搪瓷盆，走过来，倚着门，笑吟吟地看他，问道："怎么了？看呆了？"

谢珊顺手拍了一下他的脸。

谭峭鼻尖一痒，打了个喷嚏，面前腾起一阵白色雾气。他瞪大眼睛，揉揉鼻子，发现沾了一手面粉。

再看谢珊，袖子捋到肘部，满手的面粉，连她刚才抓着的木门上都留下了白色的手印。

谭峭的目光，顺着白色的手印往上移，看着她，几丝散落的头发从额际垂落，连眉梢也沾了面粉，他不禁扑哧一笑。

“笑什么?”谢珊倚着门框问,同时不怀好意地往他身上瞄。谭峭警惕地退后两步:“要是让老师看见你这样子,不知道会是什么表情。”

“爸爸不会看见的。”谢珊摇头,两手对拍,“我这样子,只会让你看见。”

谭峭唔了一声,说:“也是,这样子实在有损谢小姐的形象,让我瞅瞅就好了,可别吓坏了你的岳哥哥。”

谢珊听了,笑靥如花,说道:“我好像闻到了醋味。”

“是不是刚才唐老师打翻了醋瓶?”谭峭说着,从她身边挤了过去,看见砧板上放着几个面团,一碗切碎的香葱,四个小碗分别盛着鸡蛋、猪油、盐、糖。

“你来早了。”谢珊站在他身后,说道,“我本来准备你一回来就奉上新鲜出炉的葱花饼,现在要等一会儿。”

“得了吧。”谭峭笑了,“谢小姐虽然在社会主义农村得到锻炼,全面提高了劳动能力,但是,葱花饼看似简单,其实没那么好做,我怕等到明天早上还是吃不到。”

“哎呀,少说话。”谢珊也不和他争辩,把他按坐在桌边,“你看着就是了,不要打压我的积极性。”

谭峭一声不响,看着亭亭玉立的女子站在砧板前,煞有介事地揉面团,发现她揉的姿势不太对,忍不住站起来说:“还是我来吧,看你做不习惯。”

“为你做什么我都习惯。”谢珊不让,将面团放在砧板上拍拍打打,谭峭无奈,只能任她施展。她的手法虽然生疏,但是步骤准确，揉面揪面加香葱猪油擀饼，越做越熟练，揪面片子一开始大大小小，渐渐地便均匀了。

显然，谢珊事先问过葱花饼的做法了，再加上唐家敏老师的现场指导。印象中，母亲当年也是这么做的。

谭峭坐在桌前，左手托着下巴，静静地看着谢珊在砧板前忙碌。锅里的水咕嘟咕嘟开了，她掀开锅盖，一大团白色水汽冲出来，和微弱的灯光交织，将她的身影遮没。

他的眼睛，渐渐也泛出水汽，轻轻飘浮……白色的水汽游移不定，像一层茫茫云雾。她打开锅盖，头也不回地吩咐："谭峭，水开了，赶快帮我把蒸笼端上来。"

葱花饼柔软金黄，与母亲做的简直一模一样。谢珊第一次出手便有这样的成果，谭峭自愧不如。

谭峭伸出手，用手帕替谢珊擦拭沾了面粉的眉毛和脸颊，说道："你这样，乍一看是个花白了眉的老太太。"

"我要是老太太，你不就是老爷爷？"谢珊嘲笑他。

"嗯，这倒是。"谭峭点头笑了。

七

戴嵩懂得"祸从口出"这个道理，平时除了说些无关痛痒的话题，对时事和政治三缄其口，尽管他做过大风农场的领导，又是云亭文管所的现任党委书记。即使在这个为配合省考古研究所成立的临时机构里，在情势威逼下，忍无可忍，快要说出危险的话语时，他也能克制，尽量沉默。

没多久，文管所进驻了一位叫洪沐的工宣队队员，四十几岁，是南京城里一个军工厂的工人，瘦瘦的，高高的，大家都叫他洪师傅。最初的日子，因为对文物一无所知，他便成了一个最忠实最优秀的旁观者。大家对洪师傅的评价不错。

一天傍晚，吃过晚饭，马上下班了，洪师傅突然吹起了哨子。戴嵩问："要开会了？开什么会？"说完往小食堂走去。零零散散的脚步声朝小食堂会拢，接着是搬动凳子的声音。谭峭坐在办公室研读考古书，洪师傅把脑袋探进来，笑着说："小谭，你也来听听，学习挺重要的。"照理，谭峭是借调的临时工，可以推辞不去。出于好奇，他爽快地答应了。洪师傅竖起大拇指："还是知识青年的阶级觉悟高。"

小食堂的摆设不伦不类，一张八仙桌摆在正中央，破旧黝黑，不见一点漆色。白天它既是书桌，又是饭桌，此刻却成了庄严的讲台。研究员唐家敏、项城和任即墨，炊事员老卢以及戴嵩，坐成一个半圆形，面朝着八仙桌。洪师傅一屁股坐到讲台前，招呼说："小谭，你坐到我旁边来。"

谭峭只好坐到他身边。他看见戴嵩睁着眼睛，一副专心致志的神态，唐家敏拿着笔准备记录。直到洪师傅说现在开会，请集中精力，才对他点点头，表示知道他的存在。

洪师傅说："今天叫大家来开会，有一件重要的事宣布。目前，全国都在搞'斗私批修'，我们这个文管所也要搞。不搞是不行的，这关系到党不变修国不变色。"

"下面大家轮流发言。什么是私心？私心是和公心相对立的。比如占了公家的小便宜，损害了群众的利益，遇事先考虑自己，这就是私心。说出来，让它暴露在光天化日之下，共同来挖根子，努力回到毛泽东思想的正确轨道上来。”

所有人都默不作声。小食堂墙上的那座老式挂钟，庄严地嘀嗒着，时钟的响声非常单调和寂寥。

“云亭不是桃花源，文管所并不是红通通的，各位不见得都是百分之百的革命派，难道没有一点私心杂念？嗯？”

洪师傅着急了，他为不能完成一项神圣的使命而着急。他敲了敲桌子：“说吧。”谭峭觉得他的样子非常滑稽。

这时，他发现戴书记的脸憋得红红的，眼中射出愤慨的锋芒，在灯光下他那个粗大的喉结上下急速地蹿动。谭峭估计他要发言了，当然不是亮“私”字，是要说一些别的，谭峭心理充满着一种难以言说的焦灼和担忧。终于，戴书记什么也没说，他硬是克制了，把想说的话拼命地咽了回去。

沉默使时间变得格外漫长，十点钟了。

洪师傅倏地站起来，说：“今晚散会，明晚再开。明早我就回省城汇报。怎么回事？一个都不说，什么搞法？！”

他回宿舍了。

戴嵩默默地站起来，对大家说：“回去睡觉吧。”

一大早，洪师傅乘长途汽车回省城汇报，晚上他没回来。他是第三天上午回来的，一进门就说：“今晚七点开会，大家准时，不要缺席。”

洪师傅没回来的那个晚上，唐家敏走进戴嵩的办公室，坐下来，不说话。戴嵩也不说话，只是看着她。

“老戴，不发言恐怕不行啊。”唐家敏忧心忡忡地说。

“是不行啊。万一文管所成了典型，再派几个工宣队队员过来，文物考古工作就要中止了。”

“是啊，是啊。看得出洪师傅也是想早点回去，待在这儿枯燥极了，离省城又远，回家不方便。”唐家敏说。

戴嵩分析：“他只是想出点成绩，好向领导交代。老唐，我们就说一点私心，大家面子上都过得去，你是这个意思吧？”

唐家敏点头：“是的，是的。”

谭峭一直在认真地听他们谈话，知道他们之间达成了一种默契与共识，目的是迅速恢复文管所的正常工作。

果然，在洪师傅再次召开的会议上，戴嵩用十分平静、十分准确的语言开始“斗私批修”。他说我们的文物事业要为无产阶级服务，为贫下中农着想，比如自己老来得女，女儿身体不好，在大风农场生过一场大病。“于是——”戴嵩加重了语气，“我利用在农场担任党委书记的职务之便，安排她在财务科做出纳。这就是‘私’字，因为损害了贫下中农的利益，这是不对的。我要引以为鉴，下不为例。”洪师傅首先鼓起掌来，他的脸兴奋得发红发亮。接着唐家敏讲了她曾把三个装过青铜器的废木箱，请木匠做了一组挑箱装棉被，折合人民币十一元。损公肥私，这是要批判的。其余三个人也发了言。

会议结束后，洪师傅感到很满意。他把戴嵩拉到他的宿舍里，又泡茶又递烟，亲亲热热地谈到半夜。

不久，洪师傅完成了他的任务，快快乐乐地回省城了。

戴书记松了一口气。他归纳说："也只有这么做了，否则没完没了。第一次开会，我差点要跳起来讽刺洪师傅几句，幸亏忍住了。人，有时要避点锋芒，不然会后悔莫及。"

文管所的小院——栽着花果的院子，一落地的果子被鸟雀啄食，露出一颗颗黑褐色的种子，谭峭挑拣大颗的种子收起来。

清出一块空地，他把种子撒在空地上，用雨水兑了些河水浇灌，没多久，种子便长出了纤细的枇杷树苗。

徘徊于院中，枇杷树已结果了，他拿了剪刀修剪，将饱满的果实留下，到了小满果实成熟，摘了给谢珊吃。她一定会拿起枇杷剥了皮塞入他口中，笑着问甜不甜。

坐下来，他拿起书看起来。唐家敏吃力地搬着一摞木盒走过，谭峭赶紧上前接过。唐家敏关心地问："什么时候出差？"

"明天就走。"他见玻璃木盒中装着出土的玉片，惊奇地问，"唐老师，金缕玉衣是怎样的？"

唐家敏说："两千多年来我们都不知道玉衣究竟是怎样的，《史记》《汉书》里，包括后人作的注，都不知道。其实金缕玉衣跟人体形状相差无几。"

"哦，您见过？"谭峭的眼睛亮了。

唐家敏点点头："我有幸参加了满城汉刘胜墓的考古工作，这也是我作为'右派'还能被调来文管所的主要原因。"

傍晚是昼夜的转换，时间的界点，阴阳交替，两人在这个时刻谈论千年古墓中的金缕玉衣,有些诡秘,有些虚幻。

谭峭感叹:“考古人员统计出刘胜的玉衣用了 2498 块玉片,大约 1100 克金丝。太靡费了。”

唐家敏说道:“汉代盛行厚葬之风。制作玉衣是一个非常复杂的过程,可能先有一个人体模型,在人体模型上画格,大大小小的方格,根据这些不同模型的方格编号,然后做成玉衣片,做完了再穿起来。”

他看过记载,当年在发掘刘胜墓的过程中,刘胜夫人窦绾的墓葬也被发现了,在墓中也出土了一件完整的金缕玉衣。

唐家敏分析,汉代的帝王将相在道家思想的影响下,认为天然的玉石凝聚了天地的精华,人死后,只要把玉器覆盖在尸体的表面,就可以保佑尸身不朽,灵魂升天。

在这样的信仰下,汉代玉衣应运而生。

寂静的院落,谭峭伏案疾书,在纸上写道:“旧词夹杂在新赋中,一位古代王后裹挟着玉衣,飞升。但无事发生,萤火虫出没,她在永恒地沉睡。记忆隐伏于长久的遗忘中。”

夏天入夜后,萤火虫一闪一灭,文管所所在地在明代是个私塾,非常热闹;后来成了墓地,沉寂多年;再后来变成粮库,收粮时来很多人,粮库倒闭后房子塌了,人走光了。这两年,修缮后成了文管所,说不定过两年,复归宁静……

夜深了,谭峭坐在灯下翻阅资料。图片显示有一套玉片出土于河南三门峡市的一个周代诸侯王墓葬中,它的年代比汉代的玉衣还要早。出土的时候,玉片散落在死者的头部位置。每一块玉片都穿有孔洞，是用来缝制在一件丝织物上的，由于年代久远，丝织物在泥土中腐烂，剩下散落的玉片。

他推测，这应该是汉代玉衣的前身，是一种连缀起来覆盖在死者面部的玉面罩。

复原后的玉面罩酷似一张人脸，这张脸“花容月貌”，像极了一个少女，他顿时吓坏了。精心雕琢的玉片覆盖在少女的额头、眉毛、双眼、鼻子、嘴巴和耳朵上。他用手轻轻揉了揉太阳穴，想着和谢珊十天没见，大概是太想她了吧。

灯火忽明忽暗，闪闪烁烁。

谭峭倚坐在枇杷树下，嘴里衔了一根蟋蟀草，若有所思地晒太阳。见岳群、谢珊进来，他吐了嘴里的草，对他们手里的篮子挑了挑眉。

岳群举着篮子里的蘑菇说：“我们在台山采的，新鲜极了。谢珊说了，让我要多多学习，以便将来帮忙照顾小峭峭。”

“小峭峭是谁？”谭峭看着岳群。

岳群看了谢珊一眼：“明知故问，就是你和她的孩子。”

谭峭拔了一根狗尾巴草朝岳群扔了过去：“亏你想得挺远的。那也不一定是小峭峭，怎么不是小珊珊？”

“这个……”岳群为难地用手搔搔头，张口结舌。

睁开眼，岳群站在眼前。

6 月 22 日是个艳阳天，一早日头不烈，偶有小风。像约好似的，岳群来县城看他。

彼时，因晚上没睡好，他拿着本考古书在院子里发呆。岳群走进来，神色颓然，说："你在这里，倒是闲适。"

他抬头瞟了一眼岳群，手指翻过一页，目光重回到书上："怎么了？我刚刚从南京出差回来，忙着赶写汇报材料，所以在这里翻看些资料。再说，文管所本来就是静心做学问的地方。"手中书本再翻一页，问道，"谢珊她……"

岳群却像是突然明白了什么，语无伦次地说："谭峭，你要镇定。谢珊前晚去了水渠，凌晨时分，桃花江水泛滥，她……"谭峭厉声问道："她怎么了？"

"她……淹死了。"

耳朵嗡的一声，他的眼前一片漆黑。

院中一片寂静，只有凉风翻过书页，刺啦几声轻响。

他的手撑住石桌，额头上渗出冷汗，差点摔倒在地。

岳群一把扶住他，说："谢珊她……"顿了一顿，"我不知道她临时被派去看水，桃花江泛滥，洪水吞没了她。"

字字句句像锋利的刀子扎进他心口，谭峭晓得岳群不是有意的，他却想让刀子扎得更深、更痛，这样才有力气反驳岳群："她不会死的，你别瞎说了，我不信。"

岳群含着泪，哽咽着说："你信也好，不信也罢。"叹息一声，"戴书记夫妇得到消息，立即赶来何滩料埋……"

他抓紧岳群的手，颤抖着问："告诉我，她在哪儿？"

岳群沉默许久，重复说："桃花江吞没了她……"

"我问她现在在哪儿？"他大声问。

“还没落葬，王医生准备将她埋在台山。”岳群吞吞吐吐地说，“瞒着你，一是怕你受了打击情绪失控，影响省城的中国古玉精品展的布置工作；二是为了让你慢慢接受事实。”

“古玉……精品展？如果早一天……只要早一天。哦，珊珊……”他心中抽痛，一拳砸向石桌。他怎么忍心留她一个人在黑沉沉的夜色中，留在黑黝黝的河流上？他的喉咙嘶哑了，一股甜丝丝的血腥气哽在了中间，差点喷涌而出。

孰料，在古玉精品展上邂逅邓兴南，他是独自来的，热情地跟谭峭打招呼：“小峭，我们倒是有缘。一起看吧。”

谭峭一声不响。

邓兴南说：“从小冷着脸不理人，大了怎么也没点长进？”

“那好吧！”谭峭勉强答应。忙了十多天，他本来就是来看玉的。这儿的展品是按年代陈列的，谭峭建议还是先奔离他们最近、颜色最惹眼的柜子去，这是整个精品展的末尾。

陈列的是，青玉兽耳活环梅花诗句扁瓶、碧玉题御诗云瀑飞棂图笔筒、白玉御题诗嵌《渔樵图》插屏、玉嵌宝石八角菱花洗、《秋山行旅图》玉山、玉嵌彩石瓶……翡翠绿如翠羽，白玉白如凝脂，蜜蜡黄如鸡油，玛瑙赤比丹霞，碧玺艳若桃花，灿烂夺目。这些玉石本身就是珍宝，何况制作刻意求工、玲珑剔透，谭峭看到这儿，不禁对邓兴南点了点头。细细看了一遍，目光停留在那只玉嵌彩石瓶上，典型的伊斯兰金银珠宝镶嵌玉器，瓶颈腹两部分为粘接而成，颈部细长，浅浮雕莨菪花纹各一周，颈腹中间嵌银质小草片一周，器盖、器腹及器底都用金丝围成边框，内嵌红宝石、绿宝石。

邓兴南对大玉山看了又看，喃喃地说："难得，真难得！"

这座大玉山，由乾隆年间的扬州玉匠历经五六年才完成，耗费白银三千余两！它的蓝本，是清代宫廷画家金廷标的《秋山行旅图》，用的是新疆青玉山料，玉的质地，石性重，绺纹多，颜色介于青黄之间。匠人们充分利用了这些特点，琢成山林秋景，层峦叠嶂。尤其巧妙的是，根据玉石的自然形态，随着山径曲折，安排亭台楼阁、沟壑溪涧，将人物点缀其中，使得整座玉山浑然一体，人物、树木有藏有露。画家的笔墨被立体再现，又不失原作风貌、意趣……

谭峭没有附和他，说道："清代的玉雕工艺确实是炉火纯青，但有些玉器未免匠气！"

邓兴南听了心里咯噔一下，脱口道："口气不小哇！"

谭峭笑笑，和他并肩往前走。

明代的又占了几个柜子，有青玉福寿兰芝纹活链执壶、青玉缠枝花卉镂雕杯、青玉双耳乳丁纹杯、白玉缠枝花卉牡丹佩、茶晶梅花花插。

邓兴南瞅着那件花插，茶黑色，像只笔筒，周身缠着一根梅枝，朵朵梅花却是白色的，巧用和田青花籽料，匠心独运。

"这是……？"邓兴南忍不住伸出手，手触到了玻璃。

谭峭拉开玻璃门，左手在外边接着，右手掀起花插，露出底部，让他能看清楚。上面赫然刻着两个字："子冈"。

“陆子冈！果然是陆子冈！”邓兴南惊讶地说道。

他们继续往下看，前边是元代的春水玉钩绦环、莲鹭纹玉帽顶，碾工细腻精美，自有元代风貌；宋代的玉镂雕柞树双鹿饰、玉云龙纹铊尾，在玉料的选择和对天然色彩的处理上独具匠心，正是清代“分色巧用”的先河初开。

转眼间，玉器从宋跨入了唐，又从唐到了汉。青玉镂雕螭凤纹剑鞘饰、玉铺首衔环、白玉夔凤纹玉卮，在他们眼前缓缓地游过去，邓兴南一时不能判定身处什么朝代，直到一对四方形的立柱白玉出现，他才棒喝一声：“刚卯、严卯！”

“好眼力！”谭峭佩服地看着邓兴南说，“这是我们文管所的唐家敏老师在天津用十袋大米换来的！”

“唔！”邓兴南长叹，“我还没见过刚卯、严卯呢。”

谭峭接着说：“是一位老先生收藏的，也是唐老师的一段奇遇。这事说起来真是巧。唐老师出差到天津博物馆，有一天，一位老太太找到博物馆，要卖两方图章，说是她家的老先生活着时常用的东西。老先生早先是个富家公子，妻妾成群，吃喝嫖赌样样在行，还抽鸦片；但是写得一手好字，偶尔画几笔兰竹，都有人抢着要。临到中年，家产花光了，不久病死，只留下两方作画用的图章……”

“这肯定不是两方普通的图章。”邓兴南急得眼里冒火，“她怎么舍得卖？”

“舍不得也没办法！老太太一边哭，一边说。老先生死后，因为儿子在国外，断了音讯，老太太一个人，日子过得艰难，有时连饭都吃不饱，所以拿着图章找来了。唐老师拿在手里，粗粗一看，颜色白中夹有绿斑，绝不是翡翠，像是独山玉。玉器行里，独山玉并不珍贵。但是现在独山的东南山脚下，仍有个叫‘玉街市’的地方，相传是汉代玉器作坊的旧址，可见独山玉在汉代是很驰名的……”

邓兴南急不可待地打断他：“独山玉的历史恐怕更早！我见过一件独山玉铲，从做工看，像是五六千年前的物件！小峭啊，看玉，质地和做工还在其次，断代是最要紧的……”

谭峭说：“唐老师当时拿着老太太送来的这对玉器，看了半天，一时不能断代。看样子，四方形立柱，规规矩矩，说是图章，又不太像，中间还穿了一个孔，而且四面刻字，每面有八个，分作两行，篆书，带点隶书味。她觉得像汉代的器物，闭门审看了一整天，才弄明白：这根本不是什么图章，是一对刚卯、严卯！刚卯、严卯是汉代独有的一种佩玉，一般成对出现，形状为小方柱形，玉器上下穿孔贯通，用来穿丝带佩戴，但是古人具体是如何佩戴的，没有文献记载。”

“哦，老先生叫什么名字？一定大有来头。”

“不太清楚。唐老师说，她想起郑逸梅写袁克文的文章中有一段他收藏刚卯、严卯的传奇经历：袁克文收藏中最名贵的，当然要推刚卯和严卯了。他得刚卯于西了湖头，白玉明润，如冰如雪，隶文浅刻，植一小汉碑，诧为奇宝，颇以不得严卯为匹，引为遗憾。丹翁告之，严卯为道州何子贞曾孙星叔，见之于吴门潘氏，鬻三百金，星叔力不胜，便由丹翁得之。克文愿以千金重宝及宋刊《韦苏州集》易归，与刚卯合。丹翁允之。该印为玉质，长寸有二分，方六分。克文因名其居为‘佩双印斋’，作文纪其经过。第二天，唐老师问老太太姓什么，她说姓刘；又问老先生叫什么，老太太支支吾吾，只说姓袁。看着老太太为难的样子，唐老师不再追究了。她猜测老太太可能是袁克文的夫人刘梅真。请示领导后，唐老师当即给了老太太十袋大米，老太太千恩万谢。”

邓兴南两眼发光：“好眼力！你知道它们的用途吗？”

谭峭不慌不忙地回答：“刚卯严卯是汉代用以驱除疫鬼的吉祥佩玉，与玉翁仲、玉司南佩同为汉代辟邪三宝。天津博物馆收藏的这对刚卯、严卯，刚卯刻书34字，为‘正月刚卯既央，灵殳四方，赤青白黄，四色是当。帝令祝融，以教夔龙……’，严卯刻书32字，为‘疾日严卯，帝令夔化，慎尔固伏，化兹灵殳……’。这些文字的意思是乞求神灵保佑，辟除不祥。制作刚卯、严卯，必须在新年正月卯日卯时动刀，时辰一过，就要停止，所以称‘正月刚卯’。刚卯、严卯最早出现大约在西汉后期，王莽篡朝时禁止使用；东汉时又恢复了，但时间不长，东汉之后又被废除，再也没有了。”

邓兴南逼问他：“那么，这一对呢？”

谭峭看着橱柜里的那对玉器，胸有成竹地说：“从玉质、形制、刀工、字体来看，后人没有能力仿制到这种程度，唐老师肯定它们的年代在两汉之间！且尺寸完全符合《后汉书·舆服志》中‘佩双印，长寸二分，方六分’的记载。”

谭峭说的每一句话都像锤子打在邓兴南的心上！他茫然地望着那对刚卯、严卯，脸部的肌肉都扭曲了，痛苦万分！

谭峭一点不理会他的神色，和他接着看。

前边是几件西周时期的古玉：礼天的正圆形的苍璧、礼地的外方内圆的黄琮、上尖下方的青圭、“半圭为璋”的赤璋、弧状的玄璜、虎形的白琥……看得邓兴南太阳穴霍霍地乱跳！整个展览虽规模不大，但全是精华。

邓兴南感到一阵晕眩，他不想再往前走。这次南京之行果然没有白来，着实开了眼界，只是这些精品居然一件都不属于自己。他十分失落，还是回家，不看了，再看受不了了！

6 月 22 日，桃花江畔。

河流似玉带，蜿蜒台山下，阳光照耀，桃树林叮咚轻响。不吃不喝急促赶路的半天里，谢珊的笑声时时萦绕耳边，闭上眼睛，脑海中都是她的影子，那么鲜活，他不相信她已离他而去。但怎么能不相信？他不能自欺欺人。他要来寻她。

他沿着河走，想象那是她夜晚走过的一段路，也是她一生最后的一段路。走过这段路时，她在想什么？想他吗？

初中英语话剧联赛结束后，她和他合演的《普绪珂与丘比特》获得一等奖，和获二等奖、三等奖的一行八九人，在一个园林里拍了一张合影。几年前知青宿舍搬家，那张照片找不到了。他还记得，照片上的自己穿着藏青色校服，领口松开，一只手插在裤子口袋里，一脸严肃的样子，却掩饰不住内心的欢喜。紧靠他身边的女孩一身鹅黄色连衣裙,回力小白鞋,长辫子上扎着粉色蝴蝶结,笑容羞涩。背景是亭台楼阁、假山池沼,不远处有一棵石榴树,花开得如火如荼。

在她离开的日子里,谢亮看过照片,问他是哪个园林。他摇摇头,说不记得了。谢亮说:“你回想一下,园林有什么特点?”他说:“也没什么,就是在一条小巷里,地方不大,一会儿就逛完了,对了,有个亭子?”谢亮说:“废话,哪个园林没亭子。”他说:“亭子里有副抱柱对联,很长,开头是风风雨雨什么的。”因为明天是作文课,他用心记了,结果没用上。

第二天,谢亮来找他,问:“想起来了吗?”他说:“什么?”谢亮说:“是网师园。”他说:“是吗?”谢亮又说:“你说的亭子,其实是间屋子,叫‘看松读画轩’。那副楹联很有名,我念给你听:上联‘风风雨雨暖暖寒寒处处寻寻觅觅’,下联‘莺莺燕燕花花叶叶卿卿暮暮朝朝’。”他说:“谢谢你,我记住了。”

有件事他没有告诉谢亮。那天从学校礼堂出来,他们坐公交车去网师园。车上人很多,没有座位,同学们三三两两地聊天。谢珊站在他身边,右手拉着护栏。那是一只纤细的小手,茭白一样嫩白,透着淡青色的静脉。到站了,他借着刹车,握住她的手。谢珊一动不动,脸慢慢涨红了。他的心怦怦直跳,停留了两秒钟,然后,若无其事地把手移开。

她的手冰凉冰凉,像冬天下的阴湿小雨。

恍惚间,她兴冲冲地举着一大丛新绽的桃花进门,枝条遒劲舒展,点缀着淡红花瓣,衬着她的粉嫩双颊,鲜明如画中人。

他有一瞬间的失神，随即笑道："这桃花配你好看。"

谢珊将桃花插入玻璃瓶，说："这花……是我为你摘的。"

河畔忽然有风吹过，桃树林中似有谁奏出一曲挽歌，青色的果实脱离枝头，掉落在地，化作朵朵粉色桃花，像一只只纷飞的蝴蝶。谢珊出现在眼前，漆黑的长发，粉色的衣裙，笑意盈盈。他心中一痛，想要抓住她，却扑了个空。那不过是她留在桃树林的幻影。心神动摇间，一口鲜血喷吐而出。

"适闻君徙来芹庐小院，甚慰。"

"我从来没骗过你，相反，只相信你。"

"谭峭，我是真心喜欢你。"

"我们两个也算青梅竹马，怎么一下子成了陌生人？"

"谭峭，你喜欢我。"

看着她的影子消失，他才明白，失去究竟是什么。

明明说好了一起回苏州，一起参加高考，一起读大学，她却不在了。巨大的痛苦在心里一点一点蔓延，这是他活着从不曾品尝过的绝望。当初，为什么要疏远她、冷落她？只因为她的生母是可耻的第三者，对这俗世的忌惮他到底是为了什么？

作为母亲，王映霞的心情可想而知，她看着身旁的谭峭，他两眼布满血丝，脸色阴晴不定。她感到忐忑不安。

"与其瞎想，还不如好好活着，这是珊珊的愿望。"

谭峭声音暗哑："我该怎么做。"

王映霞低声说："我们母女缘分浅，团聚不久，珊珊就离我而去，我的痛一点不比你少。相比之下，你比我幸福多了，你和珊珊青梅竹马，朝夕相处，你知道该怎么做？”

她已经逝去，永远不可能回来。

珊珊，我宁愿你恨我怨我不能原谅我，也总比你的世界跟我一样瞬间轰然坍塌要好。你所拥有的，原本就不多。

天色渐渐暗了下来，西方现出了一抹艳红如火的晚霞。

回去后，他高烧三天不退，被送进医院。病中，他呼喊着谢珊，痛苦和空虚，像两把尖刀，一起刺向他，刺个不停。

八

下班了。谢珊把擦拭得干干净净的算盘搁到抽屉里，正弯下腰蹬着一只旧板凳系鞋带，组长老郑走过来，对她说：“小谢，你今天去看一夜水。”

谢珊的心沉了一沉，她没有这种思想准备，今天一天的活不轻松，谢珊感到有点累。收工之前，她就想过：吃了晚饭，毛线不打了，马上复习代数和几何，然后洗脚睡觉！看一夜水，肯定没法睡了！这倒没什么，主要是，她从来没看过水，不知道怎么看。谭峭在南京出差，她一个人，黑夜里，万一渠塌了，水淹了庄稼……她可抵挡不住！一种沉重的、超过她的能力和体力的责任感压迫着她。

但是老郑说话的声音、语气，让她不能拒绝。偏偏这一阵茶场的活又忙，施肥，喷药，修剪，锄草……全挤在一起了。几个工人师傅白天黑夜轮班倒，一天休息不了几小时，一个个都顶着黑眼圈。毛金花、岳玲她们也都在茶场加班，再派谁呢？派谁都不太合适。这样老郑才想到谢珊。谢珊知道,老郑是想叫她守守闸,看看水,他自己再坚持在稻田浇一夜,这块地就差不多了。谢珊是个出纳员,还是个娇气的身份特殊的女知青,要是不去,谁也不会说什么,过去也没派她干过这种活。今晚是周末,照理可以休息,但自己是农场的人,如果遇到紧要关头,事不关已,心里总觉得说不过去。而且父亲和姑姑都在信中讲,按照政策知青开始返城了。再过两天,说不定她就可以和谭峭一起回苏州了,也就苦这么两天了。无论如何,老郑既然叫她去,那说明她不是一个没用的人!而且,看水,还是挺新奇、挺有意思的!谢珊说:"好吧!"

谢珊到小仓库把铁锨拿出来,老郑又嘱咐了她几句话,她扛上铁锨就走了。

一到渠上,谢珊马上去找老郑留下的两个记号。老郑告诉她,他在渠沿里横插了两根树枝,当作量水的标志,一处在大闸进水处不远,一处在支渠拐弯处小石桥下。老郑说:

"你只要常常去看看这两根树枝。水不漫过树枝,就不要紧,让它流好了!如果水漫过树枝,就去搬闸——拉起一块闸板,把水放走一些——水太大,渠会吃不消。如果水太小,就放下两块闸板。这几天水势都很平稳,不会有什么问题!"

谢珊走近,不怎么费事,找到了。两根普普通通的细树枝,半掩半露在纷披的杂草间,并不引人注目,谢珊仔细一看,很快就发现了。有了这两个标志,她心里有了底。不然,她一会儿觉得水太大了，一会儿又觉得水太小了，弄得心里七上八下的。看看两根插得端正牢实的树枝，谢珊觉得老郑对她挺照顾的，虽然也知道老郑这样做，在他不算什么，一个组长，让一个没有经验的女知青看水，可能都会这样。

谢珊又到大闸上试了一下。看看水，看看闸，又看看逐渐稀少的往来行人。谢珊暗暗地鼓了鼓劲，拿起抓钩，她是第一次使用这种工具。走下闸下的石梁，拉了一次闸板——用抓钩套住了闸板的铁环，拽了两下，活动了，使劲往上一提，起来了！行！又放了一次闸板——两手平提着，对准了两边的闸槽——对准了！不然，水就把它冲跑了！一撒手，下去了！再用抓钩捣了两下，严丝合缝。站在横跨大渠的窄窄的石梁上，眼里满是浩浩荡荡的大水，充耳是轰鸣的水声，谢珊的身体有些晃荡。她第一次感受到了水的雄浑、强大的力量，水扑击着套在抓钩上的闸板，但谢珊努力克服内心的胆怯，屏住气，站稳脚，把注意力都集中在闸板上的铁环和两个闸槽上，顺利地完成了她要做的事。

谢珊深信，社员们拉闸、安闸也是这样的。许多事都要自己亲自试一试才行，别人没法跟你说，也说不清。

行！她觉得自己能够胜任。水势即使猛涨起来，情况紧急，她大概能应付。这样，她的心情放松了些。

天已经黑了，月亮刚升起。谢珊沿着渠岸巡视了一遍。走着走着，有点紧张。渠沿有几处渗水了，沁得堤土湿了一大片，黑黑的。不少地方还有蚯蚓穿过的小眼，汩汩地冒水。她越看越担心，越想越害怕，觉得险象丛生，到处都有坍塌的可能！她不知道怎么办，就选定了一处，用手电筒照着，定定地守着看，看看有什么变化。恰好有一个晚归的社员老黎远远地走过来，谢珊听得出他咳嗽的声音，他问："小谢？你在干什么？看水？"

谢珊连忙拉住他："老黎，这要紧不要紧？"

老黎看了看："哦！不要紧！这水流了几天了，没什么！你不要总是这样跑来跑去，一整夜，这么跑，不把你累死啦？找个地方坐下歇歇，过一会儿起来看看就行了！"

谢珊就像她正在看的《静静的顿河》里的哥萨克一样，在心里暗道了一声"惭愧"，又念了一声"阿弥陀佛"。

她没有坐下歇息，沿着支渠来回溜达，不过坦然多了。走在月光照耀的渠岸上，走在斑驳的树影里，风吹着，她的脚下是一汪流水……

那晚在艺圃的池塘里，她轻轻地滑下池壁，躲藏在密密匝匝的荷叶下，半埋在水中。她的水性并不好，是一种逃避的本能使她视池塘为庇护之地。池边站着谢逸和邓兴南，他们指使老李赶快出门去派出所报案，趁机潜入馎饦斋堂而皇之偷盗古玉，很快民警来了，询问情况，根本不知道荷叶下藏着谢珊。凌晨时分，他们才散去。

银色的月光在头顶的大荷叶上无声地流泻，荷花舒展着花瓣，散发出芬芳的清香。她决定逃往上海，去姑姑家。一到上海，由于劳累、饥渴和惊吓，她一下子病倒了。

脸颊被烧得火辣辣的，脑袋晃晃悠悠，不想吃东西，怕亮光，尤其受不了别人嗡嗡大声地说话……

姑姑在小房间给她架了一张床，床前的茶几上摆了几瓶味苦难吃的药水，还有很好吃的蛋糕和几只金黄的鸭梨。

姑姑用手绢遮在灯罩上，嗯，真好！灯光细密的针芒再不来逼刺她的眼睛了，同时把奇形怪状的影子映在墙上。为什么精神萎靡的人一般会贪享昏暗而感到舒服呢？

她和姑姑住的房间有扇门相通。入睡前，姑姑走进来低声问她："还难受吗？想吃什么？"接着，替她量了量体温。

"还有点烧，谢天谢地，好多了……"姑姑说。在半明半暗的灯光里，她安详的脸上现出舒心的微笑。

"喝药吧。"姑姑倒了满满一大调羹药水。

她一口将那难闻的苦药水喝完了，连大白兔奶糖都没吃。她对姑姑笑了笑，姑姑突然莫名其妙地掉眼泪。

她觉得奇怪，问："姑姑，你怎么了？"

姑姑摸了摸她的头发，柔声说："睡吧。"

她一时睡不着，胡思乱想起来。脑子里乱糟糟的，好像一团乱线，抽不出一个可以清晰地思索下去的线索。

谢逸可笑又可怕的样子缠绕着她，不想不行；还有玉佩、玉如意，大笑声、低泣声……突然，穿着黑披风的谢逸一把抓住她，诬陷她偷窃父亲的古玉，包括那支凤纹玉簪花；池塘里的水冷得她瑟瑟发抖……

穿白大褂的矮胖医生老头，拿着一个连在耳朵上的冰凉的听诊器，在她的胸口摁来摁去。后来她觉得脑子一片混乱，就什么也不想了。昏昏沉沉中，觉得茶几上那几只金黄的鸭梨特别刺眼，灯光却十分晦暗，呆呆地照着。

睡觉吧，她伸手把灯关了。

黑了！一瞬间好像什么都看不见了。怎么这么安静、这么舒服……

月光好像一直在窗外窥探，从没有拉严的窗帘的缝隙里钻了进来，洒到药瓶上、瓷盘上、鸭梨上，发出幽光。

远处一家工厂的机器轰轰轰有节奏地响着，不一会儿就停下来了。偶尔从很远很远的黄浦江上传来货轮的鸣笛声，沉闷而悠长……

四周黑黝黝的，这一切太可怕了。她想拉开灯，但抓不着灯线，慌乱中手碰到茶几上的药瓶。她失声哭叫起来："妈妈，妈妈……"

灯忽然亮了。姑姑站在床前，看着她："怎么，做噩梦了？别怕……珊珊，别怕。"姑姑说着坐在床边，紧挨着她，用暖和的手轻轻抚弄她的脸颊和头发。

半夜里，出了小事故。小石桥上面一截渠，从水稻田里穿过，渠身高，地势低，春耕的时候挖断过，填起来的地方土浮，让水涮开了一个洞。谢珊巡查到这儿，用手电筒一照，已经涮得很深了，钻了水！谢珊的心扑通一声直往下掉。怎么办？这时候去哪儿找人呢……谢珊留心看过社员们怎么堵洞，想了一想，依法做起来。先把稻草填进去（稻草原来就预备好的），用铁锨立着，塞紧；然后从渠底敛起湿泥来，用力一锨一锨扔上去——她深深感到自己的胳臂太细，气力太小，一锹只能敛起那么一点泥，心里着急得很。不过，洞总算渐渐小了，终于填满了。她又仿照社员的样子，用铁锹拍实，抹平，好了！谢珊这才感到自己全身是汗，两条腿甚至有点发颤了。水不往外钻了，但是，这样牢靠吗？

谢珊蹲着看了半天，一会儿拿手电筒照照，一会儿又拿手电筒照照。好像没问题！她准备到别处再看看。她走开了。

过了一会儿，过来看看——没问题。

又过了一会儿，又过来看看——挺好！

她的心踏实了。如果再有别处钻开，一样能对付，尽管做起来不如社员们那样从容利索。采茶闲隙，她喜欢用食指去钩篱笆上扁豆的藤须，让它绕着她的小指生长。抬起头看太阳，阳光里，生命是可以触摸到的。一圈、两圈……指上能感到轻微的牵扯，那是何等的爆发力啊，不容小视。于是，谢珊有了信心，在黑暗中点了点头，表示对自己满意。

可以休息了，她有点疲倦，于是爬上小石桥堍的一棵粗壮柳树，半躺半坐下来。她一来就选定了这个地方。这棵树，在不到一人高的地方叉出了四个枝杈，坐上去，正好有靠背，可以舒舒服服地伸开腿脚，而且坐在树上能清晰地看见那一根标志。月亮照在水上，水面明晃晃的，水面隐隐有一根黑影。用手电筒一射，可以看得清清楚楚。

月色银白——快要月半了。幽蓝的天空干净、透明、澄澈，没有一点渣子，像一块蓝宝石。谢珊很少看到这样深邃、宁静又温柔的夜空。她看着,想起一些遥远的、让人快乐的趣事:童年,和谭峭一起坐在太湖边的谭家小院,看着同样幽蓝的夜空,时而有流星划过,马上闭上眼,许个愿。

她很想用毛笔给谭峭写封信,提着笔,饱蘸的墨汁,写什么呢?啪,纸笺上溅开点点墨痕。

四周安静极了。远远听见大闸的水响,支渠的水温顺地、生气勃勃地流着,咕嘟,咕嘟。风吹着水稻细长的叶片,沙啦,沙啦。远远有一点灯火,在浓密的丛林后闪耀,那是她居住的宿舍。谢珊想了想现在宿舍里的情形,金花熟睡了,月光照着她那张铺着蓝床单的空床……大家累得一定都睡了,农场里的人也都睡了吧。露水下来了,到处浮泛着一片滋润的、浓郁的青草气味,水稻的气味,夜气凉爽。

谢珊在树上坐了一会儿,想起该到小石桥底下一段渠上看看。这一段渠,渠岸结实,没什么问题。但是渠水要穿过农机学校后墙的涵洞,洞口有一个铁篦子,可能会挂住一些顺水冲下来的枯枝乱草,使水流得不畅快。谢珊翻身跳下来,扛起插在树下的铁锨,往桥下走去。

走下小石桥,渠水两边都是玉米地。玉米长得很高,已经高过她的头了,一大片一大片,叶子那么茂密,黑森森的。谢珊被浓重的阴影包围起来,心里有点紧张。

谢珊一边走,一边顺着渠水看过去。她看见小鱼苗抢着往水上蹿,看见泥鳅翻跟斗,看见岸上一个洞里有一只知了在攀爬,听见青蛙叫,今晚青蛙叫特别动听!她索性蹲下来,用手电对着它照,看了好半天。这一片地里,有多少青蛙呢?想着“稻花香里说丰年,听取蛙声一片”,她不由得笑了。

没事了。谢珊顺着稻田里一条近便的田埂,走回小石桥。用手电筒照了照树枝,水好像又往下落了一点。

月光暗淡了。抬起头来看。现在大概是凌晨三点钟,老郑告诉她,这几天月亮都是这时候落下去的。这么想着,转眼,月亮就落下去了。天地顿时陷入一片昏黑。

她感到疲倦极了,就靠着柳树坐下来,铁锹斜倚在树干上。她的头沉重起来,眼皮直往下耷拉。心里却明白,不要睡!不要睡!她觉得自己正在往一个黑黑的深渊掉下去……

八年的日子太琐碎了,谢珊在最后的时间里随意挑了一段在脑海中打开,入眼处有一面开阔的镜子,中间有一个院子,院中石桌上搁了一大束白茶花,花束旁放了只玻璃瓶。

没有一丝风,空气也不流动,一切都那么安静。石桌旁的女子,她的表情此刻让人捉摸不透,旁边坐着一个清秀俊朗的男子,面前放着一本书,还有几本练习册。

他全神贯注地阅读,两年文物考古工作,将谭峭的气质沉淀得更加清冷。她本来想了好多话要对他说,但不知为什么,见到他,又觉得什么都不必说了。他应该是懂她的心意的。

谢珊挨着他坐,用剪刀捣鼓桌上的白茶花花束,时而修剪花枝,时而把花枝拿到他眼前晃悠,让他看看她剪得好不好,要不要修整。反复再三,谭峭把眼睛从书页上抬起来,淡淡地对她说:“你坐在我旁边,专门来捣乱的?”

阳光透过树叶缝隙，斑驳地洒落在谭峭的脸上，谢珊用花枝撩拨他的脸颊："谭老师，一个人看书有什么意思？红袖添香才有情调呢。一会儿，我来陪你复习语文、历史。"她嘻嘻笑起来，"你不会扔下我，一个人考大学离开吧？"

谭峭把头偏开，无奈地用手指了指一枝花："哦，没想到，你的想象力这么丰富。这枝花梗短了点，叶子又多了些。"

谢珊笑了："谭老师谬赞，我一向擅长揣摩人的心思。"

"谁是谭老师？"他凑近她，近得可以看见她漆黑的眼睛里面倒映着他的影子。

"难道你不是？"

他低头看了看自己，身上穿的是一件深蓝色的外套，左上角的口袋别着一支钢笔，正是老师的一贯装束。谭峭从她空着的那只手中接过剪刀，"恶狠狠"地说："再瞎叫一声谭老师，小心我把你扔到河里。"

谢珊娇嗔一笑："哎哟，小女子好害怕呀！"

收回花枝时，茶花遮住了她耳边的鬓发，别有一种清丽风情，他的目光停留在她的侧脸上。最后一枝花插入瓶中，听到他低声说："转过来，别动。"她回头看他，眼中含笑："怎么了？别画了，文管所不是有照相机？借来给我拍张照，寄给爸爸，我想他了。"

他没说什么，起身从黄挎包里拿出相机，伸手将她鬓边的乱发拨到耳后，咔嚓咔嚓连着给她拍了三四张照片，说："印好了，下周末我送过来。"然后继续看书。

她愣了一愣，手摸着瓶中怒放的白茶花，许久，轻声说："我有时觉得这儿苦，有时又觉得这儿不苦，反而有点甜。"

他的眼睛再次从书页上抬起来，充满疑惑："什么甜？"

忽然，她惊醒了！眼前有一道黝黑的影子迅速滑过去，她在迷糊中异常敏锐地明确地断定——水！

远远地，她看见暴涨的桃花江水像疯狂的野兽，挟带着秧苗、树苗，汹涌地向前奔去。一朵向日葵像一张凝固的笑脸，被咆哮的洪水拖进了旋涡。站在渠堤上，谢珊呼吸一下，洪水在河床里飞溅着，看得她一阵眩晕，心中更添担忧与后怕。

轰隆隆的雷声响起来，紧接着，一道猛烈的闪电像利剑一般划破了天空。霎时，雨点连成了线，哗的一声，像天塌了似的，大雨铺天盖地从天空中倾泻下来。暴雨狂风，波涛澎湃，排山倒海，冲向渠堤，喷射着泥浆一般的黄水。那轰轰隆隆的声音在拍打着堤岸的同时，也震撼了谢珊。

河水像是千军万马挟着风势而来，一会儿向上冒，一会儿向下钻。她执着铁锨，衣服很快被瓢泼大雨浇得湿透。湍急奔腾的河水带着可怕的喧吼将她卷裹而去，她在水中很快失去了控制自己的力量，一个大浪峰向她头上盖下来。

在最后一刻，水中闪过谭峭挺拔的身影，她伸出一只手，似乎想竭力抓住爱人的手，接着在洪水中消失了……

雨哗哗地下着。大风农场笼罩在一片水雾中。地面上很少有人活动，连场部大楼也变得冷冷清清。杨胜、顾建祥、耿浩站在场部食堂的屋檐下，不吃不喝，呆呆地看着雨。

到处都是淙淙的流水声，桃花江涨宽了。那棵倒在岸边的柳树，树干已被黄水淹没，只露出嫩枝绿叶在水面上摇曳。

第三部

一

从落霞桥上俯瞰云亭县城，楼宇连绵，气象兴旺。下午，谭峭去往何滩，在大风农场招待所住下。半个月，他爬遍了台山的大小山岭，有时挖到老树桩，有时摘到野花椒、桔梗。连康熙、道光年间的墓碑也辨认，碑上的馆阁体，严肃、规整。

眺望桃花江，水清澈深厚，波澜平缓，远处有一条小船，船上的人纹丝不动，仿佛是从古画里搬移出来的，凑成了一幅山水画。细看，发现河堤上有个男孩在晒太阳，四肢摊开，水里还有一个女孩浮水，水面上只露出一颗黑头发的脑袋。

“公无渡河，公竟渡河，坠河而死，其奈公何。”这明明是一个发疯男子赶到江边，捶胸顿足地哀叹被水淹没的妻子唱的悲歌。

“喂，我还在这儿呢。”女孩说。

男孩走到河岸边，蹲在女孩面前。

“你怎么一直泡在水里，不难受吗？”男孩问。

“我在河里出生，也在河里死去，这儿就是我的归宿。”女孩回答，声音像春笋剥开壳的脆响。

“你在河里出生？你是从那个大蚌壳里生出来的吗？”

女孩妩媚地笑，莲藕似的胳膊，闪着玉的光芒。

“你说，我该去哪儿？”男孩问。

“去该去的地方。”女孩笑着说，声音像林间鸟雀的啼啭。

女孩说完，把自己的右手从水中抬了起来，伸到男孩面前，手心里有一块青玉玦，萦绕一圈五彩斑斓的荧光。

男孩把自己的手盖在女孩的手上，他感到那块玉玦从女孩的手心贯入了自己的手心，沿着手掌，蔓延到全身。他的身体被荧光包围了，变得轻飘。他被女孩牵引着，走入桃红色的河流中。女孩掬起一捧水，洒在男孩的脸颊上。男孩感觉呼吸顺畅，肺中的阻塞感消失了，记忆随之而来。

何滩刚刚下了一场大雪——一个清晨，他身上掮了一个大背囊离开了何滩，独自去往北京求学，那天就是他走出去的开始。从此，他将一个人不停地走下去，走下去。

白雪皑皑，道路泥泞。途中，谭峭坐在柳泉边的小茶摊前喝茶歇息，一大杯热茶喝完，全身暖和起来，不知不觉睡着了。醒来,走过一片稻田,越过小山丘,就看见桃花江了——珊珊,河水在阳光下的波动,每一寸都是我对你起的微澜。

门前惨白的日光突然一暗,映出一个清瘦的人影。谢珊回过头,望着倚在门口的陌生人,他神情阴郁,四十岁模样,拎着装了水果罐头的网线袋。仔细一看,不是谭峻又是谁?

家徒四壁,午后雨停风大,筹办菜肴是不可能了,好在碗橱里还有韭菜,鸡窝里还有三个鸡蛋,饼干筒里有花生。

谭峭熟练地用柴火点燃灶膛,谭峻把一根柴草伸进去燃起火苗,点起一支皱巴巴的纸烟。谢珊在桌上摆放碗筷。

屋后翠竹青青,屋中,一桌三椅,三人围拢小方桌坐下。

谭峻开口:“这里的条件还是这样,一点没改善。”

谢珊焦急地问:“大表哥,你没收到谭峭的信?”

“我只有一个弟弟,他病了我能不来吗?”谭峻抢白说。

“他已经好了。”

“反正我不放心,得来看看。”末了,谭峻又加上一句,“臭小子,没良心,有了老婆忘了哥哥。”

“别这么说,珊珊脸红了。”

“脸红?她高兴还来不及呢。珊珊,你说是不是?”

“唔……这个……”谢珊的脸一直红到耳根。

忽然,谭峭伸出手,一把拉起谢珊,笑谑着回敬谭峻:“哥哥,你来做饭吧。我带老婆出去散步,一会儿回来。”

谢珊被他吓得一激灵,用手捂住嘴巴。谭峭说:“怎么了?不想去?”谢珊顿时不再紧张,乌溜溜的大眼睛看着他。

“看不出,你也会疼人。”谭峻撇嘴。

过了一会儿,她面带羞涩,在谭峻的注视下离开。

站在河滩,两人十指相扣。她望着波动的桃花江,他望着她,过了好久她都没动,他也没动。初冬的大风农场看上去非常单调,单调得有几分荒凉。山脚下蜿蜒着红砖围墙,青灰色的天空衬托青灰色的山冈,他禁不住发出一声长叹。

“走吧。”

“我不饿。”

说完,谢珊的肚子不争气地咕咕响了两声。

谭峭笑了:“现在可以回去了吧。”她松开手转身就走。

大学一年级的除夕,从北京到苏州,整节车厢只有他一个人。他早就习惯了这种空荡荡的孤独感,火车如大河奔流,他是河上的一叶孤舟。

下了公交车,他来到艺圃。

这座园林已有三百多年的历史,倔强地嵌在古城一条深长的小巷中,高墙厚壁,犹如一个不变的时间单位。灿烂的阳光照在黛瓦上,屋子里的光线充满了凉意。天井边古旧的石缝里,衍生着碧绿的苔藓,一年四季都飘荡着湿润的气息。

“谭峭,你在哪里?哦,我看见你了……”谢珊喊着。

谭峭装作没听见,跟着她步入香草居,两人在芹庐小院中穿行,6 月气候湿暖多雨,雕栏旁绽放的绣球花,一簇一簇,姹紫嫣红,有种激烈而奔放的美。

正要在桌边坐下，看到上面放了本书，竟是《碾玉观音》！他差点没嚷起来，这本使少年的他神魂颠倒的书，蓦然遇见，真是意外。他脱口而出："我喜欢这本书。"谢珊答道："我也喜欢。"多想回到远古，那个时代没有文字记载，只有神话传说，人心也简单，像一片叶子，像一朵花儿。

谭峭从花丛穿过，手指抚在丝缎般的花瓣上，心中倏地变得静谧和安宁，从谢珊身世揭露、被诬盗玉到出走上海以来发生的一系列事端，他一直憋着一口气，如今释放了出来。

转过头，看了看身旁的谢珊，她还是原来的她吗？

含笑凝睇的神情，流露出少女特有的芬芳柔美，他弯腰摘了一小朵绣球花，作势要插在她辫子上，她躲闪着。

在丘比特雕像的喷水池前，两鬓斑白的谢之光独坐长椅，用双手抚着头，他的整个面孔都埋在手里。

太湖轻舟上，重重雨幕中，眉目清秀的少女执笛吹奏，悠扬的清音，与白玉茶盏里袅袅淡香、湖间氤氲的烟云交融。

小几桌面，谢珊乖巧地提壶斟茶，递给谢之光。

"这台山雀舌，是我们何滩的特产，茶树长在半山腰的果树之间，经霜犹绿，入水不沉，再用台山泉水三煎三沸，取其清、幽、醇、净……爸爸，请尝尝！"

白玉茶盏碧水幽沉，映照少女娇俏的笑靥，谢之光接过，浅抿一口，轻轻放下，说道："果然是好，轻浮美妙，余韵不绝，深得茶道精髓，看来你在农村插队还是有收获的。"

谭峭轻轻地走了过去，站在他面前。“是你吗，小峭？”他低低地问，没有抬头。

“你回来了，再也不走了，是吗？”他把手放下来，抬眼看他，眼神忧郁、悲切。

“是的。”他回答。

“珊珊呢？她怎么没有和你一起回来？”

“对不起，老师，我把珊珊弄丢了。”他哽咽着说。没想到，风度翩翩、名士风范的谢之光一下子衰老成这样。

“映霞跟我通过电话，可我就是不相信。”

谢之光抬头回视他，眼神哀怨，谭峭的心里充满愧疚，两人一时相顾无言。忽然，谢之光问：“你在北京见过渎山大玉海吗？”谭峭回答：“没有。”

谢之光说：“渎山大玉海重达3.5吨，是一只盛酒的大酒瓮。据传，大玉海制成后，被元世祖忽必烈放置到了当年的广寒殿，忽必烈大宴群臣时，一天要饮酒三十石，这些酒便贮藏在这件巨型的大玉海中。广寒殿就在今天北海公园白塔的位置，明末清初时广寒殿倒塌，渎山大玉海也流失了。当人们发现它的时候，大玉海已经被几位道士拉到了西华门外的真武庙，当作腌制咸菜的大菜坛子。”

“ 直到乾隆年间，酷爱玉器的乾隆皇帝亲自下旨，用千金赎回了大玉海，珍藏在北海公园的玉瓮亭里。”

“你说，这样一件大玉器历经数百年都能失而复得，珊珊为什么就回不来了呢？我不相信。”说到动情处，他掩袖拭泪，

“啊，我的女儿！爸爸是个懦夫，从前是，现在也是，居然没勇气来看你最后一眼，更没勇气面对你妈妈。”

“老师……”怎么来安慰谢之光呢？谭峭连自己都安慰不了。

“采莲南塘秋，莲花过人头，低头弄莲子，莲子清如水……”珊珊的歌声真好听，像是薄薄笼罩的晨雾，又像是荷叶上滚动的清露，更像是一阵清凉透彻的风，吹过了高高的台山，吹过了碧蓝的天空，吹过了洁白的云彩……

“小峭，假如我告诉你，珊珊并没有离开，她只是去寻找她的丘比特了，假如我这样告诉你，你会笑话我吗？”

他无声地摇摇头。

1980年盛夏，在畅园他最后一次见到谢之光。听说退休前，他常出入古城的各大酒楼，每喝必醉，以致黄包车夫一见到他去酒楼，都争先在门口候着，等着把醉得东倒西歪的谢之光拉回家，余惠给车夫3元钞票。退休后，他在家闷闷不乐，导致诸种疾病萌生，一年不到就去世了，没有留下遗言。他把“琼琚缘”朱文印章和一方英文印章留给了谭峭。

“下雨了！”她自语，算了算日子，已经是12月初了。穿过小径，两侧栽着一排菊花，紫的、黄的，开得热热闹闹。她走过去，摘下两朵紫菊。再走过去，就是延光阁，她没有进去，停留在响月廊。栏杆外，有一棵临水的含笑。

含笑，没有从前那么茂盛了，满地都是淡白的花瓣。她站着，陷入沉思。一阵寒风扑面而来，夹带着丝丝细雨，她打了个寒战。含笑在风雨中一阵簌动，又落下花瓣。空中，有鸟儿在啁啾，她仰起头，一对鸟儿掠空飞过。“珊珊！”有个声音突然发自她的近处，她一惊，循声而望。这才发现，芹庐小院的月洞门口站着一个人，他穿着夹克衫，双手插在口袋里，双目炯炯地看着她。她正想开口招呼，谭峭笑着掩饰说：“多美的一幅画啊！”他头发濡湿，眼神澄清：“像古人的词：‘落花人独立，微雨燕双飞。’”她怔了怔。

吹落的花瓣，似他来艺圃第一年的雪，纷纷扬扬，一朵朵飘落眼眉。她冰凉的手牵在姐姐手里，遥看冬日的庭院，梅树前扫雪的俊秀小少年回过头来，一笑如春阳初融。

她说：“谭峭，早。”

他看着她，点点头：“早。”

“谭峭……我是亮亮啊。”谢亮哭出声，“你可要看清楚了，我是谢亮。1967 年离开苏州，整整十五年，现在我回来了，再也不走了。我愿意一辈子跟着你，哪怕吃苦挨饿……”

谭峭明白谢亮的意思，他能体会谢亮这些年的经历，荣誉的美好和现实的残酷都体验了，她应该知道天底下没有两全其美的事情——短暂的幸福与长久的折磨，一时的快意与一生的平稳，人总要明白自己到底应该选择什么。

雨还在下，天色渐渐向晚，朦胧地腾起淡淡的雨雾，将艺圃池塘边的廊桥水阁全都笼进水雾雨意里。珊珊，我们当初上山下乡选择了什么？我们有多久没有说悄悄话了？

我们不止一次地谈论过命运和人生,从我们两情相悦那天起,老天爷就像是把一切都注定了似的,看着貌似偶然,其实在劫难逃。假如你在大风农场不生病,耿场长也不会请来王映霞;假如你颈间不戴着青玉玦,也不会和王映霞母女相认;假如戴书记不是王映霞的丈夫,也不会知道我是谢之光的学生,并出于好意把我借调到文管所,我们也不会分开;假如我不去南京出差布展,那天我一定会回何滩,陪你一起看水,你也不会被桃花江淹没。命运对我们何其苛刻。在美院,我常常一个人在深夜喝酒,如果天地间还有一丝公平,就不应该对我这样无情!我回到苏州了,连着几天我去了艺圃、畅园,还去了我们从小闲逛的山塘街、街上的渡僧桥、过街楼、古老的戏台,我痛感人世间的无味和自身的孤单。

白发苍苍的余惠,她的身体反而比年轻时硬朗,趁着她在厨房里烹调午餐,谭峭跟着谢亮在畅园的各个地方转悠。

谢亮暗暗打量谭峭,这男人风华正茂,全身散发着高等学府培养出来的书卷气,二十年的俊朗保存了七七八八。

余惠的午餐做好了,是一条鲜嫩喷香的老虎斑,躺在一张锡纸上。她放了一点胡椒粉,几乎没放盐,非常可口。谢亮吃得很少,她一直在想红拂夜奔的故事。

红拂和李靖相识在微时,最后花好月圆终成眷属。但是红拂之所以成为例外,在于她从一开始凭持的不是爱情。

李靖是一个抱大志刚上路的年轻人,去拜访当朝权臣杨素,希望得到他的赏识。杨素没有说什么，身边有个手执红拂的侍女送李靖出来，问他要了地址。当晚，女子登门，提出跟他私奔："妾侍杨司空久，阅天下之人多矣，无如公者。丝萝非独生，愿托乔木，故来奔耳。"李靖忌惮杨素，红拂不屑地说："彼尸居余气，不足畏也。"

红拂相对李靖，更多的是有远见，慧眼识英才。对野心勃勃的男人来说，她的眼界比爱情重要。她是他的知己。

他们远走高飞，投宿客栈。清晨，美貌的红拂坐在床前梳妆打扮，一个陌生的大胡子男人看得目不转睛。红拂发现后及时制止了李靖按捺不住的怒火，梳妆完毕，便问大胡子男人姓什么，对方回答姓张，立即被红拂认作哥哥。

她就这样搞定了虬髯客，把他变成李靖的人脉，以后还帮助了李靖。可以想到，红拂的主动、机智，特别是在乱世之中淬炼出来的那种镇定和沉着，在李靖征伐的路上，能够帮他多少？他人生中的壮怀与抱负都和她相关，她已成为他人生的见证，甚至他人生的一部分，他怎么能离得了她？

谢亮觉得她没有看错谭峭，他应该是一个可塑之才。

走到玄奘青铜像伫立的南广场，平缓的石阶下是音乐喷泉。水面宽大，每级水池有七级叠水，与大雁塔七层相印合。喷泉水量大、喷水高，三个女孩跑过去，在喷水出口处嬉闹，丝毫不注意喷泉出水的瞬间冲击力！谢亮喊："回来。"

大雁塔是玄奘为供奉从印度取回的佛像、舍利和经卷修建的。少有人知道，大雁塔所在的慈恩寺，玄奘是首任住持。

铜像下的碑文介绍，唐朝高僧玄奘，是著名的翻译家、旅行家，俗姓陈，名祎，洛阳缑氏人。

“玄奘原来是洛阳人啊，去年我还去洛阳看了牡丹和龙门石窟。”有游客议论说。

“前些天我遇到你的同学，叫蔡菲的那个，在观前街小公园，我刚走出人民商场，她就认出了我，她问起你了。”谢逸对谢亮说。

“是吗？”谢亮说。

“她和一个上了年纪的男人手挽手往大光明影院走去。她长得还算美，老男人看着都会喜欢的那种风韵犹存的美。”谢逸说。

“是吗？”谢亮说。

大雁塔上，铜铃随风摇摆发出清脆的响声。玄奘的禅杖杵在身前尺许开外，杖尾及地，杖头前倾。谢亮想，他走了那么远的路，还有那么远的路要走。如果没有悲天悯人的情怀，再佛学精深，拖着那么沉重的禅杖，脚底板也会痛的。

“我不怕变老，你说蔡菲还是很美，和她相比，我自认也不差，我怕的是离过去越来越远。”谢亮说。

他们走了很久，天全黑了，手脚冰凉，头皮发紧，三个女孩这时候不再闹着跑东跑西，不作声地在前面，累了。

谭峭把手插进夹克衫两侧斜兜里，身材挺拔。她留意到，蓝白条纹衬衣下他的腹部还是平平的。谢亮恐慌起来，总有一天她会老得不像样，皮肤黄黑，头发稀少，肌肉松弛，而他还是老样子。这样的男人是可怕的。谢亮挽着姐姐在朔风中等着看大雁塔的焰火，她想，姐姐的絮叨只有姐夫忍受得了。

回苏州后他一度在畅园借住。她注意到，他保持得非常好，全身没有一块赘肉，站在镜子前抬脸洗头时侧面最耐看，透过浴室毛玻璃看，觉得他好像只有二十岁。

谢逸哧哧地笑，这怎么可能！

他不去健身房，也不跑步，就是喜欢画画，爱吃葱油饼。跟他在一起，哪怕只说几句话，谢亮都觉得时间过得飞快。

“这样的男人，女人怕遇上，又巴望遇上。”谢逸说。

“我不怕。有个成语很生动，叫过眼烟云。”谢亮想想，又说，“还有个成语叫刻舟求剑，谭峭就是刻在船舷上的标记，其他的人和事再怎么宝贵都在水中被时光哗哗冲走了。”

“什么时候做什么事，这是生活幸福的真谛。”

“结婚时，爸爸送了一对精致的青玉合卺杯，我一直珍藏着。鲁予达每次见了都说，这样的礼物有什么用！既不能喝酒饮茶，又不能使家庭富裕。还说，玉杯与玻璃杯，本质上没有什么不同，玉杯缺了角，还不如一只玻璃杯呢。”

“他也太不识货了，终归小市民家庭长大的。”

“谭峭单身这么些年，我晓得是为了谢珊。但我不管，我还是想跟他结婚，不瞒你说，我跟鲁予达没离婚时就想过。他可能会嫌弃我结过婚，还有孩子，但我不管，即使做情人，我也愿意。”

“是吗？亮亮，没想到你这么痴情。”谢逸冷笑一声。

在家人有意无意地撮合下，谢亮和谭峭走到了一起，是公认的一对，朋友们常常开他们的玩笑，他们也都没有反对。两人单独出去约会的次数也渐渐多了起来。

嘉余坊苏州歌舞团的剧场虽然看起来有些破旧，但是干净有气氛。舞台不算大，座位紧靠着，人挤得满满的。灯光暗淡，音乐响起，大家马上安静了下来。他俩并肩坐着。

舞者上场了，一共有五个，整齐划一地随着音乐跳起来。她们既不强调婀娜也不强调妩媚，但不管是身材、皮肤、舞蹈动作和音乐，都那么恰到好处又散发魅人的力量，让人一下子就被感染了。尤其舞台小，大家又坐得贴近舞台。

五个舞者个子服装都一样，还是能看出她们中间有一个领舞的。她一头如黑缎般闪亮的长发，在音乐中轻柔地飘动，一双有几分深情又有几分真挚的黑眼睛隐藏在细眉下。

灯光一闪，她突然一侧头，眼睛扫到了谭峭，明澈的眼睛带有一丝忧郁，谭峭的心仿佛被重槌轰然击中，眼里再也没有了别的舞者，直盯着长发少女看。

穿着汉服的长发少女，举手投足间有一股浑然天成的韵味，比别人显得更优雅，又和音乐节奏配合得天衣无缝，她的眼神似有千言万语要对你轻轻诉说，欲语还休……

在汉代的各种玉佩中，最独特的莫过于那些玉舞人了。她们身姿纤细娉婷，长长的裙摆拖曳在地上，特别耀眼的是那高高飘举的长袖，长袖善舞或许正是眼前舞者的形象吧。

谭峭立刻明白了，原来从前看过的那些精心编排的舞蹈，包括谢亮喜欢跳的健美舞和交谊舞，根本算不了什么，今晚看到的才是真正的舞蹈，长发少女就是舞的精灵。

像是听到了谭峭的心声，下一支舞曲是长发少女的独舞，欢快奔放的舞曲加了点变化后，让人欢乐也让人忧伤。

谭峭看懂了，面对不停舞动旋转的长发少女美好又孤独的灵魂，他的心被深深地打动，不知不觉流下了眼泪。

谭峭本人是个画家，从小在艺圃长大，师从谢之光，又从中央美院毕业，对艺术的感知有相当的修养。他在北京看过不少世界一流的舞蹈表演，包括台湾的云门舞集。但这是他第一次在看一场表演时被打动，不能自已地流泪。

为了忧郁寂寞的长发少女，抑或为了自己痛失的爱？冷漠的谭峭在这一刻变得非常激动，她明明是在黑暗中舞蹈的普绪珂，丘比特离开后走上荆棘之路的普绪珂！

音乐时缓时急，灯光忽明忽暗，在一种紧张忙乱的外部背景下来充分展现女主人公，这一下子把谭峭带回下乡插队那个特定的年代中，那是晒谷场篝火旁跳舞的谢珊。

如梦惊醒的一刻啊，到了三十五岁还像个少年一样茫然游荡的谭峭，在这一刻成熟了，明白了自己生命的意义。

他生下来，健康成长，努力学习，不就是为了有力量为爱和艺术付出？！意识到这一点，他的眼泪更加停不下来了。

谢亮是通透的，在看到谭峭流泪的那一刻，她知道完了。伤心的她没有和谭峭打招呼，悄悄离开了歌舞团剧场。想到三小时前和谭峭吃饭时的谈笑，谢亮心痛难忍，恍如隔世。

那时，谢珊刚从上海回家，瘦得形销骨立，仿佛一阵风吹过来，就会吹散。小花猫死了，她站在白茶花树下发呆。

谭峭特意去光福乡下寻了一只猫，跟小花猫长得几乎一模一样。她站在备弄（一种特殊的小巷弄堂，为吴地特有）里，看他小心翼翼地捧着那只猫，像捧着名贵珍宝一样。走到香草居，他把小花猫装在篮子里，然后放在门口，自己却站在门外，直到谢珊走出来发现篮子。

“喵——”小花猫叫了一声，把谢珊吓了一跳，待看到谭峭转身就走，谭峭一把拉住她，她也不挣扎，乌黑的大眼睛看着他。她的眼睛总是湿润润的，像秋水一样，清澈见底。

屋子里一片静寂，他们对望着。谭峭站在那儿，手按着谢珊的肩膀，谢珊的眼睛一眨不眨，定定地看着他。她掩藏在窗户后，只能看见谭峭的侧脸，不知道他是什么表情。

二

谭峭出门散步，走到职工宿舍的新工地，基础挖出的格局，里面水泥柱露头的钢筋都生锈了，似乎停工了。

旁边一大片临时搭建的平房，晾晒着衣物、床单、萝卜干和山芋干，还有一些看上去像中药的花、草、果。晒太阳的老人打量他好一会儿，递烟给他，他说：“谢谢，我不会。”

从云亭县城到何滩，四十里乡道，一条笔直的马路，马路左侧是平行的桃花江,河上航船;另一侧是永远(他以为是永远)的乡村,绿绿的小麦、蚕豆、菜地。无论你朝左右哪一侧望,都一眼望不到边。他走过的乡道、田野、阡陌,夜色中公路两侧车灯一扫现,已消失不见,如今全是高速公路。一切都沉进了阴暗深沉、平淡无奇的黑夜。

1968 年 3 月,那个水泥门楣上写着“国营大风农场”字样的院子,是当年他和谢珊当知青的地方。他在这里待了八年,留下的知青寥寥无几。现在他停放汽车的位置,是当年他们堆放行李的地方,谢珊的箱子最重,除了衣物,还装了书。

幸好,顾建祥还在。在重新翻建的农场气派的大门口相见,他们相互拥抱、感叹。顾建祥开着车陪他在农场转了一圈。尽管当年的贮茶仓库改成了职工宿舍,场区依然很大,谢珊待过的炒茶车间还在。在新建的车间,他与更多当年的伙伴相逢。一个、两个、三个,加上岳群一共四个,像是打开了一扇门,四个人又回到了二十年前,那时他们十八九岁。

谭峭感到这么多年从没离开过他们,因为所有的表情、语气、笑声,乃至说话时的小动作都和从前一样,还有,风吹动树叶从鞋面掠过,岳群会突然啪地踩住一片叶子,喊了声:“得分!”旁边的人也会大叫一声“得分!”,这是劳动之余熟悉的小游戏,就像后来又学会的,用手指弹出抽完的烟蒂。

一直到晚上聚餐完毕,岳群建议一起去洗个脚打圈牌,他的灵魂仿佛才如梦初醒,重新回到身体里。

夜深回到农场招待所,他久久不能入睡。这个招待所,在他们没有分配到双人宿舍前，他住了整整半年。木板门松松垮垮，底下冷风飕飕，大厅墙上原来用仿宋体红漆写着毛主席语录的水泥雕花栏里，张贴着不知何时写的学习心得。

云亭是他开始收集游记的地方，《水经注》《名山游访记》《马可·波罗游记》《大唐西域记》《徐霞客游记》，这些书都在书架上，而且有的还增加了不同的版本。

文物管理所大厅变成了一座衰败的庭院，墙壁倾斜开裂，裂缝中藤蔓丛生，在风里沙沙沙地拍打叶片。屋顶的玻璃天棚被枝藤钻出许多大大小小的洞，露水顺着月光，叮叮咚咚淌下来。他抬头四望，独自站在断壁残垣中做了不知多久的梦。他从天棚上的洞里看到外面的夜空，夜空蓝得发黑，星星一颗一颗发光，像白玉雕琢的花朵。他看到台山，静谧的桃花江，狭小的云亭县城，璀璨星空倒映在水里。这星空与月色让他思念起故乡。太湖边的村庄，一座无名手工作坊，那是他诞生的地方。父亲用细若发丝的笔触描绘各种精美图案，又按图索骥，做出一个一个玉件，雕琢，抛光。现在的苏州，天空总是灰蒙蒙，夜里因绯红艳绿的灯光愈加浑浊。

从前单纯而矜持的少女，此时脸上布满了沧桑，望着池塘中的水色，缓缓说道："在西安十五年，虽然经历了曲折，但是我也想通了一些人，想通了一些事。我们姐妹三个，真正幸福的，倒是珊珊。长大后我之所以讨厌她，只是因为她活得那样自由自在，让我羡慕。她小时候，长得唇红齿白可爱极了，我记得我是喜欢这个妹妹的。”谭峭没接话。

浮薄迷蒙的茶花丛中，衬托一张脸——细致，娇弱，眉心微红，殷殷双眼波光流转，笑起来甜甜的，让人一见就心软。

片刻，谢亮又说：“许多事姐姐不跟我明说，我心中其实有数。没想到，珊珊命薄如花，我简直不相信这是真的。”她回头看他，“‘文革’开始，姐姐变得太快，有些可怕。”

芸姨清早出门买菜，却提了空篮子跑回家，说外面抄家了，马路上人山人海，红木家具、书籍、盆景被拖出来乱扔。全家惊慌失措，刚想把家中细软收拾藏匿，就听到巷口锣鼓响起，由远及近，在畅园门外喧嚣一片，大门上的铁环被拍得震天响。门一开，冲进来一大群人，戴着红袖章，面熟却陌生，是里弄干部、居委会大妈以及住在附近小巷的左邻右舍。

谢之光出来挡在大门口：“你们要干什么？”

众人答：“抄家！”

谢之光：“我一不偷，二不抢，三不犯法，凭什么要抄家？”

众人说：“凡是黑五类、资本家，都要抄。”

谢之光：“我不是黑五类，也不是资本家。”

“少自欺欺人了，不是黑五类，谢逸会和谢家划清界限？”

一群人推开谢之光，拥入畅园，冲到楼上，花匠老李熟门熟路，指挥众人打开大橱，拉开抽屉，一通乱翻。绣花旗袍、高跟皮鞋、长筒丝袜，从二楼飞到院子里，飘飘扬扬。从早上九点一直抄到下午四点，这群人才撤走，满地狼藉。

一个乡下人吃力地拖了两只泔水桶,洒了一路,一步一挪地往街边去。小吃店油腻腻的招牌上写着“风扇凉面”四字。店旁的垃圾箱溢出来了,气味刺鼻,一群苍蝇嗡嗡地飞来飞去。街道模具厂门口,两个小青工拎了墨汁桶在刷标语。烈日一晒,墨汁臭味逼人。看门老头捧了个搪瓷茶缸,用一口苏北话威严地呵斥着闲人。一只高音大喇叭播送着语录歌,一遍又一遍。偶尔,一辆车厢上糊着红色标语的大卡车开过去,满载着戴了藤帽、手持梭镖的红卫兵,威风凛凛。

两只白鸽掠过屋脊,一个盘旋,翩然栖落在丘比特雕像上。它们稳稳地停在丘比特的肩膀上,一点不怕人,缓缓踱着步子,低头在翅膀下啄弄,不时转头瞥视窗户后面的少女。

虚掩的门被推开,她蓦然一惊:“谁?”

“珊珊,是我。”

还没等他反应过来,她已经扑入他怀中。

两只鸽子惊起,在空中盘旋。

作为苏州国画院的艺圃,仅仅保留了芹庐小院到延光阁一带,住宅部分在“文革”期间散为民居,政府尚未收回。

谭峭到国画院上班的时候里面还有四位老先生,这儿像一片净土,大多数时间大家都在做画画这一件简单的事。

上班第二天,他躲进芹庐小院,整整画了一天。关门的时候管理员没发现他,他也没记住老先生临走的关照:艺圃每天五点钟关门,当他画完时已无法出园。他在园子里来回转了几遍,找不到出园的任何一个小门，最后忍饥挨饿在香草居的长凳上将就睡了一夜，居然也做梦，断断续续的。

他平时跟外界接触很少，就是两点一线，到国画院上班，有时候连园子都不出，下了班就回宿舍。生活极其简单。

小时候在艺圃，他跟着谢之光学画，学篆刻，篆书写得很棒，刻得也好，还学琴。谢之光为人随和，但是没悟性又不投缘的，他不会收作学生的。在这点上，他挺讲究的。

他精力充沛，拿着折扇到处跑，把玩着琴，没有好好学。他对琴是喜欢的，但是不投入，没有超越对绘画的热爱。

古琴要悬挂起来，还要经常弹奏。不弹的话，就没有振动；如同玉要盘，不盘不会活。他想起唐家敏这样说过。宋琴挂在墙上，取下，擦拭，谢之光常在月光朗照下的响月廊焚香抚琴，琴声清微淡远，仿佛在低低诉说着什么。他伫立于芹庐小院的月洞门口远远看着他，不知怎的，心中有些怅然。

天色晦暗不明，小院里有一两只红蜻蜓飞来飞去，飞得很低很低。石阶下的芍药花开了，绯红色的，十分耐看，蜻蜓轻轻地停在花枝上，花叶一动不动。

天闷热得似有一场雷阵雨将临。

人静静地坐在廊下，都会出一身汗。

墙角一树海棠，开得粉艳艳的，花萼娇俏。有只小麻雀立在海棠枝头上，不停地啄弄花瓣、香草居屋檐下的风铃被风吹得唧唧轻响，小麻雀飞起来，又落下，依然在啄弄花瓣。

“珊珊，我会一直在香草居等着你。”他默默地想，看着刚刚完成的水墨画《艺圃》。《艺圃》选取芹庐小院、响月廊、延光阁、乳鱼亭、度香桥，环绕而成空间构图。用墨浓重，着色淡雅，留白处甚至不用笔墨，明暗对比十分强烈。整幅画树枝盘曲，郁郁葱葱，似迎风起舞；回廊曲折，隐没在树丛中；水光潋滟……

谭峭想，他算不上一个真正成熟的人，他总在追求一种理想中的幸福生活，那种生活虽然对很多人来说是那么平常，天生就有，不必追求，但是对他来说，如此地艰难，如此地遥不可及。前两年，连姐姐也离开他，跟着母亲走了。他想要的那种生活，那种亲人互慰的家庭，还会有吗？

梦中的山丘、河流、院落，院落里的笑声，还会有吗？

那个初来乍到的小女孩，还会有吗？

谭峭另买了一只骨灰盒，征得王映霞同意，他把谢珊的骨灰分成两份，一份埋入何滩的台山公墓；一份寄存公墓以备带回苏州，葬在他家屋后的山丘上。谭峭只有三十二岁，却把自己的后事一并想好，他想今后他自己死后的遗骨也这样，一部分安放在公墓母亲的身侧，一部分撒进太湖边的泥土，这样他和谢珊的灵魂才会聚集在一起，共同回顾在艺圃度过的美好时光。他会在春暖花开的时候来这里祭扫。

吃完饭，谭峭问谭峻："累不累？要不要先回三山岛？"谭峻拍拍大腿，说："不累。"谭峭说："那一起去看太湖？"谭峻说："太湖有什么好看的？我每天都在看。"谭峭说："湖上有船。"谭峻说："你喜欢船？"谭峭说："喜欢，我和珊珊从前一直在桃花江边看船。”

这是谭峻今年第二次回光福，他第一次回来是父亲生病。此刻，他看着谭峭把骨灰盒埋入土中，然后走到太湖边，扬起一只玻璃瓶，将烧尽的恋人衣物撒向湖中。扬起的粉末像一片片薄雾状的浮云，在橙红色的天空轻盈地舞动，他听到了谭峭平静的低语：“妈妈，我带珊珊回家来了……”

谭峻坐在湖边，看着谭峭向他走来。他的眼角还留着一滴没有擦掉的眼泪，脸上却露出了一切已安顿好了的笑容。他们一起向村口走去，村口有个小院，院里依稀升起一缕炊烟。

他们去了湖东码头。

湖东码头是光福大街中段的一个码头，在湖东大酒店的后面。在这里可以看到开阔的太湖水面，看到停泊在港湾的各种渔船。

打鱼的人大都以船为家，洗漱、做饭、排泄、娱乐全在船上进行，逢至太湖狭窄之处，河水被污染变了颜色，污浊不堪。但在谭巷村的东码头看到的太湖，河水还是清澈的。

他们在码头上看湖看船，一直看到日薄西山。

曲盼总是问起他的过去，问起他的童年时代。于是谭峭从光福的老家讲起，讲到他家的小院，后面的山丘，山丘上的果树，俯瞰下的太湖水……湖面在这里突然变得宽阔起来，因此水清鱼少，和洞庭东西山、胥口、吴江和湖州，和那些地方的湖水，是有些不一样的。他对故乡的描绘深深地打动了她。谭峭和曲盼坐在后海边，他在速写簿上画了他家那个小院的平面图，院子里有紫藤架、鱼缸、唱歌的鹩哥……他告诉曲盼，他就住在这间屋里，哥哥就住在那间屋里，姐姐就住在这间屋里，父亲和母亲就住在那间屋里。母亲晚上喜欢到姐姐屋里来找姐姐，和姐姐坐在床上聊天。谭峭的讲述尽量语气平缓，尽量回避谢珊。

想到谢珊他不能不想起他们在一起的每个时刻，那些记忆保留着锋利的刀刃，让他的思绪稍一触及就疼痛流血……

在街上盘桓了半天。天黑后，经过思想斗争，他背着双肩包，还是回家了。

村口的大香樟树葱郁繁茂，村里的小巷依然那么安静，他家的门前依然亮着一盏路灯。谭峭站在黑漆大门前犹豫了很久，伸出手来，轻轻叩门。

敲了半天门，声音由小到大，发现院里屋内没有一点灯光，隔门细听，没有一点动静。父亲不在，家里没人。

走出村庄，街上北风漫卷，他的前胸后背，被汗水浸湿。他忽然觉得如释重负，不懂自己为什么回来。

谭峭走进村口一家小饭馆，放下双肩包，要了一大碗热汤面，一边吃，一边拨父亲的手机。

三

读研究生时，油画系规定学生任选五幅名画临摹，静物、人物、风景都可以，谭峭挑了《系黑领带的女人》。作者是意大利画家莫迪利亚尼，模特是画家的妻子珍妮。谭峭映着天光盯着看。女人头发乌黑，三角脸，鼻子窄直，嘟起了玫红色的嘴，颧骨处有两抹桃红，深酒窝，一只眼同嘴大，一只眼大过嘴，双眼皮，不点眼珠，涂上一片淡蓝色，好像秋天时山中的湖水。这么一幅怪诞的肖像画，看着并不显得别扭。

情窦初开的珍妮，为爱放弃学业，毅然私奔，和画家过起同居生活。她凡事听从莫迪利亚尼的，任由他酗酒、吸毒再拼命作画，无怨无悔。

“这画看着简单，其实很难把握，一不小心，珍妮就画瞎了，因为没有眼珠。”莫老师提醒，带着不露痕迹的轻视。

这幅画谭峭用了六个课时画好了，莫老师讪笑着说：“我应该想到你能画出来，你看过的名画比其他同学、比我，要多得多。”谭峭笑笑：“哪里？你谦虚了。”说完，想着自己什么时候变得这么虚伪了，叹了口气，拿起画具就走。

他写信给谭峻，谭峻回信说：“你的确看得多，但时间久了，眼睛会变形的，变得像毕加索画的那样就不好了。”

曲盼来画室，谭峭还在画珍妮。站起身，他拿出纸笔想画她。曲盼脸色陡变，说：“我又不是珍妮，也不打算做珍妮。”

莫迪利亚尼的画作刚有了市场，便得肺病死了。第二天，怀孕了的珍妮跳下五楼，也死了。两天之内，三条生命啊。

“你说我们算什么？”曲盼问道，“这样的场合下，听你讲莫迪利亚尼和珍妮的爱情故事，我心里不是滋味。”

谭峭一声不响，欠起身抓住她的手，神情恳切，曲盼倒不好意思了。“其实第一眼看到那幅画，我就觉得有问题。”

“当然,问题出在我这儿。说实话,我无法画出你的眼睛。”

“因为你不了解我的灵魂,是吗?”说完,她气得转身就走。

不知什么时候,他开始画荷花,画那种小荷才露尖尖角的荷花,画那种含苞待放的荷花,画那种临风绽放的荷花。后来,他又画起了残荷,画深秋时节枯黄的荷叶、残败的荷塘。快毕业时,谭峭已经是京城崭露头角的青年画家了。

然而,谭峭不愿像其他人那样,对媒体夸夸其谈自己的创作经历和艺术观。在作品以外,他唯一愿意向媒体展示的是自己的那双手,白皙、修长、有力,充满了灵动。曲盼对这双手特别着迷,这是她爱上谭峭的最初原因。她曾和闺密说起自己的困惑,当看到这双手作画时,她的身体就极其渴望被这双手抚摸。突发的爱意,就像普绪珂对丘比特的爱恋,绵绵不绝。她不顾一切地爱上了他,他也回报以爱,不疯狂但真诚,这在画家中是难能可贵的。曲盼怀疑谭峭心中另有所属,她想做最后的努力,恳求谭峭以她为模特,画一幅油画,作一次比较,即使输得一败涂地,她也心甘情愿。谭峭断然拒绝了。这让曲盼始终心存芥蒂,觉得谭峭爱她并不深。

罅隙在逐渐扩大,直到出现另外一个男人。那是一个从四川美术学院来进修的研究生,本身是一个小有名气的油画家。第一次见面,他被曲盼迷住了,即兴为她画了一幅肖像,这可是谭峭从来没有做过的。曲盼端详自己的肖像,觉得自己从来没有像画中那样美丽过。不久,她答应了他的求爱。

谭峭的脸上看不出任何情绪,那些传言似乎是真的,他热爱自己的作品胜过曲盼。如果没有强烈的爱，谁能相信一个画家能创作出这样有神韵的作品呢？画作对观者无可抗拒的吸引力和拒人千里之外的冷漠，证明了一件事：画家对他的作品怀有强烈的占有欲，不容他人觊觎。这是怎样的一种爱情啊。当曲盼和她的丈夫一起站在谭峭最新创作的作品前时，依然怀有一丝突如其来的妒意。她问谭峭，既然他们已经分手，现在终归可以告诉她，他到底爱的是哪个女子，那些光彩熠熠的画作的原型到底是谁。谭峭选择了沉默。

接下来，让人吃惊的是，谭峭放弃了留校任教的机会，宣布毕业后他将回到故乡苏州进行绘画创作。导师感到遗憾，因为谭峭在北京的发展正处于上升期，前途不可限量。

细雨飘洒下来，把后海的水面打破了，近处有几枝荷花，层层的荷叶铺展开来。打心眼里，曲盼不喜欢这些画作，虽说画的是荷花，但细看是一个娇羞欲语的亭亭少女。

曲盼心中涌起一阵伤感，她要永远失去那双充满张力、细致而坚定的手了。她本来以为当谭峭属于她时，她就可以名正言顺地拥有这双手，然而事实没有如她所愿，她为此苦恼，甚至不惜离开谭峭。现在回头去看，她错得多么离谱。

当时，谭峭嫌研究生宿舍吵，租住在京郊。常常在秋天时走路回家，路长得走不完。他心里紧绷着，不知要走到哪里去，也不知走完要干什么。路边是高大的白杨树，风过处无数落叶犹如一场黄金雨从天上飘落，又如潮水般涌过路面。

到了冬天，为了节省时间，经同学介绍他找了个司机师傅，叫耿非，类似包车，但价钱不贵。每天早上七点半，他准时在小区门口等候。谭峭上车看书，司机专心开车，谁也不说话。

“来啦？”他对谭峭点头。“嗯！”他低头钻进车里。

这样的日子持续了很久，从1981年到1982年，他们俩像京城里擦肩而过的路人，来去匆匆，只有金钱的关系。

后来，他们有了一次对话。

那天他和同学在公主坟喝多了，晚上十一点，拦不到车，同学家住得近，先走一步，留下他一个人在荒郊野地，茫然不知归路。无奈之下，谭峭试着打了耿非的电话。

电话通了，他问耿非还在不在跑活，能不能接一下他。

耿非沉默了一会儿，问他在哪儿。谭峭报上方位，耿非嗯了一声，挂断了电话。

二十分钟后，耿非的车停在他面前。他搀着谭峭，把他扶到副驾驶座上，又把车窗打开。他的脑袋顶着车门，晕晕乎乎的，想睡觉，但又老是想吐。正当他眼皮打架、迷迷糊糊之际，耿非突然开口说道：“别睡，一睡会吐得更厉害。”

“我们聊聊，说说话。”他拍拍谭峭的肩膀。

他强撑着睁开眼，窗外的夜风吹在脸上，凉飕飕的。

“谭峭，你买车了吗？”他问道。

“没有。”他强打精神说，“我一个穷画家，哪有钱！”

耿非说：“没买也好，北京这路况，买了车都堵在路上。而且这年头，买车事多，哪怕没事，都有人给你找事。”

他听了小耿师傅的话，觉得他是想说点什么，于是接着问："你这话什么意思？"

"碰瓷！方法多着呢！"耿非提高声音说道，"比如拿一个行李箱，趁机摆放在车尾，等你一开车，箱子扑通倒地，立刻有人跑出来，说你把他的箱子碰倒了，里面装的是文物，乾隆年间的斗彩花瓶，至少要赔两万！"

"或者是倒车的时候，一个老太太，紧挨着你车边走，你停着不动还好，要是接着开，她立即倒地，说是你撞的。如果去医院验伤，准保是骨折。这些人哪，都是专门找好的，真的有病才往你车上靠。"

"啊，还有这事？我可是第一次听说。"谭峭感到惊讶。

"你说，这到底是怎么了？这些讹人的也都是老百姓。"

"是啊！"谭峭点点头，不再说话。

车厢里一下子安静下来。

北京的夜晚，十一点的街道霓虹灯闪烁，装饰豪华的酒店里，走出喝得昏昏沉沉的食客，穿着性感妖冶的姑娘，拎着录音机穿喇叭裤的小伙；还有像蚂蚁一样来来往往的人群。这座喧闹的城市，无法迎接幽冷的月光。他突然想离开，在夜幕中回到苏州，那座古老的城市，此刻一定明月高挂。

"上个月，我拉了个人。"耿非突然开口说。远远的车灯照在他的脸上。

"那人出车祸了，躺在地上，肇事司机逃了。他老婆在路边哭喊招手,让我拉。”

“说实话,我不想拉。他身上全是血,再加上我怕惹麻烦,你知道的……”耿非烦闷地吐出一口气,问他有没有烟。

谭峭给他点上一支:“后来呢?”

“到了医院,扯皮,说是我撞的。”

“她怎么可以反咬一口呢?”

“就是,好人好事做不得。”耿非拿手指轻揉太阳穴,烟灰落下。“我赔了他一万。×他妈!”耿非轻声骂道。

“这叫什么事?”

“你怎么不报警?”混在体内的酒精随着汗流了出来,耿非说得平淡,他却听得义愤填膺。

“证据呢?我给了自己一巴掌,特狠的那种,把自己嘴巴抽出血了。”耿非眯着眼说。

谭峭靠在车椅上,看着小耿师傅。浓密的眉毛,周正的脸庞,两颊因为情绪激动染上了一层如同醉酒的红色。

“我妈说我是个大傻瓜。”他说,“我也觉得自己是。”

……

“我爸安慰我,看开点。人心啊,哪像那个年代。我们农场有个女知青,为了看渠,被洪水吞没了,才二十六岁。她的母亲痛哭着把她埋葬了,没有跟农场提任何赔偿要求。”

“你爸爸是谁?他叫什么?”谭峭猛地一把抓住耿非。

“你怎么了?”耿非一边挣脱,一边问。

“他是不是耿场长?”谭峭十分激动。

“对,我爸从前在江苏何滩的大风农场工作。我来北京工作落户后,前两年才把他接来,一身的病。你认识他?”

“我在农场插过队,他是我们领导。我想……见见他。”

“他不见任何人。去年有农场的人来北京,都找到家门口了,他硬是不见。我觉得他不通人情。他说他不想让他们看到当年风风火火的耿场长已经半瘫在床上不中用了,他只想让他们记住从前那个精神百倍、干劲十足的耿浩。”

“我理解。”谭峭点点头,“请替我向他问好。”

红灯灭,绿灯行。出租车又开动了,他的心情难以平复。

有一次去赶集,走到一个卖陶器的摊位前,他想买把夜壶,挑了又挑,都嫌太大,对摊贩说:“好是好,就是大了点。”这时,耿浩走过来,说:“冬天,夜长啊。”谭峭听了当即买下,觉得耿浩说话不但文明巧妙,而且意味深长。

出租车靠边停下来,再往前路不好开,他得自己走过去。

耿非把车厢灯打开,低着头给他找零钱。“你说这年头,做个好人怎么就这么难呢?”他问。

谭峭不知道该怎么回答他。

“别做好人,好人都活不长。”耿非低着头说。

谭峭推开车门,缓缓往小区走,觉得心里憋闷。过了一会儿,传来汽车喇叭声,他扭头一看,是耿非回来了。

耿非摇下车窗,看着谭峭,张嘴想要说什么,张开又闭住。他用鼻子吸着气,太阳穴的青筋突突地跳动着。

他狠狠捶了一下方向盘,大声说道:“谭峭,告诉你,我还是想做个好人,像我爸那样的好人。”说完,耿非对他笑笑,关上车窗,掉头走了。

矗立在街道两边的高楼大厦,映照着光亮,将他前行的道路照耀得无比光明……

谭峭站在忽明忽暗的灯影中,心潮起伏。

台山的山坡上长着一棵苍翠欲滴的古松,他将身体贴在树干的鳞片上,仰起头。松枝间有月亮、云彩和天空,脚下山泉潺潺。有一晚,没有月亮,他又去了那里。四周阴森漆黑,他用手抚摸鳞片,闻到了白天阳光的气息。记得,初冬上河工,开河挖渠,他一顿能吃一斤米饭,回到宿舍累得倒头便睡。星期天,上了半天工,顾建祥就让大家休息了,说是已经赶上预定的进度。谢珊来等他收工,两人漫步台山赏枫看景,不知不觉在山中迷了路。情急之下,谢珊又崴伤了脚,为了解决温饱问题,他不得不攀爬山坡上的古松,找松鼠借粮。

后来,对古松的念念不忘,让他雕琢了一只又一只松鼠。那些松鼠通体褐黄色,有长长的尾巴,活泼灵动。通常,当谭峭的雕琢工作进入一种微妙境界时,它就悄悄地出现了。

两人顺着水流向下走,这里是一座断谷,渐渐地入了树林,谭峭倒放了心,毕竟台山这么大,野果多,不会饿着。

走了一会儿,听见彼此肚子都在叫,不禁相视一笑。谢珊说:“我饿了,你去和松鼠商量一下,借点松子来吃。”

“和松鼠有什么好商量的?”

谢珊指指头顶上的一棵古松，一只小松鼠正欢快地从树枝上滑蹿而过，谭峭看着，说："你要我爬树，直接说好了。"

"你会爬树吗？"谢珊笑了，露出一口白牙。

谭峭点点头："当然会，从小就会。"

"哦，这个我怎么忘了。"

"忘了？我看你是故意的。"

谢珊斜睨着谭峭，黑眼睛莹润得像浸在水银里，光华流转，引得谭峭心神一荡。她笑着推他："还不去采松子，我肚子快饿瘪了。"

谭峭看她一眼，去爬树，谢珊靠着树干等待，细小的松针落下来，拂在脸上微微地痒。她仰起脸，欣赏秋日山林的景色，山峦叠翠，碧色连波，林间一层绿一层黄，地下落叶如赭色厚毯。午后的阳光从树端掠过，照得树冠灿然若金。

她感到树干轻轻地晃动，枝叶簌簌作响。

很快，他从树上下来。

谢珊一抬头，他的容颜近在咫尺，眉目俊朗，气息清新。

她心中一颤。他捡起地上散落的松果，剥取松子，递给她。谢珊不接，靠着树懒洋洋地说："咬不动。"

谭峭提醒她："珊珊，你伤的是脚，不是牙齿。"

"脚痛牵动全身，哪有力气咬松子？"

谭峭叹了口气，不厌其烦地将松子一颗颗咬开。

她等着享受松仁，不忘提醒他："小心别沾上口水啊。"

谭峭气结，接连咬碎了几颗松子。

一小把松仁暖暖地放在手心，散发着清香，谢珊低头看着，心里漾出些许欢喜。

她细嚼那一小把松仁，嘴角带着笑意。

“松子只能充点饥，我们还是要找点别的食物。”谢珊说，“等会儿走远些，看看在哪里能挖到山芋。”

对面响起唰唰的脚步声，有人哼着歌走近，突然歌声停止，一个弓背的老人惊讶地问：“你们是什么人？”

谢珊打量他，一个老樵夫挑着满满一担柴，扁担两头挂着挖来的山货，看起来老实厚道。

“老大爷。”她客气地说，“我们是农场知青，在台山郊游，迷路了，我的脚又崴伤了，您知道下山的近路吗？”

“这是台山南麓。”老樵夫说，“看见前面那个庙没有？继续向南走，傍晚可以下山。小姑娘，你的脚肿了，眼看要下雨了，我家就在前面，去我家休息吧。”

谢珊含笑拒绝，说道：“我们急着赶路，如果下雨，可以去庙里避一避。”

老樵夫说：“小姑娘，别客气。你们还是跟我来吧。”

说话间，耿浩出现了。他满头大汗，背篓里萝卜、南瓜、玉米、青菜扎堆，身后跟着小女孩，幼稚可爱，不停地缠着他说话。这是耿浩的家，老樵夫是他父亲，他刚从山坡的菜地回来。

当晚，谭峭和谢珊被留在耿家吃了晚饭，歇息了一夜。第二天一早与耿浩一起返回农场，还带了只大南瓜。

四

大学毕业的暑假，谭峭来到云亭看望戴嵩夫妇。

油画的题目是一下子跳到纸上的——《河的女儿》。他握紧了笔，觉得胸膛里的长河大浪汹涌而至。那些浪头棱角分明，又沉又重，一次一次撞得他胸口发痛。他忍着心跳，竭力想区分那些河流。十几年来他见过多少条河啊，黄河、金沙江、雅鲁藏布江、额尔古纳河与伊犁河、辽河，甚至青海的通天河。这些河流在他的脑海里飞溅激荡，他兴奋得有些晕眩。拿刀刮掉颜料，他还是想尽情地描绘那古朴的台地、连绵的台山、流淌的桃花江。他久久伫立着，听见自己的心在咚咚地跳动。他不仅没有找到那种闪闪发光、掷地有声的色彩，甚至一笔也画不出来。他感慨万千，却一筹莫展，呆呆地一直站了两小时，最后颓然扔掉画笔，一头栽倒在床上。

半夜，不知怎么醒了，窗外，电线杆上的路灯泻过枝叶，洒在地上一片斑驳。他轻轻走出房间，看见院子的大门敞开，暗淡的月光，斜照一个萧索单薄的身影。

是王映霞。她一动不动地站在那里，像在等一个人。

“阿姨。”他低哑地喊了一声。

“早点睡吧。”王映霞悄声说。走过去，慢慢关上大门，没有插上门闩。然后转身，走回房间。

两天来，他一到夜晚就想起谢珊。他坐在她曾经住过的小房间，一声不响地坐了好久，才熄灯睡觉。

夜晚,他听着窗外唧唧的虫鸣,失眠了。他靠在床头抽了几支烟,然后迅速取过纸笔,在黑暗中嚓嚓嚓地画了起来。他凭着手指的触觉知道,笔画一定不会重叠。

这是一幅油画最初的草稿。

他又去爬了台山,沿着当初的路线。崖下草地上那一片凌乱似乎就是他和她坐过的痕迹,古松上的小松鼠好像还是同一只。他掏出一把松子来吃,苦涩,再没有往日的清甜。

返回,见唐家敏被王映霞引领,走进了他的房间。望着他愣怔的神情,"不认识我了吗,大学生?"唐家敏微笑着问。一阵清新的山风从敞开的房门外吹来,她头上的白发在风中轻微地拂动。"唐老师!"他恭敬地喊道。

"你是前天来的吧?我听说一个消息,赶快跑来告诉你。"她一边解释,一边接过他递来的茶水。

"最近有条新规定,如果大学毕业生不服从分配,就会被取消大学生资格,而且五年之内,全民所有制单位也不能录用。我一听慌了。"她说着自己先紧张了,"我跟映霞商量,觉得你报考美院研究生更有前途,不要来云亭工作。"

"珊珊活着的话,也一定不赞成你留在云亭的。小峭,你大学一毕业就想到来看我们,我很高兴。你可以在这里住段日子,但到时还是回北京去吧。"王映霞哽咽着说。

她退休以后一直生病,他听戴嵩说,这几年她的胃病常常发作。她很少说话,他只是从她的眼里发现了她的喜悦。

三个人坐在饭桌前,王映霞忽然把一只鸡腿夹进他的碗里,她的动作太重，鸡腿一下子推翻了他的碗。她掩饰地转过身去找来抹布，慌张地擦着洒在桌上的汤水。他感到鼻子有些发酸，差点忍不住握住她那双瘦骨嶙峋的手。

他承担了戴嵩的买菜任务，每天早上七点钟提起菜篮，心急火燎地跑去菜场采买，回来后交给他们做饭——这样上午常常只能画三个小时，渐渐地连三个小时也不能保障。晚上的时间倒是相对充裕，王映霞坚持认为电视不值一看。他攫住了夜晚的黄金时刻，蛰伏在小房间里奋力彻夜作画。

早上他索性不睡了，刚想出门买菜，王映霞推门进来，说："小峭，我要跟你说几句话。"

"阿姨，您请讲。"

"唉，难得你对珊珊如此长情，但你还是走吧。"

"阿姨，你赶我？"

"我实在受不了了！看到你，我无时无刻不在思念我的女儿，以至夜不能寐，连带老戴都睡不好。这样下去……"

"哦，我很抱歉，打扰您和戴书记了。"

"小峭，听我的话，你还是走吧。这个给你——"

她从口袋里拿出那块青玉玦，递给谭峭。谢珊从小戴在颈间，从不离身的青玉玦。他知道那块青玉玦是商代出土的。

"它究竟是做什么用的？"

"这是玉玦！"王映霞说，"在制作时，是作为耳饰的。一个大耳环！古人大概也觉得它太重了，秦汉以后就改作佩玉了。这块青玉玦不大，但也是耳环，商代的！"

谭峭用手轻轻抚摸那块素朴温润的玉玦，眼神哀怨。王映霞看着他，说不出心里是什么滋味。王映霞又说道："收好吧。据我所知，中国早在新石器时代，就已经有了玉制的兵器、工具和装饰品，只是制作技艺粗糙；到了商周，除了玉刀、玉斧、玉铲、玉钺、玉戈、玉觿……还有单体器形如鱼、鸟、龟、兽面、人首佩等玉件，造型比从前精细多了。单说这一件，它是我所见到的最早的夔纹玉器，做工上，直道多，弯道少；粗线多，细线少；阴纹多，阳纹少，并且用的是双钩阴线；夔首部分的穿孔，外大里小，呈'马蹄眼'形状。这些都是商代玉器的特点……"

谭峭听呆了。王映霞居然一下子说出这么多名堂。

"您的古玉知识一点不逊于唐老师，到底是名师出高徒。"说完，他有些后悔，发现自己说话造次了。正想着如何弥补，却听王映霞谦逊地说："我只是略知一二，古人叫它玉玦，其实和璧、环差不多，也是身上佩带的一种饰物。"

这时，岳群来了。他来找戴嵩夫妇商量婚事，不料遇上分别四年的谭峭，激动地拍着他的肩膀，不住地上下打量。

去年，他谈了一个对象。岳玲三年前嫁到了江宁的闻家，小日子过得不错，想着哥哥年纪也不小了，她就想给小姑子和哥哥牵线，写信来让岳群寄张照片去。小姑子看了，不太满意。恰好小姑子的同学小朱来串门，她看了照片，对岳玲说："不知你哥哥是否看得上我？"岳玲向小朱要了一张照片，寄给岳群，岳群很满意。后来岳玲带了小朱到大风农场来，两人见了一面，彼此感觉不错，就算定下了。农村的婚姻，普遍这样简单，不像城里人有逛公园、轧马路这一套。

小朱姑娘的照片戴嵩夫妇都见过，大眼睛，一条大辫子，长相端正，健康朴素，看起来挺能干的。

岳群收到的信是岳玲寄来的，催他办婚事。说人家姑娘等了一年多了，等不起。过了春节，再拖下去，恐怕要散。

岳群发愁的是，春节他还办不成事！何滩一带办喜事一点不铺张，但是四条绸面新被子、一套毛呢的棉衣、一身灯芯绒裤袄、棉毛衫裤、皮鞋、球鞋、尼龙袜子等总是要有的。小朱没有提什么额外要求，只希望要一支"英雄"牌钢笔。这个条件提得不俗，岳群倒很喜欢。岳群已经作了长期的储蓄，但是算来算去还差 50 元，所以上门来借钱。

戴嵩看完信，说："小岳，就这个事？看把你愁的，至于吗？我叫老唐给你 20 元，我给你 30 元！不就解决了？"

谭峭说："我也给你 10 元！"说着从口袋里摸出一张 10 元新钞票。

"嗳，我哪能要你这个还没工作的人的钱？"岳群推辞。

"这是我卖画的钱，你不见外的话，拿着吧。"谭峭说，"你可要想清楚，结了婚，你就回不了城了。"

"想过了，我要留在这里，守着她，不然，她太孤单了。"

"你……"谭峭用力拍拍他的肩膀，一句话也说不出来。再看戴嵩夫妇，早已双双红了眼圈。

第二天早晨，他和王映霞告了别，又和送别的戴嵩、唐家敏握了握手。

谭峭推开她的手，拿起一张照片问：“这是谁照的？”

曲盼瞪着谭峭，他以深邃的目光洞察着她。“不管是谁照的，一张静物呗。”她说。她不服气地打量这位美院同学，不相信有人能理解这帧画面。夕阳照耀的清浅河滩，残缺的金扣玉杯，平淡无奇的画面，却蕴含着深刻的内涵。

谭峭推开其他照片，把那幅静物移到阳光晒不着的地方。“苍凉古老的长江流域，生的欲望强烈得逼人的一片桃树林；端庄、美好、宁静的玉杯，可惜它是残缺的。”她听着谭峭低沉的嗓音，他的嗓音浑厚，带着磁性。“它是破碎的，不可弥补地残缺了三五块，还有裂纹。我觉得，这简直就是我们这一代人的生活。”谭峭沉思着，斟酌词句地说。

“不仅仅是我们。”曲盼插话，“这也是大家的生活。”

谭峭的目光像闪电一样射过来，她避开了。她听见这位美院高才生愤慨地反驳：“不，就是我们！再没有哪个人的生活像我们打得这么碎！”她听着，心里不想反对他了。咬着牙把金扣玉杯粘起来后，如果再被打碎，他的心里会是什么感受？她抬起头，信服地望了望谭峭。

“是你照的？”谭峭凝视着她问。

曲盼轻轻地点了点头，心里拂过一阵激动。

“不简单。”谭峭看着她，诚恳地说，“白色，金色，破碎的粉色；台地，桃树林和古老的文物——哦，也许你说得对，这古老的玉杯象征古老的生活。我们这一代，也许没有什么太特别的。”

他黯然地摇了摇头。她抚摸着自行车的车把走着，谁也没有再说话，街上的车流和行人稍稍稀疏了。悄悄瞟了一眼身旁的谭峭，她的脸红了，烫烫的发烧。

“你再看看这张。”曲盼拣出那张《桃花江》，阳光在照片上一闪，她感到手里像亮起一片粉红的色彩。

谭峭神情专注地看着，仔细地打量着河面。她发现谭峭看得很认真，生怕错过一堆浪头、一片色块。

“我今天要去拜访北大地质系的孙教授。”谭峭告诉她，“我一直想知道，金扣玉杯怎么会呈现桃红色。”他刚刚想起来，导师替他约了孙教授，老先生今天有空，让他去一次。

曲盼睁大了眼睛，不明白他为什么对这只玉杯如此珍重，追根究底至此。这么想着，她向谭峭伸出手来告别。

谭峭走进孙教授的四合院，倚着一棵柿子树擦着额头上的汗。他心里充满了矛盾与喜悦，甚至是神圣的感觉。

当看见沙发里半埋着一个老人时，他明白：解开谜团的时机到了。他屏住呼吸，姿势僵直地坐在老人对面。他规规矩矩地坐着，一动不动，听着挂钟沉缓的响声。

“听说，你喜欢研究玉石？”老人威严地提出了问题。

听到老人的这个问题，他兴奋起来了。“是的，我爸爸是玉雕匠人，我的启蒙老师是文物专家，我在桃花江边插过队，参加过古墓的考古。我……去过黄河和湟水，在辽河边搞过地质调查。”他吞吞吐吐地说着，好不容易才咽下了关于游过京杭大运河、桃花江的话,“我还准备去看看其他河,特别是新疆的玉龙喀什河。”他停住了,等着老人的指示。

孙教授闭上眼睛,躺在沙发里久久没有说话。

房间里安静极了,只有挂钟的大摆在嚓嚓地响。他不安地望望老人,担心老人睡着了。

“中国的玉文化,历史悠久啊。”老先生突然开口,“年轻人,你愿意在这个领域里探索一生吗?”

他微微地震动了一下,想说什么,但没有说出来。

孙教授的声音清晰:“我只能简单说说,供你参考。”

都说“美玉出昆仑”。古人认为,昆仑山是神对大地的恩赐,而玉是昆仑山对人类的恩赐。

出于对玉器的崇尚,古人四处寻找玉石的出产地,除了新疆的和田地区,在今天辽宁的岫岩、江苏的小梅岭等地,都留下了古人开采玉料的足迹。

在几亿年前,地壳运动把一种中酸性的岩浆侵入大理岩中,大理岩和岩浆中的不同成分在外力的作用下开始融合,这些矿物元素最终凝结成珍贵的玉矿石。在以后的造山运动中,玉矿石被抬升到了海拔四五千米的雪域高山上。

在雪域高山上,裸露的玉矿石由于风化剥蚀,崩落到山涧,在雪水的冲刷下进入和田地区的河流,经过几万年的冲刷磨砺,玉石留下精华的部分,人们称为“羊脂玉”,意思是拥有像羊的脂肪一样细腻光滑的质地,手摸着如婴儿皮肤。

对于玉石种类的划分有不同的标准。有的按地域划分,比如辽宁的岫岩玉、河南的南阳玉、西安的蓝田玉、新疆的和田玉；有的从颜色来分，可以分为白玉、碧玉、墨玉等品种，只是这些颜色的变化没有改变玉石最本质的矿物学成分，它们的成因主要是玉石中包含了不同的微量元素。

含石墨的呈现出黑色，含锰的带有褐红色，含铁元素的多少呈现出浅绿、深绿或者浅黄色，由于所含微量元素的不均匀，在一块玉石上还会出现不同颜色掺杂的现象。

最后，孙教授说："你想问，金扣玉杯为什么会呈现桃红色？我觉得凭借先进的检测设备，辨别其中的玉矿石的成分是简单的，但玉石本身的神秘性实在无法用科学来解释。"

见谭峭大失所望的样子，孙教授说道：

"我看过金扣玉杯的照片，的确光彩夺目，我也被迷醉了。玉杯华美的色彩和散发的光泽相互映衬，又互不侵犯；轻轻敲击玉杯，声音清脆悠远，仿佛一树树的桃花在绽放。"

"孙教授，您说得真好！"谭峭由衷地说。

"怎么，小伙子，你以为我们搞地质的都是老古板？"

"不，不！"谭峭被老先生逗笑了，老先生也笑了。

看来，心中的疑团一时无法解开，他还是道了谢。

临别时，孙教授补充道："《考古》杂志最近刊登的一篇报道说，两颗从汉墓中挖出来的莲子，经过园丁的精心培育，在水中奇迹般地长出了叶子，开出了花朵。"

"哦，真的吗？"谭峭难以置信地瞪大了眼睛。

"嗯。"孙教授肯定地点点头，"莲花落了有莲蓬，莲蓬里有莲子,莲子里有莲心,而莲心是不死的。”

车过五棵松后,西去的车流疏落起来,大道上行人很少。“谭峭! 喂,叫你哪!”曲盼快活地说。

“我的作品发表啦!”她大声说。

他点了点头,继续骑着车。

“那张静物,”曲盼显然很激动,“记得吗? 那个玉杯。”

他点了点头:“作品名字呢?”

“《流光》。”他看见她把身体绷得弯弯的,吃力地跟着他的速度,就略微骑慢了些。

“你给我写的评论,与《流光》一起发表了!”她继续兴高采烈地说着,抬起手擦了擦额头上的细汗。

“祝贺你。”他回答,“发表在什么杂志上?”

“《摄影艺术》! 全国著名的摄影杂志!”

“太好啦!”他说。不管怎样,他还是为她高兴。这是很不容易的。

“喂,谭峭。”她低声地叫他,“你真棒。”

他们进入了美院的生活区。两侧高大的白杨树笔直挺拔,路上有三三两两赶着上课的男女学生,有步行的,更多的是骑着自行车的,他们不时按着车铃,穿越拥挤的人群。

“你的评论写得太好了!”曲盼的声调充满了感动,甩了甩披肩长发,她望着他说道,“那篇评论,我读了好几遍。不过,这是你应该做的,算是对我的弥补。”

当初他们在何滩写生，曲盼给桃花江拍过一组照片，谭峭称赞照片拍得精彩，第二天却把照片撕得粉碎，她气得哭了，问他为什么这样做。他苦笑了一下，说桃花江是我的。

他掀着纸张，快速地阅读。这是一篇纯艺术的评论，谭峭在文章里描写了古朴的长江平原、新生的树林和破碎的玉杯，分析了构图、用光、色彩和调子。文章言简意赅地提升了这张静物的象征意义，总结了动荡的历史和艰辛的生活。

眼前有一条河缓缓地流淌着，有耐心又有韧性，岸边的桃树林在春天的时候开得云蒸霞蔚。“你就是台山脚下的，多少年来任意泛滥、放浪不羁的那条长江支流吗？《历史自然地理》上说，你是一条不知安宁、河床屡改的不驯的河。读着相关文章时，总是禁不住在想象中描绘你。无法猜测那时你究竟有多剽悍，一百年来逼得下游三次改堤。”他怅然地望着河水。

一年后的秋天，谭峭去兰桂苑看戏。因为离得远，很早出门，到时还有半个小时，谭峭在庭中徘徊，等着开场。桂花正是盛开的时候，满庭香气。左边一棵柿子树上结满了柿子，被太阳晒出红晕，也没有人摘，掉了几个熟透的在地上。他见四周没人，便拣了一个破皮的来吃，想不到很甜，连吃了两个，手被汁水沾得黏黏的。吃完，忽然想起最后一次和曲盼一起来看戏，就是去年，也是柿子结果的时候。

舞台上的林冲在风雪中翻山越岭，在悲愤中婉转清唱：“遥瞻残月，暗渡重关，奔走荒郊。”一滴本该在得知谢珊噩耗时掉下的眼泪,这时才缓缓化开,挂在谭峭的脸颊上。

曲盼早已不陪他来看戏,因为是张春华的专场,所以他特地帮她买了张票。谭峭一向不喜欢拍照,那天给曲盼拍了两张照片后,她也要给他拍,他就站在柿子树前拍了一张。柿子硕果累累,树下的他勉强微笑着,身上穿的,正是被曲盼批评过的泛旧的蓝色毛衣,是谢珊在插队时学着织的。

想起这些,他已经从那段感情中抽离出来,也才想明白,那段感情所没有的,恰恰是最重要的爱。他曾因为金扣玉杯,和崇拜他的曲盼稀里糊涂在一起,天长日久后,有了情感的依赖。然而这些都不是爱,他们早晚都会分开的。

晚上,他把《摄影杂志》的那篇评论重读了一遍,然后放在桌上,作起画来。他感到心情异样的平静,又觉得平静之中在暗涌着什么。心跳开始一次比一次沉重,他听着自己的心跳声,听着涌起和凸起的思潮带来的一丝微弱而尖锐的音响。刹那间,那一丝音响轰鸣起来,他感到自己被突如其来的汹涌波涛一下子淹没了。桃花江,泛滥肆虐的桃花江,他激动地把笔按向纸张,纸哧地被撕破了。

曲盼问过他:“听说,你不打算留校了?”

“是的,我决定回苏州。”他沉吟着回答。

“为什么不留下?多少人想留在北京啊!”她不解地问。

“我在想,要么去国画院,要么我会改行。”

“改行?”她大大地震惊了,“做什么?”

“琢玉。”他低声回答。

五

晚上，芸姨到居委会开家属会，谭峭自告奋勇地陪着去。他们来到会议室，中间摆放桌子椅子，很多人在拿着扇子说话，芸姨让他坐在桌边不要乱动。一会儿，一个胖子发言了，人们都安静下来，只听到扇子在簌簌地响。那是炎热的夏天，让人发困的季节。他一点也不困，只是感到无聊。但是不能动，屁股都坐麻了！他站了起来。好不容易胖子说完了，一个瘦老太开始说了。这时他感到自己像站在闷热难耐的澡堂里，说不出的难受、乏味。于是想起了清凉的荷花，应是清明时栽种的，吃吃螺蛳，捉捉柳絮，看见姐姐把牛粪倒在一口大缸里并盘上藕秧，缠上头发，再盖上河泥。缸里的泥晒干了，加点水，一次又一次。有一天，紫红色的小觜子冒出了水面，夏天就来了。荷叶上的第一朵粉红花开了，雨点在不停地落……瘦老太说完了，一个卷发婶婶又接着说。芸姨让他坐到凳子上去，他只好照做。不由得想起了和同村的几个孩子在太阳底下唱童谣，他们摇着枇杷树起劲地唱："麻子麻，采枇杷，枇杷树上有条蛇，吓得麻子颠倒爬。"

谢逸气得直跺脚，以为他们是故意嘲笑她。倒不是因为她的严厉，而是老去告状。捉天牛，跟哥哥斗蟋蟀……

他想得兴奋起来，就把旁边的人忘了。突然听到掌声，原来是一个秃顶老头说话了。他在凳子上扭来扭去，难熬极了，但芸姨还是让他坐好。那么，不如想想第一次来光福的珊珊吧。天气闷热，大雨瞬间降临。一个闪电照在桂树上，她赶紧跑到柴草房，那是距离院子最近的房屋。她爬上堆得快跟屋顶一般高的柴草上，听水从高处流下来，哗啦啦，轰——空心的老桃树倒了，葡萄架塌了，她的四周越来越黑，雨点在屋顶乱跳。听着雨，雨渐渐大了。珊珊，别怕，有我在呢！

他不记得那一晚总共想出了多少个“美好的老故事”，也不记得会是如何开完的，只记得冗长的发言、扇子的声音、喝茶的声音，还有就是他童年时那几个热昏了的梦里的热烈明朗的背景。

以后，他在玉雕厂面对子冈牌临摹雕琢时，不停地想到童年的陆子冈，独自一人，离家出走，在雪地里受冻挨饿。他认为陆子冈创作子冈牌虽有极大的偶然性，但他的灵魂成形是由内在的创造力操控的。不论童年还是青少年时期，他都保存了这种能力，一有机会就加以实践。这个实践起先不一定是琢玉，直到他开始琢玉的那一天，他才意识到，这是最符合他本性的工作，他的能量和才华原来是用来使自己获得新生的，这也是某种程度上的拯救。

他在艺圃这么多年，没什么变化，只是春夏秋冬，四季景色不一样。春天是生长，秋天是收获，到了冬天又是下雪，春天又是鸟语花香，不一样。一年四季，表面没什么变化，他却可以创造一些变化。雕琢，把这些都刻画在玉石上。

伴随窗前的风铃声，春天来了。屋檐吸附细雨，由白变黑；天空弯下来，被无数枝条嫩叶染绿；蜜蜂牵动阳光，嗡嗡飞舞；少女奔跑的影子如风筝，让他做梦都想抓住那线头。

生活清苦、郁郁寡欢的画家，画出的人物却出奇地高雅、细致、一尘不染，好像出自一个养尊处优的画家之手。

谭峭并不介怀。纵身一跳是珍妮最后的牺牲，成全了爱情。他想，她要的就是这个。珍妮不过是崇拜画家的女人中最狂热的一个，真正走进画家心里的是碧萃丝——来自南非的英国女诗人，聪明，有主见，他们在精神上十分默契。在她面前，莫迪利亚尼是透明的、真实的。他在珍妮那里得到的都是赞美；在碧萃丝的眼中，缺点毕露，懒散、固执、虚荣、狂乱、粗暴……两人一见面就吵，只有分手。

他在网上反复查找碧萃丝，一无所获。他不放弃，这么执着，还是因为谢珊。每完成一件作品，他多么想让她来分享快乐，她一定会说出一番真知灼见的。幻想着这样的情境，他往往拿出红酒，倒满一杯，一口一口地喝，说："敬你，为了你毫不留情的批评。

"敬我，为了消失的匠气。

"敬你，为了这块山水牌。

"敬我，为了那把玉梳子。"

1983 年春，谭峭离开苏州国画院调入苏州采香玉雕厂。玉雕厂的小院像一个杂居的四合院，拥有一种院墙外的人所没有的悠长的节奏。在这里上班的人关系融洽，那种放松和温暖有种异于现代社会的人情味。大概是接了地气的缘故。

没想到，邓兴南已是玉雕厂的副厂长了。

那是苏州采香玉雕厂的黄金期，车间主任把谭峭带到工艺师管崇文面前，说你就跟着管师傅学。并向管崇文介绍，谭峭是苏州国画院的画家，绘画功底好，厂里的意思是让他将来能出点成果。管崇文不说话，只是点点头，表示知道了。

突然，有个黑瘦的小青工一把抓住谭峭，连连问道："你就是谭峭？苏州国画院的画家？你是中央美院毕业的？"

谭峭一下子有点蒙，想，这是谁啊？怎么对他这么了解？小青工马上自我介绍："我是公子小白。"

"嗯？"

见谭峭一脸迷惑不解的样子，他连忙补充说："我的名字叫姜白，齐桓公的名字不是叫姜小白嘛，一字之差，名人效应。呵呵，名人效应。"

谭峭问："你进厂几年了？"

姜白不回答，反而笑嘻嘻地说："春秋时齐国管仲追赶逃亡在外的公子小白，用箭射中公子小白的玉带钩，公子小白装死，躲过了一场杀戮。后来他成为齐桓公，却不记前仇，重用管仲，终于成就霸业。师兄，我将来也是要做大事的……"

"姜白，有在这儿胡诌的工夫，还不快去干活。"管崇文呵斥。

"师父，不要这么严格嘛，好歹我是您徒弟。"说完，他对谭峭眨眨眼，低声说，"师兄，我们有空再聊啊。"

看着这个自来熟的小师弟浑身透着机灵劲，谭峭笑了。

父亲曾教他识别玉和石。玉隐在石里，石又包裹着玉；玉多则重，石多则轻。一个工匠要做的事十分简单：琢磨。

谭峭仔细端详电动砣机，发现它与父亲所用的水凳大同小异，治玉原理与古代砣具也是一脉相承，不同之处是电能代替了人力，解玉砂被用电镀的方式附在了砣机上。

车间里美轮美奂、灼灼发光的玉器都是仿高古玉。其中最耀眼的是一副秋葵纹白玉带，由二十块玉銙组成，长方形，铊尾长，全部透雕秋葵纹。师父一个人做，他站立一旁看。

管崇文在治玉上阴刻、阳刻、浮雕、透雕、俏色、描金、镶嵌，无所不能。他的仿高古玉活灵活现；“汉八刀”手法运用娴熟，简直炉火纯青；所雕之玉琢磨简洁，雕饰刚健。平时，他除了对谭峭和姜白言传身教外，基本上没什么废话。

当谭峭可以独立操作一台砣机的时候，是如此得心应手。他随意调节旋转的速度和力度，不断更换大小不同的钻头，甚至还可以用锉刀更改钻头的形状。

一天的活干下来，有时候累极了，这时他会轻轻哼起歌：

花儿为什么这样红为什么这样红
哎红得好像红得好像燃烧的火……

这时，车间里的同事们会从砣机后抬起头，不时含笑打量这个白皙的、忧郁的小伙子。很少有人了解他从前生活得怎样，在哪儿长大，在想些什么。

两个月后，一只玉蝉被托在谭峭的手掌心上，在一块玉上琢刻双眼，背部的翅膀是在管崇文的示范下完成的，刻画得惟妙惟肖。蝉入地冬眠，开春脱壳，知四时之候，喻重生之意。师父为什么一开始让他雕玉蝉？别有用意还是一时巧合？

放在死者嘴里的玉，叫“晗”。曾侯乙墓有一个细节被忽略了，就是在曾侯乙的头骨中找到了21件玉晗，数量之多，仅此一例。到了汉代，一般是在舌头上放一只玉蝉，没有这么繁复。曾侯乙口中为什么放这么多的玉晗？可见曾侯乙生前非常奢靡。在管崇文看来，人们之所以崇尚战国玉器和汉代玉器，是因为仿雕难度大，根本达不到古代的那种效果。

端午刚过，他们小组接到一个任务：仿制商代的玉簋，原物是从河南省博物馆借来的。邓兴南强调，这个玉簋，别看小，做起来很难，要把它做规矩、做圆了。这是市政府赠送苏州友好城市的礼物。姜白哼了一声，对邓兴南嗤之以鼻。

他们围着玉簋反复观察，前几天姜白和谭峭对史前玉器是否应用了原始砣具还存在分歧，当他们把研究的目光集中到商代玉器上时，谭峭和姜白的结论却达到了惊人的一致。

从最初的玉料切割到器型的简单加工，直至刻画纹饰、钻孔打磨，工艺严格又复杂。姜白一改平时吊儿郎当的样子，格外用心，积极配合。管崇文说：“你有谭峭的一半，早就出师了。”姜白搔搔头，笑着说：“师父，您的衣钵还是要靠师兄。”

傍晚暑热尚未散尽时，谭峭回到宿舍，背上的衬衫湿了一大片。他眉心紧蹙，似乎中暑的样子。谭林泉晓得儿子辛苦，递给他一碗酸梅汤，说这汤在井里放了半天，阴凉着呢。

谭峭喝了两口，递给父亲，谭林泉喝了一大口，不知道说什么才好。论才气，不是说一句狂妄之语，谭峭算是排得上了。偏偏，这样聪明的孩子命运多舛，至今还未成家立业。

三个月后，这件仿古玉器完成，得到了市政府领导的好评，邓兴南代表苏州采香玉雕厂赶往市里领奖并发言。姜白咕哝："师父就是不善言辞，不然，这事哪轮得上邓兴南？"

随后，管崇文拿来子冈牌，郑重其事要谭峭仿刻。他小心翼翼地接过，玉牌是从文物商店借来的，捧在手里，他内心激动。这可是真正的子冈牌啊，父亲一辈子都没见过。

长方形的子冈牌，玉色润白，滋蕴内敛。牌子穿系处正反面装饰浮雕卷草纹，正面一棵古松下，俩童子蹲在草地上，身旁有两个竹笼，好似在斗蟋蟀。背面阴刻诗文，是宋代叶绍翁的诗："萧萧梧叶送寒声，江上秋风动客情。知有儿童挑促织，夜深篱落一灯明。"线条流动飞扬，琢有子冈印款。细细看来，图案外的质地是磨砂的，四周留有窄窄的边框。风格古朴大气，雕工严谨有序，俨然一幅田园好风光。

砣机转了半天，谭峭迟迟没有动手。谢珊第一次来光福，喜欢晚上点着灯笼跟着他去捉蟋蟀，他嫌她烦。只要捉到一只，不管大小，她总是那么欢喜。她听着它唧唧的声音，用草掏、手扒、水灌，顾不得藤蔓拉破了手，追着扑。捉了蟋蟀，放在陶罐里养，她每吃一个梨、一段藕，吃石榴、吃红菱，都要分它一点。两三天后放出来在院子里斗，直到天黑姚春兰喊叫："小三、珊珊，吃晚饭了。”两人才结束战斗。

“吃晚饭了,师兄。”姜白递了饭盒过来,谭峭茫然接过。

姜白看了他一眼,调笑说:“怎么,在想心事? 看你拿着子冈牌大半天,呆呆的,是不是中了邪?”

“我只是想起了一些往事。”谭峭平静地回答。

“师兄,有人请我今晚去十全街看古玉,一起吗?”

“嗯。”谭峭点点头。

晚上,谭峭跟着姜白来到十全街的天香楼古玩店,一位神秘来宾将他珍藏的战国时的“十六节龙凤玉挂饰”拿来展示。这件玉饰,他俩看得意犹未尽:和田青玉,用五块玉料雕刻出十六节龙、凤、璧、环形饰件,再用三个椭圆形活环及一根玉销钉将其连接成一串,绝妙的是这玉件可以折卷。

受此启发,谭峭设计了一把总长80厘米、宽38厘米、薄1.5毫米的玉宫扇《龙翔凤舞》,特点是空、飘、细。在长达一年的制作过程中,管崇文坚持以谭峭为主,他和姜白辅助。

出于对谭峭的佩服,姜白和他成了好兄弟,两人时常展开讨论,眼神对着眼神,心领神会,琢玉的感觉悄然而至。

作品完成,引起了全车间的轰动,立即被送到北京参评“国庆三十六周年献礼”工艺百花奖。当苏州电视台播放《龙翔凤舞》这把可以折叠的玉宫扇时,同时播放了采访副厂长邓兴南的录像。谭峭听了他的谈话,不禁哑然。

当初要制作这件作品时,他百般刁难,说不懂玉宫扇要表达什么主题，甚至把赞成制作玉宫扇的车间主任降了职。但是面对电视台记者的采访，他竟然觍着脸说，一切都是由于他的推动与指导，这件作品才得以圆满完成。他甚至还说，玉雕大多是按古玉仿制，这件作品完全是创新……

谭峭看着电视采访，心想，这才是真正的《罗生门》！然而他不屑耻笑邓兴南。

第二天一上班，姜白冲进厂长室，手指着邓兴南鼻子："邓副厂长，您说您有多高的思想境界，我看不到。我只想看看您佩的玉是什么样子的，今天我总算看到了，非常好。古人说玉有五种品德，仁、义、智、洁、勇，但是在您身上我怎么一点也看不出来呢？所以，我认为您不配也不该佩玉。"

邓兴南面色愠怒，厉声说道："姜白，你在胡说八道什么？你师父是怎么教你的？"

"对了，说到我师父，您还是他徒弟呢，当面一声声叫得亲热好听，等到分配房子的时候，大房子光想着您自己了。"

"姜白，你想怎么样？"

"您说实话，玉宫扇是在您的推动与指导下才完成的？"

邓兴南一脸正色地说："当然喽！谭峭进厂有多久，没有我的培养，他能创作出这样的作品？"

"您的培养？好意思说！您的事迹我来数数：一是开辟了卖品部，接待旅游外宾；二是成立了旅游小件生产车间。其他的我想不出来了。您把别人的成绩都记在自己的功劳簿上，也不脸红。师父师兄他们好说话，我可咽不下这口气。"

“厂领导又没亏待他们,这不,上报谭峭评选工艺美术系统‘新长征突击手’,上报管崇文评选市级‘劳动模范’。”

“邓兴南,您的私心代表不了厂领导班子。我要您还我们小组一个公道,不然我决不罢休。”事情还是不了了之。

一个月后,姜白辞职,在平江路开了玉器店“指柏轩”。

半年后,管崇文退休,谭峭也辞职在专诸巷租了个门面,成立香草居工作室。他接的第一件活是替谢亮定做一头玉牛,她时常与他联系。它的匠心体现在选料的精准上,利用一块完整的籽料,把高的部分设计成牛俯卧回头的形状,低的部分做成牛的臀部,既巧用了玉料,又自然天成。

第二件活是替台湾客商雕刻一把玉龙壶,选用上等籽料,颜色淡青中泛白,带黄皮,他运用了两种技法:一种是西周的“一面坡”工艺,即S形线以双向反向雕琢,在中间形成一道扭转的凸棱线,在日光的照射下,有光影变幻的立体感;另一种用的是阴线雕琢,就是俗称的“汉八刀”,邓兴南一向鄙视这种手法,说早过时了。谭峭却不这么想,这些古代的技能都是管崇文教他的,他一直铭记在心。

管崇文说:“‘汉八刀’其实是一种斜砣方法的使用,又称大斜刀,线条平直有力,像用刀切出来似的,一气呵成。”

窗外,一片突如其来的大雾,遮蔽一切喜悦或悲伤的天空。谭峭踏雾而来,凝神静气地构思玉山子《东坡夜游赤壁》——砂子配合着水,他用砣机仔细琢磨心中的一块玉。这件山子,通盘的考虑必须胸有成竹，设想的细节太多了，纷至沓来：器身雕琢峭壁、小船、江水，体现“山高月小，水落石出”的意境；底部落款时有意营造类似篆刻的锉刀痕。

傍晚，谭峭不知不觉又走到艺圃后门口，隐约的琵琶声，伴着颓废的园子。一个少女来到世上，后来她不幸死了，后来人们把她遗忘，没有任何悼念，谈不上身后哀荣。这是一个多么寻常的故事，也许任何一个作家都不会满足故事的简单和平淡，任何一个作家都想把主人公描绘得更完美更丰富更具戏剧性，他却只愿她岁月静好，事事如意。他的手心里盘着一块新玉，形制是柄小如意，他雕了一心想要送给她。这柄玉如意，将浸润她的体温、清香和血气，不消多少时间，玉如意就会出灰脱胎，丝绸般光滑，鲜花般润泽。

下午，姜白接了管崇文一起来香草居喝茶。姜白刚从东北回来。在东北考察了“红山文化”出土的玉器，他发现几乎在所有的玉器上，都有不同形制的穿孔，这是为什么？

管崇文认为，为什么带穿孔？比如说勾云形佩，把它翻过来带牛鼻穿，是为了缝制在衣服上使用。如果“红山文化”的玉器没有孔，或者孔位置打得不对，你就要考虑这件东西的真伪了。他想，到底师父厉害，说得多么透彻。

说着，姜白从包里拿出收购的古玉。他们观赏了玉璧，分别是谷璧与蒲璧。姜白夸耀：“这次东北之行，我算是开了眼界，至少知道谷纹璧的等级比蒲纹璧要高。师父，不晓得我的比喻对不对？你看，谷纹像凸起的小蝌蚪，蒲纹像草席上的纹路。”管崇文点点头：“有进步。”“那是。”姜白得意扬扬。谭峭的注意力在弓玉形佩上，轻轻抚摸，有一种温润、奇异的感觉。它像一阵风，像一朵云，更像无穷无尽的天，他知道这玉佩一定要佩在胸前，然后大巫师通过玉佩来预测天意。

“师兄，你的茶叶不行，下次我带点金骏眉过来。”

“我只喝台山雀舌。”谭峭说，“你今天不光是来喝茶的吧？”

“还是师兄了解我。我呢，一来是想请师父到指柏轩帮忙，二来是想请师兄替我做些加工，这两块玉璧仿制是个开始。”

管崇文与谭峭对视了一下，没有作答。

“我从小就死了爸爸，只有一个病弱的妈妈，和我相依为命。你们……不帮我，那我真是活不下去了。”说完，姜白含泪欲哭。

“小白，师父答应你。别难过了。”管崇文拍拍他的肩。

“那……师兄呢？”姜白说着，偷偷瞥了谭峭一眼。

“小白，你的演技不错，也只能骗骗师父。”

“师兄，帮帮我。”姜白露出一副可怜兮兮的表情。

“我答应你。但是约法三章：诚实守信、货真价实、童叟无欺。诚实守信从我做起，玉器出自我手，署名‘峭’；工作室师傅雕琢的，署名‘香草居’，并出具证书。怎么样？”

“行，师兄。按你的意思，我一定做到。”

说完，姜白高兴得跳起来，头差点碰到廊檐下挂着的空鸟笼，他疑惑不已地看着谭峭。谭峭解释，他不想养鸟，嫌脏，有鸟屎鸟毛。挂个空笼子,想象一下秋天,想什么鸟是什么鸟。手里因此一会儿雕出了百灵,一会儿雕出了黄鹂,一会儿又是一只花喜鹊,秋天的时候鸟儿的叫声更动听。

临走,姜白瞥见桌上有谭峭新雕的文具,笔洗、水丞、笔山、砚、印盒,便一股脑儿全收进包里。见谭峭伸手欲拦,他忙说:“师兄我这就去银行给你汇钱。”一溜烟跑了。

六

太湖周边的村落,隐藏在穹窿山麓。以光福为主,往西北湖域延伸。路不好走,村里年轻人大多外出,剩下老人孩子空守家门。几处深宅大院从前被人民公社充公征用,如今归还主人,但是无人看管。烟波浩渺的湖面,只望得见一两条渔船。渔民们不是去地方上创业,到乡镇企业上班挣钱,就是被地方旅游、园林局征用,成了风景区的环卫工人。

谭峭在去三山岛的途中,和一座座寂静的村庄迎面相遇,有时在公共汽车的车窗后面,有时在某个山道拐弯处。

他的生日宴设在谭峻家,进门,见客厅的中间挂着一副对联:“爱莲世泽,细柳家声。”墙角处还有一张孩子的黑白照片。

谭峭问:“哥哥,是你吧?”

“不,是你。”

“哦,是我?”

“嗯。”谭峻点点头。

自从姐姐死后,可知的同辈亲属只剩哥哥谭峻了,他一直在三山岛教书直至退休。去探望他，要在东山陆巷摆渡。闲来他喜欢看棋谱，每次都引谭峭注视，不禁问道：“你的棋友晓风像谁？”

“像谁？像珊珊！我早想说，像珊珊小时候！”

希望由哥哥来证实他的感觉，不料他说得那么肯定，谭峭讪然而辩：“是吗？珊珊漂亮，她有点丑……”

谭峻笑道：“她简直和珊珊小时候一模一样，脸很像，表情也像，受了委屈就要哭……”

“不一样。珊珊小时候爱哭，伤心极了反而会笑。”

美院的暑假，去岛上探望哥哥，他食不知味，静静观察晓风。少女十分机敏，借故回避他，偶尔相遇，她臊红了脸，说不上半句话。只有哥哥乐于做见证，不断回忆出她们相似的微妙处，而且常在他面前夸赞晓风。他听着，含笑不语。

和哥哥下棋间隙，总是想起这邻家女孩。如果为她拍些照片，由哥哥选出其中酷肖谢珊的，以此充作谢珊的童年留影——这个怪念头闪现时，谭峭暗喜不已。接着，忧悒了，他怎么将这个意愿向晓风说明白……事情便一拖再拖。

直到从北京回到苏州，和谢亮一起去看苏州市歌舞团的演出，他赫然发现那个领舞的演员居然是长大了的晓风！

光阴荏苒，愿望渐渐减弱，想请哥哥为他和晓风合影，他磊落声称：“这是我和邻家女孩晓风，她酷似珊珊童年时的模样。”她愿意和他合影吗？

某日晴好，又是春天，又是星期天，好久没有摆渡了。

这几年谭峻退休后，他们都在香草居会面，他说人老了，有时反而想看看热闹，他们就饮于石路繁华的酒家。谭峻遇事豁达大度，平时却十分讲究细节，他抄给谭峭新址时特意画了地图——这小岛他还不是了如指掌！

谭峻由岛北迁到岛南，这栋新楼，他是初访，感觉轩敞整洁，但情趣索然。谭峭的提前而至，让他哥哥分外高兴。

抽完一支烟，话题转到新居旧居的比较上，谭峭问道："你搬来这里，晓风家还是在老地方？"

"还是在老地方。"

"最近见过她吗？"

"常见。她不演出的时候过来下棋，我一直在教她。"

"这就不像了，珊珊从小不爱下棋。"

谭峻认输似的笑辩："哪能什么都像！"

"我想见见她……"

"会来的。下午，今天是星期天，是吧？下午她一般会来的。"接着又自语，"还是让我叫她一声吧。"

谭峻拎了一袋巧克力糖豆，招呼他的小孙子去传话，谭峭跟出来，关照说："不要说我要见她。"

谭峻看了他一眼，不响。

没多久使者回来，倚着门框边嚼糖边说："晓风姐姐演出刚回家，今天不来了。"

白天他在码头独自钓鱼，晚上在客厅的沙发上看书。这样生活了两天后，他漫无目的地往湖边走去，看到一个女子。

她的眼睛是琥珀色的，椭圆的脸蛋，看起来年轻又甜美。一种似曾相识之感油然而生，强烈得让他不得不努力抗拒一股冲动，免得自己伸出手去触摸她那被风亲吻的脸颊。

“我已经三十五岁了。”他困惑地想，“她不超过二十五岁，我这是怎么了？”

“你住在这附近？”她问。

“是的。”

“我叫晓风，”她说，“纪晓风。”

这名字适合她，像她身上的白色连衣裙一般适合她，还有蔚蓝的天空、枫树林，以及10月的风，都适合她。她住在三山岛北面的小村庄，这不重要。重要的是他看见她时心中产生的那种特别感觉，还有他凝视她脸庞时袭向他的柔情。

“你是我哥哥的邻居？”他明知故问。

“是的，我认识你。”她说着，对他露出微笑，“你叫谭峭，是个画家。”

她的微笑透露出她一点都不期待他相信。

凑近看她，他没见过这么坦率的表情：“你常来这里？”

“嗯，常来，这里是我喜爱的地方。一个人听听流水的声音，风从林间穿越的声音，石子滚落的声音，鸟叫的声音。昨天，我看见一只白头翁。今天，我看见你。”

“没有人和你一起吗？”

一列排成V字形的大雁飞过天空，她看了好一会儿才开口:“我爸爸病了。如果可以,他也很想来。”

“晓风,你在歌舞团跳舞?”他问,“或者,你工作了?”

“我跳得怎么样?”她说着,往前半步,双手交握,做了一个漂亮的旋转。

“很棒。”他说,“我女朋友从前也跳得很棒,在我们插队的地方。”为什么要说这些?他搞不懂自己。

“她现在还跳吗?”

“不跳了,她再也不跳了。虽然我在某一方面失去了她,但在另一方面又得到了她。我想,你不会认为这是失去吧?”

“嗯,我想那不是失去。现在,我要走了。”

“你明天会来吗?”

“可能。这几天我每天都会来。再见。”

“再见,晓风。”

他目送她轻快地跑离湖滨,消失在枫树林。

夜深人静,岛上没有现代人习以为常的各种噪音。他从书橱里挑了一本《叶甫盖尼·奥涅金》,坐下来,翻到《达吉亚娜》章。他把这段诗读了三遍,每读一遍都能看到晓风站在阳光下的身影。他的喉咙像被什么哽住了,难以吞咽。

他强迫自己去想谢珊,她的脸立即清晰地浮现:坚定、线条柔和的下巴,闪亮、富有智慧的眼睛,带着一丝调皮。他在延光阁作画,抬起头便看见她笑嘻嘻地站在面前。不可思议的是,才过去十年,他就渴望和一个幻想过度的女子约会。

他脱去外套,盖上棉被,熄了灯。他睡着了,却感觉思绪支离破碎,伴随着撩人的梦境。

第二天下午,她穿了一条绿色连衣裙,黑色的长发上绑着绿色缎带。他呆住了,面向太湖,一动不动地站着,然后他走过去,站在她身旁。她说:“我没想到你会来。”

过了好久,他回答:“但我来了,你也是。”

他点燃一支香烟,把烟雾吐向风中。“我爸爸也抽烟。”她说,“你跟他有很多地方相似。”

“跟我讲讲你爸爸吧,”他说,“顺便也讲讲你自己。”

她说她二十五岁,父亲在乡镇文化站工作,是个画家,已经病退。自从四年前母亲去世,她就苏州与三山岛两头跑。接下来,他告诉她关于自己、谢珊以及谢亮的恩怨,还有他们一起下乡在何滩插队的艰苦而快乐的时光。但是他始终没有告诉她,她和谢珊小时候长得很像。

他说完,她感叹:“你的生活经历不简单。”

谭峭猛地吸了一大口烟:“你爸爸是个有才气的人。”

“嗯,他是!”热情染红了她的双颊,让她的眼睛闪亮。

“你不会相信他临摹过多少画,齐白石、徐悲鸿、张大千、石涛、沈周和唐寅。连我自己也画了一些。”

“我也喜欢这些画家。”他不假思索地说。

她欣喜若狂地看着他。“太好了。”她说,“我们有这么多共同的爱好!”

那一刻,他的心飘荡得很远,直到上床睡觉。他平躺在黑暗中,坦然接受了所有随意冒出的念头——所有念头都和10月的湖滨有关,和一个穿着绿色连衣裙的女子有关。

谭峻一定要拉谭峭上饭馆,说有时令好菜。坐在临湖的窗畔,柳丝飘拂,湖岸的野花香风徐来,他说:“小峭,你太多虑了,拍照是小事,单独拍晓风可以,两人合照也可以。”

“哥哥,这和平常不太一样……我是想用她的照片,构思用玉石雕一个完美的珊珊……将来会印在书上……”

谭峻沉默。谭峭后悔了,决定放弃这个念头。

他点燃一支烟,缓缓说:“还是算了吧!毕竟晓风和珊珊仅仅是童年的容貌相像,这样做有些牵强了……”

谭峻目光黯然,转而亮起:“不,这样,还是应该今天就拍摄,然后依据照片,你把它画成肖像画,就是珊珊了!记得她小时候来光福夏天常穿绿色连衣裙,冬天是紫红色对襟棉袄、灰色绒线小帽、蚌壳黑棉鞋……”

他双手比画着,说得有声有色。

“哥,吃菜吧……我只盼找回一个童年的珊珊。”

“等会儿晓风会来的!”

这时菜已半凉,他们抓紧吃完结账,怕客人等在家门口。

客人还没有到,谭峻揩抹棋盘,点燃沉香插在香炉中。竹帘半垂,传来轮船深长的汽笛声。

晓风一进门,谭峭的眼前一亮。

趁谭峻转身的机会,晓风伸出食指放在嘴唇上对谭峭做了个嘘的动作,谭峭笑笑。他们专注于棋局,谭峭从容旁观,晓风的眉目、额鼻，和童年的谢珊无一相似，这些不相似之处总和，便是晓风；和谢珊相比，晓风将是安稳而多福的。

谭峭起身走过去，问道："晓风，嫁给我，愿意吗？"

谭峻惊讶得棋子啪的一声掉落在地上。

一片安静，只有风吹过树叶发出簌簌的响声。

"我愿意。"晓风一口答应。

又一颗棋子掉在地上，谭峻弯腰捡拾。这是什么情况？

"晓风，我有点唐突了。要不，你再考虑一下。"

"为什么？"谭峻问。

"因为他长得帅，小时候第一次见面我就喜欢他。"

"你……"谭峭无言地笑了。

"嗯，我喜欢你。"说完，晓风嫣然一笑。

下雨了，谭峭望着太湖。他高高的个子，被一件米色风衣衬得更显丰神俊朗，骨子里透出一股逼人的书卷气。

走出院子，雨水打在他脸上，沿着两颊往下流淌。看到雨中的晓风，他顿时难以呼吸。短短几天，她的发色变深了，可爱的小女孩模样完全消失，全身洋溢着青春活力。

她丢掉雨伞，快步迎向他，他感到了她的恐惧。走近，他伸手轻触她被雨淋湿的脸颊。

她紧紧抱住他，肩膀颤抖着，把脸埋入他的怀中："爸爸死了。我再不能跳舞，除了太湖，外面的声音都听不到了。"她的话被雨水浸透，抬起头，他看见她眼中的泪珠摇摇欲坠。

她说:“没有他,我快活不下去了!”

他紧紧抱着她:“你会好好活下去的,晓风,你还有我。”

“真的吗?”她说,“我还有你?”

“嗯,你还有我。”

她久久地看着他,眼睛闪烁,泛起如秋日暮雨后的雾气。“但是我不太确定。”她说。

“不信的话,你可以试试。”他鼓励她。

她点点头:“好,我试试。”

一个有着秀丽姿容的女子,就这样走进了专诸巷的香草居工作室。一袭水绿色过膝长衣,纯白布裤,水绿色衣袖镶着白色绲边,长长地垂挂下来,干净透亮;头上绾着一个松松的发髻,衬得新婚的女子面色白里透红,嘴唇鲜艳欲滴。

傍晚,晓风拿一根细竹竿来到紫藤架下。紫藤花一串串开得繁密馥郁,躲藏在枝蔓绿叶间。她用刀将竹梢劈开两半,竹梢就像张开的两根手指,细细长长地伸上去,将紫藤花夹住,手腕稍稍一扭,一串肥嘟嘟的紫藤花便掉落在地上了。

她弯下腰仔细地把花挑选到竹箩里,用清水洗干净,炒鸡蛋。她在厨房腾腾水汽中隐现的纤弱身影让谭峭一时恍惚,不能自已。为了掩饰,他站起身添饭,走到晓风身边,说:“要不,明天你和我一起去南京?”

“好呀。”晓风看着他。

“也没什么大事,南京博物馆让我看件古玉。”

“什么古玉?”

“不是环，就是玦。电话里说得不太清楚。”

谭峭撑着伞，像蒲公英的种子一样，飘浮到宁静的村庄。柏油路将村庄分成南北两半，像镶嵌的虎符。细雨飘打在黛瓦上，粉墙围出来庭院与房子，铁门上有褐锈，木门上有青苔，分别贴着红色春联与彩色门神，说明这些屋子里的人平安喜乐。粉墙黛瓦间，桑树、樟树、枣树、美人蕉、栀子花都在萌发新叶，这些乡下的树，可难不倒他，开花的是梨树、杏树、李树、樱桃，最美的还是房前屋后横斜在池塘边的桃花，刚才路上他开车，晓风坐在副驾驶座上，张望沿路村庄里的桃花，连连赞叹好看。两只花喜鹊在开花和生叶的树枝间跳动，树下是三三两两散步啄食的黑母鸡。

河堤下，杨柳青青；春雨夜，桃花江畔的小村庄，桃花比十年前开得更加娇媚、朴野。站在桃花树下，他觉得这一刻，比十多年来的任何时候都更加心疼她、思念她。

桃花江在夜色细雨中潺潺流动，他们打开随身携带的手电筒，照亮流水与桥洞，流水打着漩涡，不急，也不缓。桥洞是用台山上挖出来的石头一层一层垒成的，淹没在荒草与蛛丝里，平时可能很少有人会走下来。

从前，何滩的桃花江段是没有桥的，它由台山的某个山坞里流出来，从青云浦的外弧上流过，合并由青云浦深处流出来的云河，再汇入贯穿青云浦的乌江与长江。从青云浦往台山，跨过河流，要乘渡船。

原来，乌江离何滩这么近，当年怎么没想到乘渡船过来？他将乌江的来历故事讲给她听：这一带的地名，跟霸王别姬有关。两人站在虞姬墓前，碑上刻"巾帼英雄"四个字，两句联语诗："虞兮奈何自古红颜多薄命，姬耶安在独留青冢向黄昏。"凛冽的风迎面吹来，把虞姬胸前的飘带吹乱。她突然觉得冷，还觉得空虚，像每一次她离开项王的感觉。如果他是那炽热的、喷出耀眼光芒的火红的太阳，她便是那夜空中反射着他些许的光和力的星辰。她如影随形地跟着他，经过漆黑的暴风雨之夜，经过战场上血腥的恐怖，经过饥饿、疲劳、颠沛。当英姿威武的项王骑着天下闻名的乌骓似一阵暴风驰过的时候，江东的八千子弟总能够看到后面的虞姬——那娇美、微笑的女人，紧紧拉着缰绳，绯色的织锦斗篷被风吹拂，露出乌黑油亮的长发。每当他睡了，她独自掌着蜡烛出来巡营的时候，凝神想着：他是胸怀壮志的项王，他知道怎样运用他的佩刀、他的长矛，和他的江东子弟去战斗，获得他的皇冕。那么她呢？只是个深爱英雄的女人。

项羽从垓下突围后，逃到了江浦县的兰花乡。在这里又遭遇韩信的堵截，双方混战，虞姬也手舞双剑，跟在项羽身后厮杀。一不小心，虞姬头上的碧玉兰花簪子掉落在塘埂上，从此这儿开满了香气袭人的兰花。这口塘被称作"兰花塘"，这个地方称"兰花乡"。项羽带着虞姬等人冲破堵截后，在一座小石桥旁就地宿营。此时的项羽心如刀绞，悲愤难抑。虞姬舞剑给项羽解忧，身姿妖娆；舞到一半，她说了句："大王珍重龙体，妾……"话没说完，自刎身亡。项羽大惊，泣不成声。后面，汉军又追来了。

项羽无奈,把虞姬埋在桥边的田野里,带兵而去。以后,这座桥就被称作"失姬桥"。

晓风听完故事,说道:"要是我,也不会拖累项羽,只是他必须牵着马渡江,带着江东子弟,去青云浦过种田打鱼的农耕生活,不要与刘邦再战。这样多好!说到底,他是一个失败的英雄,那么心高气傲。"回来时,他用右手牵着她的左手,沿着这些故事执手向前。新铺的公路,体贴的春雨,沙沙地咬合着轮胎,将他们带往烟雨垂暮中的何滩。

他说:"你看我过了这么多年回到桃花江,绕了一个多大的圈子。"她说:"回到何滩,也是一个圈子。在乌江吃饭时,我坐在你旁边,一直在想,晚上要不要回何滩。但何滩毕竟是你插队八年的地方,承载了那么多的回忆,说是第二故乡一点不过分。也许爱并不是要向前,而是归来。"

她这样说的时候,窗外的小村庄里夜雨绵绵,打湿油菜花与水稻、紫云英花田,梨花与桃花在盛开,水稻与小麦在拔节。茶花飘香的夜晚,回到招待所,她脱去衣裙,赤裸着光洁丰腴的身体坐在房间中央的澡盆里洗澡。他给她添水,说这是插队时,他洗澡用过的桑木澡盆,是他自己做的。

"这是一个环,不是一个玦。"晓风闭上眼睛,背靠木澡盆,摸着澡盆边沿,"应该说,我比谢珊运气好,我感到自己就要被它重生出来,和你一起重生出来,我们会变成孪生的爱人,一辈子恩恩爱爱,白头偕老。"

七

第二天，谭峭到乌鲁木齐有了一个清闲的早晨，他带了一份报纸，坐在宽敞明亮的餐厅里边吃边看报。这家友好路上的四星级宾馆提供的是自助式早餐，品种多样，食材新鲜。不知不觉，谭峭吃了不少，感到心满意足。

吃完，他一边喝着奶茶，一边漫不经心地打量四周。他的斜对面坐了一对衣着考究的老夫妇，男的高高瘦瘦，气度不凡；女的身形丰满精神，盛装的她佩戴的耳环项链色彩斑斓，很有质感。胖胖的手上戴着一只硕大的蓝宝石戒指，随着她手指的动作，幽幽地放着光芒，一看就知道价值不菲。看这两位老人隆重繁复的装扮应该是本地人，周末出来走走的。

老太太不但身材高大，首饰耀人眼目，胃口也好。她腰杆挺直，稳稳地坐在位子上，不慌不忙地吃了一盘又一盘。

老先生早吃完了，也和谭峭一样在悠然地喝奶茶，注意到谭峭的眼光后笑着眨了下左眼。谭峭举起杯子向老先生示意，随即转开了目光。毕竟自己这样盯着人家看是不礼貌的。

还没有走出玻璃门，就看到沙木丁嬉皮笑脸地站在宾馆大厅迎接他们。谭峭长吁了一口气，觉得心情格外轻松。

姜白是沙木丁的重要客户，所以对他很熟悉，知根知底。虽然是客户与供应商的关系，但沙木丁和姜白多年来斗智斗勇，惺惺相惜，早已成了朋友。

沙木丁曾经到过苏州六年，汉语说得流利，最重要的是个性开朗，狡诈可喜，与姜白十分投缘。此刻，他露着一口虎牙嬉笑着一欠身，行了个抚胸礼，潇洒漂亮，带着些亲切。姜白走过去抱住他拍了一下，两个好朋友都被对方逗笑了。

沙木丁是新疆人里的异类，他聪明灵活、不拘小节，脑子转得快，口才好。虽然他说的汉语字连字句连句，但是内容明白直接。他对老板米吉提恭敬有加，在苏州办事处的六年时间，每个月都要给他写信，报告一个月的工作、生活，苏州的玉雕价格，甚至风土人情。他们公司的和田玉在苏州供不应求。

沙木丁接了个电话，是老板米吉提打来的，他要参加今晚招待姜白、谭峭的晚餐，特别提出要和谭峭喝一杯。

米吉提矮矮胖胖的，顶着一个铮亮的光头，长着大胡子，笑口常开，一双总是笑得眯成一条缝的小眼睛偶尔张开，精光四射，深不可测，姜白每次和他交谈都觉得愉快有趣。

毕竟是做玉石生意的，米吉提的汉语不算差，语速缓慢，表达意思清清楚楚、明明白白，词汇不是太多，应酬起来却完全够用了，还时不时地可以开个玩笑逗得大家乐不可支。

今天他主要拿谭峭的不喝酒取乐，说道："谭峭，你这个年轻人我很喜欢，太有才了，长得也帅，今晚见到你想和你好好聊一聊，遗憾的是你不喝酒呵，你要是能与我痛快地喝一个晚上，不醉不归，那就是人生中的一乐了。"又说，"谭峭，你是个十全十美的男人呢，哦不，是十全九美，喝了酒才是十全十美。"引得谭峭和在座的人都大笑。

谭峭说："那我把酒喝了，你给我们讲讲采玉的经历。"

米吉提满脸堆笑，幽默地说："和田玉多数隐藏在冰层下，'冰清玉洁'这个成语是不是指这种现象？在昆仑山采玉这么些年，我没有见过绿的树叶、青的小草、红的花朵，周围全是冰雪。几个月没有吃蔬菜，天天清水泡馕是常态。"

说着，他的语气逐渐凝重："有一年进山采玉，我先行一步，路上遇到了豹子，骆驼受惊狂跳，我被摔下山沟……"

"哎呀！"众人不约而同地喊道。

米吉提却笑了，对着谭峭问："你见过雪莲花吗？"谭峭摇摇头。"雪莲花长在高山雪线附近的岩缝、石壁和冰层砾石滩中，从发芽到开花要历经五年。花期时种子在山间随风飘散，遇到适宜环境时，种子才有可能萌芽和生长。我痛醒时，在身边的石缝里发现了雪莲花，采摘后把花放在嘴里嚼烂并敷在伤口上止血。后来矿友们找到了我，并惊奇地发现在雪莲花的位置隐藏着一大块和田玉石……你们说，是不是神奇？"

谭峭猛然想起谢珊讲过的一个开花的树和风的故事。

唐天宝年间，处士崔玄微带着仆人外出采药，一年后回到洛阳城东的房子里。一个春天的夜晚，他独自在院中赏月。三更后，有个青衣女子问："我和女伴们要去东门表姨家，能借你的院子休息一下吗？"玄微说："可以。"于是进来了十几个美丽女子，他们一起饮酒、作诗。席间封十八姨举止轻佻，弄脏了名叫阿措的女子的裙装，阿措生气地说："大家都有求于你，但是我不怕你！"春夜宴结束，阿措临走前关照崔玄微，来年春天东风起，要在院子东面挂朱幡。

第二年春天，玄微遵守了诺言。洛阳城折树飞沙时，玄微院中的繁花纹丝不动。他这时明白过来：那些姓杨、陶、李的女子其实都是花精，阿措是安石榴，封十八姨是风神。

为感谢玄微的照顾，那夜的女子中一位姓杨的又来访道谢，带来数斗桃花和李花给他，说吃了可以延年益寿。元和初年，崔玄微依然活着，容貌不变，还是他遇到花精的年纪。

万物之中都有神灵，雪莲花中也栖息着花精吧？想到这，谭峭不禁问道："我有机会看到雪莲花吗？"

米吉提摇摇头："它越来越稀少了，与和田玉一样。"

"因为天气原因采玉时间一般定在6月到8月底。冰雪融化引发的洪水经常冲垮前年修建的道路，气温上升时山里会刮大风，起大雾，还有沙尘暴和冰雹。矿工们真的不容易，有的在高山缺氧环境中，得了心脏病猝然离世；有的在采矿途中迷路失踪；还有的身背玉石在陡壁上行走失足坠落……"

沙木丁插话："所以我佩服与和田玉打交道的所有行家，开矿的老板、矿工、卸料员，每一步都需要智慧和勇气。玉石包裹体加速分裂风化滚落下山，遇上了汉族匠人。细腻的雕琢方式使和田玉大放光彩，不知是偶然还是天意……"

转过头，他瞥见谭峭用铅笔在纸上画了一幅画。白雪皑皑的园林，少年薄衫倚坐在乳鱼亭中。栏杆外，雪莲花亭亭玉立。沙木丁产生疑问："冰天雪地，他不冷吗？再说，江南怎么会有雪莲花？"

谭峭一声不响。

姜白耸耸肩，双手一摊，做了个不理解的姿势。

米吉提意味深长地看了看谭峭："这哪是雪莲花，明明是玉莲花。"

沙木丁和姜白不约而同地点头："对，对，是玉莲花。"

一路开车过来，无意中走上了一条美景不断的道路，当车爬上一个山隘口，阡陌纵横的田园景色出现，他们停下车欣赏，却不如动态中的好看。前面的春色山景，灿烂似锦。

这是一条新改造好的公路，风把路面吹得纤尘不染。

很多路段，离开了山脚、小溪、村屯的老路，完全在山顶或山腰延伸。

农舍清晰的格局，翻晒的玉米，甩着尾巴吃草的马，在山坳里、草地上，散散落落，安详坦然。路上不时有客车追上，或迎面有大卡车过来，车顶上笼子里有鸭有鹅伸颈而望。

他们这次订的温泉旅馆位于昆仑山下，属于喀什县。汽车经过的时候，谭峭和姜白同时发现了车窗外的杏花。斜风细雨中，娇嫩如云的花枝繁密，错落有致，深红浅红开得一片烂漫，尤其是花枝遮掩下的古老村庄，还有花枝映在河面上的倒影，像一幅动人的画卷，一下子把谭峭的心抓住了。

乘车从连绵不断的山峦中静静穿过，大树参天，让谭峭产生回到台山的错觉。他们在一个只有几栋木房子的小镇下了车，预约了旅馆的车在这儿接他们上山。天哪，竟然是穿着合体的毛料西装、身材高大挺拔、气宇轩昂的年轻男子来接他们。这么偏僻的地方，怎么会有这样的人物？这样的人物如果生长在千年前的大唐西域，应该是尉迟将军吧？

彬彬有礼的"将军"稳稳地开着车，带他们穿过时而开阔、时而狭窄的山道，一直开到了山顶，一栋被山峦和大树半遮半掩、半新不旧、与山景融为一体的木头房舍就是他们将要入住的旅馆。拐过山道，天空飘起了纷纷的小雪。"将军"自言自语地说了一句话："坐在窗前看飘雪可美了。"

谭峭放下行李去餐厅，赫然看到"将军"。他已经脱下西装，换上了袷袢，正指挥几个穿着鲜艳的连衣裙的维吾尔族姑娘准备晚饭。谭峭猜测，"将军"应该是这家小旅馆的主人吧！

老板娘是一个漂亮温柔的维吾尔族女子，只会说几句简单的汉语礼貌用语，但笑意吟吟，善解人意，不需要任何语言交流便能知道谭峭需要什么，把晚餐安排得恰到好处。

在漫天飘雪的黄昏，泡在温泉里，低头可以看到水底大大小小的被温泉水冲刷得干干净净的鹅卵石。抬起头，透过雾气可以看到深绿色的山峦轮廓在暮色中渐渐隐去。

谭峭胡乱猜测"将军"的背景，莫非他是个退役的摔跤手，带着妻子在山里开个小店修身养性？莫非家传的产业，不管愿不愿意都要接手？他苦笑着摇了摇头。

晚饭后，雪停了，他出门散步。下山的路沿着一条溪流，到了半山腰停顿了，和缓下来，当地人依着平缓的水势在半山修建了一个小镇，有些年头了，房屋老旧，但是很静谧。

突然，他闻到了杏花的味道，清新纯洁，他甚至闻得出那是新开的杏花的味道。路旁的一棵大杏树，花团锦簇，如云似霞，风阵阵吹来，枝条晃动，地上落英缤纷。他深吸了几口气，心想这时晓风肯定睡了，睡在杏花的香气里。

远远地，他仿佛看见自己家的灯光，他从没像此刻这样对家充满了渴慕，他感到自己像是身在大江，像一条鱼一样向着灯光游过去。明明知道要经过礁石、暗流，每一寸肌肤都要承受江水的重量。但是只有这样走几万里才能回家。

月光下，他在这寂静苍凉的小镇散步，踏着自己的影子，听着自己的脚步声。抬头看木屋，听到一阵乐声，深沉悲咽。仔细听来，听不出是什么乐器演奏的，正好遇上姜白也出来溜达。姜白告诉他，是“将军”在吹筚篥曲《雨霖铃》。

姜白来过新疆多次，在伯孜克里克的千佛洞中，他看到专家在抢救一批残破壁画。在一幅佛陀本生故事的画面中，出现了一些大大小小的乐者，其中一人吹奏的，是筚篥。

乐声从低缓深挚霎时变得苍劲高越，像一只雄鹰盘旋飞上了巍峨的雪山。山上雪莲绽放，雄鹰展翅掠过，一根羽毛从翅膀坠下，慢慢飘，被风吹着慢慢飘，飘落在雪莲上。

回到旅馆，谭峭和姜白去找“将军”。原来，“将军”的妻子古丽患上了肾衰竭，幸运的是还在早期，医院要他筹措一笔钱给她换肾，但30万的金额太大，古丽劝阻丈夫说不治了，还是回家吧。她每天起床后，精心化妆，在小旅馆开门迎客，平静度日，“将军”却因此愁肠寸断。两人决定帮一帮他们。

路上车少了，到达和田县城，已近五点，天灰蒙蒙的。

说起和田，大多数人的第一印象就是和田羊脂玉。很多人不远万里走进玉龙喀什河，希望能好运降临挖到一块昆仑美玉。电视纪录片《丝绸之路》中，拍摄了人们在河边寻玉，把挖到的玉拿到巴扎跟收购玉石的人换钱的场景。

玉龙喀什河，“玉龙”是古维吾尔语，意为白。玉龙喀什河即白玉河，因河中出白玉（羊脂玉）而闻名。白玉河自南向北流经和田绿洲，在阔什塔什与墨玉河（喀拉喀什河）汇流成和田河，后注入塔里木河，是塔里木河的源流之一。

不过，当地人不把这条河叫玉龙喀什河，他们称它为“河坝子”。如今，这条“河坝子”已经成为和田当地一个热闹的商业景区，吸引了众多游客前来观光旅游。

河景一点不美，河道被挖得满目疮痍。河滩上那些被河水冲刷得洁白浑圆的鹅卵石，不知道哪几块曾经是和珍贵的和田玉一起，从昆仑山上顺着雪水流下来的。

入住客栈。下起了雨，天色渐晚。风吹着雨丝拂在谭峭滚烫的面颊上，清凉舒适。他伸手接丝绸似的细雨，雨落在手心，有轻啄般的微痒。鳞次栉比的屋舍，星星点点的灯火，金沙似的渐渐亮起来，街市旁的酒楼茶肆，也都亮起来了。

晚餐，客栈老板请客吃手抓羊肉，眉梢有藏不住的喜悦，原来是儿子考上了大学。客栈的客人们纷纷向少年道喜，他的脸红到脖子。谭峭注意到，他手上拿了一本《世说新语》。

第二天一早，谭峭和姜白约定去附近看看。玉龙喀什河两岸林立一个个卖玉石的小摊和一排排的商店，人头攒动。

谭峭问了问价格，一点不便宜，拳头大小的数万，信封大小的几十万，高压锅电饭煲大小的，都要上百万。

玉石巴扎的茫茫玉海中，挑选一块中意的玉石进行雕刻是有难度的。第一，是不是籽料？第二，皮色、颜色是否适合雕琢？第三，风险大，外表漂亮的玉石切开可能全是裂隙。

经常有人找谭峭掌眼。他只建议，从不左右他人。有人把山料做一层皮，当和田籽料卖；或直接把俄料当籽料卖，两者价格相差多少倍。上当的人很多。他很少帮人看，不愿意负这个责任，晓得他们不是真爱玉石，大多是投机的。

打听到客栈附近有家玉石博物馆，进入一看，果然场面宏大，各种形状、颜色的玉石，摆放如石林。几个大厅在加工摆放玉石的基座，电锯声刺耳，尘土飞扬。不远处的玉龙喀什河河滩，一辆辆履带式中型挖掘机横七竖八地栽在干涸的河床中。有司机坐在里面呆呆的，几个工人在抽烟聊天，谭峭问有没有刚捞出的和田玉，或者包车捞石是什么价钱。

工人的兴致不高，说没什么玉石可捞。好石头要么在岸上店里，要么在贩子家里，更好的石头，到苏州、扬州去了。

八

谭峭在一家叫“艺石斋”的古玩店，买了一块淡红色的玉龙佩，花了三千元。老板说材质是红翡的，谭峭悄悄地对姜白说，是白玉，淡红的是血沁，谢之光早年收藏过一块。

在崇古楼，谭峭看了看小伙计，眉清目秀，穿得干干净净，点了点头，跟着走进店，挑一张桌子，坐下来。小伙计手脚麻利地泡上茶，姜白猜测，这冷清样说明生意不好。

谭峭看中了一只白玉手镯。小伙计老实坦白，玉中含着几滴水，摇起来晃动不已，很多顾客都说这镯子是玉石合成材料做的，要不怎么会有水在里面？所以总是卖不出去。

也算苍天有眼。在北京的潘家园逛了没几次，谭峭居然捡漏了，以便宜价格，买到了宝贝。那只白玉镯子，玉中含水，称为“空青”，稀罕少有。那块玉龙佩，似玉分量却轻，有点像琥珀，名叫“脱胎”。玉佩先是被死人佩戴入葬，历经数百年浸了尸气，出土后又佩戴在活人身上，而后再陪葬、出土。这样，入土出土两三次，才是“脱胎”。

两件玉器放在姜白的指柏轩一个多月便卖掉了，白玉龙佩卖了5.5万，白玉手镯卖了20万，加上两人凑的4.5万，一齐汇给了“将军”。“将军”在电话里说，古丽手术后，病情明显好转，脸色也从苍白转为红润。对于他们这样两个萍水相逢朋友的救命大恩，他无以为报，深感惭愧。

在苏州专诸巷有一家店铺，叫“香草居”玉雕工作室，经常有人从远方慕名而来，这家玉雕工作室的主人就是谭峭，从事玉雕行业十五年了。这一天，谭峭正在二楼的工作室专心致志地琢玉，突然听到楼下传来一阵猛烈的响声。

他赶快往楼下跑，刚到一楼，看到晓风被店员七手八脚地扶坐在沙发上。原来，晓风一不小心，从楼梯上摔了下来。

不知该怎么办，他只是焦急地问她要不要去医院，一副手足无措的样子。过了一会儿，晓风从剧烈的疼痛中清醒。

谭峭问："你有没有伤着哪儿？"

她说："我先看手镯有没有摔坏。"一看手镯完好无损，她笑了。

他扶着她："傻瓜，手镯再怎么也比不上你重要啊。"

晓风摇头："手镯对我来说更珍贵。"

这只和田白玉手镯宽2厘米，重85克，外径7.3厘米，是由谭峭设计并亲自雕琢的。洁白的玉脂上一朵丰姿秀媚的绿牡丹轻盈飘逸，那是谭峭送给晓风的第一件生日礼物。

所以，晓风不慎摔倒的时候没有下意识地用手撑地，反而用另一只手紧握着镯子。所幸，她没有伤筋动骨，谭峭悬着的心放下了。这么一放下，鼻梁上的眼镜掉落在地，他弯下腰捡，惊奇地发现，昂贵的镜片奇迹般地没被摔碎。

为了保护眼镜，他走进隔壁眼镜店，买了一只皮革眼镜盒，皮革中还有填充物，能起到双重保护的作用。一小时后，眼镜盒掉在地上，他弯下腰捡，发现镜片碎了。谭峭一会儿就想明白了，天意神秘莫测，实际上之前发生的才是奇迹。

下午，谭峭和姜白再次来到新疆商人铁木尔家买玉石原料。谭峭一眼看中了一块大料，花50万高价买下了这块和田玉籽料。接着，他又买了一块较小的带红皮的白玉籽料。

和田籽料的各种皮色是从河床里互相撞击磨出来的，是和田玉的保护层。皮色可以作为鉴别和田玉是籽料还是山料的凭证，白玉红皮更是顶级籽料，材质紧密度又高，没有裂纹，开价25万，旁边没皮的只要12万，价格相差一倍。

眼前，这块铁木尔隆重推荐的和田籽料看起来不是很白，其中还有绿色杂质，向来只买好料的谭峭不太想要，但是谭峭没有放手，不知怎的，隐隐中他听到有个绿衣少女在黑暗深处轻轻地呼唤他。沉睡了亿万年的玉石精灵把自己藏匿起来，仿佛就是为了等待她的前世恋人万水千山的寻找。

大门是深褐色的，油漆剥落，看上去闭得紧紧的，但又好像随时会打开。夜深沉，门边那扇朝外的窗户被吹开了，雨点飘进来，地板上积起了一汪水，还从门缝流到屋里去了。

外面很黑，里面也黑，小小的油灯只能照亮一小块地方。他在更黑的走廊里徘徊了一会儿，鼓起勇气走进了一个房间。这个房间的地上摆着行李，一个娇小可爱的妙龄少女凑着油灯在翻看画册，她修长的双腿盘在椅子上，长发披散，面孔模糊。"我是这里的老住户哦。"她嘶哑着嗓子说。他闻到她的头发有桃花江水的腥味。"你看看地上这些包就知道了。"她又说。他一低头感觉不对，那些大大小小的包裹变得影影绰绰，他惶恐极了，赶快找了个借口摸索着离开。

绕过招待所，前面是石板桥，坡上影影绰绰的房子便是知青宿舍。要是在白天，就抄近路从那个陡坡攀着小树上去了。但是天这么黑，看不见，只好走正道，正道右边是一排桃树，树上花朵开得密密匝匝的。到了,破旧而温暖的家。

双抢大忙,每天凌晨三点钟,顾建祥的钟声敲响了,把他从梦中唤醒。于是,他每天三点钟起床,下田拔秧,天还没亮,看不清田里什么,只知道那是秧田,下去拔就是了。上午下午打田插秧,一直从太阳升起做到沉落;吃过晚饭马上去打谷场,开夜工给稻谷脱粒。至于做到几点,那要看当天进度,有时九点钟可以收工了,那一天是皆大欢喜,顾建祥说,抓紧点,早收工早舒服。有时又做到很晚,十一点钟,顾建祥不停地骂人,大家也互相骂,说累死了,骂天骂地。

参天的大松树也好,枫杨林也好,大鱼在池塘里弄出的声响也好,匆匆飞过的萤火虫也好,一律留下的都是那种带睡意的诱惑。他们都注意到了,但他们沉默着与瞌睡搏斗。

朦胧月光下的小路是蓝黑色的,其他的景物灰蒙蒙的,总是这样。开完会,他们把小凳子扛在肩上低头前行,很少交谈。那是多么深邃宁静的夜啊,他确定当时一定听到过台山的呼吸,只不过听到又忘记了。

谢珊经常要到山上去。她没有明确的目的,也不知道在山上会得到什么收获。她随身带了一把小铁耙子,那么大的一座山,每次都得到了不同程度的满足。她摘过野花、野菜、毛栗子、覆盆子、枸杞;还用铁耙耙出过麦冬,耙出过一种好吃的植物块茎,以及香喷喷的野葱。她经常坐在草地上,挖出块茎、药草甚至蚯蚓!蚯蚓不是可以喂鸭吗?

黄昏悄悄地从山上降临,无声无息地从溪谷里爬出来,将整个何滩连同桃花江和起伏的台山都染上了夕光。谭峭觉得黄昏是一个调皮可爱、披着长发的绿衣少女，她正在山峦背后用红颜料涂抹，所以那边的天空是红通通的。她时而用画笔轻蘸河水，调匀新颜色，所以水中崖壁的倒影在徐徐地晃动，山上的枫杨林也在沙沙作响。绿衣少女在山里觉得寒冷，就在干枯的落叶松的树梢上用百灵鸟的叫声讨要棉袄穿。少女在树林里躺下休息时，边唱歌，边摇头，并用画笔敲击一棵结实的老树墩，像一只黑色的啄木鸟在啄树墩。

树上累累的枣子多么诱人，被阳光照耀着，黄澄澄的，一定是酸甜的吧。他咽了口水看了又看，但是没有爬上去。

少女在树下睡了很久，渐渐地安静了下来。她的歌声停止了，台山背后的天空也渐渐冷却。少女用峡谷当鼻子在呼吸，平缓的呼吸使河面上慢慢地环绕一条条轻柔飘逸的雾带，荡漾在桃花江水面上方，停落在茶园边的柳丛中。

她闭上眼睛，不再唱歌。周围的一切都停止颤动，连树叶也不再沙沙作响，以免惊扰少女。她虽说是一位可爱活泼的少女，有时却郁郁寡欢，也不知道她在想些什么。

长篙的铁尖戳在河底的石头上发出阵阵咔嚓声，船头击起哗哗的响声，小船迎着湍急的流水向前慢慢移动。谭峭把双手垂在舷外，任凭清澈柔滑的河水一下下搔弄他的手指。

白鹭接二连三地从石头上、草丛边飞起来，追赶着小船，羽翼底下的白色绒毛闪耀着光亮。

野鸭喧喧嚷嚷地把河水搅起阵阵泡沫，从岸旁长满水藻和芦苇的水中飞起来,惊慌失措地在水面上乱窜,纷纷躲进苇丛里,一动不动地蹲在那儿,以为谁也看不见它们。

黄昏渐渐地远了。已经和天色浑然一体的台山、傍晚少女安睡在里面的那片枫杨林,这一切全都撇到船尾后面了。缓缓流动的桃花江水稍带寒意,它托着谭峭,把他抱在软绵绵的手上,轻轻地摇晃和抚摩他。

想了想,谭峭对铁木尔说:“我考虑考虑。”“谭老板,请你一定收下,相信我,这是块好料,会让你创造奇迹。”谭峭和姜白对视了一下,抬头问道:“你怎么来了?”来人是“将军”。

“我祖父是新疆有名的‘喀玛’(玉匠),这玉料是他留下的。之前为了开旅馆借款,我将它抵押给了朋友,这两年旅馆生意不错,就赎回了。我觉得你和它一定有缘,所以托铁木尔在你买玉时混搭想低价卖给你。”说完,行了个抚胸礼。

紧接着,店里又进来一对老夫妇,谭峭觉得眼熟,竟是初到乌鲁木齐在酒店吃自助早餐时遇到的那对老夫妇。老太太七十多岁了,身材高挑,腰板挺直,气质高贵。花白的头发,脸上皱纹不少,眼神却明亮锐利。她用十分礼貌的语气说:“谭老板,这块玉料我们不能卖,你可以选一块别的。”

“妈妈,这是我和古丽的决定,请您尊重。”

谭峭惊讶地看着“将军”。

老先生走上前自我介绍:“谭老板,我叫尉迟雷。”他指了指“将军”,“尉迟飞是我的儿子。我夫人这么说是有原委的,我父亲还是个相玉高手,这玉料是他在新中国成立前收藏的,但他一直没有舍得雕琢。去世前,他把它交给了小儿。我夫人想着这玉料是老人家留下的,珍贵无比,所以不想卖掉。”

“亲爱的爸爸妈妈,是什么风把你们吹到苏州来了?”“将军”气呼呼地说,“当古丽在生死边缘挣扎的时候,你们在哪儿呢?”

老太太厉声说:“因为我们不同意这桩婚事,一个穷姑娘根本配不上我们儿子。”

“只有我知道,古丽是一个多么善良温柔的姑娘,现在她恢复健康了,全靠谭老板他们当初的倾囊相助。”

看着争论不休的母子,姜白瞧了瞧谭峭,谭峭清清喉咙,说道:“尊贵的客人,请听我说两句。首先,我相信老人家相玉的眼光;其次,我感谢尉迟飞先生对我的情义,但我们为朋友不图回报;最后,我决定买下这块玉料,雕琢几件精品。”

老太太瞅了瞅铁木尔,铁木尔心领神会:“从市场行情来说,这块玉料重七公斤,出价15万,你看怎么样?我保险箱里的和田玉料,通货价300万,还必须是现金交易。谭老板,我们有十几年的交情了,你也晓得,如果箱子里的玉料你不想全买而要挑选的话,单块籽料的价格要翻一倍。这块籽料的价格……”他故意停顿一下,“说实话,只翻了一半……”

“好,那就15万成交。”谭峭说道。

“谭老板……”“将军”还想坚持。

“别推辞,古丽虽说痊愈了,但后期调养也要用钱;而且我这样做,令尊令堂面前你也好交代。至于我们,来日方长。”

“那好吧。”“将军”勉强同意了。

尉迟一家还没走远,姜白就迫不及待地拉住谭峭:“师兄,你想好雕什么了?”谭峭不理他,他又自说自话,“不管呵,我反正要预订一件。直觉告诉我,人间绝品要在你手里诞生了。你别老是闷声不响,跟我说说你的想法。”

沉吟半天,谭峭才说道:“小白,你知道,和田玉和翡翠是不同的,翡翠的价值主要由玉料本身的价值决定;和田玉既要欣赏玉料自然的美,更要欣赏玉料艺术的美。”

“嗯,嗯。”姜白频频点头,心里暗暗嘀咕:谭峭接下来到底会施以一番什么样的精雕细琢呢?

“要不要喝杯茶再走?”谭峭问。姜白破天荒地拒绝:“不了,师兄,我对你的作品拭目以待啊。”

谭峭把这块玉料买下后,晓风第二天开始切料。结果发现那条绿色的细带居然贯穿到了玉料中间,颜色纯净细嫩。谭峭看了又看,想着,姜还是老的辣,老喀玛果然眼光独到。

谭峭用玉料做了三只手镯:第一只雕的是灵芝,带点嫩绿,刚刚拿到柜台,马上被买走了;第二只是平板的,与老式的圆弧形不同。手镯做好,还没抛光,姜白来店里,看到手镯,走不动了。只见手镯的绿色被巧雕成一丛芭蕉叶,有小鸟跳跃叶间,意趣盎然。他忍不住问:“师兄,你是怎么想到的呢?”谭峭正在玉石上勾画,头也不抬地回答:“艺圃东莱草堂的西墙隅不是有一从芭蕉吗?”“这么简单啊?”姜白反问。“嗯。”谭峭点头。“哦。”姜白也点头。

第三只手镯的绿色较多,谭峭想起艺圃博雅堂的天井里种过绿牡丹,这绿牡丹是谢之光从洛阳移植来的名种,叫豆绿。初开时青绿色,盛开时渐淡,色如青豆,娇贵秀媚。于是,他把手镯上的一块绿圆雕成牡丹,花瓣重重叠叠,花朵颤颤欲坠;然后将细长的枝梗缠绕,穿插过去,再附上三两片叶子,莹润玲珑,清爽宜人。他知道这块带绿的籽料可遇而不可求,所以一心想要做到极致,把它作为生日礼物送给妻子。接下来,晓风把镯心部分带绿的玉料切成了一个挂件和一只戒指。经过三年,到 2000 年 3 月 7 日,在晓风四十岁生日这一天,她得到了谭峭送给她的三件生日礼物:绿牡丹的镯子、挂件和戒指,这也是他们结婚的第十五个年头。

晓风高兴之余,问丈夫:“最后一块玉料你要做什么?”谭峭迟疑了一下,回答妻子:“让我想想再说。”晓风知道,谭峭一定会用它为谢珊雕件玉器的,只是不说。心里不由得一阵发酸,但想到自己与逝者计较,未免太小气,便释然了。

夜晚,谭峭看着白天切好的玉料,听到一种清越长远的声音,声音难以描述,一会儿把他推到了高山的悬崖上,一会儿把他带到了大江的波涛里,绵长、悠扬、时断时续,有时细密,有时浑然。随着这种声音来临,无垠的雪地顷刻间融化了——树木丰茂,群鸟鸣唱,许多动物在啮噬,在狂欢,鹿群像石头从山上纷纷滚落,云朵推动大地的麦浪,甚至还有朝阳拂去草叶露珠时的私语,黄雀的翅膀驱赶溪流的回声。很快,雨滴阻隔了声音,再也捕捉不到。他想,雕什么呢?再看玉料,被切成三块,旁边两块玉质紧密润白,中间一块却布满了白花,是块废料。他心情郁闷,想着废料没用,随手丢进了垃圾桶。没想到第二天,废料出现在了桌子上。

谭峭问:“晓风,你怎么把这块废料捡回来了?这料没用,全是杂质。”晓风说:“你放着,不要丢,说不定有用呢。”

过了两天,谭峭收拾房间,又把这块废料丢进了垃圾桶。第二天,晓风又捡回来了。她说:“你放着,不要丢。”谭峭摇摇头说:“算了算了,我拗不过你,那就放着吧。”

说话间,砰的一声房门被风吹开了。大雪纷飞。

这是冬天的第一场雪。

他站起身把窗帘拉开,片片雪花随风从天上飘飞下来,但是隔着夹层玻璃窗,一点声音都听不到。可能地面的温度还没有降下来,雪花落在地上就化了。

谭峭从后面抱住晓风,两人依偎着在窗前看雪。

“真美。”晓风赞叹。

谭峭一声不响。

过了一会儿,晓风又说:“但是一落地就化了。”

谭峭望着窗外的雪,若有所思。许久,他才说:“有时我觉得这样很美好,有时又不敢去想它的长久。”

晓风问:“那块废料可以利用吗?”经妻子提醒,谭峭灵光一闪。他在废料上找到一个干净的部位，恰巧在右下方。他用了一周的时间雕琢，完成后拉着晓风来看：漫天飞雪中，一个戴笠老者坐在毛驴上，有个小书童在雪地里为他领路。

和田玉的雕琢手法讲究的是因料施艺，挖脏去绺，俏色巧作，化瑕为美。姜白看了又看，拍着谭峭的肩膀说："师兄，高啊！你的玉雕真是出神入化，师父见了不知有多高兴。"

这件《风雪夜归人》参加了全国第三届"天工奖"玉雕展，有个香港客商当场出价30万要买下，谭峭没舍得。

九

叶秋爱玉器，但没有买过谭峭的玉雕，一是他的作品即便对养尊处优的叶秋来说还是太贵；二是他的作品大多是为具有古典气质的江南女子设计的，叶秋这样的北方时尚女子戴不出风韵来。谭峭对玉雕界的影响大到不知有多少玉雕师自觉或不自觉地模仿他或在他的设计基础上做改动，尤其是作为玉雕收藏家的丈夫江弱水，橱柜里藏有不少他的精品。

他玉雕收藏的爱好，得到她的支持。他去香港出差没给她买衣服，却拍卖了一尊玉佛回来。她不但不生气，反而比他还兴奋："要是换作我，也会先把佛像请回来，衣服以后再说。"

叶秋对玉器有兴趣，对谭峭更有兴趣，也知道能看到这次展览十分不易。他的作品在北京展出不多，数来只有三次，一次是十年前在工艺美术馆；再就是在荣宝斋和北京国家博物馆的展览了；这次的苏作玉雕回顾展时，谭峭在盛名之下。

展厅风格很像谭峭的玉雕设计，简洁又层次分明，把玉雕大师们各个时期不同风格的创作都做了完美的展示，不大的展示厅有几个小小的峰回路转之处，让你在观看各种不同风格的作品时可以有个小停顿。这样，既看到了谭峭雕刻的精华，又不觉得印象多得烦心。墙上还有些长长的电视画面，声情并茂地演示谭峭、邓兴南参加“天工奖”颁奖的盛况以及几件精品的创作过程，筹备组也算是费尽了心思。

已是2003年的1月底，展期到了尾声，人不多，更显得幽静，把叶秋和同样爱玉雕的女友看得心旷神怡，荡气回肠，都没怎么交谈。看完后到星巴克喝咖啡吃点心，两人才交换对同为苏作玉雕大师代表人物的谭峭与邓兴南的看法。

才华横溢的谭峭从事玉雕时间只有二十年，雕琢了百多件玉雕作品，全身心地寻找和田玉如何在他精湛手艺下鬼斧神工的表现，又如何通过和田玉这个载体发挥和提升自我。

邓兴南认为谭峭的确是玉雕天才没错，只不过他的机缘更好，关键时刻都有贵人相助。这个在苏州光福农村出生的玉雕家，父亲是个朴实的玉匠，一开始就做出一个正确的决定：把他送到文物专家谢之光身边，让他从小接触传统艺术，十七岁就临摹了王希孟的《千里江山图》片段，打下了深厚的绘画基础，有了超越常人的品位。继而下乡插队，借调云亭文管所，接触大量古玉。再考取中央美院。回苏州后，从画家改行做玉雕，一举成名，甚至超过了作为玉雕大师的自己，也是异数。

运气好一次不算，还有第二次，在北京他又遇到了有商业头脑的富商江弱水，用财力和能力帮助他开始了属于自己的辉煌事业。他们两人在工作上的相辅相成是谭峭成功的重要条件。如果其中没有江弱水的资金支持，谭峭不可能长时间地才思勃发，每过两三年就在创作上有一次重大突破。

比如，带有现代气息与古典韵味的《千手观音》《莲相》《丁香结》《墨荷》的接踵诞生。今天她们两人佩戴的滴水白玉耳环，源头出自他对女性的欣赏和尊重。

邓兴南展出的仿古件：清代月令组佩。白玉精工，是一整块玉剖琢而成的，中间一块圆形花蕊心为六环式活心，可转动，其雕琢方法是镂雕工艺中的一种绝活，难度较高，四周十二块玉件相互间严丝合缝。他确实是个仿古玉高手。

仿古玉中染色处理是常见的做旧手段，需要做旧的仿古玉常常选用玉质不好或带有边皮、糟坑之玉，这样更易沁色。染色工艺中有一种独特的琥珀烤色工艺，曾经骗过了乾隆皇帝。具体方法是：在玉质不好的地方涂上琥珀，用微火烧烤，夜以继日，经年而成。邓兴南做过一件伪古玉：一只双婴玉耳杯，采用琥珀烤色法制成，卖给了初涉玉雕收藏的江弱水。江弱水请故宫玉雕专家鉴定后，没有去戳穿邓兴南，而是一直把它放在家里，时刻提醒自己吸取教训。

旁边是谭峭雕琢的《纤纤》挂件，由盘扣、衣袖、纤手、团扇、桃花构成了主要画面，但只是一个局部，其余要靠观赏者自己感悟。这也正是作品的独到之处。尤其是扇面上桃花的高浮雕雕刻，突出了江南的春天意象。

把中国山水画意境在玉石上雕刻呈现称为“山子”，看到《对弈》山子时，叶秋不由得想起橱柜中摆放的《携琴访友图》山子。《对弈》山子是简约的，山石采用大块面，琢刻不过寥寥几笔，再以精细的松树、人物、溪涧、桥、亭与之相配，追求一种繁简对比的效果。《携琴访友图》山子是繁复的，用以刀代笔的“皴”法来琢刻山石，古朴稳重。两者可以媲美，与传统的扬州山子比较又有焕然一新的感觉。

女友喜欢现代派的《千纸鹤》和《花神》，《千纸鹤》线条硬朗；《花神》线条松软，干枯的荷叶和太湖石，掩映着身姿娉婷、长发卷曲的少女，采用的是西方裸体雕塑手法。

热爱自然的谭峭希望女性独立并葆有女性特有的柔美，他设计的水乡系列玉牌，清雅、诗意，打破了以仿古为主题的玉雕传统，把小桥、流水、花窗、银杏等江南元素带入玉雕境地。他的每一次新品发布会都风云际会，人潮涌动。

叶秋和她的女友不失女人本色，发表完高论后又议论起谭峭的私生活。据说谭峭青梅竹马的初恋死在了插队的农场，让他痛彻心扉，单身多年后才和纪晓风结婚。那件《彩绘人生》，令人百看不厌。勾勒出一个侧坐的妙龄女子背部，半边身体写实，婉转简约的线条，将女性的柔媚表现得淋漓尽致；另外半边是黑色的皮，巧用阴线浅雕的手法，雕成了两朵牡丹，分外娇艳明丽。她应该是纪晓风吧。

叶秋感叹晓风的好福气，女友笑着调侃她，身在福中不知福，叶秋想想也是。一直随身携带的凤扳指，当初江弱水买了一对，他拿的是龙扳指，把凤扳指送给她。经过长年的抚摩把玩，最近发现扳指起了惊人的变化。黑褐的皮色渐渐褪去，呈现出淡黄，更显玉质晶莹润白。果然，江弱水说得一点不错，玉石是有灵性的，你付出了它也会回报你。

她们一致地不太喜欢邓兴南晚期的设计，觉得那些玉雕作品华美有余，创造性和才气都嫌不足，透露出灵感枯竭走下坡时的挣扎与不甘。非常识时务的邓兴南很快就退休了，保持了思玉轩这个品牌的完满，这是他的高明之处。

好在精明健壮、风波不断、比邓兴南小五岁的强悍女人谢逸还很活跃，还在继续演绎着自己的精彩人生。坊间传言她的最大缺点是嗜赌，可惜运气不佳，屡战屡输。

天色将晚，叶秋和女友相拥告别，都说自己度过了美好快乐的一天，互相感谢对方的陪伴，就各自开车回家了。

说起来，谭峭与江弱水的相识相交也是充满戏剧性的。

有天傍晚，香草居来了一个有钱人——从北京来的江弱水。他向谭峭买玉，两人的价钱一直谈不拢。天色不早了，他又是远道而来的贵客，谭峭便请江弱水去山塘街吃饭。

在王四酒家，江弱水问他能不能喝白的，谭峭看他兴致高，与他交流也算愉快，就说行啊。两人要了一瓶二锅头。

酒过三巡，江弱水看着他那张俊朗的脸，说道："你别介意呵，看到你，我有一种奇怪的感觉，大概你身边的人都觉得你帅，但是不知为什么，我觉得你穿的衣服和你不太配。别看你风度翩翩的，总觉得哪儿不对，可就是说不出来。”

谭峭微微叹了一口气，深深地望了江弱水一眼，然后坦率地说：“我曾经出家过。”

“这就对了，”江弱水大叫，“你应该穿僧袍！很酷。”

谭峭哂笑，问江弱水怎么连这个也瞎猜到了。江弱水十分得意：“就是奇怪的感觉呗。”

江弱水又问：“你是在哪儿出的家？”

他说：“台山的归云寺，我下乡插队的地方。”

“修的是密宗、律宗，还是禅宗？你为什么出家？失恋，失亲，还是失爱？”江弱水冒出了一连串的问题。

谭峭看着他，一声不响，脸色阴晴不定，渐渐沉了下来。

“见谅，见谅！”江弱水忙说，“我这是犯了从前的职业病了。”

谭峭依然一声不响，端起酒杯喝了一大口。为了缓和尴尬气氛，江弱水小心谨慎地问道：“你在寺庙里感觉怎么样？”

谭峭回答一个字：“静。”

环境安静，心里平静。

方丈说他心气太高，替他取了一个法号，叫虚云，是要他懂得领悟四大皆空一切如浮云的意思吧。

“也许，以后我还会出家的。”喝完最后一杯酒，他幽幽地说。

“那你怎么回来了？”江弱水问。

“因为我想琢玉啊。”谭峭笑着说。

“哦，”江弱水也笑了，“这倒让我想起一个故事。”

有一位中国禅师到日本拜访一位日本禅师，两人一起乘船过濑户内海。在船上，日本禅师说：“您看，日本的海水多么清澈，山色多么青翠。看到如此清澄静美的山水，让我想起那长在清水中的美丽的山葵花。”

中国禅师笑了，说：“日本的海水虽然清澈如镜，山景也秀丽明媚。但是，这水要是混浊一些就更好了。”

日本禅师听了非常惊讶，问：“为什么？”

“清澈的水只能长出山葵花，要是混浊些，就能长出最美丽的白莲花！”

所以，他重返世俗。玉雕市场不正是鱼龙混杂之地吗？

江弱水抽着烟斗，一边要谭峭把价格压低，一边又狡黠地说：“你可以问问收藏圈的朋友，我过去买了多少和田玉，如果你肯便宜些卖给我，我以后会向你买很多。”

谭峭沉默地听着他的叙述，一声不响。

江弱水有点生气了，说道：“我上个月在香港珠宝展买了一颗一万美金的缅甸无烧红宝石，谈判的过程也没像向你买一块玉璧这么艰难。”

谭峭笑着说：“你不必告诉我你多么有钱，就像我不必对你说这块玉璧是和田玉籽料一样；你对我谈钱，就像我对你说我还储存了三箱籽料，是没有任何意义的。你要买我的玉璧，不是玉料有多重，而是这块玉璧雕得好，不是吗？”

最后，玉璧按原价成交了。

从一定意义上来说，江弱水是个传奇。他从前是个记者，谭峭第一次在北京玉雕展上见到他时，江弱水手里捧着一柄鹊梅如意，兴奋地对他介绍自己："告诉你，我可不是报道城管欺侮小商贩之类负面新闻的记者，即使有名气又怎样。"他举了举鹊梅如意，"我也不屑那些理想主义者。我要在四合院喝各种进口的葡萄酒，财经评论员、上市公司 CEO 的信息肯定比住在西郊的'北漂'族要多！"说完，他哈哈大笑。鹊梅如意是谭峭早期的代表作：雕刻精细入微，梅枝虬曲苍劲，花瓣纯净雅致，喜鹊伶俐生动。作品动静参差，穷极工巧。江弱水叹服如此繁复的工艺和精湛的雕技，立即买下。

谭峭偏偏是江弱水说的那种理想主义者，所以谭峭第一次看见江弱水时，对他印象并不好，觉得他是记者中的纨绔。

但他来北京大多会去江家吃饭，他有个漂亮老婆叶秋，还有非常合他口味的食品与令人惬意的宴席。宴席用的都是与他要好的贸易商和朋友免税从国外买来的上好食材：西班牙的伊比利亚黑猪火腿、法国的松露、挪威的三文鱼，有的时候还有俄罗斯的黑鱼子酱。这些是前菜，之后的一道意大利空心面，做得简单爽口。当然，江家的晚宴还有源源不断的红酒和香槟。他一开始即使再看不惯江弱水，也没有拒绝这样的晚宴邀请，甚至必须承认，江家的菜确实好吃。

江弱水还是个情种，这是谭峭绝没想到的。他本来有未婚妻，在一次采访中对年轻漂亮的银行白领叶秋一见钟情，他想尽办法追求她，心知不道德，曾想过放弃，无奈做不到。经过考虑，他决定退婚，以为百依百顺的未婚妻一定会成全他，哪知未婚妻怀孕了。他硬着心肠劝她打胎，未婚妻万念俱灰，选择自杀。幸亏发现得及时，但胎儿没保住，她的父母便上江弱水单位告他见异思迁，品行不端。叶秋也被牵扯，干脆不理他了。丢了公职的江弱水满怀愧疚，跪在未婚妻病床前请求原谅，未婚妻哭泣说只要他回头就既往不咎。江弱水听了直摇头，说他只爱叶秋。说完，拔出刀往胸口戳，鲜血迸溅。经过抢救，总算保住了一条命。叶秋得知后，哭得泪水涟涟，急忙赶往医院，不顾流言蜚语，衣不解带地照顾他。伤愈后，两人就领证结婚了。后来，江弱水靠朋友帮衬，合伙做起了大宗外贸生意，顺风顺水，捞到了第一桶金。

除了收藏小批的中国当代油画，江弱水主要收藏了大批当代玉雕家的作品，他家里简直像个玉雕博物馆，谭峭、邓兴南、乔立煌、施挺等人的作品都摆放在他家的客厅和书房。

谭峭跟在江弱水的身后，兴致勃勃地跟他一起欣赏："……商代的双钩线，是琢玉工艺史上的一大成就；周代以后，曲线增多，工艺和造型不断改进，精细程度超过以往，日趋美观；到了春秋战国，开始使用解玉砂，工具也进一步发展、定型，从开片、做花到上光都有了层次，可惜我家里没有这一时期的实物；这件玉卮是汉代的，汉代的大件玉雕，雕工比较粗糙，但小件很细腻。您看这只玉握猪，造型小巧灵活，刀法简洁有力；旁边的这件是唐朝的，缠枝花卉图案明显地受到佛教影响，典型的唐朝风格；宋元时期的玉器，我这儿没有，那时的作品也是小件多，大件少，像渎山大玉海是绝无仅有的了;这只青玉镂雕笔洗是明万历年间的,您看,底部有'子冈'二字,毫无疑问是陆子冈的作品了。陆子冈所处的时代,高手如云,佳作如林,但也有一些微瑕,往往在最后的碾磨阶段求形不求工,未臻完美;清代的琢玉技艺又推向新的高峰,出现了分色巧做和镂空、半浮雕种种琢法,您的水乡牌正是这种风格的体现。这里的清代玉雕都不是精品,我是把您的《虎圈》《姑苏人家》《龙牌》《秋趣》作为典型作品收藏的。您这样的技艺,在北京我还没有看到第二个啊!怎么样,我喜欢《马》章,给我吧。"

《虎圈》真是精美绝伦,代表谭峭雕刻技艺的巅峰!在香草居看到《虎圈》,只一眼,江弱水便被它的形、神、韵抓住了眼球,当即想买。谭峭却说,他不满意这件作品,所以不想把它卖掉。江弱水虽然失望,但是他晓得要把一块实质的玉石雕成如此空镂、弯曲、舒展且比例精准确当的虎圈,不知要耗费雕刻师多少的时间与心力。所以谭峭在20世纪年代创作这类作品之后,再没有雕刻过。眼看要与《虎圈》失之交臂,忽然听谭峭说:"你等我重新做一件!"江弱水喜出望外。

不料,这一等就是三年……

那时节,玉雕市场逐渐兴盛,人们渐渐喜欢上了和田玉,更对各类的玉雕作品钟爱有加。香草居的生意也越发红火,各地喜好者前来苏州,登门求索,其中不乏要大师亲手雕刻的"峭"款作品。每天,谭峭坚持上午在家雕刻,下午在工作室勾画。当江弱水拿到《虎圈》时,手微微发抖。《虎圈》表现的是线条的韵律与老虎的力量。老虎的头是写实的,整个虎身的线条婉转流动,与外圈连接的四只脚和尾巴,给人一种和谐、平衡之感。他是怎么做到的呢？简直如有神助。

当然,最引人瞩目的还是谭峭著名的《马》章,获第四届“天工奖”特别金奖,灵感来源于唐太宗的“昭陵六骏”,石刻的六匹骏马:一是飒露紫,二是拳毛騧,三是青骓,四是什伐赤,五是特勒骠,六是白蹄乌。石刻的六匹骏马中三匹是奔驰状,三匹是站立状。六骏都是三花马鬃,束尾;鞍、鞯、镫、缰绳的刻画,逼真地再现了唐朝战马的装饰。据传“昭陵六骏”是依据绘画大师阎立本的手稿雕刻而成,“飒露紫”和“拳毛騧”两石,已在新中国成立前被盗卖到国外,其他四石现藏于陕西西安碑林。印章呈正方形,玉质润滑。钮琢一匹骏马,形象取自“拳毛騧”,膘肥肌健,四蹄飞骧。江弱水钟爱《马》章,认为只有这样的题材、这样的技法,才能传达谭峭对玉雕艺术的趣味和智慧的近乎完美的诠释。

“不,我想自己收藏。”谭峭想都没想就拒绝了。

他解释道:“说实话,这方《马》章不是我的原创。学刻印时,老师家藏一方祖传的奔马印纽图章,他要我用青田石摹刻。当时我十六岁,摹刻过程中弄得手上全是泡。完成后,老师十分满意。这方《马》章是我凭着十六岁学刻印时的记忆刻的,有纪念意义。”

江弱水对《马》章恋恋不舍,啧啧称赞。说它借助了唐朝传奇的背景和绘画,却更多地流露出现代气息。“拳毛騧”是李世民武德四年十二月至次年三月平定河北，与刘黑闼在洺水（即漳水，在今河北省曲周县境内）作战时所乘的一匹战马，列于祭坛西侧三骏石刻中间。马黑嘴头，周身旋毛呈黄色，是代州（今河北代县）刺史许洛仁在武牢关前进献给李世民的坐骑。唐初武牢关大战后，李渊父子残害了窦建德夫妇，窦建德原部将范愿、高雅贤怀着复仇的目的，推荐刘黑闼为首领，在河北一带起兵反唐。约半年，李世民收复了窦建德在河北一带占据的大部分土地。武德四年十二月，他又一次奉命出征。采用坚壁挫锐、断粮筑堰的办法，逼迫刘黑闼率两万骑兵南渡洺水，与唐军殊死决战。这次战斗打得相当激烈，李世民的坐骑"拳毛䯄"身中九箭（前中六箭，背中三箭），战死在两军阵前。石刻六骏中，李世民给它题写的赞语："月精按辔，天驷横行。弧矢载戢，氛埃廓清。"

谭峭点点头："没想到，你对这段历史了解得挺详细。"

江弱水说："必须的，我好歹也是个文化人。"

"唉！"江弱水叹了口气，"您看，大家称我为收藏家，其实，我配不上。过去收藏家得有个标志——'著书立说'，不然，算什么收藏家？收藏最初的宗旨，大处着眼，是一个民族的记忆、证据，通过收藏，能看到我们的夏、商、周、秦汉、隋唐、宋元、明清文明和文化究竟达到了一个什么样的高度；小处来说，能满足我这一类人的内心需求，从而获得一种前所未有难以言说的幸福感和愉悦感。"

“确实,收藏是件快乐的事。”

“这句话,邓兴南也说过。”

“哦。”

“您不知道吧,邓兴南可是个古玉收藏家。中国有句老话,久病成医。邓兴南见得太多了,这是最好的学习、研究。一件玉器拿在手里,他不借助任何仪器,仅仅用肉眼观看、用手抚摩,就能断代和鉴别真伪。他看玉,从造型、纹饰、技法、玉色、玉质诸多方面着眼,把握每个时期比较稳定的风格特征,很少出错。比如,玉琮是‘良渚文化’中的常见玉器,专家对玉琮的研究经年累月,答案不尽相同。邓兴南认为,在祭祀中,玉琮和玉璧是联合起来共同使用的,不无道理。比如,战国的蟠螭纹,有一个重要的时代特征,是在双线细眉上有一道阴刻线,若隐若现,看得粗心就容易忽略。邓兴南的眼力,恐怕连琢玉多年的老匠人也未必能比啊!”

“哼,怪不得!”谭峭冷笑一声,心中充满了对邓兴南的鄙视与轻蔑。天知道,他是怎么成为古玉收藏家的。

江弱水是敏感的,马上察觉了:“怎么了?”

“没什么。”谭峭淡淡地回答。

江弱水笑了:“货卖识家,邓老板最重要的买卖并不是在门市上做的!比如这件战国玉剑璏。”他转过身,又走到摆放在柜子中间的一件玉器前,“这是我在他家里买的……”

也在江弱水家,邓兴南问他:“你为什么喜欢我的玉雕?”

江弱水大笑,对谭峭说:“我买他的玉雕是因为以后会升值！我压根不喜欢他的玉雕。哦，对不起，忘了您也是一位玉雕大师。对不起，对不起哦。但我就是没有理由地喜欢您的玉雕，拼命地往您的工作室砸钱，着了魔似的。”

谭峭喜欢江弱水的一点是，这个人非常诚实守信用，知道自己要什么不要什么，感觉他这种赤裸裸喜欢玉雕的功利心还挺有魅力的，至少和他在一起没有感到乏味的时刻。

他们之间甚至有过一次雕刻的合作，堪称珠联璧合。

江弱水拿到一块玉料，这块玉料厚重别致，皮色介于红黄之间，而且深沁其中，玉质不是太白，局部呈现淡灰。这样的玉料，一般不会被人视作珍品，他却一见倾心。买下后，想不出做什么，整天把玩。一天，他忽然由它的皮色联想到印泥，便有了基本构思：可以借鉴印章的样式选一些心仪的字句，巧妙地组合在玉石上，这样的作品应该颇有传统文化的意蕴吧。为此，他星夜兼程地赶往苏州。听他这么一说，谭峭也觉得新颖有趣，于是两人决定合作。印章内容由江弱水选择，谭峭设计印章样式。他参考古建筑瓦当的图案，把江弱水挑选的字句："远""无为""自在""行者常至，为者常成"，交错排布在玉牌的正面，同时在背面刻上张旭的狂草。谭峭极其重视这样的创作，每完成一步都要让江弱水过目、品评，双方都满意了，再继续。作品完成后，定名《汉魂》。又想着如何把它展示出来呢？他们仿照秦汉竹简的样式，做了个托架，写的是汉马王堆竹简上的文字。

十

姜白不管在何时何地，见到一块美玉，总是想尽一切办法占为己有。偏偏他又不是富有的人,因此在收藏玉的过程中,吃了不少苦头,有时到了节衣缩食、三餐不继的地步。他买玉出手之大方,让谭峭叹服,“公子小白”名不虚传啊。

有一次,他在十全街的松竹斋看到一个白玉把件:太狮少狮,据说是汉代的,玉质、雕工一流,让他爱不释手。姜白变卖了他在混堂弄的老宅,毅然买下,然后租住在十全街相王弄。

房子不大,但整洁清幽。晚上,坐在满是花香的庭院里,服侍母亲吃完饭喝了药后,他从厨房拎来几只热水瓶,把水倒在脚盆里,泡着脚玩玉或发半天的呆。走在相王弄的青石路上,天空有飘逸停留的云朵,面前有温暖淳朴的笑容,让他觉得世间最诗意的栖居不过如此。

月底,房东催要房租,逼急了,他一时拿不出钱,就把白玉把件取出来。房东心动了,一旁的房东老婆是个大老粗,叉着腰对他说:“我要这块石头干什么!万一不小心摔坏了还嫌麻烦呢!你明天还是拿房钱来,不然我把你轰出去!”

谭峭劝他:“你看,故宫博物院的美玉不止千万块,尤其是小品珍玩的部分,精彩纷呈,但是皇帝死的时候一块都带不走。我们现在看那些玉,不知它曾经有过多少主人。对于美玉,能够欣赏就行了,何必一定要占有?佛经说‘智者金石同一观’,便是这个道理。一个人爱玉成痴,和玩股票不能自拔又有什么不同呢?”

他白了谭峭一眼,说:“如果能自拔的话,我早就拔了。”

邓兴南的名字在业内如雷贯耳。玉雕厂改制前,他就让谢逸隐名在十全街开设了思玉斋。当时的谭峭名不见经传。

姜白现住在滚绣坊一栋俯瞰南林饭店的别墅里，椅子靠前摆放，角度得当，上面覆盖毛皮；沙发填补了窗前的空当，下面铺设地毯。三面大窗户上垂着精致的纱窗和华美的花缎窗帘，温馨舒适。红木橱柜里精心布置得满满当当，全是高级茅台、五粮液和红酒。从中间那扇窗户往下看，可以看到停放在水仙弄的宝马轿车，车顶铮亮发光。还有什么地方能比他的住所更显赫呢？早上八点整，他会叫钟点工阿姨准时把早餐用托盘端进来，阿姨为他展开紫红色的餐巾，慢慢吃完牛奶面包后，他用长指甲将信件挑开，从中抽出厚厚的烫金请柬，请柬上盖着公司总裁、银行行长、总经理以及房地产大亨们的印章。然后他漱口、洗浴，在阳光下读报。

"瞧瞧姜白，"他喊着自己的名字说，"你出生在混堂弄，你……"这时，他会低头看看自己的双腿，裤子裁剪合体，做工细致考究；然后再看看皮鞋。他浑身的穿戴都是挺括括、亮闪闪的，出自名牌私人定制，用的是最上乘的料子。然而，他常常解除掉自己的装备，把自己还原成混堂弄里的小男孩。他最大的奢望莫过于把盗版的港台流行歌曲唱片卖给吴江乡下的土豪们。一次，他出了事，他的母亲号啕大哭："哦，你什么时候才能懂事呀，儿子？"从那以后，他洗心革面考进了工艺美校，毕业后分配进了玉雕厂。没两年，辞职开店，出售玉器珠宝，借了高利贷，带着钱去了南非……每每想起这些经历，他都会得意地窃笑——中年小白在回忆青年小白呢。不错，靠了三颗粉钻他狠赚了一笔，卖掉一块祖母绿得的佣金也不少。从此，他就从相王弄搬入了十全街店铺北面的别墅，别墅里摆着天平秤、保险柜、手电筒，还有厚厚的放大镜。然后、然后，他忍不住又笑了。炎热的夜晚，每当十全街的珠宝商们聚在一起讨论翡翠、和田玉以及宝石的价格时，如果他从他们身边走过，其中必定有人用手掩住鼻翼嗯一声。或者是炎热的下午聚集在南林饭店的珠宝商中间发出的一阵絮絮叨叨声，他们肯定在说“看哪，年轻的姜白，那个年轻的珠宝商，他来啦”。那时的他的确年轻。他的衣着越来越华丽；早先有辆摩托车，接着买了辆轿车；开始去剧院时坐楼座，后来坐在正厅的前排头等座。他在太湖叶山岛还有一栋临湖的别墅，院中搭着玫瑰花架，他每天早上摘一朵花别在胸前。这一切都是因为他在苏州采香玉雕厂成为管崇文的徒弟、谭峭的师弟才拥有的。

别墅定期有人来打扫，欠缺的是少个会做饭的阿姨。

昨天，谭峭难得路过造访。时近午后，岛上的饭馆都已封炉打烊。好不容易问到一家小饭馆，说是饭也没有了，菜也卖光了，只有一条鳜鱼养在水里，可以做碗鱼汤充饥。他扭头想走，谭峭却觉得不错，拉着他走进那家小饭馆。

饭馆临湖而筑，准确说是店门在街上，小楼架在湖岸上，房屋下面架空，可以系船或做船坞，是水乡小镇常见的河房。店主先领他从店堂里的一个窟窿里步下石码头，从水里拎起一只扁圆形的篾篓，篓里果真有一条活鳜鱼，两斤多点。称重买下鱼后，店主便领着他从一架吱嘎作响的木扶梯登楼。楼上空无一人，窗外，碧波荡漾，鸥鸟翻飞。

“老板，有酒吗？”

“有绍兴黄酒。”

“来半斤。”

“不，来一斤。”

一斤黄酒，一条鳜鱼，面对湖光山色，一顿饭两人足足吃了一个半小时。

“嗯……拜师兄所赐，”姜白站起身伸了伸腿，“嗯……”他站在壁炉上方一个老太太的画像前，举起双手，“我实现了我的诺言。”他双手合十，对她拜拜，“我辞职打赌打赢了。”事实正是如此，他成了苏州极富有的珠宝商之一。然而，他好像仍不满足。扶正领带，他穿上那件笔挺的毛涤大衣，拿过手套和皮包，大摇大摆地下了楼。他虽然打赌打赢了，但是并不快活。他像一头大公猪，想在苏州这片富饶的土地上挖掘到更大更熟的松露——和田玉。到处都是外地人，整个街区都是轰轰隆隆的汽车和吵吵嚷嚷的孩子，男人们在人行道上喝啤酒吃烧烤。这里的店面租金飞涨，仿佛一夜之间，那些旗袍店、梳子店、茶室都改头换面成了玉器店。

“您一定认识小美。”邻居河南人老庞说。

“嗯。”姜白说。他是见过那个女孩，在那个女孩和她的小伙伴破坏他店门口摆放的幸福树时。

“今天我的洗衣店很忙，一整天都有人排队，我没空出去给她买生日蛋糕。姜老板，我知道玉店隔壁就是好利来，麻烦你代买只蛋糕。"

"嗯。代买蛋糕？我们熟悉吗？"姜白还记得他让店员花了两天时间才把小美涂在店门口石狮柱上的糨糊洗干净。

他盯着老庞，直到他移开视线。他想起母亲，想起在最后的日子里，她病恹恹地躺在床上，他是怎样跑出去让那些孩子不要吵闹，他们却嬉笑着对他说："滚回去，瘦猴子。"

还是算了，不跟这些人一般见识，代买蛋糕是件小事。

他大摇大摆地走着，那样子与动物园的骆驼摇摆着走路的神情相似。十全街相王弄挤满了小玉贩和他们的老婆，她们从纸袋里掏瓜子或栗子出来吃，把瓜子壳或栗子壳随手扔在地上。姜白根本瞧不起这些小玉贩，他们十有八九是外地人，玉料大多是山料、俄料甚至韩玉，看着洁白无瑕，其实内行人一眼就看出这种白没有内涵，缺乏和田玉籽料的细腻温润，但他们守株待兔，常以籽料的价格卖给那些自以为是的土豪，然后在土豪走后，狠狠地往地上吐一口痰，暗笑两声："傻瓜。"他们还卖"机雕牌"，就是把一块玉料切成尺寸相同的几十片，绘制或扫描图案后，再按预先设定好的程序，在电脑雕刻机上雕琢，像工厂流水线一样。这些"机雕牌"几乎一模一样，但是价格低廉，一块玉牌只卖四五百元。他从来不屑做这些事，望着前面指柏轩上方湛蓝的天空和流动的云朵，他对未来充满了憧憬。想着自己是要做大事的人，坑蒙拐骗这伎俩只能骗得了一时，骗不了一世。

与往常一样，他穿过店堂，一声不响。两个店员，一老——

老郝，一少——小毕，都在忙碌。老郝面对的是个熟客老板，他软磨硬泡地要买镇店之宝——“峭”款的《麻姑献寿》。他拉住老郝的胳膊：“帮帮忙，”他说，“我出四十万。”

老郝挣脱老板的手，说道：“跟你说，不卖的。”

“那就四十五万。”说着，他从口袋里掏出一张折好的钞票，放进老郝手里，“帮个忙，收下吧。”

老郝想把钞票塞回对方手里，他用手推拒：“卖给我吧，这玉雕放在我办公室的多宝格里，多气派呀。”

“这是我们的镇店之宝，谭峭大师亲手雕的，‘峭’款。他可是我们老板的师兄。放眼十全街上这么多玉器店，哪家店有这样的东西？”老郝再次强调。

“知道，知道，所以我才要买……”

小毕接待的是位年轻姑娘，染着金发，穿着时尚，看中了一块香草居款银杏手牌，在打了八折三点五五万的价格上还要再便宜五百元，小毕不同意。她摆出不会善罢甘休的架势，喊来男朋友对着小毕死缠烂打……他微笑着对他们点点头，走进他的办公室，关上门。

他打开窗上的防盗格，立刻传来了十全街的喧闹和远处车辆的鸣笛，日光从店铺后面的铝皮烟筒反射上来。窗外有一棵粗壮的白玉兰，已经是 6 月了，树上长满了浓密的绿叶。

“所以……”他似乎在叹息，又似乎在自语。

他按动墙上的一个按钮，镶板被徐徐打开，里面是钢制的保险柜,有两个。他转动钥匙,分别打开。柜子里衬着红色天鹅绒垫,每个都盛着玉器——手镯、手牌、玉串、玉牌、勒子;玻璃荚子中还有零散的宝石,红宝石、蓝宝石、祖母绿、钻石。件件珠宝都保管得安全妥当,个个都在熠熠发光,虽然摸着冰凉,但是燃烧着浓缩了的、永不熄灭的火焰。

"星星!"姜白看着钻石说。

"鸽子心脏里流出的血!"他看着一颗红宝石说。

"蓝色精灵,啧啧,这火彩。"他用镊子夹起一颗皇家蓝蓝宝石,面对阳光照着。

"火药!"他接着说,并且把红珊瑚珠子拨弄得哗哗作响,好让它们光芒四射。

"这些火药能把下周一工业园区博览中心的'珠宝展'炸上天!"他仰起头,发出像马一样的嘶鸣。

突然,桌上的手机煞风景地嗡嗡响起来。他关上保险柜。

"十分钟后。"他说,"这之前来不行。"他在书桌前坐下,双眼注视着袖子上的金钮饰。他又一次卸下装备,把自己还原成混堂弄玩石子的小男孩,星期天人们在那条巷子里出卖盗版的唱片。他又变成了那个嘴唇如湿漉漉的樱桃般红润的狡猾的机灵鬼了。他把手伸进搪瓷盆里,拈起几块带鱼,在油锅里炸。真香!他在人群中窜来窜去。他身材纤瘦,行动敏捷,一双眼睛炯炯有神。一片寂静——指针嘀嗒嘀嗒地走着,一、二、三、四……邓兴南夫人在候见。邓兴南夫人——她的父亲谢之光在世时比一百个教授还要尊贵,他很早以前就是苏州文物界的大腕,谭峭的恩师。他看了看桌上的时钟,指针还在不停地走着,每走一下就有一件物品出现,一壶普洱茶,一杯上好的红酒,一包红“中华”。

“大师夫人到了!”宣告完毕,小毕笔直地靠墙而立。姜白听见谢逸裙子的綷縩声,站起身,她正从过道那头走来,然后在门口出现,带来一阵香气,带来她的显赫、气焰、浮华,以及教授女儿与大师夫人加在一起的高傲,所有这些汇成一股波浪,冲进房间。她坐了下来,这股波浪随即扩展开来,溅起层层浪花,很快淹没了姜白这位大珠宝商。绿色、玫瑰红、紫色……各种炫目的色彩,各种袭人的芳香,各种令人眼花缭乱的奢侈品将他罩住。她手上的红宝石戒指光芒闪烁,颈间的凡克雅宝项链频频颤动,身上的连衣裙精工裁剪雍容华贵。她深陷在皮沙发里,像一只敛起了羽毛的孔雀。

“早上好,公子小白。”谢逸说着,从白手套里抽出手来,姜白递上一杯普洱茶,笑着说:“我最喜欢您这么称呼我了。”谢逸喝了一口茶,点燃一支烟,他们之间的关系又建立起来了。他们是朋友,也是敌人;他是主人,她是客户,他们互相隐瞒,互相需要,每次在店里交易两人都意识到这点。至少,她卖给他的邓兴南收藏的战国玉带钩是真的。

谢逸虽说画技不如两个妹妹,但毕竟在父亲身边耳濡目染,她摹画的记忆力超强。谢之光带她去过张辛稼的画室,她看完《梅花绶带》《紫藤小鸡》,回家就可以摹画出来。十分钟前,听说她要来,姜白赶紧把谭峭的新作《蝶》《秋雨江南》和《荷花观音》都藏了起来，不能让她看。她看了等于被盗走了。从前她来过店里，猝不及防，姜白在香草居加工的《龙凤》对牌，转眼就被邓兴南克隆，卖了高价。

“今天，邓夫人——今天我能为您做些什么呢？”姜白恭恭敬敬地问。

谢逸连吐了两个烟圈，道出了她的苦衷。她叹了口气，一声不响地从包里掏出一只爱马仕小羊皮包，包里掉出了玉片，一块、两块、三块……一共八块，掉在红丝绒上。

“我只有这些了，亲爱的公子小白。”她痛苦地说。“这是申时行玉带上的，”她嘟哝说，“只有这几块了。”

姜白伸出手，用手指拈起一块玉片，灵芝纹，圆润饱满，用黄金包镶。它是真的，还是假的？她是否又在撒谎呢？

他这么想，不是没道理。上次，谢逸就让他吃了亏。

她带来一只玉鹅，说是宋代的。玉鹅带点糖色，形态是回首衔着一个谷穗，器型不大。她知道他喜欢宋代的器物。

晚上，他在房间里细细察看这只白天才买下的玉鹅，看了一会儿，他一拍桌子：他妈的，上当了。宋代的器物都是安逸的、向前看的形态，他见过台北故宫的一只玉鹅，它的脖子是向前的，但这只玉鹅回头了。这种形态的玉器，一般是明清之际的，带有宋代的特征，是人们常说的“宋明不分”。千万要小心啊，同样的错不能犯两次。他暗暗告诫自己。

她把修长的手指按在嘴唇上，轻声说：“如果兴南知道了……公子小白，这次我有点不走运……”

她又去赌钱了?

“是那个恶棍! 那个骗子!”她嘶叫道。

那个脸上有刀疤的家伙吧,他的确是个十足的坏蛋。要是精明的邓兴南知道了她所做的一切,一定会剥夺她的财权,并把她抛弃的。姜白这样想着,眼睛瞟了瞟保险柜。

“邓乐嘉、邓乐芙、邓乐怡。”她哼道,“我是为她们。”

邓乐嘉、邓乐芙、邓乐怡是她的女儿,长得一个比一个漂亮,他认识她们,欣赏她们,他的心上人是邓乐怡!

“我的秘密你全都知道了。”她弹了下烟灰,混浊的眼波中泪珠滚落下来,在涂了胭脂的双颊上冲出一道道沟。

“我们是老朋友。”她喃喃地说,“老朋友!”

“我们是老朋友,”他重复道,“老朋友。”似乎在揣摩这个词的意义。

“要多少钱?”他问。

她用手盖住玉片。

“五万。”她低声说。

这些玉片是真的,还是假的? 申时行玉带上的玉片——她不是已经卖过吗? 他想按铃叫老郝进来,然后对他说:“拿去验验……”他的手伸向了手机。

“明天来我们家吃饭吧?”她急切地打断了他,“高局长要来……”她顿了顿,慢慢说道,“还有邓乐怡……”

姜白把手从手机上移开。

他的目光越过她,停在十全街的那些楼房的墙面上,但他看到的不是十全街的房屋，而是房屋后面泛着涟漪的十全河，河中的鱼儿和小虾在腾跃。他低头瞅了瞅手中的玉片，在小河潋滟的波光中，在邓乐怡盈盈的顾盼下，他怎么能检验这些玉片的真假？然而，此刻盯着他的是谢逸的眼睛。“值五万！”她嘀咕，“以我的名誉担保。”用邓乐怡母亲的名誉担保！他拿出支票簿，取出钢笔。“伍——”他写着，却又停了下来，照片中的老太太看着他——那是他母亲的眼睛。“姜白！”她发出警告，“清醒一点，别做傻瓜！”“小白，”谢逸恳求说——她的称呼是“小白”了，不再是“公子小白”，“你一定要来畅园度一个美好的周末呀！”

单独和邓乐怡待在园子里！和邓乐怡在树下喝茶听歌！

“五万。”他写完，签上名。

“拿去吧。”他说。

谢逸从沙发里站起身，霎时，孔雀所有的羽毛展开了，姿影闪动。当他引她穿过店堂来到门口，两个店员——年老的老郝和年少的小毕，都在柜台后站得毕恭毕敬。他从他们面前走过，她手里紧紧攥着支票——他签了名的五万元支票。

“这些玉片是真的，还是假的？”姜白关上办公室的房门时问道。八块玉片躺在桌上的红色丝绒垫上，他拿着玉片走到窗前，对着阳光照，再用电筒照。这是早明的雕法和做工，玉质粗粝……哼，申时行，他可是晚明重臣。那么，这就是他刚从泥土中挖掘出来的松露了！烂了心的松露！

“哦，原谅我，妈妈。”他叹气，举起一只手，好像在乞求照片中老太太的原谅，他又变成了混堂弄的小男孩了。

“因为，”他喃喃说，“那将是一个多么美好的周末啊！”

十一

这天，谭峭、姜白到新区寒山散心，沿坡后一条小路而上，途中没遇到一个人。曲折的山路，好不容易爬到山巅，树林间有个小湖，然后转进一条小泥路，更是崎岖了。愈走愈窄，前面像是无路了。一转弯，豁然开朗，宽阔无边的山坡上，满是绿草野花彩蝶。远望苍郁连绵的山峦，真是山外有山，围绕着这个石谷，似是一个巨大的窄颈铜壶。走到“壶底”，再没有车路了，散落三两间小茅屋，是种茶人的居所。

看得出寒山的农民贫困，虽有新盖的砖瓦房，但并不普遍。村里建的都是平房，中间客堂，两边厢房，后院是猪圈。屋子里没有几件像样的家具，蚊帐是经年必须张挂的。几个小孩子，脸上脏兮兮的，但个个面色红润，眼神清亮。

谭峭指着一座掩映在茂林修竹间的小小的寺庵，回过头来问司机：“我们可以进去吗？”司机点点头。

姜白使劲敲了几下门，庵里的木鱼声停了，接着门里响起女人的声音，问外面是谁在敲门。姜白说明来意，门闩一响，半边门开了，出来迎接他们的是一位白发盈头的老太太。

当带发修行的老比丘尼去为他们烧茶煮水的时候，他远远听见了几声从谷底传来的雀噪声。大约天色垂暮，鸦雀归巢了，山谷的宁静反而因这几声雀噪加深了一层。

他们静坐着，喝完了两壶清清酽酽的茶后准备回去。迟疑了一会儿，谭峭拿出一张2元钞票当作茶钱，那个老比丘尼却笑了起来，慢慢说道："先生，不用，我们是清修的庵，茶水不收钱。"推让了半天，她到底没收这2元钞票。

老比丘尼的风度和那次逛石谷花坞的情趣让他在多年后还感到意犹未尽，所以，当江弱水第三次来苏州问他"到哪里去逛逛"时，谭峭立刻提出去寒山。

寒山的房屋明显增多，居住在花坞的人变成了殷勤的商人，庵里的尼媪也不像从前那么恬淡了，连建筑物和器具都受到了欧洲下劣趣味的影响。同去的江弱水一行人觉得非常满意，以为杭州的九溪十八涧、云栖、西溪湿地远没有这样清幽深邃。由此，他想到了明代在寒山隐居的高士赵宧光。

在寒山守孝时，赵宧光开创了别开生面的景象，利用岩石山野的天然景观，凿山劈石，植树种草，依山建筑"寒山别业"。建成，他向妻子陆卿子发出邀请，偕她一起来此守孝。为此，赵宧光把经营寒山的初衷、过程、规模，以及寒山在他手中形成的胜迹、风光、情怀，专门撰写了一篇《寒山志》。隐居寒山后，赵宧光夫妇再没有离开。他们在纸上写，在石上刻，岩上岭上手迹遍布。沿洗心泉侧御道朝上走，过飞鱼峡，在泉石上依稀看到笔力雄健的"千尺雪"三个字。

潺潺的水声清亮悦耳，他沿着溪流往上，跨过石桥，竹林不远处的磐石边有座凉亭吸引了谭峭的目光，他停下脚步，感叹这精巧的构思。那飞流直下的瀑布的激荡之声又使他不能细细品味,沿仄径而下,银练玉雪般的"千尺雪"完全展露了。

仲春时节,青葱的绿色已经遍布寒山幽谷,不时有绽开的桃花浓艳的花瓣飘落"千尺雪"的溪水中,随波浮荡。

转眼近黄昏,快下到"壶底",咦,有间小小的咖啡店!在这样的荒野之地,叫人讶异。走进去,厚实的石室里有几张笨重的木桌椅,墙上悬挂干花木杖,散发浓浓的山林气息。

有人从后室推门进来,是一个胖胖的中年男人。这儿太冷清了,让谭峭产生一种错觉:山中方一日,世上已千年。

"吃晚饭吗?"中年男人问。还不到五点,谁要吃晚饭?叫了茶水,他无精打采地端过来,转身,垂头丧气地走到门边,望着山林。石室里的气氛压抑,谭峭坐了没多久便想离去。

随口对那人说:"这儿真清静。"

中年男人愤愤地说道:"太静了,这种地方,鬼都不来一个。"谭峭一愣,听他又气冲冲地说:"本来电视台说会派外景队来拍摄这儿的风景,介绍给游客。岂料他们只是说说,连苏州旅游指南书上也没有提到,谁会寻到这儿来玩?"

所以,这儿才保存了清新自然的风貌啊……话上到喉间一半,便被他怒目睁眉的神色吓得咽了回去。但是谭峭长了个心眼,想着日后要买下来作为深山的玉雕工作室,应该不错。

一年后,谭峭带着晓风来寒山,来到用心装修亲手布置的玉雕工作室,香草居置身于幽林与溪谷之间。

傍晚，谭峭牵着妻子的手在山中散步，沿着青苔满布的石阶向下走去溪谷，并肩坐在密密的树林间，身旁是潺潺流动的溪水，黄鹂鸟呖呖地在欢唱，啄木鸟笃笃地啄木头。太阳懒洋洋地照在草地上，一丝风都没有，时间仿佛凝固了。

回到家，发现谭峻来了，拎了只藤篮："晓风，送给你的。""什么呀?"打开，是只小猫，全身雪白的绒毛，两只眼睛碧蓝碧蓝的，十分可爱。它伏在篮底，细声细气地喵喵喵地叫着。

晓风问："你从哪里弄来的?"

谭峻说："是学生家长去新疆时带回来送给我的，据说是外国品种。家中孩子淘气，肯定养不大，我就拿来了。"

晓风将小猫抱起来，它伏在她的掌心喵喵叫，伸出粉红的小舌头舔着她的手指。她顿时喜欢上这只小猫，笑着对谭峻说："谢谢哥哥。"你先喝茶，我去准备午饭。"谭峻点点头："被你这么一说，我倒是觉得有点饿了。"

山色因着天光渐渐转变，厨房的陈设简单而干净，长桌桌布的反光柔柔淡淡，映照在忙碌着的晓风脸上。临近的窗台上，摆放两只玻璃瓶，瓶中插着厚厚花瓣的白茶花。窗外风声呼啸，树叶摇晃。不一会儿，穿着围裙的女主人走出来。

"哥哥，我包了荠菜馄饨，你和谭峭都喜欢吃。"

"好嘞。还是晓风善解人意。"

院子里桃李花谢，落红阵阵，飘飞的花瓣吹拂在半空中，惹得小猫不停地跳起来用爪子去挠。有一两只粉蝶飞过，小猫又是追着满院子一阵乱跑，蝴蝶飞到哪儿，它就窜到哪儿。晓风见了,咯咯咯地笑了起来。谭峻说:“好久没听到你的笑声了。你在这里,住得惯吗?”晓风满脸含笑:“嗯,挺好的。”

不知为什么,她觉得谭峻似乎松了口气。

抱起小猫,她走到香草居,里面没人。她从香草居侧门迈出,看到谭峭伫立在响月廊,仰起头望着远处山景,一动不动,也不知在想什么。她柔声喊道:“谭峭,哥哥来了。”

听到她这一声呼唤,他转过头,怔怔地看着她和小猫。

她想他大约在想什么心思,因为他的目光有点奇怪。很快,他便移开了目光,垂下眼睑:“知道了,马上来。”

小猫喵地叫了一声,舌头再次舔过她的手指,晓风禁不住笑起来,抱着猫给谭峭看:“你看,它的眼睛多好看。”谭峭说:“给它起个名字吧。”

“叫小雪,怎么样?”

“好。”

雨声渐疏,春日黄昏,阳光居然冒了个角,从天际漏了丝丝缕缕的阳光下来。他刚刚雕完一只来料加工的玉兔,揉了揉发酸的脖子,伸了一个大大的懒腰,搬了凳子和晓风在院子里慢慢喝茶,清洁润泽的空气让每一次呼吸都成为一种享受。

谭峭不由得感叹:“还是山里好啊!”

谭峭说想念在何滩时,台山那一片种满茶树的茶园,忽然就说到了他和谢珊的永别。在暮色浮动的院子里,他的面孔半隐在暗影里,声音很低很低,但是晓风听得清清楚楚。

天落黑后,晓风变戏法似的从厨房里端出一碗亲手做的阳春面,分量不大,盛放在蓝色瓷碗中,远远闻到一股香味;依稀可以看到虾籽,用的是虾籽酱油,撒了葱花,做的时候少不了放点猪油。他吃了一口,发呆了。前两天在扬州,几乎每顿饭都有一小碗阳春面,但这无疑是最好吃的一碗:香气四溢,面条筋道爽滑,香味隐藏在面条和面条的缝隙中。晓风说:"谭峭,你忘了,今天是你的生日。""哦,你不说,还真忘了。"谭峭看着收拾碗筷的晓风,思绪飘飞。那是下午四五点钟光景,夕光暖暖地洒在扬州大运河上,古渡口静寂无人。小船停下来,船舷上栖落一只白色的小鸟在打着盹儿。

当他靠近时,栖落船舷的白色小鸟慢慢睁开了眼睛,嗖的一声,一下子飞到远处,越飞越远……

忽然,厨房里传来砰的一声,随即是晓风啊的惨叫声。谭峭赶忙冲进去,见晓风躺倒在地,手抚胸口,脸色煞白,呼吸急促。"晓风,你怎么了?"晓风一把抓住他的手:"我胸口痛……心脏病……去医院。"说完,晓风晕了过去。

接下来的两天,医院全力抢救晓风,但她始终没有清醒。谭峭守在病床边,寸步不离,医生暗示他做好最坏的思想准备。半夜,晓风醒了。看着谭峭满脸憔悴、胡子拉碴的样子,倚坐在床边的椅子上鼾睡,显然累坏了,她欣慰地笑了。

结婚当晚,他端着两碗红枣桂圆汤走进来,她觉得眼前一亮,烛光照得四周亮亮的,照着他的脸。他穿着一身藏青色西服,里面是雪白的衬衣,衬得他面如冠玉,仪表堂堂。

她伸手抚摸胸口的玉佩，那是他送给她的结婚礼物弓玉形佩，她一直贴身佩戴，从未摘下。尽管在梦中，她总是处于慌乱不安的奔跑中，渐渐化成了一阵风、一朵云，每一步都分毫不差地踏着他的影子，宛若祭天祈雨的女巫师。

太湖渔民向来是用手走路的——两只脚站在船尾，用长篙撑，用双桨划，用大橹摇。只要顺风，便可以扯起风帆了。

小时候，她曾勇敢地把一条装满稻谷的水泥船从较远的村庄撑回打谷场。水泥船在离岸的时候被大人们合力猛推了一把，笨重的船体便开始在水面上滑行了。秋天的湖岸，从白茫茫的芦花丛中划出一条装满稻谷的水泥船，在巨大的惯性下，保持着笔直前行的姿态。水在船底潺潺地流，风在耳边呼呼地吹。小船啊，你不能停，停下来就再也无能为力了。此刻，她的感受是各种各样的：一会儿泪水冲蚀着面孔，一会儿寒战像松针似的刺入皮肤，一会儿一股暖流刹那涌上胸膛。她感到自己的身体变得很轻很轻，像一片雪花，在空中悠悠飞舞。

斜阳艳红似血，红灼灼的光闪烁着，映在清澄的湖面上，露出蔷薇红的颜色；彩霞似缎带散落在西北角的天空，香樟树和苍松的阴影下，花儿全都含笑着，鸟儿全都歌唱着。听，岸边柳树上的鸟鸣连成一片，又常常被忽略，但与蓝天是多么般配。短促而干净的叫声，一点不饶舌。是黄鹂？另一个更有底气的声音，它的音量更高更宽，也更准确。是百灵？还有一个小跟班……是斑鸠？群鸟的叫声与黛色的山峦唱和。这时，低声部不可或缺，那是蛙鸣。……

“谭峭,对不起,我要走了。你明明知道我有先天性心脏病,还是向我求婚,没有孩子也从不责怪。这些年,作为女人我还有什么不满足的呢?”她紧握着沉睡中的谭峭的手,“我知道你并没有真正爱上我,只是把我当作珊珊姐的替身。照理我会不开心,但我一点也没有,我是幸福的,好歹陪了你十八年,她却早就离开了,那样漂亮完美的一个人。谢谢你。”

击石拊石,百兽率舞。听起来多么清脆悦耳,月宫的秘乐即是玉石环佩叮当之音吧! 我一直是这样想的。

十二

在五十三岁的谭峭眼中,时间流逝得格外缓慢。妻子去世后,他已习惯一个人独居,在寒山过着清寂的生活。

香草居的访客,大多见不到谭峭,性情孤傲的大师做事总是随心所欲。“你来看我,要是我不在,请在门外坐一会儿,和花说说话。”他在门上留言。门墙上爬着碧绿繁密的凌霄,藤蔓弯弯曲曲,蜜蜡似的花儿开得正欢,像一只只小灯笼。他散步回来看到姜白,大概是走累了,坐在门口花荫下的一条长凳上,跷起二郎腿,嬉笑着和邻近的村民攀谈。

姜白是为了引见南通一个经营江鲜的酒楼老板,这次带着红木匾额上山,请他题写店名“江上鲜”。全然不知高速公路已开通的谭峭以为对方坐了十个小时汽车远道而来,他破天荒地同意了。在姜白的注视下,他拿起毛笔饱蘸墨汁,奋力写下“无一物”三字,那是他的人生格言。老板哑口无言。

香草居的院落外,人声鼎沸。一场轰轰烈烈的抗议正在举行,热爱田园的村民们抗议房产商要在附近实施拆迁建造公寓楼的计划,认为那会破坏寒山的宁静与他们自在的生活。

电视台记者梁宽带着助手关照来采访谭峭,年轻的关照对这个隐士一般的玉雕大师充满好奇,他翻看梁宽用半年时间精心绘制的寒山摩崖石刻布局图,当听说谭峭在这里生活了十年从未离开过这座山时,关照理解了这项工作的意义。

听到他们在小声议论他从不踏出寒山时,谭峭向外走去,然而马路上的汽车鸣笛声让他烦躁,更让他吃惊的是山崖上悬挂的大幅红色标语,村民们宣称要誓死捍卫这个自然艺术之地,与房产商抗争到底。他惊慌失措地逃回香草居。

机器的轰鸣声惊醒了席地而坐的谭峭,工程负责人和项目经理走进香草居,扬言:"造公寓楼是很早就定下来的,有市政府的批文。"谭峭淡淡回应:"但是你们扰乱了山里的秩序,挡住了我院子里的阳光。这里有'千尺雪',有树,有花,还有野草和虫子,猫,松鼠,鸟,这是我生命的栖息地。"

夜深了,谭峭在躺椅上睡着了,梦见晓风提醒他说画画的时间到了,他叹了口气,把自己关进那间小小的延光阁。

两年后,梁宽和关照站在竣工的公寓楼边发呆,关照突发奇想,一口气跑上公寓楼的顶层,向下俯瞰谭峭的香草居,然后拿出相机,按下快门,从这个他从未尝试的角度进行拍摄。院子在周遭越来越高的房屋的包围中,显得那么狭小;可谁又能想到,对于玉雕大师谭峭来说,曾是那么阔大。

黑暗。

黑暗中灯光如豆。

一束强烈清晰的青光自远而近,映照一颗颗跳动不安的心。

青光消失时,豆莹般的红光充满了整个大厅。玉牌上勾勒出一个古人清秀柔和的脸,凝固着一双清澈灵动的眼睛。

一本大红的证书从锦匣中被拿出。

会场一片通透明亮,一位西装革履的中年人拿起大红证书,抬起头,向簇拥的人群郑重宣布,声音洪亮:

“苏州市第一届‘子冈杯’特别金奖颁给玉雕作品《陆子冈》,作者谭峭。”

他的声音很快淹没在一片热烈的掌声中,接着主持人朗读授奖词:

> 众所周知,“天工奖”是“中国珠宝玉石首饰行业协会”于2002年创立的一项玉雕专业评比活动,自第一届开始,谭峭琢刻的玉雕作品屡获金奖;“子冈杯”是苏州市为了纪念明代玉雕大师陆子冈在今年设立的工艺奖,他是一位富于传奇色彩的能工巧匠。值得一提的是,为了参加第一届“子冈杯”的评选,谭峭潜心构思,反复推敲,几易其稿,以高超的技艺创作了《陆子冈》,无疑是对大师的致敬。

人们自觉地从中间分出一条路,翘首以待这位大名鼎鼎的当代玉雕大师上台领奖，一睹他的风采。近年来，关于他的传闻太多了，比如他长得很帅，比如他很少接受采访，比如他很晚才结婚，婚后一直没有孩子，再比如他隐居在山里……等了很久，大师始终没有露面，仿佛从人间消失了。

主持人梁宽压低声音问关照：“怎么回事？”关照还没回答，一位老者已拄着拐杖颤巍巍地挨过来，急切地问道：“怎么了？”

“钱老，我也不知道这是怎么回事。”梁宽回答。

“他走了。”人群中突然有个油头粉面、穿着考究的瘦男人站出来，面无表情地说道，“师兄走了，不回来了。”

老者震惊了。梁宽转过头来，惊愕地望着瘦男人。

人们议论纷纷，看着大屏幕上的玉雕作品《陆子冈》，依然是一张清秀柔和的脸庞，凝固着一双清澈灵动的眼睛。

“真美。”

场面一时闹哄哄的，关照灵机一动，马上切换播放谭峭去年的主题专访。人们兴高采烈地围着观看，气氛得到了控制和缓解。梁宽见状松了一口气，对关照竖起两个大拇指。

人物周刊：您的玉雕工作室为什么叫“香草居”？听说它是苏州古典园林的一座建筑。

谭峭：香草居是艺圃的一座明代古建筑，位于芹庐小院。我的书画老师是苏州著名的文物专家谢之光，他当时的办公地点就在艺圃，香草居是他的书斋。我从小是在艺圃长大的，有着许多美好的回忆。

人物周刊：您怎么看待苏作玉雕？

谭峭：苏作玉雕的特点是空、飘、细，这是20世纪80年代的风格。从历史的沿革来看，苏作玉雕一向以小件为主，以巧雕制胜。台北故宫博物院藏有一件玉雕《桐荫仕女图》，巧妙地将掏碗剩料设计成一幅画，月洞门利用了碗材口径，那是苏州人琢刻的传世经典作品。

人物周刊：京剧是国粹，现代玉雕很少涉及这个题材，说说《国粹》这件作品的灵感来源。

谭峭：这件作品以镂空的形式来表现脸谱，考虑到玉是白色的，镂空雕刻可以加强它的对比度。小时候，我的姐姐经常玩剪纸，我们叫刻纸，《国粹》的灵感部分来源于剪纸。

人物周刊：很多不了解您的人，可能认为您是一个清冷的人，但您也有健谈的一面。

谭峭："酒逢知己千杯少"，我不擅长交际，性格比较孤僻，但对玉雕创作来说，因平时思考较多，也愿意与人交流。

人物周刊：据说香草居工作室百分之九十的玉料都是由您夫人来判断，包括切料，她跟您是同行吗？

谭峭：不，我夫人是和我结婚后，才进入玉雕行业的。至于切料，那是她跟着我玉雕厂的师父管崇文学的，她是个有心人，会在我有初步设计构想时，替我留意合适的玉料。

人物周刊：您不怕别人模仿您的风格吗？

谭峭：一个玉雕工艺师，不能因为惧怕被人模仿就倦怠懒散，放弃探索创新。反过来，不也说明我的作品得到了认可？

人物周刊：您觉得“天工奖”对行业最大的贡献是什么？

谭峭：把玉雕从工艺品上升到艺术品，这是一个大跨越。

人物周刊：从目前玉雕市场的价格构成来看，您认为“玉”与“雕”之间哪个占比大？

谭峭：玉石原料价格的攀升，造成了社会上大量资金的涌入，投资的商业性导致了市场注重原料的升值潜力而忽视玉雕作品的艺术性。对此，我无可奈何，也无能为力。

人物周刊：您在乎外界的评论吗？

谭峭：雕时不在乎，雕完后在乎。因为我也有虚荣心。

人物周刊：您的《女人与鸽子》很有现代气息，是对传统的挑战？

谭峭：从《古韵》尝试，到《千纸鹤》《精卫填海》《彩绘人生》，《女人与鸽子》是现代玉雕的成熟之作。我以为，对传统文化既要有保藏和继承，更要有发扬和创新。

人物周刊：琢玉需要一种心境来保持创作的灵感，您平时喜欢出去吗？

谭峭：基本足不出户，我喜欢安静。苏州现在到处是人，太热闹了，出去多了，心就静不下来，影响创作的心境。

人物周刊：足不出户的话，会不会信息闭塞？

谭峭：当今社会信息发达，足不出户，一点都不妨碍我通过书籍、电视、网络等渠道来接收各种需要的信息。

艺圃夹弄里的七姐妹开了，千娇百媚地站满墙壁。延光阁的窗户通通卸下了,他坐在乳鱼亭能听到茶客的说话声。

他从包里拿出那只洗桐宝盒,因为被河水浸过,颜色有些暗旧。特意请人做了红丝绒小格子,十二个格子大大小小,参差不齐,装着他这些年来为谢珊精心雕琢的一件件玉器。

第一格,亭亭玉立。挂件,黄皮白玉。

蜻蜓如水中仙女,亭亭玉立于荷叶之上,荷叶如膏脂般丰润,上面俏色雕琢点点黄色小花。这是艺圃荷塘的景象。

第二格,茶则。摆件,红皮与黄皮相杂的白玉。

玉质莹润,掏膛精细,杯身外侧飘落三两片金黄的、褐红色的银杏叶。深秋薄云小雨天气,窗外竹树烟翠,菊花灼灼绽放,案头小灯晶莹,她从茶则中匀出台山雀舌,用滚烫的山泉水烹茶,就算配个缺角杯,喝来也格外沁人心脾。

第三格,笔洗,黄玉。

口微敛,浅膛。里面凸雕两条金鱼,首尾呼应。她大病初愈,他收工赶来。一进门,窗外哗啦啦响,下大雨了。雨柱打在屋瓦上,像是千军万马挟着风势而来,天地间只有隆隆的水声。不用催促,她一口气将一大碗中药喝完,真苦啊,她的小脸皱成了一团。喝完,她写书法,用饭碗接雨水将就作笔洗。一眼瞥见桌上他做的玉笔洗,想必乐不可支。

第四格,以玉箜篌为主的一组乐器。羊脂玉。

七夕节,她在泥人阮的摊位上买了泥箜篌,抱怨只能玩两天,他当时承诺,要雕一组玉乐器给她。这组玉雕《乐器》,无论箜篌、长笛,还是二胡、琵琶,一律只有邮票般大小,但是制作精巧细微。她蹲下身，迎着扫过木格子长窗的阳光，看着玉雕的乐器洋红溢绿，欣喜地笑了，连眉毛都笑弯了。

第五格，桃花簪子。羊脂玉。

簪子有着流云似的簪身，上部是一小簇桃花，两朵紧挨的桃花绽开，连花蕊都丝丝呈现，旁边另有一朵半开，顶部伸出含苞吐萼的花骨朵。他多想亲手用簪子把她的长发绾起来。玉簪握在掌心，手指微微用力，却没有想象中的刺痛，玉簪尖利的一头，已被小心地磨圆。是谁在静夜里无声将锋利的边缘慢慢琢磨，落下的玉屑散落在桌上如晶莹泪珠。

第六格，执荷童子。摆件，白玉。

十岁那年暑假，他带她回光福。某天下午，他在烈日下和人下棋，她怕太阳晒，撑着荷叶看，一直等到天黑才回家，他怎么忍心让她等那么久？全然不理解那是她对他的喜欢。

第七格，胸有成竹。把件，白玉。

不小心买了一块废料，切开一看，都是瑕疵，有白花、糖色、裂隙，分布杂乱。偶然想起在何滩插队时，一捆捆柴火堆在厨房墙角她狼狈烧火的情景，心头一动，随即雕成一捆竹子。竹子长短参差，裂隙成了竹子上天生的缝隙，散乱的糖色点成了竹子上的天然斑点。另外，他还顺势借形，在这捆竹子的上面部位添加了一只鸟窝，她一定会喜欢的。

第八格，玉杯。白玉。

杯体呈三棱形，杯身采用痕都斯坦琢玉技法，杯如薄纸，透光可见，浅浮雕西域花卉草叶纹饰。多年前，在艺圃她用玉杯插花，被他不慎打碎，为践行补偿承诺，他陪她到何滩插队。她在茶园采茶，下班路上常常在路边采摘野花，回到宿舍插在玻璃瓶里。其实，插入玉杯更能衬托花儿的娇艳。

第九格，葱花饼。糖玉。

平常的点心，他最爱吃的，她亲手做的。这块玉料他找了很久，称心如意。

拿起葱花饼，饼已经僵化，硬硬的硌牙，他一点点啃着，仿佛还是当初，坐在小食堂凳子上吃饼。

一口口吃完。

没有一点滋味。

第十格，石拱桥。羊脂玉，黄皮白玉。

石拱桥边，横斜一枝梅花，点点簇黄，俏色运用自然。苏州的石拱桥，无数次在梦中出现，想着他们终将回到故土。孰料，他借调云亭文管所出差去南京布展。临别时，他对她说想要看看一别三周后她是黑了还是白了，瘦了还是胖了，是否被桃花江的水滋润得丰盈些——他不能看见她那么久。

“等我。”

“嗯，一定等你一起回家。”

“记住你的模样了，到时如果瘦了……”

“如果瘦了，怎么办？”

“嗯，让我想想……永远不理你？”

彼时笑语，一语成谶。

回家的路，桥堍湿润的石阶上，不会有她的身影了。

第十一格，蜗牛。摆件，青花籽料。

玉料是托姜白好不容易找到的，蜗牛有暗绿色的壳，白色的头顶着一对粉红的触角。雨后的艺圃，得意的蜗牛顺着墙面上的雨漏痕一点一点往上爬，煞是可爱。她见了，用手指轻点蜗牛的壳，笑着问："你累不累呀？"回到房间，他即兴为她画了一幅水墨画，在左下方盖上章"篆愁君"。

第十二格，水乡谣。摆件，白玉。

这是他继 2006 年《江南》系列的延伸之作。采用圆雕技法对少女的头部、衣领、辫子、衣襟、团扇和双手加以刻画，身体下部利用玉料的形制处理成侧坐的姿势。草长莺飞三月天，他租了一条朴素的小船，船头置放小茶炉和瓜果点心，带着她顺水漂流，欣赏城郊春日的盛景。微风阵阵吹拂，她衣袂飘然，凭栏静坐，似在倾听一首动人的歌谣……

这就是带绿玉料切好的最后一块，绿色被巧雕成谢珊的连衣裙，如此的清新典雅。也是晓风多年前提问的答案。

结尾

2008 年 苏州

这段日子不寻常啊。今天，是我五十九岁生日。早晨，突发奇想，决定最后一次去苏州博物馆。这颇合我奇特的心思。博物馆文库的阅览室位于新馆的东部，从前是太平天国的忠王府。曾几何时，作为革命司令部，红卫兵造反派在此频频出现，而今学者们齐聚一堂，探讨苏州明代的玉雕工艺，海峡两岸的专家学者共同为解开陆子冈的身世之谜召开专题会议。玉雕协会派来接我的车要在午后才到，为了散心，虽然书稿已经整理完毕，但是我坚持最后一遍校对细枝末节，并打算把十几封邓淑苹女士写给我的长信捐献给博物馆。

谢之光走了有二十多年，管崇文也不在了。我站在镜子前不断地审视自己，我写下的是回忆吗？是啊，不过是深层次、多方位的。我雕琢的方向不是向着过去，而是向着未来。未来是什么？未来是一团模糊，我正处在依次辨认的过程中。也许他们留下那些谜团就是给我提供成长的养料吧？

隐居寒山十年，不希望任何人知道我、看见我。我很少与人来往，也很少接电话，只想安静地度过余生。幸运的是，我的爱人谢珊和小花猫苗苗陪伴了我的每一天。更多的时候，我把自己关在一间僻静的小屋里，那是我的私人空间。

我们总是在黄昏时去山中散步，谢珊会帮我变换墨镜和围巾的颜色。有一次谢珊病了，我一个人出去散步，有个记者在我一无所知的情况下偷拍了几张照片。两天后，我在报纸上看到了它们，大标题触目惊心。照片里那个头发被风吹得凌乱的中年人皮肤松弛、身体干瘦，和人们记忆中那张曾被描述为"俊秀清朗的脸"相比，恐怕只能用"惨不忍睹"来形容了。像我这样一个内心少有幸福感的人，从来只在乎生活里懂我、爱我的人。当唯一懂我、爱我的人离开时，我的生活和容貌就没有任何意义了——我还在乎什么呢？

我冥顽守旧，不能接受现代人的新鲜事物。我每天读书、琢玉、散步、作画、思考，随心所欲地幻想、睡觉，做各种零零碎碎俗不可耐的杂事，比如侍花弄草、采购食品、给猫喂食。过去的积蓄使我隐居后不必为衣食犯愁，但也与奢侈不沾边。我从小习惯了贫穷，对物质的要求不高。如果说我的隐居生活和寺庙里的生活相似，一点都不过分。我每天散步必穿的那件米色风衣还是20世纪80年代的流行款。

不过，你真的相信我的生活里有谢珊这个人吗？不，我的爱人，她永远留在了我的回忆中。事实上，我是一个人生活了几十年，其间晓风陪伴了我十八年。院中的白茶花今年开得早，柔弱的花瓣被雨水打得渐渐低垂，碎绸似的粘在枝头上。我一直幻想谢珊能和我白头偕老——这很矛盾，是不是？我从小喜欢坐在窗前，在脑海中把眼睛看见的一切不愉快的往事变成美好欢乐的现实。不是吗？谢珊就是我，我就是谢珊。

我厌倦了，庆幸自己将要离开这个世界，希望我死后可以在天堂见到我的爱人。别了，我不想再继续逗留的人间。

没错，写信人便是最具传奇色彩的玉雕大师谭峭，他是苏州玉雕界谜一样的人物，一度隐居深山与世隔绝，这封写给苏州玉雕协会的匿名来信成了他唯一的告别信。

空气又冷又湿，很快转为雨夹雪。我觉得坐公交车太麻烦，于是在玉山路叫了辆出租车。在驶往古城区漫长的途中，我想到了护理院里那些可怜的病人。想到不久我也要加入他们的行列，不禁内心凄凉。昨天早上，我又去看医生了，状况不太好。一坐下，医生指出在扫描的区域内有粒状污点，说我患上了微弱得几乎觉察不出的中风，病程比较缓慢，但我的头脑，我的心智，将逐渐崩塌，直到毫无意识，那时我会失去对任何事物的理解能力。一周中刮风的日子、早上花开的声音、晚上下雨，甚至十分钟之前的事故都将超出我的理解范围。我的电话号码、我的地址、我的姓名以及我一生的所作所为，都会烟消云散。再过两三年或四年，我将认不出我的亲人和朋友。清晨起床的时候，也将意识不到我是在自己的家里。不久，我就不能自理，需要终生护理。

医生告诉我，我患的是血管原发型痴呆。他多次提到，崩溃是一个缓慢的过程。况且，没有早老性痴呆病那么糟糕——早老性痴呆病会引起性情剧变且有攻击倾向。幸运的话，我的病可能是良性的。我不可能高兴——一个头脑混沌、古怪唠叨的半老头，坐在椅子上，什么也不知道，什么也不期望。但是我要医生对我说实话的，所以没什么可埋怨的。

昨天下午，我在工作室慢条斯理地劳动，等我完工时，书橱里新增了三箱文件。江弱水和姜白晚上过来看我，我做了几个家常菜，他们俩对盅碰杯，喝了两瓶红酒，我喝绿茶。听了我对将来的描述，两人不知所措，相对无言。今天，在寒冷的冬雪中，我乘着出租车穿越苏州新区，别无他念。

出租车穿过塔园路，经过我姐夫住过的小区，经过90年代初我生活过的丽水公寓，出租车行驶在横跨大运河的狮山大桥上。为了领略城市风光，我身体前倾，斜坐在车座边缘。转过头一看，看到宏大的体育中心，还有新区管委会大楼，苏州新城风光一览无余。我顿觉神清气爽。

过了桥，干将路在施工，司机破口大骂，被迫绕道枫桥路。我们经过西园寺，向金阊区驶去，没多远，我一眼瞥见了阊门古城墙。颓破的它经历了“文化大革命”，在古城改造中重修的城墙和城楼崭新，不伦不类，简直是文化的劫难。

雪下得小了，司机利索地把车从园林路左转驶向博物馆正大门。我收拾行装，掏30元钞票付车费，撑开雨伞，浑然不觉停泊在前方的铮亮小汽车，直到出租车驶离了我才注意到它——那是一辆凯迪拉克轿车。奇怪！只要看到凯迪拉克轿车，我就会想到邓兴南夫妇。这已是多年的习惯了。他们经常在我的脑海中闪现，但没有激起任何情感的涟漪。他们时不时地出现在报纸上，报纸刊登他们设立的基金会以及在工艺美术发展中的杰出成就，或者他们每年向苏州博物馆捐献几件玉雕作品，或者向南京大学农业研究项目提供资金，还有他们举行的盛大玉雕尊享会。当我向博物馆前那对石狮子走去时，看到他们走下台阶向我走来，我吃了一惊。

我认出了馆长、副馆长、助理研究员，他们在握手道别，邓兴南不知说了一句什么，引得众人哈哈大笑。夫妇俩和馆长摆好端正的姿势拍照，然后在撑伞的年轻人的陪伴下离开。我想看看邓兴南夫妇走哪条路，不想与他们迎面相逢。

在梧桐树和柳树的掩护下，再加上雨伞的倾斜，我隐而未见，但能清楚地看见他们，他们默默地走过。人们早就从报刊上邓兴南的照片中熟稔了他，虽然他脸上有了黄褐斑和眼袋，但是那容光焕发的大师气质犹存。岁月皱缩了他的脸，一点点剥夺他原先的魅力，他走路明显有些迟缓。

至于谢珊那位养尊处优、抽烟成瘾的大姐谢逸，就像人们常说的，她的日子过得滋润着呢。她穿着貂皮大衣，戴着米色的宽边浅顶软呢帽，粗犷而不俗丽。六十多岁了还穿着一双高跟鞋，步伐矫健，走在路上像少妇一样咚咚作响。

顷刻间，我们擦肩而过。我攀上台阶，在大门前停下，在这儿避雪。年轻人扶着邓兴南先上车，看得出他是多么虚弱无力，汽车另一边的门为谢逸打开了，她身体一弯，敏捷地钻了进去。凯迪拉克轿车渐渐驶去，融入了车流。

我和资料保管员聊了一会儿，随即把一沓邓淑苹女士写给我的关于陆子冈身世之谜的信函交给他，他郑重地收下。这些信将和我赠送的其他资料保存在一起。邓淑苹女士已读过我打印稿中相关的玉雕记载，及时把她的建议传真了过来。她的建议中肯很有裨益，我聚精会神地读过好几遍。

> 一般都认为苏作玉雕以"精巧雅致"为特征，老少咸宜，雅俗共赏。在20世纪后半叶，西方艺术史界以"Suzhou school"一词专指明代晚期在江南形成的讲究文人清雅品位的艺术风尚。这一名词不只指玉雕，还泛称当时各类以文人书房用品为主的工艺。
>
> 16世纪晚期至今，四百多年来人们对陆子冈的记载越来越细，陆子冈的传说故事一步步发展，陆氏本人被越传越玄，谜团越滚越大。
>
> ……说陆子冈也是书画家，他一定只选白玉，只雕阳文，构图非常用心，作品器表非常平整，但反而没有提到用刀刻玉；最后被塑造成不畏皇权、因为坚持理念而被杀的悲剧英雄，所以连清宫中都为纪念他而制作了许多子冈牌；再

变成虚拟的雕琢手法的发明者，以三匹马表现奔腾欲出的百骏。

这些说法中，除了与他同时期的文人所记是真相外，其他的可能都不是真的。

……

对于真正的陆子冈作品，邓淑苹女士认为应该具有三大特点："一、器类、形制、纹饰呈现晚明江南风格；二、纹饰取元代文人画的流行主题，配以四时花卉与仿古螭虎、云纹等；三、琢纹及所雕诗句尽量求圆熟，刻名款时特意营造类似徒手篆刻的锉刀痕。"

她还说："陆子冈其实也是用传统的砣具进行雕琢，但是因为16世纪的江南地区，在文彭、何震等人的倡导下，开创了特殊的篆刻风气，而一般被文人用作印材的，都是摩氏硬度两三度，以叶蜡石为主要成分的寿山、田黄、青田等玉石，所以可以用雕刀在上面留下错落有致、神采风骨俱佳的书体。聪明的陆子冈却用砣具模仿出以刀治印的'刀味儿'。当时的文人不知道这个秘密，陆子冈也不说穿，于是就传出他用刀刻玉的说法了。到后来他去世了，没有徒弟，这技艺也就失传了。在陆子冈去世后约五十年，修地方志的官吏将此说法正式记载在《太仓州志》，自此就迷惑了爱玉族四个世纪。

"……应该这么说，子冈雕不如'乾隆工'，'乾隆工'又不如今天的玉雕。"

我把这些订正一一记录下来，给这位玉雕研究专家写了一封感谢信。按照顺序整理好资料，我把借用的书籍还给前台。和保管员道别时，得知邓兴南基金将把思玉轩收藏的部分古玉再次捐赠给博物馆。我和其他工作人员握手道别，他们叫来了一位勤杂工送我出门，并热情地帮我叫来了出租车，一位年轻的门卫帮我拎包，一直把我送到了人行道。

回家路上，我想起了邓淑苹的信，思量这些细小的修改给我带来的乐趣。几经修改，我的《苏作治玉工艺》一书总算可以定稿了。当出租车穿越北环路地下隧道时，我迷迷糊糊地睡着了。被司机叫醒时，车停在了玉山公园旁我家小区。

我把从文库中带回的书归类，做了一碗汤面，然后把衣服装进一个旅行箱。在一间间熟悉的房间里来回走动，我知道自立的日子即将终止。书桌上有一张镶嵌的黑白照片，是谢珊1975年春天在何滩茶园拍摄的。也许，有那么一天，我会不停地问她是谁。磨磨蹭蹭地挑选一件生日宴会穿的衣服，当我的手指在衣架上摸索时，暂时把诊断给忘了。我决定穿一件鸽灰色羊绒开衫，配上干洗过的藏青色毛呢裤子。

我拿了一本书，沏了一杯茶，坐在一张靠窗的扶手椅上。窗外是公园，可能过于兴奋了，书一页也看不进去。向往已久的是去一趟光福或西山，和家人共进晚餐，在那里重续家庭的纽带。但是，和医生进行了一次详细的访谈后，我感到沮丧。要过一刻钟，出租车才能到。我有点坐立不安。站起身，我在房间里来来回回地走。我对谢逸念念不忘，她那张浓妆艳抹、瘦削干瘪的脸上不挂一丝笑容;她穿着高跟鞋,敏捷地钻进凯迪拉克轿车中,这一切在我的脑子里萦绕不去。我一向以为豪奢嗜赌的生活加上香烟会要了她的命,谁承想,到了花甲之年,她却焕发出一种精神抖擞、追逐名利的生命力。谢亮说过,爱上一个人会忧郁,变得患得患失,她说得有道理。自从失去谢珊,我就再也没有什么可以得到可以失去了。

这辆凯迪拉克轿车多少影响了我的情绪,出租车晚来了十分钟,突然心烦,诸如此类的小事通常不会扰乱我的情绪。这是一辆满面灰尘的小型出租车,后座盖着斑马条纹的坐垫。司机小王是一个性情开朗的山东小伙子,他帮我提箱子,客气地帮我把前排座位推移到了前面。一路上,我们相处得很融洽,甚至谈到了各自的家庭。他去年从苏州大学法学院毕业,现在是华东政法大学的在读研究生。当我们从西环路驶出市区的时候,他对我讲述了硕士论文的概要:没有知识产权保护,就没有公平竞争,也就没有创造,更谈不上发展。

“准律师在发表鸿篇大论了,口才不错啊。”我说。

他礼貌地笑了笑,不置可否。

二十分钟后,我们无话可说了。当车到达绕城高速时,引擎一直嗡嗡作响。我睡着了,醒来时已到了乡间公路,感到额头绷紧地疼痛。我从提包里取出了三片阿司匹林,嚼碎后硬着头皮吞了下去。记忆中的哪一部分在我睡觉时悄悄打击了我?第一次尝到了绝望的滋味,我拍了拍小王的肩膀,要求他打开音乐。重重的贝斯拨弦的声音响了起来,与此同时传来了一阵轻柔动听的男中音，伴着童谣节奏，吟唱。

当我们拐入颐和温泉宾馆时，音乐还在播放。自从上次来这里举办晓风的（葬礼）豆腐饭宴，几年过去了，我发现庭院里的大榆树不见了，恐怕遭受了病虫害，剩下的朴树也为高尔夫球场让道了。我们减慢速度，让高尔夫球员和球童穿行。汽车驶过最后一片银杏林，我们很快到达太湖的第一座桥。车速渐缓，搭手眺望。过去湖岸有芦苇、野鸭和小船，两个徒步旅行人在岛上的庙宇旁烤鱼，心满意足地美餐了一顿。如今，那里放着一条长木椅和一个灰色垃圾箱。当然，小岛不是从前的小岛了，它覆盖着平整的草坪，杜鹃、栀子花、冬青、石楠丛生蔓滋。其间，有一条小径，蜿蜒曲折，路边散立着许多长椅和圆球形花园专用的路灯。无暇回想我曾在哪儿坐下来安慰过年老的父亲，因为我们很快越过了第二座桥，慢慢驶进用柏油铺就的宝岛酒店偌大的停车场。

小王帮我把箱子提到大厅的接待处。维瓦尔第的一曲《四季》从隐蔽的扬声器中发出汩汩之声，古雅的花梨木书桌上放着一台电脑和一瓶插花，两座红木嵌大理石台屏。上方悬挂着一幅仿张大千的荷花图，它原来是挂在餐厅的，酒店用它来彰显浓厚的艺术氛围。我给了小王车费，衷心祝愿他一帆风顺，写好有关知识产权保护和经济发展的硕士论文。他祝我生日快乐，握了握我的手，转身走了。桌后一位妆容精致、身着职业装的服务员微笑着给了我客房门卡，告诉我一楼的小餐厅被预订，供今晚晚宴专用。晚宴定在六点开始，门童会帮我把旅行箱拎上楼的，有电梯供我方便使用。

我乘电梯上了三楼，沿着走廊往前走。奇怪，门卡插进去后房门居然打不开，大概密码没预设好。我的房间号是307，我已经猜出自己会睡在面朝太湖的那间房了。这房间向来能看到最好的风景，俯瞰湖泊和远处的山林。谭峻的孙子谭石特意为我预订了这个房间，他是这次聚会的组织者。

楼层管理员替我打开了房门。一进门，我喜出望外，两边的房间被拼成一个大套间，玻璃矮桌上放着一大束温室里栽培的蕙兰，红木的闷户橱和紫绸沙发摆设得恰到好处。其他的新家具也很不错，没有什么刺鼻的气味散发，我对这个房间十分满意。箱子送来了。我要了一壶茶，把大衣挂起来。仔细察看了起居室，这儿有一张书桌和一盏白色的台灯。印象最深的是宽敞的卫生间里放着茉莉花香料，一摞摞毛巾放在加热的支架上。这是令人欣慰的。站在窗前，我欣赏近处小土坡上光秃秃的树枝在雪花飘飞中，要是雪下得大一些，很快就会形成一大片琼枝玉叶。作为一座宾馆，这栋大楼的设计改造比从前我住在这儿的时候有了更多的人间快乐。

一小时后，谭石敲响了房门，把我带下楼，说要做一个入场式。就这样，挽着他的手臂，我穿着细软的羊绒衫，伴着掌声，走进了大厅，二十多位亲戚举杯向我祝福。我缓步走进去，发现没有几张熟悉的面孔！后来，人们渐渐地显豁明晰起来。不会错的，那个应该是我的哥哥，他歪着身子举着酒杯坐在轮椅中，喉咙上系了块小毛巾，用来接住可能喷溅而出的香槟。我俯身和婶婶握手，她努力用有知觉的一半脸笑了笑。我很快认出了严林，他一副干瘦的样子，脑袋光秃秃的，我真想把手放上去摸一摸。他仍然笑容可掬，礼貌周全。我们彼此心照不宣，绝不提姐姐。

光福从前被叫作吴县乡间的那座谭家的平屋老宅，如今已经没有那么纯粹的田园风景了。拓了路，修了楼。田野间建起了住宅区。然而到了冬天，乡间夜宴还是要在家吃的。

乡下办宴席，按惯例请大师傅来，在院子里支起几只大锅做菜，喧腾热闹，锅碗瓢盆，乒乒乓乓。父亲跟叔叔们聊天，母亲和阿姨姑姑们拉家常、嗑瓜子、吃花生和糖果。来探亲的远房亲戚中，年轻的姑娘勤快麻利，手提着热水瓶为一家家长辈泡茶递水，一被人称赞美貌就红了脸，转身跑了。

黄昏时狗吠声传得很远，各家的亲戚坐在大圆桌旁吃喝。凉菜先上，接着热炒。厨房师傅们不断地吆喝菜名，大人们喝酒说话，女人们把菜分夹些放碗中，任手短的孩子们吃。乡间土菜，都不甚精细，且浓油重味。红烧蹄髈、整鸡汤这些，看着就发怵。这时还有胃口下筷子的人不多，更多地去拼酒叙话，或是自得其乐了。大师傅们被请到桌旁，有人敬烟，夸他菜做得好，他把烟别在耳朵上，开怀大笑。

记得一个寒冷的冬夜，我和父兄三人回到卧室，正待收拾床铺睡觉，听到有人敲门。打开门，是我的两位叔叔和姑父。他们拿着酒，红着脸，对哥哥挤眉弄眼。父亲叹口气说："去吧。"叔叔看着我问："你来不来？"我点点头。我们爬上屋顶，坐在屋顶的瓦楞上。叔叔提了一只小泥炉上来搁在平整处，大家围着炉子，对着满天星光，哈着气，望着下面一片灰黄的田野和远处的萧疏林木。两位叔叔和姑父开了瓶酒，给哥哥倒了一碗，给我倒了一点，叮嘱我："别急着喝，抿一点点。"我哈着气、搓着手，不知道该期待什么，只记得他们四个人，那时他们又高又大——说了许多我听不懂的话。我想，那天夜空下他们喝的，大概才是真正的酒。

我在谭石的伴随下绕大厅一周，向大家问好，他在一旁提醒我宾客的名字。如此亲切的重聚，心情是多么愉快啊！我再一次和二十多年前去世的谭冰的儿女们、孙辈们相识，严林也活得不错，再婚后，又生了个男孩，如今已有了自己的孩子。我们的年龄跨度很大，小的才三个月，老的已有七八十岁。大厅里一片喧闹，嘶哑声和尖叫声不绝于耳，服务员巡回为大家添加红酒和椰子汁。远房表兄的子女已经上了年纪，他们像久违的朋友一样向我问好，几乎每个人都对我的玉雕褒嘉了一番。一群非常可爱的十几岁的孩子告诉我，他们在学校里参加课外活动看到宣传画册上印着我的玉雕作品。纸条和名片塞满了我的双手，角落里的桌子上堆满了各种礼物。几个孩子要我在他们睡觉前就必须打开礼物，我满口答应，和他们一一握手，摸了摸他们的脸颊和头发；我端详着婴儿们，逗他们发笑。我想找个座位坐下，突然发现椅子都朝一面排列好了。谭石拍了拍手，在喧闹声中大声宣布，晚宴前要为我举行一场特别表演会。请大家各就各位。

我被领到前排的一把扶手椅上就座，谭峻坐在我旁边，他在和左边的一位表兄交谈。人们期许地等待着，大厅里一片寂静。在一阵嘘声和椅子的摩擦声中，一位肩披黑斗篷的男孩站在了我的面前。他脸色红润，长着雀斑，头发呈深棕色。不会错的，他是谭冰的外孙。我估计他十二三岁，看上去纤弱瘦小；但他环视整个大厅时，显得信心十足。他憋足气势，用清脆、高亢的童音放声朗诵。我开始还以为他要表演魔术呢，谁知传入我耳畔的故事有着神奇的声调。

这是一个关于美貌少女普绪珂的故事：

神谕说她应当去死，
父母把她抛弃在山上的荒野，
孤独，饥饿，寒冷，绝望之际，
丘比特看到了她，爱上她
把她带到山下他的宫殿里。

转瞬间她站在了我的前方，那是个纯洁美丽的小姑娘。当朗诵到“爱上她”时，人们会意地哧哧窃笑，我脆弱的心微微一颤！男孩用清晰而扣人心弦的嗓音背诵着台词，他的咬文吐字中略带一丝不和谐的声韵——我们这一代人称之为吴县口音。他朗诵的正是当年我和谢珊读过的台词，我几乎把它们遗忘了。此刻，那么多的往事涌入我的脑海，那么多的情感在心中汹涌，我很难集中注意力。他们怎么会知道当年圣爱中学的英语话剧联赛，又是在哪里找到剧本的呢？我看了一眼坐在我身边的严林，他掏出手帕在擦眼睛。我怀疑这可能是他的主意，直到我看到谢亮。故事向高潮推进。

那位幸运的少女迎来甜美的夜晚，
她和青春健美的爱神缠绵，但且听，
坠入爱河前，必须三思而后行，
因为普绪珂差一点悔之已晚。

我们热烈鼓掌，甚至发出几声俗不可耐的口哨声。那本书，那本《希腊神话故事》在哪里呢？在谭家平屋的卧室吗？我要去拿回来。男孩鞠了一躬，后退几步，与另外两个孩子一齐走上前，我没有察觉到他们，他们在舞台的侧面等候。

就这样，《普绪珂与丘比特》拉开了序幕，她和焦急悲伤的父母道别。我认出女主角是由谢亮再婚后生的小女儿罗沁扮演的，她厚重的低音和遗传母亲的温婉让她看上去是那么清纯标致！我望着女主角，她遭到薄情的丘比特抛弃后一下子陷入了穷困潦倒、走投无路的境地。这位丘比特就是刚才肩披黑斗篷的报幕员。十分钟后，演出结束。灯光闪亮。

星期天，我和谢珊跟着谢之光在宜兴参加了紫砂壶鉴赏会。会后，他带我们去游览著名的善卷洞。它是周围无数溶洞中的一个，规模不算太小。谢之光简单讲了溶洞是如何形成的，因为来过多次，他不进去了。洞由石灰岩构成，即使在夏天，洞中气温也不会升高。谢之光是个无所不知的人。

我们在洞口分别接过工作人员递来的手电筒，戴上黄色塑料安全帽。进洞后，虽然洞顶有电灯，但是光线晦暗。

我和谢珊用手电筒照着脚下往里走。时值炎热盛夏，洞里却凉飕飕的。外面气温高达三十二度，里面气温十度还不到。我们穿着单薄，觉得寒冷。谢珊紧紧握着我的手，不知是要寻求我的保护，还是想反过来保护我。我一直保持沉默，甩了好几次手，但她那只温暖的小手始终紧紧地握住我。

谢珊是个苗条的娇小少女，头发乌黑，梳着两条长辫，辫梢扎着粉色蝴蝶结。与脸蛋相比，漆黑的眼睛分外大，眉间一点朱砂痣，使她看起来格外像个小精灵。那天，她穿的是白衬衣、米色卡其裤、一双白球鞋，外加一件粉色外套。

在上洞走了一会儿，谢珊在偏离正常路线的地方发现了一个小溶洞——像是藏在岩石后面似的豁然敞开的洞口。她对那个洞的形态产生了极大兴趣，指着对我说："哎，谭峭，看那个，像不像通往丘比特宫殿的洞？"她是《普绪珂与丘比特》的狂热粉丝。初三时，为了排演这出英语话剧，我不知道把那个故事看了多少遍，尽管情节早就耳熟能详。

"我过去看一眼，就看一眼。"她说。

"当心！"我提醒她。

的确是个狭窄的小洞，但小个子的谢珊毫不费力地钻了进去。上半身钻入洞中,仅膝盖以下的部分露在外面。她用手里的手电筒往洞的深处探照,然后慢慢退却,退出洞口。

“里面很深很深。”谢珊报告,“一下子折了下去,就像丘比特的宫殿。真想往里再看一眼啊!”

“不行,太危险了!”我忍不住阻止。

“你终于理我啦。”谢珊欣喜地说,“不怕。我个子小,容易钻过去,一会儿保证出来。”

说着,谢珊脱下外套,只穿着白衬衣,连同安全帽一起递给我。还没等我的抗议说出口,她拿起手电筒灵巧地钻了进去,转瞬间消失了踪影。

过了很久谢珊都没从洞口出来,什么动静也没有。

“珊珊!”我向洞里喊,“珊珊,你在哪里?”

没有回音。我的声音马上被黑暗吞噬,我心慌意乱。谢珊也许被卡在狭小的洞中动弹不了,或者在洞穴深处晕了过去。周围的黑暗一步紧似一步地把我勒住,喘不过气来。

假如谢珊就这样失踪了,我该怎么办?留在这里等着她出来?我弯下腰朝小洞里窥看,但手电筒的光照不到洞的深处——一是洞实在太小,二是里面的黑暗看不透。

“珊珊!”我再次喊道,没有回音,“珊珊!”我加大音量,还是没有回音。我感到冻彻骨髓般的寒冷,说不定我将在这里永远失去谢珊,说不定她被吸进丘比特的宫殿里,消失在有阿佛洛狄忒、女祭司的世界里,我们不该来这地方。

不久,谢珊回来了。她不是像刚才那样后退,而是脑袋先出来，接着是肩和胳膊，继而腰被拖了出来，最后是白球鞋。她一声不响地站在我面前，缓缓呼了一大口气，用手拍去长裤上沾染的尘土。我的心仍在剧烈跳动。伸出手，我理了理她蓬乱的头发，赶紧为她披上外套，把黄色安全帽递还给她："以为你不回来了呢！"我握着她的手。

"担心了？"

"嗯。"我点点头，谢珊的眼睛一下子灿若星辰。

她反过来紧紧抓住我的手，用兴奋的语气说："拼命钻过洞，里面一下子低了。下去一看，像是个宫殿，丘比特的宫殿。那里非常安静，简直像幽深的山洞、山底的山洞。关掉手电筒，漆黑漆黑的。但我不害怕，那个宫殿，好像是专门为我准备的宫殿。当时，我想你在就好了，可惜你进不去。"

"我太高了。"

谢珊打量了我一下，点点头："你进不了那个洞，你太高了。那里黑得不能再黑了。关掉手电筒，黑暗好像能被直接抓在手里似的——那么黑。一个人待在黑暗里，我觉得自己的身体像在慢慢融化，很快消失不见。太黑了，即便如此，我还是想在里面一直待下去，但想到你会担心，就出来了。"

"出去吧！"我说。

谢珊兴奋得说个没完没了："待在洞里，呼吸都好像困难了。"

"不要紧？"我担心地问。

"不要紧。我们继续走吧。"

我们手拉手地往下洞走去。

“哎，谭峭，”谢珊边走边小声——以免被谁听见似的，对我说，“你知道吗？丘比特真的有哟！不骗你，真的有。坏姐姐们，阿佛洛狄忒，女祭司，她们全都在这个世界上。”

“或许真有。”我说。

我们走出溶洞，返回明亮的现实。午后，天空碧蓝如洗，万里无云，炽烈的阳光炫目耀眼。树上蝉声聒噪，谢之光一个人坐在入口树荫下的长椅上低头看书。看见我们，他微微一笑，站起身，迎上来。

十年后，谢珊死了。那时我二十七岁，谢珊二十六岁。她被埋葬后，我离开大家，一个人坐在桃花江畔的石头上，回想当年溶洞里发生的一切：在小溶洞前等她出来的时间的重量，包拢我的黑暗的密度，还有冻彻骨髓的寒气，首先从洞口出现的她的黑发和缓缓露出的肩，以及她的白衬衣……

我想，谢珊死前可能已经在那溶洞深处被夺走了生命。那时我这样想，或者说几乎深信不疑。不管怎样，她在溶洞中像透露秘密似的小声对我说的话居然是真的！我，已经五十九岁的我，如今再次想到：这个世界上果真存在丘比特、阿佛洛狄忒、女祭司，全都真实存在。珊珊，我相信你。

回到苏州后，我又去了善卷洞。入口在中洞，巨大的钟乳石笋兀立洞口，由一点一滴的石乳聚积而成，它的形成据说有三万多年了。上洞的规模比中洞要大，洞形似螺壳，奇妙之处在于

“云口”，一块大岩石阻隔了洞里对流的空气，造成了上洞与中洞的温差，云雾缭绕，仙境一般。石缝间细流潺潺，落地汇成水潭；顶部的石乳，倒映潭中，奇异天成。

连接中洞与下洞的通道是“盘梯”，我一层层地往上攀缘，洞天相接，悬崖飞瀑直泻下洞，小桥流水潺潺归赴水洞。

与下洞相连的水洞，是一条古老的地下溪河。我一个人坐在船上慢慢划行，河水缓缓地流淌着，似要千千万万年流下去，根本看不出这儿有人来过，经过……周围一片黑暗。

浅浅的、清清的水波荡漾在我身边，张开手，似乎有看不见的柔软小手紧紧握住我，又轻轻松开了。

那只装满信笺的红木盒子，她的文言文小楷写得娟秀流畅，我一封封翻看，一点点读完，即使再怎么触痛，也经不起漫长的时光里一次次无法抗拒的怀想。到如今，每一句每一字，都烂熟于心。

盈盈双目，飘飘长发，谢珊笑颜如昔。我抬头呼叫。泪眼蒙眬里，少女步入层层叠叠的雪白绞绡珠纱帷幕，留下一个淡薄曼妙的背影。她生来聪慧，却化作桃花，魂堕江流。那一刻，多么希望这溪河河水倒流，翻卷汹涌，将我淹没。

忽然，银彩一亮。

弯月般地穿越黑暗，我听见少女在黑夜里悲声呐喊：

谭峭！谭峭！谭峭！

我认为演出不太完美，但整个大厅里的人，除了我、谢亮和严林外，一一起身鼓掌。这些孩子多么训练有素，他们手拉着手，并排站立，在罗沁的暗示下向后退了两步，接着再走向前，又一次鞠躬。在雷鸣般的掌声中，幸亏没人发现谢亮双手捂住脸不能自已。她是否触景生情，想起和谢珊在圣爱中学读书时那段无忧无虑的时光？许多年前，某天下午，在畅园客厅，她悉心指导谢珊，多么想演好这出戏啊。四十多年后的今天，这出戏再次上演了，她的妹妹却早已作古。

谭石把我从舒适的椅子上扶起来，我略表谢意。屏风后，一个婴儿突然啼哭了两声，这使我追忆到了 1957 年——炎热的夏天，我从光福乡下来到苏州谢家。我转身面向演员，说我们当初虽然把这出戏搬上了舞台，但是我们的演出根本无法与他们的相匹敌。谢亮连连点头。我解释，都是我的错，当时的排练时间短促，我的英语发音又不标准，常常要谢珊提醒来矫正。人们捧腹大笑，掌声更加热烈。谭石趁机宣布，晚宴开始。菜肴丰盛，我破天荒喝了点酒，亲人们互赠礼物。然后，我们边喝茶边聊天，大家乐呵呵地哄笑。将近九点钟，我开始想念楼上那间妙不可言的房间，因为我很不习惯自己成为众人注意的焦点和核心，尽管他们对我满怀感情。

现在是清晨五点，我在书桌前追思这异乎寻常的一天。人老了的确不需要睡眠，至少不用在夜晚入眠。我还有那么多的细节需要思考。也许在这一年里，我将没有心境率性而为。我在努力琢磨我的最后一件作品，这本该是我的第一件作品。最初一稿完成于 2003 年 8 月，最后一稿完成于 2007 年 1 月，其间有六个不同的样稿。第二稿作于 2004 年 5 月,那么第三稿呢?我五十九年的任务已经完成了。我们都有或轻或重的罪孽——谢逸和邓兴南更是难辞其咎。从第三稿开始,我着手把它形诸笔端。邓兴南夫妇从 90 年代初一直活跃在工艺舞台上,他们不惜血本坚决捍卫自己良好的声誉。所谓的玉雕大师到底是一个什么样的人呢?

这里有卑鄙的目的,也有钟情的恋人,我整日整夜都在想着有情人和他们幸福的结局。从我雕琢这件作品以来,一点没有跨步前行,确切地说,是大大偏离了正道,反而折回了起点。只有在最后的一稿中,有情人能终成眷属。谢珊的十二封信完好无损地藏在我的卧室里,谁会相信我们之间竟有着如此纯真缱绻的爱情?即便普绪珂与丘比特也是两情欢爱。我垂垂老矣,并不眷恋自己的余生。难以接受的是要面对汹涌的忘却浪潮,以及永远的遗忘。最近,总是想起保罗·策兰的诗:“我们站在窗口拥抱,他们从街上望向我们:是人们知道的时候!是那个不安搏动了一颗心脏,使石头迸裂开花的时候。是它成为时间的时候。是时候了。”真的是时候了吗?普绪珂不过是一个虚幻的存在。但是,没有人会关心神话中哪些情节是失实的,哪些人物是被歪曲了。我相信,只要这件作品留存下来,我那纯洁善良并颇有奇缘的普绪珂和她的情人丘比特就会相亲相爱,直到地老天荒。

五十九年来,有个问题常常萦绕于我心:一位拥有声名的玉雕大师要怎样获得心灵的慰藉?这世上没有一个人,没有一种实体或更高的形式是他所能吁求的，是可以与之和解的。画家也好，玉雕大师也罢，奋力尝试是最重要的。

其实，中国古代不看好匠人，除了营造故宫的“样式雷”，只有行家才知道陆子冈和乾隆朝的几位玉匠。到今天，除非是申请非物质文化遗产，否则那些匠人的名字将湮灭尘埃。

我的肉身和经过雕琢的玉石一样，经历“成、住、坏、空”，形成、存在，一点一点地衰败、损毁、消逝……有一天，这肉身在时间里经过修行，能成就永恒的美好愿望吗？

拉开窗帘，一片银装素裹，又下雪了。我伫立于窗前，看着一朵朵雪花飘落。凝望第一缕灰蒙蒙的晨光映照出公园和湖上的桥，还有一条伸向太湖雪白深处的狭长木栈道，心里一片柔软。黑暗悄悄地被驱散，我深深觉得，让我和谢珊得以团圆，绝不是幻想或逃避，这是我最后雕琢《普绪珂与丘比特》的初衷，是对遗忘和绝望的抗衡。

我从来没有原谅邓兴南谢逸夫妇，假如谢之光还活着，假如我有能力有证据在法庭上指证他们，让他们的丑行公布于众，假如时光可以倒流……谢珊依然活着，依然和我相爱，我们依然肩并肩地坐在香草居，面对着《普绪珂与丘比特》微笑——这不是在做梦，而是完全有可能的。

天亮了，我要睡了。